国家社科基金项目成果（11CZW025）

《文选》唐注研究

中州问学丛刊　刘志伟　主编

刘群栋　著

图书在版编目(CIP)数据

《文选》唐注研究/刘群栋著.--上海：上海古
籍出版社,2019.11
（中州问学丛刊）
ISBN 978-7-5325-9419-1

Ⅰ.①文… Ⅱ.①刘… Ⅲ.①《文选》-古典文学研
究 Ⅳ.①I206.2

中国版本图书馆 CIP 数据核字(2019)第 248830 号

中州问学丛刊
《文选》唐注研究
刘群栋 著
上海古籍出版社出版发行
（上海瑞金二路 272 号　邮政编码 200020）
（1）网址：www.guji.com.cn
（2）E-mail：gujil@guji.com.cn
（3）易文网网址：www.ewen.co
浙江临安曙光印务有限公司印刷
开本 890×1240　1/32　印张 10.625　插页 2　字数 238,000
2019 年 11 月第 1 版　2019 年 11 月第 1 次印刷
印数：1—1,300
ISBN 978-7-5325-9419-1

Ⅰ·3445　定价：46.00 元
如有质量问题,请与承印公司联系

《中州问学丛刊》总序

中州自古风流。

中州以"宅兹中国",于华夏文明的发祥与发展,居功至伟;中州是华夏"天人合一"视野格局中的"天下"观、世界观、宇宙观的重要文化支撑坐标;中州是中华民族建构审美心灵,追寻超越性精神家园归宿的象征符号;中州是诞育思想家与其他各类文化巨人、学术文化流派的摇篮……

21世纪以来,地球已成村落,中国与世界的联系空前紧密,重构当代中州图式以继往开新,正是文化、文明发展新局的题中应有之义。

兹发愿筹划《中州问学丛刊》,旨在重构21世纪学术文化研究系统,助力华夏与人类文明发展,培育、催生中州学术文化流派。

本丛刊之"学",必有"问"于中州。姑以古例之:或出生并成就于中州者,如老子、庄子、墨子、玄奘,居中州而以世界为"心";或生于中州而游居华夏者,如杜甫、韩愈,终生回望故乡月明;或祖籍中州,亦在中州留下深重人生足迹者,如孔子,集成研究中州本原之学,钦叹中州"古之遗爱";或籍贯非在中州而定居于中州者,如白居易、欧阳修、司马光,仰观"嵩高维岳,峻极于天";或中州非其故乡而游历、盘桓中州者,如李白、苏轼、苏辙,他们或思中州风云倡大雅,或钟情中州青山埋忠骨;或足迹未至而神游中州者,书写天下学术佳篇,此类作者众多,无论海之内外。融会众家,继往开新,今之作者,凡有意于回望中州"圣贤"与"英雄"之气,均热忱欢迎加入本丛刊之团队。

本丛刊崇尚创新而以学术为本,研究内容包括:中州本源文化、"圣贤""英雄"文化与"人类新轴心时代";21世纪学术文化研究系统、学科发展体系重构;华夏文物考古、非物质文化遗产的保护及其与当代文学、艺术创作融合研究;人文社会科学领域及其与自然科学、新兴学科交融的专题性原创研究及集成性文献整理;以文献学为坚实基础的思想与学理研究;东西方学术文化巨匠的访谈对话;海外汉学著作翻译、研究;思想史、学术史与科学史研究等。

中州古"学"源远流长,精深广大;中州未来之"学",前途远大。谨将初步构想芹献于读者诸君,敬请指教,并诚邀同规蓝图,共襄盛事。

是为序。

刘志伟于中州德容斋

己亥年十月初十

目　　录

绪　　论

　　《文选》是我国现存最早的诗文总集,编成于南朝梁代,全书共分三十卷,收录了从先秦至梁代一百三十余位作家的 39 类 479 篇 751 首作品[①],在中国古代文学史和文学批评史上具有深远而巨大的影响。据史籍记载,《文选》的编纂者是昭明太子萧统[②],故该书

　　① 《文选》所收作品的作者有名有姓者共计 130 人,其中《古诗十九首》《古乐府》作者佚名,合计起来在一百三十人以上。篇目统计方法以问题为 1 篇,如《古诗十九首》,算 1 篇 19 首,又如陆士衡《乐府十七首》算 1 篇 17 首,又如江文通《杂体诗三十首》算 1 篇 30 首,如此类推,李善注本是 751 首,而五臣注本《古乐府》为 4 首,所以五臣注本实际为 752 首。

　　② 《梁书》《南史》萧统本传均称萧统编撰《文选》三十卷;《隋书・经籍志》及其以下的公私书目皆著录《文选》是昭明太子萧统所撰;唐代《文选》学大家李善《上文选注表》中云"昭明太子,业膺守器","寨中叶之词林,酌前修之笔海。周巡绵峤,品盈尺之珍;楚望长澜,搜径寸之宝。故撰斯一集,名曰《文选》";盛唐时期组织《文选》五臣注的吕延祚在《进集注文选表》中也谈到"梁昭明太子所撰《文选》三十卷";都说明了《文选》是萧统编撰的事实。流传到今天的各种《文选》版本,无论是五臣、李善单注本系统,还是五臣、李善合刻的所谓六家本系统,抑或是李善、五臣合刻的六臣本系统,都无一例外地题为梁昭明太子萧统撰。这些传记、目录和研究著作以及《文选》版本都清楚地表明《文选》是昭明太子萧统所编撰,可见在中国古代的《文选》学研究中对昭明太子萧统编撰《文选》的记录没有怀疑。1976 年,日本学者清水凯夫先生首先对《文选》的编撰者提出疑义,倡导以刘孝绰为中心编撰《文选》的说法。这一观点遭到国内学者的强烈反对,没有被中国大部分学者接受,但却引起了中国学者对《文选》编者问题的探讨。顾农先生、屈守元先生、穆克宏先生虽然都撰文反驳清水先生以刘孝绰为中心编撰（转下页）

亦称《昭明文选》。

萧统（501—531），字德施，小字维摩，梁武帝萧衍长子。天监元年（502）十一月被立为皇太子，中大通三年（531）四月病逝，享年三十一，谥曰昭明，故世称昭明太子。

萧统的思想兼有儒家、佛家和道家思想，但相比较而言，儒家思想始终是其立身处事之本。身为皇太子的萧统不但关心国家大事和民生疾苦，监国之余还积极投身文学活动。在萧统周围形成了一个东宫文人集团，积极从事文学研究和创作，从而在梁代前期出现了继建安之后又一次文学繁荣的景象。萧统把文章的最高境界归结为质朴而不失于粗俗，华丽而不失于浮艳，以期达到"文质彬彬"的最佳水准。

萧统短暂的一生为后世留下了丰富的文集及总集①。但其编

（接上页）《文选》的说法，但都没有否认刘孝绰及其他东宫文人参与编撰《文选》的可能。他们认为，刘孝绰最多算是比较重要的参与者，并不能因此而否定萧统的主持作用，更不能排除还有其他人参与编撰的可能；曹道衡先生肯定了刘孝绰参与编撰《文选》的可能，同时强调萧统的主持作用和其他文人学士参与编撰的可能；屈守元先生的"昭明太子十学士"说通过对十学士生平进行考察，得出十学士中除了张率、到洽和陆倕没有参加《文选》编撰的可能外，其他学士可能都参与过编撰，其中刘孝绰因为深受萧统赏爱，出力可能更多；俞绍初先生认为，《文选》一书是在梁武帝授意之下，以昭明太子为中心，组织学士（或包括其他东宫文士）历经近十五年之久共同编成的。在《文选》编撰过程中，昭明太子的核心地位和组织工作是不能轻易否定的。至于刘孝绰，他可能起过重要作用，但不可能，也不会凌驾于昭明太子和众文士之上，将其意志强加在《文选》之中，这应该是比较接近事实的说法。

　①　萧统的文集最早由刘孝绰于普通三年编撰而成，共十卷，久已亡佚。萧统去世后，萧纲又为其编定文集，《梁书》本传及《隋书·经籍志》《旧唐书·经籍志》《新唐书·艺文志》所称二十卷者或即此本，大概至五代时此本也已亡佚。至宋，陈振孙《直斋书录解题》与《宋史·艺文志》著录有《昭明太子集》五卷，此即宋淳熙八年袁说友刊刻于池阳郡斋之书，今《四部丛刊》影印乌程许氏藏明本《昭明太子集》五卷，当由此而出。（转下页）

选的《正序》与《文章英华》早已亡佚，只有《文选》一书一直流传至今。因此，萧统的文学业绩主要体现在诗文总集的编撰上。萧统在编撰总集方面付出了大量的精力，无愧是中古时期一位杰出的选文大家。

《文选》的选篇定目既蕴含着萧统的文学思想，也体现着萧统的文学好尚。萧统在《文选序》中明确了该书的选取范围①，首先是赋、骚、诗在选录之列，其次如"游扬德业，褒赞成功"之颂、"补阙"之箴、"弼匡"之诚、"析理精微"之论、"序事清润"之铭、"美终"之诔、"图象"之赞以及诏、诰、教、令、表、奏、笺、记、书、誓、符、檄、吊、祭悲哀之作，答客、指事之制，三言八字之文，篇、辞、引、序、碑、碣、志、状等各类文体都属于选取之列。实际上，也就是明确将集部作为选取的主要对象，经部、子部均不在选取之列，但史书中的

(接上页)另外，明代叶绍泰亦刊有《昭明太子集》六卷，当是根据五卷本重加增补而成，其所收诗文多于五卷本，校勘也称精审，此本抄存于《四库全书》。此外，现存昭明太子诗文的辑本常见而又较有代表性的尚有明张燮《七十二家集》本、张溥《汉魏六朝百三家集》本以及清末丁福保《汉魏六朝名家集》本，明代冯惟讷《诗纪》、近人逯钦立《先秦汉魏晋南北朝诗》以及清代严可均《全上古三代秦汉三国六朝文》也分别辑存有萧统的诗和文。俞绍初先生在以上各本的基础上，重新加以整理，经过精心校注而成《昭明太子集校注》，该书按诗、赋、文分类编排，每类篇目凡有作年可考者依时间先后编次，不能定年者则放在该类之末，同时与萧统唱和酬答之作尽可能搜集，附在相应篇目之后，而遇到作者归属有疑问者，一律入附编，并说明原委，这是目前最新、最全的萧统文集，也最方便学者使用。据《梁书》本传记载，萧统有"《文集》二十卷，又撰古今典诰文言，为《正序》十卷，五言诗之善者为《文章英华》二十卷，《文选》三十卷"，其《文章英华》二十卷《南史》本传称为"《英华集》二十卷"，盖即《隋书·经籍志》所著录之"《古今诗苑英华》十九卷，梁昭明太子撰"。

　　①　日本藏古钞无注三十卷本《文选序》上有小字批曰："太子令刘孝绰作之云云"，有学者据此认为《文选序》即萧统令刘孝绰所作。因为此钞本是无注本萧统三十卷原本，非李善注本，但钞本却收录了李善《上文选表》，此眉批可能是批者误把萧统令刘孝绰其文集并为之作序的事与《文选序》搞混了。

"赞论""序述"属于选录范围。《文选序》不仅强调了《文选》的选取范围,而且也提到了《文选》的选文标准,即"综辑辞采""错比文华"与"事出于沈思,义归乎翰藻"。萧统在《文选序》中对此前的文学发展史进行了简单回顾,阐述了文章由质朴渐趋华丽的历史规律,提出了"变本加厉""踵事增华"的文学发展观念,可以称得上是一篇简略的中国古代文学发展史大纲。

《文选》成书后不久即得到流传,流传范围已不局限于梁的统治区域,甚至流传到了当时长江以北的东魏地区。从隋代开始,由于科举考试制度的推行和完善,以文章取士逐渐成为封建王朝为国选拔官吏的重要途径,《文选》逐渐成为文学之士的必读书目。与此相适应,隋代开始出现研究《文选》的著作。据现有文献记载,萧该的《文选音》是第一部研究《文选》的专著。隋末唐初之际,曹宪在扬州开始广收生徒,讲授《文选》,并著有《文选音义》,使研究《文选》逐渐发展成为一种专门学问——"《文选》学"。"《文选》学"就是围绕《文选》展开研究的一门专门学问,包括对《文选》的校勘、注释、讲授、续补、模拟、评论等一系列研究工作。钱锺书先生在《管锥编》中曾经说过:"词章中一书而得为学,堪比经之有易学、诗学等,或《说文解字》之蔚成许学者,惟选学与红学耳。"①"《文选》学"自唐初开始成为专门学问,迄今已有一千三百余年的历史。

由于曹宪的传授,其弟子李善、公孙罗、许淹、魏模等都致力于《文选》的注释、讲授和研究,且有许多《文选》研究成果问世,极大地推动了"《文选》学"的发展,使"《文选》学"研究在唐初达到了第一个历史高峰。特别是李善,对于"《文选》学"的繁荣发展更是功

---

① 钱锺书:《管锥编》,北京:中华书局,1990年,第1401页。

不可没。李善弋钓书部，发凡起例，注释《文选》成六十卷，世称《文选》李善注，成为唐代"《文选》学"研究的第一个标志性成果。李善对于《文选》的注释、校勘工作不仅推动了第一次"《文选》学"高潮的到来，也开创了集部注释的典范，从此以后，集部的注释进入了繁荣时代。李善晚年在汴、郑之间讲学，主要讲授《文选》，学生来自四面八方，扩大了"《文选》学"的影响，从此奠定了"《文选》学"在唐代的显学地位。唐玄宗开元年间，《文选》五臣注问世，这是唐代"《文选》学"研究的又一标志性成果。"《文选》学"在唐代经过曹宪、李善、许淹、公孙罗、魏模、五臣、陆善经等前赴后继的注释、校勘和传授，遂成蔚然大观，达到了"《文选》学"研究的历史顶峰，其后的研究者大都以他们的注释成果作为学习和研究的范本。这些注本甚至让《文选》白文本几乎无人问津，特别是流传至今的李善注和五臣注，已经和《文选》融为一体，密不可分，成为后世学习和研究《文选》的标准文本。

宋初，"《文选》学"继唐代之余波，仍处于显学的地位。南宋陆游在《老学庵笔记》中以"《文选》烂，秀才半"来概括宋初《文选》与科举考试的密切关系。后来，由于欧阳修等人倡导诗文革新运动，提倡古文创作，骈文的主体地位受到冲击。特别是宋神宗时期，王安石又对科举取士制度进行了改革，考试以经学为主，诗赋在考试中的地位逐渐削弱，《文选》的教科书作用也随之逐渐减弱，"《文选》学"开始受到冷落。"《文选》学"在宋代虽不像唐代那样处于显学地位，但也并没有完全退出人们的视野，而是以新的形式发展。雕版印刷在宋代的普及，为《文选》的传播创造了便利条件，宋代先后刊刻了五臣注、李善注以及五臣、李善合刻本等多种本子。其中流传至今的北宋国子监本、尤刻本、秀州本、广都本、明州本、赣州本、建州本为后世“《文选》学”研究提供了珍贵的版本资料。宋代的“《文选》学”研究成果主要表现在两方面：一是摘出《文选》中的用字和辞藻以备写作使用，如苏易简《文选菁英》二十四卷、《文选双字类要》三卷、刘攽《文选类林》十八卷、周明辨《文选汇聚》十卷、王若《选腴》五卷、曾发《选注摘遗》三卷、高似孙《文选句图》一卷、黄简《文选韵粹》三十五卷是也；二是对《文选》中的有关内容进行评论、考订，这些研究成果主要散见于宋人笔记中，很少有专书，如姚宽《西溪丛语》、陆游《老学庵笔记》之类是也。宋代的“《文选》学”研究与唐代注重阐释文本不同，而是以寻篇摘句及评论、考证为主，开拓了《文选》研究的新领域，开启了元、明、清时期评论、考证等研究之风。

元代出现了方回《文选颜鲍谢诗评》、刘履《选诗补注》等具有代表性的批评著作，其批评的对象主要限于《文选》中的诗歌。特别是方回《文选颜鲍谢诗评》，即以《文选》中所收颜延之、鲍照、谢混、谢瞻、谢灵运、谢惠连、谢朓七人的诗歌为批评对象。

明代的“《文选》学”主要继承宋代和元代的研究特点，仍以考证和批评为主，期间出现了张凤翼《文选纂注》，林兆珂《选诗约注》，闵齐华注、孙鑛评《文选瀹注》，邹思明《文选尤》，凌濛初辑刻《合评选诗》等“《文选》学”著作。

清代朴学大兴，“《文选》学”研究出现第二次高潮，涌现出钱陆灿、何焯、陈景云、余萧客、汪师韩、孙志祖、张云璈等一大批杰出的代表人物。张之洞在《书目答问》附录二《国朝著述诸家姓名略总目》中单列“《文选》学家”一类，列举了清代“《文选》学”研究有突出贡献的学者 15 家：钱陆灿、潘耒、何焯、陈景云、余萧客、汪师韩、严长明、孙志祖、叶树藩、彭兆荪、张云璈、张惠言、陈寿祺、朱珔、薛传均,并有小字注曰:"国朝汉学、小学、骈文家皆深选学,此举其有论著校勘者。"由此可见清代"《文选》学"研究盛况之一斑。清代的"《文选》学"研究主要体现在订正、考辨、补注和评论等方面。

"五四"以后,"《文选》学"渐次衰落,但仍然出现了高步瀛《文选李注义疏》、骆鸿凯《文选学》等力作,为现代"《文选》学"的重新崛起奠定了基础。尤其是骆鸿凯的《文选学》一书,对千余年来的"《文选》学"进行了深入细致、全面系统地梳理和总结,起到了承上启下、继往开来的重要作用,为现代"新《文选》学"的研究奠定了基础。

回顾一千三百余年的"《文选》学"发展历程,我们可以清晰地看到,隋唐时期是"《文选》学"发展的源头阶段,其"选学"成就卓著,成为后世不可逾越的高峰,这一时期的"《文选》学"成果主要体现在《文选》注释上;即使被称为"《文选》学"研究第二个高潮时期的清代,也还只是在唐代《文选》李善注、五臣注的基础上进行研究。张之洞在《輶轩语》中这样总结古代"《文选》学"研究的两项重要内容:"选学有征实课虚两义。考典实,求训诂,校古书,此为学计。摹高格,猎奇采,此为文计。"骆鸿凯在《文选学·源流第三》中将古代"《文选》学"研究分为注释、辞章、广续、雠校、评论五个方面的内容。他们对古代"《文选》学"的这种总结和概括,准确地揭示了古代"《文选》学"研究的基本要义。骆鸿凯所谓的注释、雠校正是张之洞所说的"为学计"的"考典实,求训诂,校古书",而辞章、广续和评论正是"为文计"的"摹高格,猎奇采"。李善、五臣注释《文选》正是从校勘、训诂、考究事典语典出发,为阅读《文选》扫清障碍,服务于士子的文章创作。从这个意义上来说,唐代的《文选》注释文本是整个"《文选》学"发展史的奠基之作,但是对它的整体系统研究尚处于起步阶段。

　　1988年海内外学者共聚长春举办第一届"《文选》学"国际学术研讨会,发起成立了中国"《文选》学"研究会。在中国"《文选》学"研究会的联络与组织下,已经先后举办了13届"《文选》学"国际学术研讨会,公开出版了10种"《文选》学"国际学术研讨会论文集:课题众多,内容全面,成果丰富,系统深入,标志着"《文选》学"研究进入了新的阶段。中国"《文选》学"研究会原会长许逸民先生将"新《文选》学"的范畴概括为"《文选》注释学""《文选》校勘学""《文选》评论学""《文选》索引学""《文选》版本学""《文选》文献学""《文选》编纂学""《文选》文艺学"八个方面,同时拟定了《〈文选〉学研究集成》丛书的12项选题:1.中外学者"《文选》学"论著索引,2.中外学者"《文选》学"论集,3."《文选》学"研究资料汇编,4."《文选》学"书录,5.《文选》集校,6.《文选》汇注,7.《文选》唐注考,8.《文选》版本研究,9."《文选》学"发展史,10.《文选》编纂学,11.《文选》今注今译,12."《文选》学"词典。在此指导下,有关"《文选》学"的著作陆续编撰出版,如屈守元《〈文选〉导读》(巴蜀书社1993年版),游志诚、徐正英《〈昭明文选〉斠读》(骆驼出版社1995年版),俞绍初、许逸民主编的《中外学者〈文选〉学论集》与《中外学者〈文选〉学论著索引》(中华书局1998年版),饶宗颐主编的《敦煌吐鲁番本〈文选〉》(中华书局2000年版),周勋初辑《唐钞文选集注汇存》(上海古籍出版社2000年版),傅刚《〈昭明文选〉研究》(中国社会科学出版社2000年版)与《〈文选〉版本研究》(北京大学出版社2000年版),罗国威《敦煌本〈昭明文选〉笺证》(巴蜀书社2000年版),胡大雷《文选诗研究》(广西师范大学出版社2000年版),曹道衡、傅刚《萧统评传》(南京大学出版社2001年版),俞绍初《昭明太子集校注》(中州古籍出版社2001年版),王立群《现代〈文选〉学史》(中国社会科学出版社 2003 年版)，王立群《〈文选〉成书研究》(商务印书馆 2005 年版)，汪习波《隋唐文选学研究》(上海古籍出版社 2005 年版)，韩晖《〈文选〉编辑及作品系年考证》(群言出版社 2005 年版)，陈宏天、赵福海、陈复兴《昭明文选译注》(吉林文史出版社 2007 年版)，穆克宏《文选学研究》(鹭江出版社 2008 年版)，王书才《〈昭明文选〉研究发展史》(学习出版社 2008 年版)，陈延嘉《〈文选〉李善注与五臣注比较研究》(吉林文史出版社 2009 年版)，郭宝军《宋代文选学研究》(中国社会科学出版社 2010 年版)，南江涛选编《文选学研究》(中国国家图书馆出版社 2010 年版)，赵俊玲《〈文选〉评点研究》(上海古籍出版社 2013 年版)，刘志伟主编《文选资料汇编(赋类卷)》(中华书局 2013 年版)，俞绍初、刘群栋等校订《新校订六家注文选》(郑州大学出版社 2013 年版)，等等。

如上所列撰著涉及《〈文选〉学研究集成》丛书所拟定 12 项选题中的大部分选题，如选题拟定的"中外学者'《文选》学'论著索引""中外学者'《文选》学'论集""《文选》学'研究资料汇编""《文选》集校""《文选》版本学""《文选》学'发展史""《文选》编纂学""《文选》今注今译"8 项已有专著出版，"'《文选》学'书录""《文选》汇注""'《文选》学'词典"3 项研究则正在进行之中，只有"《文选》唐注考"的子课题尚待开展。笔者不揣固陋，欲在前修时贤的研究成果基础之上，对"《文选》唐注"进行研究。

本课题从基础文献出发，深入梳理史料，以史为纲，以内在传承发展为纽带，全面深入系统地研究唐代"《文选》注释学"的成果。从宏观和微观两种角度出发，充分利用《文选》的传世文本、敦煌文献中的相关资料以及新出土的文献，对唐代《文选》的注释学成果进行全面考察。

第一章　唐前《文选》的流传与研究

　　《文选》成书后不久便流传到了北朝,但其在南朝的流传情况因文献资料的缺失而无法得到证实。《文选》在南朝的流行情况未见诸记载,应该与当时的政治环境和特殊的时代背景有关。《文选》在南朝虽然没有受到足够的重视,但并不意味着其传播过程是个空白。隋朝统一南北以后,随着社会环境的安定以及科举制度的推行,普通读书人通过文章入仕成为一种常规途径,《文选》开始受到人们广泛关注,《文选》作为文章范本的作用逐渐凸显。在这样的时代背景和社会需求之下,隋代诞生了我国历史上第一部《文选》研究专著——萧该《文选音》,开启了"《文选》学"研究的先河。

第一节　隋代以前《文选》的流传

　　《文选》虽然在唐代大受欢迎,广泛流传,形成了专门学问——"《文选》学",与"经学""三礼学""汉书学"一起成为当时的显学,但由于史料的缺乏,《文选》在隋代以前的流传情况一直暗昧不彰。日本学者冈村繁先生认为,当时"由于正当绮靡的近代宫体诗流行",再加上《文选》是"经再度加工而缩减了的选集"，当时的著作又少有论及《文选》者，所以《文选》"自梁朝中期编纂以后，直到梁末以至北周的前后五十年间"，"未曾引起当时的文人注意"，《文选》"重新为人们所重视则要等到后来以此书为科举实用书的隋唐时代"①。事实上，《文选》在编撰成书之初到隋朝这一段时期，其受重视程度虽然不如唐代"《文选》学"兴盛时期，但也并非没有流传。

据现有史料记载可知，《文选》在萧统去世后十余年内即已流传至北朝。傅刚先生首先注意到《太平广记》卷二百四十七中的一条记载，对我们探究《文选》初期的流传情况有很高的价值，今摘录如下：

> 北齐高祖尝宴近臣为乐……尝令人读《文选》，有郭璞《游仙诗》，嗟叹称善，诸学士皆云："此诗极工，诚如圣旨。"动筩即起云："此诗有何能？若令臣作，即胜伊一倍。"高祖不悦，良久，语云："汝是何人，自言作诗胜郭璞一倍，岂不合死？"动筩即云："大家即令臣作，若不胜一倍，甘心合死。"即令作之。动筩曰："郭璞《游仙诗》云：'青溪千余仞，中有一道士。'臣作云：'青溪二千仞，中有两道士。'岂不胜伊一倍？"高祖始大笑。②

此条末注云："出《启颜录》。"据《新唐书·艺文志》记载，《启颜录》

---

① 详见冈村繁《〈文选〉编纂的实际情况与成书初期所受到的评价》及《南北朝末期文学的动向及"文选学"的形成》，两文均收入俞绍初、许逸民主编《中外学者文选学论集》。
② （宋）李昉：《太平广记》卷二百四十七，北京：中华书局，1961年，第1916页。傅刚先生早在《〈文选〉的流传及影响》一文中首先提及此条材料。

系侯白所撰。侯白在《隋书》及《北史》中皆有传,生活在隋文帝时期,其人好为诙谐,聪明滑稽,有辩才,曾在隋文帝朝入秘书修国史,其所处年代距北齐不远。《太平广记》中的这条记载虽属于诙谐类,所记动筹之事是否属实值得怀疑,但此处所提到的北齐高祖已能见到《文选》的背景还是比较可信的。从这条记载可知,当时作为掌握东魏实际大权的高欢喜爱《文选》,曾令人为他诵读《文选》,其身边诸学士亦相当熟悉《文选》。因此傅刚先生认为:"北齐高祖高欢武定五年(547)去世,说明在这之前《文选》已经传至北朝。萧统公元 531 年去世,至公元 547 年仅 16 年,而《文选》已经传至北齐,可见流传速度之快,亦可见《文选》在当世已受人瞩目。北朝情况如此,南朝应该更为关注这本选集,可惜没有材料进一步证实这一点。"①

《文选》虽然在成书后不久就已经流传到了北朝,但是在《文选》发源地的南朝文献中却不见其流传情况的只言片语,比如当时的萧纲、萧绎和颜之推等人的著作中都未曾提及《文选》。之所以会出现这种反常情况,有其特殊原因。首先,萧统去世后,其弟萧纲被立为皇太子,围绕着萧纲形成了一个新的东宫文学集团,该集团以宫体诗为代表的创作实践以及绮靡的文学主张与萧统及其《文选》提倡的文质并重的文学主张有很大差异。其次,萧统去世后不久,梁武帝太清二年(548)发生了"侯景之乱",萧梁政权内部斗争激烈,无暇关注《文选》。最后,萧统死后,其后人没有被立为皇室接班人,萧梁皇室发生了内讧,"侯景之乱"时期,萧统的第二子萧誉、第三子萧詧又与梁元帝萧绎发生了矛盾,萧詧后来投靠西

---

① 傅刚:《〈文选〉的流传及影响》,《中国典籍与文化》2000 年第 1 期,第 66 页。

魏,并借西魏之手攻下江陵,梁元帝萧绎因之遇害,萧詧从此另立门户,历史上称为后梁,与原来的梁元帝政权彻底决裂。这些因素很可能在客观上影响了《文选》在南朝的受重视程度。

总而言之,《文选》在南朝的流传情况虽然未见诸记载,但也不是毫无流传。《文选》在好尚文学的南朝没有受到足够重视,应该与前述当时的政治环境和特殊的时代背景有关。

隋文帝开皇九年(589),隋灭陈,结束了长达近三百年的分裂局面,完成了南北统一大业。隋朝统一全国以后,社会环境趋向安定,人们逐渐注重文学创作,《文选》开始受到人们广泛关注。隋文帝鉴于魏晋以来的门阀制度积弊极深,开始推行统一的考试制度来规范官吏的选拔,为一般的寒门读书人开辟了步入仕途的常规途径。科举考试主要采取文学取士的方式,这为《文选》的普及推广带来了新的机遇。

《隋书·文学·杜正玄传》中有关杜正玄应试秀才的记载或可说明当时人们对《文选》熟悉程度之一斑。其中云:

> 杜正玄,字慎徽,其先本京兆人,八世祖曼,为石赵从事中郎,因家于邺。自曼至正玄,世以文学相授。正玄尤聪敏,博涉多通。兄弟数人,俱未弱冠,并以文章才辨籍甚三河之间。开皇末,举秀才,尚书试方略,正玄应对如响,下笔成章。仆射杨素负才傲物,正玄抗辞酬对,无所屈挠,素甚不悦。久之,会林邑献白鹦鹉,素促召正玄,使者相望。及至,即令作赋。正玄仓卒之际,援笔立成。素见文不加点,始异之。因令更拟诸杂文笔十余条,又皆立成,而辞理华赡,素乃叹曰:"此真秀才,

吾不及也！"①

由此可知，杜正玄应举秀才时锋芒毕露，引起仆射杨素的不满，后来正好赶上有人来献白鹦鹉，于是杨素立即命人召杜正玄来写"情景作文"，目的很可能是想让他知难而退，谁知杜正玄才思敏捷，下笔立成，杨素又令他"更拟诸杂文笔"十余条，"又皆立成"，且"辞理华赡"，这让"负才傲物"的杨素不由得惊叹"此真秀才，吾不及也"。从这段记载来看，杜正玄所拟"诸杂文笔"不甚明白。《北史·杜铨传》附《杜正玄传》的记载更为详备，清楚地记载了杜正玄所拟之篇目：

> 正玄，字知礼，少传家业，耽志经史。隋开皇十五年，举秀才，试策高第。曹司以策过左仆射杨素，怒曰："周孔更生，尚不得为秀才，刺史何忽妄举此人？可附下考。"乃以策抵地，不视。时海内唯正玄一人应秀才，余常贡者，随例铨注讫，正玄独不得进止。曹司以选期将尽，重以启素。素志在试退正玄，乃手题使拟司马相如《上林赋》、王褒《圣主得贤臣颂》、班固《燕然山铭》、张载《剑阁铭》《白鹦鹉赋》，曰："我不能为君住宿，可至未时令就。"正玄及时并了。素读数遍，大惊曰："诚好秀才！"②

参看这两段记载，我们约略可以得知当时的大概情况如下：隋

---

① （唐）魏徵等：《隋书》，北京：中华书局，1973 年，第 1747 页。
② （唐）李延寿：《北史》，北京：中华书局，1974 年，第 961—962 页。

文帝开皇十五年(595)杜正玄应举秀才,本已试策高第,但是左仆射杨素恃才傲物,以为当世不可能有如此才高之人,再加上杜正玄应试时对杨素言辞交锋略无下风,引起杨素不满而故意出难题欲"试退"他,正赶上林邑国(今属越南)献白鹦鹉,于是杨素限时让其拟就《白鹦鹉赋》,杜正玄下笔立成,文不加点,杨素大惊,又让他拟司马相如《上林赋》、王褒《圣主得贤臣颂》、班固《燕然山铭》、张载《剑阁铭》等。但是杜正玄并没有被这难题吓倒,相反他都能"援笔立成",并且让杨素看过后惊叹"诚好秀才"。从杜正玄所拟篇目来看,司马相如《上林赋》、王褒《圣主得贤臣颂》、班固《燕然山铭》、张载《剑阁铭》皆为《文选》所收篇目。《白鹦鹉赋》虽然不在《文选》之内,但《文选》中有祢衡《鹦鹉赋》,因为当时正好有人来献白鹦鹉,所以杨素才命他作《白鹦鹉赋》,实际上所拟也是《鹦鹉赋》。如此说来,杜正玄所拟之作都是《文选》中所选的篇目,也正是《隋书·杜正玄传》所称的"诸杂文笔",足见当时不仅身为尚书左仆射的杨素熟知《文选》,即使是应试者杜正玄也对《文选》相当熟悉,而且平时可能经常拟作。否则,出题者杨素一时固然不可能想出这么多的《文选》篇目,应试者杜正玄更不可能在这么短的时间内拟作出如此让杨素叹服的优秀作品。

　　杜正玄应试秀才之事虽然是个特例,但是我们从中可以看出《文选》作为读书人学习文章范本的作用已经开始凸显。随着科举制度的逐渐推行,能写一手好文章参加科举考试成为士子必要的进身之阶,因此,文章写作越来越受重视,作为文章渊薮如同教科书范本的《文选》逐渐进入更多读书人的视野。社会上学习《文选》已经蔚然成风,为了满足社会上越来越多读书人研读《文选》的实际需求,研究《文选》的专门著作也应运而生,在隋代诞生了第一部

《文选》研究专著——萧该的《文选音》。

第二节　萧该与《文选音》

隋代的萧该是目前有史可考的有《文选》研究专著的第一人，著有《文选音》。《隋书·儒林传》记载萧该事迹云：

> 兰陵萧该者，梁鄱阳王恢之孙也。少封攸侯。梁荆州陷，与何妥同至长安。性笃学，《诗》《书》《春秋》《礼记》并通大义，尤精《汉书》，甚为贵游所礼。开皇初，赐爵山阴县公，拜国子博士。奉诏书与妥正定经史，然各执所见，递相是非，久而不能就，上谴而罢之。该后撰《汉书》及《文选》音义，咸为当时所贵。①

《北史》本传记载与此略同。因萧该本传中的记载过于简略，下面我们再参考其他史传材料对其生平作一些补充说明。

萧该，生卒年均不详。据《梁书·太祖五王传》可知，他的祖父梁鄱阳王萧恢，是梁太祖萧顺之第九子，梁高祖武皇帝萧衍的弟弟，因此，萧该应是萧统的从侄。对萧该来说，《文选》可谓是先代旧业。梁元帝承圣三年（554）十一月，荆州陷落，萧该与何妥一同被迁至长安，当时他的年龄在二十岁左右②，由此可知，萧该生年大致和萧统卒年相去不远。

---

① 《隋书》，第 1715—1716 页。
② 参见王书才：《萧该生平及其〈文选〉研究考述》，《安康师专学报》2005 年第 2 期，第 66 页。又见其《〈昭明文选〉研究发展史》，北京：学习出版社，2008 年，第 24 页。

　　萧该自幼生长在酷爱文化学术的萧梁皇室,秉承了好学爱文的家学传统。其祖父萧恢"幼聪颖,年七岁,能通《孝经》《论语》义",长大后又"涉猎史籍"①,所以萧该也"性笃学,《诗》《书》《春秋》《礼记》并通大义,尤精《汉书》,甚为贵游所礼"。《隋书·阎毗传》中称阎毗"曾受《汉书》于萧该",则从侧面说明了萧该在长安"为贵游所礼"的事实。

　　隋文帝开皇(581—600)初年,萧该被封山阴县公,拜国子博士,并奉诏与何妥正定经史,但因为两人各执己见,意见难以统一,很久也没能完成任务,后被隋文帝罢之。何妥卒于开皇十六年(596)前后②,则其事必在开皇十六年之前。

　　萧该精于《汉书》,与包恺并称为当时的"《汉书》学"宗匠。《隋书·儒林·包恺传》中称包恺"大业中,为国子助教。于时《汉书》学者,以萧、包二人为宗匠。聚徒教授,著录者数千人"③。作为国子博士的萧该,负责教授国学生徒,这些学生都是贵胄子弟,均为三品以上文武官员的子孙、国公的子孙以及二品以上文武官员的曾孙。身为国子助教的包恺"聚徒教授,著录者数千人",萧该授徒的情况应不亚于包恺,像阎毗一样的贵族子弟跟随萧该学习者应不在少数,但限于史料的缺乏,其详情不可一一尽知。

　　本传云,萧该后来又撰"《汉书》及《文选》音义,咸为当时所贵"。《隋书·经籍志》著录有"《汉书音义》十二卷,国子博士萧该撰。《范汉音》三卷,萧该撰。《文选音》三卷,萧该撰"。《旧唐书·

---

① (唐)姚思廉:《梁书》,北京:中华书局,1973年,第350页。
② 曹道衡、刘跃进:《南北朝文学编年史》,北京:人民文学出版社,2000年,第647页。
③ 《隋书》,第1716页。

经籍志》著录有"《汉书音》十二卷,萧该撰。《后汉书音》三卷,萧该作。《文选音》十卷,萧该撰"。《新唐书·艺文志》著录有"萧该《汉书音》十二卷。萧该《后汉书音》三卷。萧该《文选音》十卷"。《通志》著录有"《汉书音义》十二卷,国子博士萧该。《汉书音》十二卷,萧该。《后汉音》三卷,萧该撰。《文选音》十卷,萧该集撰"。这些著作在《宋史·艺文志》已不见著录,可能在唐末五代已经亡佚。根据目录典籍著录情况来看,萧该的《后汉书音》三卷虽然有时称《范汉音》,有时称《后汉音》,但一直记载为"音"且为三卷,没有歧义。但是萧该关于《汉书》和《文选》的研究著作到底是"音义"还是"音",由于其本传中的表达含糊不清,又与目录著录不同,因此,我们需要对萧该关于《汉书》和《文选》的研究著作到底是"音义"还是"音"稍作辨析。在辨析这一问题之前,需要对音书、义书、音义书进行简要介绍。

　　音书与义书原来是两种书,释音的书称为"音",注音兼释义则称为"音义",如:《隋书·经籍志》经部著录有东晋太子前率徐邈撰《周易音》一卷,东晋尚书郎李轨撰《周易音》一卷,范氏撰《周易音》一卷,王肃注《仪礼》十七卷下的"梁有李轨、刘昌宗音各一卷,郑玄音二卷",集部著录有徐邈《楚辞音》一卷,宋处士诸葛氏《楚辞音》一卷,孟奥《楚辞音》一卷,无名氏《楚辞音》一卷,释道骞《楚辞音》一卷,李轨、綦毋邃《二京赋音》二卷,左思《齐都赋》二卷并音,李轨《二都赋音》一卷,宋御史褚诠之《百赋音》十卷,梁有《赋音》二卷,郭徵之撰,梁有《七林音》一卷;《旧唐书·经籍志下》集部总集类著录有薛综《二京赋音》二卷,李轨《齐都赋音》一卷,綦毋邃《三京赋音》一卷。这些都是单纯的音书,是为诵读之用,兼有为读者以音辨义的特点,但在书中是没有释义的,现存的敦煌写本法藏

P.2833、英藏 S.8521《文选音》也可说明这一点。

"音"和"音义"的名称在当时并没有完全区别开,有时也会混用,如《隋书·经籍志》"《尔雅音》八卷"下著录"梁有《尔雅音》二卷,孙炎、郭璞撰",颜之推《颜氏家训·音辞篇》却称其书为《尔雅音义》,可见当时的音义书和音书区别并不明朗。大体上,音书主要以注音为主,如果释义的条目比较多,也可称"音义",但仍是以注音为主,释义为辅。裴骃《史记集解序》中谈到徐广所作《史记音义》时说:"徐广研核众本,为作《音义》,具列异同,兼述训解,粗有所发明,而殊恨省略。"①可见,即使称为"音义"的书,也主要是注音,"兼述训解"。司马贞《史记索隐后序》中谈到有关《史记音义》时的说法也可以说明当时音义书的这种情况,其中称:"徐广作《音义》十三卷,唯记诸家本异同,于义少有解释","南齐轻车录事邹诞生亦撰《音义》三卷,音则尚奇,义则罕说",又称唐初刘伯庄"采邹、徐二说","遂作《音义》二十卷,音乃周备,义则更略"②。这里所说的虽然是《史记音义》的情况,大致也能代表音义书的普遍现象,即音义书主要以注音为主,少有释义。因此,音义书和音书并没有本质区别,它们都是以注音为主,区别在于是否兼及释义或释义的多少。音义书是通过注音、辨音来释义的,它是传注的发展,但又不同于一般的传注笺疏。音义只在释义通经的总目的上与训诂相同,在具体的注释对象和方法上与训诂又有所不同:散在传注中的随文释义的训诂是直接释义的,很少注音;训诂纂集(如《尔雅》等)是把散在传注中的词义训释汇编起来,也很少注音;而音义以注

---

① (汉)司马迁:《史记》所附《史记集解序》,北京:中华书局,1959 年,第十册,第 1 页。

② (汉)司马迁:《史记》所附《史记索隐后序》,第十册,第 9 页。

音、辨音为主，因音辨义，音明然后义自明，其注释、辨析的对象主要是音读。

《中国大百科全书·语言文字》"音义书"条目下，周祖谟先生为该类书所下定义云：

> 音义书专指解释字的读音和意义的书。古人为通读某一部书而摘举其中的单字或单词注出其读音和字义，这是中国古书中特有的一种体制。一部书因师承不同，可以有几家为之作音，或兼释义，有的还注意到字的正误。这种书在传统"小学"著作中独成一类，与字书、韵书、训诂书体例不同，所以一般称为"音义书"，或称"音书"。音义书内容丰富，成为研究古音、古义的重要参考资料。①

由此可见，音义具有兼跨经学、小学众多门类的特点，包含着多元的语言因素。音义书普遍而又典型的特点在于：音义不同于传注，传注只需解释词义和疏通文意，而音义含有丰富的语言研究内容；音义不同于训诂，训诂是直接训释词义，而音义总是通过辨音来明义；音义不同于音韵，音韵学只研究语音自身，而音义不作抽象的纯语音研究，它以注音为手段来辨析和确定词在当句语境中的具体意义。②

结合萧该的著作判断，其《汉书》著作虽然有的称《汉书音义》，有的称《汉书音》，如《隋书·经籍志》称《音义》十二卷，《旧唐书·

---

① 见《中国大百科全书·语言文字》，北京：中国大百科全书出版社，1988年，第452页。

② 万献初：《〈文字音韵训诂知见书目〉增置"音义类"的学术意义》，《出版科学》2004年第3期，第77—78页。

经籍志》和《新唐书·艺文志》皆著录《音》十二卷,《通志》则《音义》
与《音》并有,各十二卷。根据其所存佚文情况来看,该书兼有辨音
释义的特点,称作《汉书音义》或许更为恰当。

至于萧该在《文选》方面的著作,目录书中则一直著录为《文选
音》,没有歧义,应该主要是注音,基本不涉及释义,现存的佚文也
可说明这一点。萧该《文选音》早已亡佚,今仅存佚文 24 条,其中
1 条存于尤刻本李善注《文选》卷十五张平子《思玄赋》"行颇僻而
获志"下①,另外 23 条散见于日本所藏唐钞《文选集注》残卷的《音
决》之中②,将这些残存条目合而观之,萧该的《文选》研究著作称
为《文选音》或许更为准确。虽然关于法藏 P.2833《文选音》的作者
到底是萧该还是许淹尚存争议③,但《文选音》确实有只注音不
释义的体例存在。史籍目录中著录的《文选音》比较可信,而本传

----

① 见"行颇僻而获志"句下注:"颇,倾也。""萧该《音》本作陂,布义切。"见(梁)萧
统编,(唐)李善注《文选》,北京:中华书局,1977 年,第 214 页。
② 分别见《唐钞文选集注汇存》:卷八左太冲《蜀都赋》"汩",萧音骨(一·二十);
"戏",诸萧等咸以为㵤,许奇反,云鬼谷先生书有《抵㦬篇》,本作戏字者,传写误(一·六
〇—六一);卷九左太冲《吴都赋》"碏",萧千积反(一·九七);"刷",萧音所劣反(一·一
二〇—一二一);"抉",萧方于反(一·一三七);"并",萧步冷反(一·一四七);"超",萧
吐予反;"透",萧诗六反(一·一四九);"隩",萧于六反(一·一九七);"淜",萧先项反
(一·二〇);"校",萧胡孝反(一·二一五);"乌",萧乌古反(一·二一六);卷五九谢惠
连《七月七日夜咏牛女一首》"晒",萧音所疑反(一·四八八);卷六三屈原《离骚》"曼",
萧武半反(一·八五九);卷六六宋玉《招魂》"沫",萧音亡盖反(二·二);卷六六刘安《招
隐士》"缭",萧音料(二·六九);"蘋",萧、骞等诸音咸以为蘋音烦(二·七五—七六);卷
六八曹子建《七启》"招",萧音韶(二·一二二);卷七九繁休伯《与魏文帝笺》"姐",萧子
也反(二·四五八);卷九三王子渊《圣主得贤臣颂》"淬",萧子妹反(三·一〇);"煖",萧
香远反(三·一九);卷一〇三王子渊《四子讲德论》"黔",萧音奄(三·六五五);卷一一
三潘安仁《马汧督诔》"礌",萧力罪反(三·七〇一—七〇二)。
③ 王重民《敦煌古籍叙录》认为法藏 P.2833《文选音》为萧该所作,周祖谟认为
是许淹作。

中因连及《汉书》而称为"音义"是不准确的说法。

虽然在萧该以前已经有很多音书,《隋书·经籍志》也著录了很多《文选》所收篇目的注音著作,但都没有系统地将注音运用到集部总集类的《文选》之中,从这个意义来说,萧该的《文选音》直接承接魏晋南北朝以来音书的体例,首次将音书体例全面引入《文选》,开创了为总集《文选》注音的先河。因音及义,萧该的《文选音》著作无疑推动了《文选》的注释工作,为后来曹宪、李善等人讲习和注释《文选》筚路蓝缕,为以后的音义、训诂、注释典故开了先河。

从萧该的生平资料可以看出,他精通文字、音韵、训诂之学,既是隋代的文字音韵学家,又是当时"汉书学"的泰斗,因此,萧该的著作也主要体现在文字、音韵方面。

除了以上所论著作外,萧该还参与了现在所知最早的韵书——《切韵》音韵系统的整理,而且是其中的重要决策者。隋文帝开皇四年(584),萧该曾和刘臻、颜之推、卢思道、李若、辛德源、薛道衡、魏彦渊等人到陆法言处共同讨论音韵,鉴于各地、古今的音韵均有很大不同,他们决定对其进行规范整理,在确定音韵时遇到疑难之处,往往由颜之推和萧该来最后定夺,这些讨论的结果后来由陆法言撰成《切韵》一书①,该书后来成为唐代官方通行的韵

---

① 此事见于北京故宫博物院影印唐写本王仁昫《刊谬补缺切韵》所载陆法言序:"昔开皇初,有刘仪同臻、颜外史之推、卢武阳思道、李常侍若、萧国子该、辛咨议德源、薛吏部道衡、魏著作彦渊等八人,同诣法言宿","论及音韵","因论南北是非,古今通塞,欲更捃选精切,除削疏缓,颜外史、萧国子多所决定。魏著作谓法言曰:向来论难,疑处尽悉。何为不随口记之。我辈数人,定则定矣。法言即烛下握笔,略记纲纪。"转引自陈寅恪:《陈寅恪集·金明馆丛稿初编·从史实论切韵》,上海:生活·读书·新知三联书店,2001年6月,第394页。曹道衡、刘跃进《南北朝文学编年史》将此事系于隋文帝开皇四年(584),其说可从。

书。由此可知,萧该在音韵学方面的造诣非同一般。

萧该以"《汉书》学"大家的身份对《文选》进行注音,其原因大概有三:其一,是为了满足当时社会读者的需要。因为隋代科举考试制度的推行,士子们有阅读、学习《文选》的迫切需要,萧该的《文选音》"咸为当时所贵",充分说明萧该为《文选》作音注不是自娱自乐,而是根据社会实际需要而作,因此该书拥有读者群体,具有广泛的读者市场;其二,《文选》是萧该家先人的著作,乃其家学,萧该有将其发扬光大的主观愿望;其三,《文选》中的很多篇章与《汉书》《后汉书》重合,如汉高帝歌、贾谊《鵩鸟赋》、司马迁《报任少卿书》、司马相如《子虚赋》《上林赋》《喻巴蜀檄》《难蜀父老》《封禅文》、韦孟《讽谏诗》、班固《两都赋》,等等。《文选音》中有许多内容与《汉书音义》基本相同。因此,作为"汉书学"宗匠的萧该在《汉书音义》的基础上给《文选》注音可谓轻车熟路,水到渠成。

萧该《文选音》的出现为读书人研读《文选》解决了读音方面的难题,是适应当时社会实际需求的产物,因此在当时即大受欢迎。虽然其书已经亡佚,但是对整个"《文选》学"的研究发展历程而言,《文选音》是"《文选》学"研究的发轫之作,为唐代"《文选》学"的兴起奠定了坚实的基础。

第二章 "《文选》学"的兴起与
初唐时期的《文选》注

  虽然隋代萧该已经有《文选音》问世,开了《文选》研究的先河,但研究《文选》还没有形成一种专门学问。"《文选》学"成为专门学问是在社会渐趋安定的初唐时期。由于唐初仍然盛行骈文写作,再加上科举考试中以文学取士的进士科越来越受重视,以骈文为主的文章范本《文选》越来越受到读书人的关注。为了更好地研习利用《文选》,社会上迫切需要有人对《文选》进行注音、训诂注释和讲授。在这样的社会现实需求之下,曹宪首先在江淮间开始讲授《文选》,开了私人讲授《文选》的先河,并逐渐有了"《文选》学"的称谓。经过曹宪的传授,其弟子李善、许淹、公孙罗、魏模等人又薪火相传,继续对《文选》进行注释和讲授,社会上对《文选》的学习与研究逐渐蔚然成风,"《文选》学"也由此进入了兴盛阶段。尤其是李善,发凡起例,注释成《文选》六十卷,晚年又"居汴、郑间讲授,诸生四远至,传其业,号'《文选》学'",由是"其学大兴于代",从此成了有唐一代的显学,开创了"《文选》学"研究的第一个鼎盛时代。

第一节 曹宪与"《文选》学"的兴起

萧该的《文选音》在隋代问世以后,虽然颇受当时重视,但其他研究者和专著尚少,研究《文选》还没有得到普及,也没有成为一种专门学问。"《文选》学"作为一种专门学问出现,始自唐朝初年的曹宪。许逸民先生认为,"选学的兴起作为一个历史阶段,当始自隋大业,止于唐永隆,前后历时约计八十年",其代表人物为萧该、曹宪、李善,"选学之得名,始自曹宪而成于李善"①。许先生关于"《文选》学"兴起阶段的论断和证据令人信服,而在这不同的发展阶段中,萧该、曹宪和李善先后发挥了不同的重要作用。萧该的成就已如上所述,下面我们看看曹宪在"《文选》学"兴起阶段所做出的杰出贡献。

曹宪的生平事迹主要见于两《唐书》。《旧唐书·儒学上·曹宪传》记载曹宪生平云:

> 曹宪,扬州江都人也。仕隋为秘书学士。每聚徒教授,诸生数百人,当时公卿已下,亦多从之受业。宪又精诸家文字之书,自汉代杜林、卫宏之后,古文泯绝,由宪此学复兴。大业中,炀帝令与诸学者撰《桂苑珠丛》一百卷,时人称其该博。宪又训注张揖所撰《博雅》,分为十卷,炀帝令藏于秘阁。贞观中,扬州长史李袭誉表荐之,太宗征为弘文馆学士。以年老不

---

① 详见许逸民:《论隋唐"〈文选〉学"兴起之原因》,《文学遗产》2006年第2期,第30页。

仕,乃遣使就家拜朝散大夫,学者荣之。太宗又尝读书有难字,字书所阙者,录以问宪,宪皆为之音训及引证明白,太宗甚奇之。年一百五岁卒。所撰《文选音义》,甚为当时所重。初,江、淮间为《文选》学者,本之于宪,又有许淹、李善、公孙罗复相继以《文选》教授,由是其学大兴于代。①

《新唐书·儒学上·曹宪传》亦曰:

　　曹宪,扬州江都人。仕隋为秘书学士,聚徒教授凡数百人,公卿多从之游。于小学家尤邃,自汉杜林、卫宏以后,古文亡绝,至宪复兴。炀帝令与诸儒撰《桂苑珠丛》,规正文字,又注《广雅》,学者推其该,藏于秘书。

　　贞观中,扬州长史李袭誉荐之,以弘文馆学士召,不至,即家拜朝散大夫,当世荣之。太宗尝读书,有奇难字,辄遣使者问宪,宪具为音注,援验详复,帝咨尚之。卒,年百余岁。

　　宪始以梁昭明太子《文选》授诸生,而同郡魏模、公孙罗、江夏李善,相继传授,于是其学大兴。②

　　因本传中的记载过于简略,下面我们结合相关史料对曹宪的生平、著述情况及其在"《文选》学"兴起阶段的贡献略加阐述。

　　曹宪,两《唐书》本传中皆称其为扬州江都人。唐代释道宣《续高僧传》卷十二《唐常州建安寺释智琚传》记载了"前陈西阳王记室

---

①　(后晋)刘昫:《旧唐书》,北京:中华书局,1975 年,第 4945—4946 页。
②　(宋)欧阳修、宋祁:《新唐书》,北京:中华书局,1975 年,第 5640 页。

谯国曹宪"为智琚所作的碑文①,就此条记载而言,曹宪祖籍应该在谯郡,后来迁居扬州。曹宪在南朝陈代曾任西阳王记室②,与虞世南同在陈西阳王府任职③。西阳王即陈宣帝顼第二十三子陈叔穆,至德元年(583)被封为西阳王,南朝陈后主祯明三年(589),即隋文帝开皇九年,陈朝灭亡,西阳王北入长安④。曹宪可能作为属官一起去了长安,所以在隋代又任秘书学士。

曹宪的生卒年史书缺载,《新唐书》称其"卒年百余岁",《旧唐书》则确称"年一百五岁卒"。贞观年间,曹宪受扬州大都督府长史李袭誉的推荐,被征为弘文馆学士⑤,但他因为年老而没有应召。根据李袭誉任扬州长史的时间推断,他举荐曹宪之事可能在贞观

---

① (唐)释道宣:《续高僧传》,《续修四库全书》本,第一二八一册,第 680 页。
② 唐代释道宣《续高僧传》卷十二《唐常州建安寺释智琚传》中,称释智琚卒于"武德二年六月十日也。窆于毗坛之南寺之旧圹。衍姓丘氏,晋陵名族,容止可观,精采卓异,敬崇芳绩,树此高碑于寺之门前。陈西阳王记室谯国曹宪为文",宋代罗愿《新安志》《罗鄂州小集》并有《智琚传》,其中云智琚"逝于常州建安寺。武德二年,弟子常衍为立碑,西阳王记室曹宪为文"。根据这两条记载,智琚弟子丘常衍于武德二年(619)所立之碑是曹宪所撰,曹宪自称"陈西阳王记室谯国曹宪",可见曹宪祖籍应在谯郡,或即曹魏后裔,可能在东晋时期移居扬州,曹宪在陈曾任西阳王记室。
③ 《旧唐书·虞世南传》中称虞世南"至德初,除西阳王友",陈灭亡后入长安,则曹宪与虞世南同在陈西阳王府供职。
④ 据唐姚思廉《陈书·高宗二十九王传》记载:"西阳王叔穆,字子和,高宗第二十三子也。至德元年立为西阳王,祯明三年入关,卒于长安。"
⑤ 《大唐新语》称为"贞观初",两《唐书》皆称"贞观中"。按,李袭誉贞观八年(634)正月从扬州长史任为江南巡察大使,《册府元龟》引当时诏书有"若有鸿材异学,留滞末班,哲人奇士,隐伦屠钓,宜精加搜访,进以殊礼,务尽使乎之旨,俾若朕亲觌焉"之语,曹宪被推荐或在此时也;《唐会要·疏凿利人》记载:贞观十一年,扬州大都督府长史李袭誉以江都俗好商贾,不事农业,誉乃引雷陂水,又筑句城塘,溉田八百余顷,百姓获其利;《唐会要·修撰》记载:贞观十三年十一月三日扬州长史李袭誉撰《忠孝图》二十卷奏之;《太宗本纪》称李袭誉贞观十五年为凉州都督。据此,则李袭誉任江南巡察大使(也称观风俗使)期间,仍是扬州长史,则荐曹宪事当在贞观十五年前,或在八年至十五年之间也,两《唐书》所谓"贞观中"似更确切。

八年(634)至十五年(641)之间,此时曹宪已经年事过高。于是唐太宗特意遣使至其家,拜为朝散大夫,并且经常向他请教一些字书未载的疑难杂字。曹宪在贞观中年事已高,则其年龄或已在八十以上,若以此逆推其生年,当在梁末至陈初年间,大致在公元550年前后①。因此,曹宪入长安时的年龄大约在四十岁上下。曹宪去世时年105岁,然未知卒于何年。据笔者推断,曹宪可能卒于唐高宗永徽、显庆年间。因为《旧唐书》称卢照邻"年十余岁,就曹宪、王义方授《苍》《雅》及经史"②,卢照邻生年虽不可确考③,其十余岁时,最早也在贞观十七年(643)以后,此时曹宪尚能讲学,其年龄当未至百余岁,则其去世当在唐高宗年间。

曹宪在隋任秘书学士期间,曾在长安收徒讲学,生徒达数百人,很多公卿都受业于曹宪。由于曹宪精于小学训诂,所以他当时讲学的主要内容可能是文字训诂及经史之类。隋炀帝大业年间(605—616),曹宪受命与其他学士共同编撰《桂苑珠丛》一百卷,受到广泛称赞。后来,他又训注张揖所注《广雅》,因避炀帝讳,改称《博雅音》十卷,藏于内府。大业末年,天下丧乱,曹宪又回到了扬

---

① 清代阮元《扬州隋文选楼记》推断曹宪生于梁大同年间(535—545),汪习波《隋唐文选学研究》中以为其生年在梁末太清(547—549)之后,以笔者推断,曹宪生年大致就在梁末550年前后。

② 《旧唐书》,第5000页。

③ 卢照邻的生年史无实据,不可确考,大致有以下六种说法:1.傅璇琮《卢照邻杨炯简谱》认为贞观四年(630)前后;2.祝尚书《卢照邻集笺注》附录四《卢照邻年谱》认为贞观六年(632)前后;3.任国绪《卢照邻诗文系年及生平行迹》认为贞观八年(634);4.刘开扬《初唐四杰及其诗》认为贞观九年(635);5.闻一多《唐诗大系》认为贞观十一年(637);6.苏雪林《唐诗概论》认为高宗永徽元年(650)。大致皆在贞观四年(630)至永徽元年(650)间也。其十余岁,则当在十二、三岁之间,不会大于十五岁,盖最早也在贞观十七年,晚则在贞观末或永徽、显庆年间也。

州,也可能是在隋炀帝大业十二年(616)巡行扬州时跟随到了扬州。当时天下大乱,曹宪从此居家不仕,设帐授学,开启了传授《文选》的伟业。

曹宪一生著述颇丰,他的著述也主要集中在文字训诂方面。《隋书·经籍志》著录其《广雅音》四卷,《古今字图杂录》一卷;《旧唐书·经籍志》著录其《尔雅音义》二卷,《博雅》十卷,《文字指归》四卷,《曹宪集》三十卷;《新唐书·艺文志》又著录有《文选音义》,但注为"卷亡"。本传所载他与诸儒撰《桂苑珠丛》一百卷,《旧唐书》著录为"诸葛颖撰",则曹宪很可能是参与编撰,而诸葛颖是总撰官。曹宪既与虞世南同在陈西阳王府任职,虞世南曾在顾野王门下学习十余年,则曹宪在小学训诂方面也可能曾受到顾野王影响。宋代陈思《书小史》卷九云:"《桂苑珠丛》一百二十卷,体制拟顾野王《玉篇》,以小篆、八分、隶书三体,正御本甚精。"①此处盖合《旧唐书》著录的《桂苑珠丛略要》二十卷而言之。曹宪的著作现仅有《广雅音》十卷传世,其他著作都已亡佚,清代马国翰辑有曹宪《文字指归》一卷。

从现存史料来看,除了文字训诂方面的著述成就外,曹宪应该也擅长辞章。两《唐书》皆著录有《曹宪集》三十卷,但《宋史》已不见著录,可能其文集亡于唐末宋初。史传材料中有曹宪曾为人撰写碑文的记载,除了上述曹宪为智琚所作碑文外,唐代李冲昭《南岳小录》还记载有《衡岳观碑》,"其观碑文,隋学士曹宪撰,今见存焉"②。在秦汉以来,大凡能被邀请撰写碑文者一般都是文章楷模,最起码也是当时的社会名流、文章大家,如秦代的李斯,汉代的

---

① (宋)陈思:《书小史》,影印文渊阁《四库全书》本,第八一四册,第267页。
② (唐)李冲昭:《南岳小史》,影印文渊阁《四库全书》本,第五八五册,第5页。

蔡邕等等。由此观之，曹宪的文章在当时也很受人重视。可惜他的文集失传，我们不能一睹其风采。

除了善于写文章和著述文字训诂著作以外，曹宪的学术成就主要体现在《文选》研究上，他对"《文选》学"的兴起有首倡之功。《旧唐书·曹宪传》称，"初，江、淮间为《文选》学者，本之于宪，又有许淹、李善、公孙罗复相继以《文选》教授，由是其学大兴于代"，《新唐书·曹宪传》亦有"宪始以梁昭明太子《文选》授诸生，而同郡魏模、公孙罗、江夏李善，相继传授，于是其学大兴"的说法。也就是说，曹宪首先在江、淮间讲授《文选》，并已有了"《文选》学"的称号。经过曹宪的传授，其弟子许淹、李善、公孙罗、魏模等又相继传授，于是"《文选》学"成为有唐一代的显学。曹宪讲授《文选》开了私人讲授《文选》的风气，并从此独立出来成为一种专门学问——"《文选》学"。

唐代刘肃《大唐新语》中对曹宪与"《文选》学"兴起的关系也有记载。《大唐新语·著述》云：

> 江淮间为《文选》学者，起自江都曹宪……宪以仕隋为秘书，学徒数百人，公卿亦多从之学，撰《文选音义》十卷。年百余岁乃卒。其后句容许淹、江夏李善、公孙罗相继以《文选》教授。①

刘肃在唐宪宗元和年间（806—820）曾任江都主簿，而曹宪传授《文选》正是在这个地方，所以刘肃对江、淮间"《文选》学"兴起情

---

① （唐）刘肃：《大唐新语》，北京：中华书局，1984 年，第 133—134 页。也有学者认为《旧唐书》所载本之于刘肃《大唐新语》，清赵翼《廿二史札记》已言《旧唐书》前半全用国史实录文，其说可从。如此，则《大唐新语》与《旧唐书》或引用材料相同，不能断定《旧唐书》引自《大唐新语》，汪习波先生《隋唐文选学研究》亦主此说。

况的记载应该比较可靠，这也与两《唐书》关于"《文选》学"始自曹宪的说法相吻合。当然，两《唐书》关于"《文选》学"兴起的记载可能源自刘肃，也可能另有其他文献来源。不管是何种可能，都印证了刘肃记载的准确可信。

刘肃还提到曹宪的"《文选》学"专著——《文选音义》十卷，《隋书·经籍志》和《旧唐书·经籍志》都没有著录该书，而《新唐书·艺文志》已著录为"卷亡"。根据曹宪的其他著述在《隋书·经籍志》和《旧唐书·经籍志》《新唐书·艺文志》都有著录来看，《文选音义》可能在隋代没有成书，很可能是入唐以后的著作，也说明曹宪讲授《文选》是在入唐以后闲居扬州时期之事，《文选音义》很可能是曹宪教学时所用的讲义，所以《旧唐书·经籍志》中也没有著录。该书在《宋史》已不见著录，大概在唐末五代时期亡佚。当然，从另一层面来说，唐代有李善、五臣两家的《文选注》流传，注音、释义、训解典故皆很完备，作为早期"《文选》学"著作的曹宪的《文选音义》亡佚也是可以理解的，即在新时期有了更好的"《文选》学"著作可以利用，《文选音义》的历史作用已经被取代，亡佚也就在情理之中了。

曹宪的《文选音义》早已亡佚，今天仅能见其个别佚文存世。日本所藏原帙共有一百二十卷的《文选集注》残卷所引《音决》中，尚引有曹宪音 11 条，涉及 12 个字的注音①，尤刻本李善注《文选》

----

① 　分别见《唐钞文选集注汇存》：卷八左太冲《蜀都赋》"汨"，曹胡没反（一·二〇）；卷九左太冲《吴都赋》"澄"，曹直耕反（一·一一二）；"琵"，曹步兮反（一·一一五）；"刷"，曹音子六反（一·一二〇—一二一）；"荂"，曹苦花反（一·一三四）；"忼"，曹何朗反（一·一七〇）；卷六三屈原《离骚》"颙颔"，曹减淫二音（一·八二二）；卷六六宋玉《招魂》"蘦"，曹音邹（二·一四）；"牛"，曹合口呼谋，齐鲁之间言也（二·二〇）；卷七九繁休伯《与魏文帝笺》"姐"，曹子预反（二·四五八）；卷九三王子渊《圣主得贤臣颂》"淬"，曹七对反（三·一〇），共计 11 条，涉及 12 个字音。

卷十七傅武仲《舞赋》注中有 1 条,涉及 2 个字音①,此 12 条的 14 个注音为曹宪《文选音义》仅存之一鳞半爪。从其残存的佚文来看,仅涉及注音,未见释义条目。虽然《音决》所引主要是注音,很少引其释义条目,但结合其书仅有十卷而观之,可能曹宪的《文选音义》主要是注音,释义的地方比较少。从这个意义上说,《文选音义》仍然秉承了萧该《文选音》主要注音的体例。

曹宪之所以精通《文选》,与其深厚的文字训诂功底有关。清人阮元在《扬州隋文选楼记》中曾阐述了文字训诂和"《文选》学"的关系:

> 古人古文小学,与辞赋同源共流,汉之相如、子云,无不深通古文雅训。至隋时曹宪在江淮,其道大明,扬、马之学传于《文选》,故曹宪既精雅训,又精选学。②

阮元的说法可谓一语中的,剖析了曹宪精通"《文选》学"得天独厚的自身条件。当然,对于初唐时期"《文选》学"的兴起,曹宪的首倡之功自不待言,但是"《文选》学"的兴起还有其特殊的时代背景和原因。

虽然曹宪的《文选音义》早已亡佚,但曹宪在"《文选》学"上的影响深远,这是因为曹宪开始将《文选》作为讲学的课程,培养了一批有志于《文选》研究的人才,使"《文选》学"的研究得以传续。在

---

① 尤刻本李善注《文选》卷十七傅武仲《舞赋》"黧收而拜"下有"曹宪曰:矇眕而拜。上音戾,下居蚍反",涉及 2 个字音。
② (清)阮元:《揅经室集·二集》卷二,《续修四库全书》本,第一四七九册,第 63 页。

曹宪之前,不管是官学还是私学,其讲授的主要内容都集中在经学、史学以及训诂小学方面,还没有将集部的著作纳入讲学范围。自从曹宪在江、淮间开始讲授《文选》,作为文学作品的集部也堂而皇之地步入了私学的课堂,打破了原来公私讲学仅以经学、史学等为授课内容的限制,并逐渐发展成了专门学问。曹宪不但开了《文选》讲授的先河,也培养了一批致力于《文选》研究与讲授的人才,如许淹、魏模、公孙罗、李善等。正是这批弟子,为唐代"《文选》学"的繁盛奠定了坚实的基础。

第二节 "《文选》学"兴起的背景和原因

"《文选》学"就是研究《文选》的专门学问,在唐代能够与"三礼学""汉书学"等并称。在"《文选》学"成为专门学问之前,经学和史学比较受重视,称为"学"的都是经、史之类,如"诗学""易学""三礼学""汉书学"等。作为文学总集的《文选》在唐代发展成为一种专门学问——"《文选》学",可谓史无前例。究其原因,与唐代政治文化南北融合的社会背景和科举制度的推行密不可分。

南北统一以后,社会环境渐趋安定,李唐王朝开始大兴文治,这是"《文选》学"兴起的第一重背景。唐王朝立国以后,特别是海内初定以后,统治者特别重视文治,兴礼乐,立学校。唐高祖武德四年(621),李唐王朝讨平王世充,"于时海内渐平,太宗乃锐意经籍,开文学馆以待四方之士"①。政治社会环境的安定为文化事业的发展提供了良好的发展机遇,唐太宗等先后听取秘书监令狐德

---

① 《旧唐书》,第28页。

荙、魏徵等人的意见,搜购遗书,妥善缮写,详加校定,于是秘府四库毕备,又先后命人撰成《艺文类聚》《五经正义》《群书治要》《类礼》《文思博要》等,同时分别安排专人撰修前代史书,如《晋书》《梁书》《陈书》《隋书》等。唐代一系列促进文化事业繁荣的举措为"《文选》学"的兴起提供了可能。

隋唐之际的统治者所倡导的文风与《文选》反映的文风比较一致,这是"《文选》学"兴起的第二重背景。隋文帝开皇九年(589)平陈,结束了长达三百余年的南北分裂局面,实现了全国统一。由于长期的南北对峙,南北文化学术的发展一直不同步。大致说来,南方是文化学术的前沿,北方则稍微落后于南方。所以,北朝文人很注意吸收南朝文化的先进部分,体现在文学创作上,就是学习南朝的文学好尚。南朝文人王褒、庾信、颜之推等入北,也对北方的文学创作起到了推动作用。南北文学的交流主要体现在北朝学人开始接受并学习南朝的文学创作,北朝的文坛巨匠如魏收、邢邵等人都注重学习南朝任昉、沈约的文学创作。颜之推《颜氏家训·文章第九》对北朝文人学习南方文学创作曾有记载,其中说道:

> 邢子才、魏收俱有重名,时俗准的,以为师匠。邢赏服沈约而轻任昉,魏爱慕任昉而毁沈约,每于谈宴,辞色以之。邺下纷纭,各有朋党。祖孝征尝谓吾曰:"任、沈之是非,乃邢、魏之优劣也。"①

《北齐书·魏收传》亦有类似记载:

---

① 王利器:《颜氏家训集解》,北京:中华书局,1993年,第273页。

始,收比温子升、邢邵稍为后进,邵既被疏出,子升以罪幽死,收遂大被任用,独步一时。议论更相訾毁,各有朋党。收每议陋邢邵文。邵又云:"江南任昉,文体本疏,魏收非直模拟,亦大偷窃。"收闻乃曰:"伊常于沈约集中作贼,何意道我偷任昉。"任、沈俱有重名,邢、魏各有所好。武平中,黄门郎颜之推以二公意问仆射祖珽,珽答曰:"见邢、魏之臧否,即是任、沈之优劣。"①

南朝梁代后期,宫体逐渐流行,到了陈代更是变本加厉,南朝文风越来越趋于浮靡。鉴于南朝浮靡绮艳的文风对北方文学影响有愈来愈烈之势,隋文帝于开皇四年(584)下诏,要求"公私文翰,并宜实录"。经过隋文帝的整治,"公卿大臣咸知正路,莫不钻仰坟籍,弃绝华艳"②,"然时俗词藻,犹多淫丽,故宪台执法,屡飞霜简"③,"外州远县,仍踵敝风,选吏举人,未遵典则"④,开皇四年九月仍有泗州刺史司马幼之因为"文表华艳"而被治罪。可见,隋文帝的举措并没有被社会上普遍遵守,后来李谔又给隋文帝上书,要求对仍然不遵教令者严加整饬。李谔对建安以来的文学创作大加批评,认为"魏之三祖,更尚文词,忽君人之大道,好雕虫之小艺。下之从上,有同影响,竞骋文华,遂成风俗。江左齐、梁,其弊弥甚,贵贱贤愚,唯务吟咏。遂复遗理存异,寻虚逐微,竞一韵之奇,争一字之巧。连篇累牍,不出月露之形,积案盈箱,唯是风云之状"⑤。

① (唐)李百药:《北齐书》,北京:中华书局,1972 年,第 491—492 页。
② 《隋书》,第 1545 页。
③ 《隋书》,第 1730 页。
④ 《隋书》,第 1545 页。
⑤ 《隋书》,第 1544 页。

他的观点虽然有些偏激,但对于南方轻靡浮艳文风的概括还是比较准确的。

虽然隋文帝提倡文风质朴,但是社会流俗还是接受了南朝淫丽词藻的创作风尚。隋朝统一以后,南方大量文人涌入长安,对北方的文学创作产生了巨大影响。隋炀帝本人也喜欢南朝华美的文风,是南朝文学有力的追随者和提倡者,他对文风的主导倾向是取法江左,融汇南北,"改变了隋文帝以来保守的文学观念和政策,并以其高水平的创作实践推动了南风北渐的过程,并为此后南北文学的进一步融合和新文风的形成奠定了基础"[①]。

随着唐王朝统治的渐趋稳定,唐代君臣开始对文学创作的风尚进行引导。《隋书·文学传》对汉魏以来的文学创作情况进行了总结,并提出了自己的看法:

> 自汉、魏以来,迄乎晋、宋,其体屡变,前哲论之详矣。暨永明、天监之际,太和、天保之间,洛阳、江左,文雅尤盛。于时作者,济阳江淹、吴郡沈约、乐安任昉、济阴温子升、河间邢子才、巨鹿魏伯起等,并学穷书圃,思极人文,缛彩郁于云霞,逸响振于金石。英华秀发,波澜浩荡,笔有余力,词无竭源。方诸张、蔡、曹、王,亦各一时之选也。闻其风者,声驰景慕,然彼此好尚,互有异同。江左宫商发越,贵于清绮,河朔词义贞刚,重乎气质。气质则理胜其词,清绮则文过其意,理深者便于时用,文华者宜于咏歌,此其南北词人得失之大较也。若能掇彼

---

① 王永平:《隋炀帝之文化趣味与江左文风、学风之北渐》,《学习与探索》2005 年第 2 期,第 119 页。

清音,简兹累句,各去所短,合其两长,则文质斌斌,尽善尽美
矣。梁自大同之后,雅道沦缺,渐乖典则,争驰新巧。简文、湘
东,启其淫放,徐陵、庾信,分路扬镳。其意浅而繁,其文匿而
彩,词尚轻险,情多哀思。格以延陵之听,盖亦亡国之音乎!
周氏吞并梁、荆,此风扇于关右,狂简斐然成俗,流宕忘反,无
所取裁。①

　　《隋书》是魏徵等人受皇帝敕诰所修,其中所体现出的文学观
点代表了唐王朝统治者的文学好尚。《隋书·文学传》推崇梁武帝
天监以前的作家,如江淹、沈约、任昉等人,认为他们可以比拟汉魏
时期的张衡、蔡邕、曹植、王粲,但对梁简文帝萧纲、梁元帝萧绎以
及徐陵、庾信等人"雅道沦缺,渐乖典则,争驰新巧"的"亡国之音"
大加鞭笞。《隋书·文学传》所透露的文学观点和萧统编选《文选》
的去取原则和分期都比较接近。《文选》所收作家大都卒于梁武帝
天监十二年(513)以前,即使卒年在普通年间的刘峻、徐悱、陆倕三
人的六篇作品,目前大都认为作于梁武帝天监年间。《隋书·文学
传》推崇的作家如张衡、蔡邕、曹植、王粲、江淹、任昉、沈约等人都
有大量作品入选《文选》,其中被邢邵、魏收所摹拟学习的任昉、沈
约等人入选的作品还不在少数。这些都充分说明,萧统《文选》的
选取标准符合隋唐之际统治者文风好尚的要求,可以作为读书人
学习写作的范本,这也为"《文选》学"的兴起提供了便利条件。
　　《新唐书·选举制上》所记载的唐太宗时期的一个科举例子从
侧面说明了唐初的文风好尚:

---

　　①　《隋书》,第1729—1730页。

> 太宗时,冀州进士张昌龄、王公谨有名于当时,考功员外郎王师旦不署以第。太宗问其故,对曰:"二人者,皆文采浮华,擢之将诱后生而弊风俗。"其后,二人者卒不能有立。①

张昌龄、王公谨没有中第,原因就是考官认为二人文章过于浮华,如果录取他们将对文学创作风尚产生流弊,使属文之士误以为统治者喜欢浮靡轻艳的文章。从这里我们也可看出,当时的选取标准显然就是萧统《文选》中所主张的典丽雅致,而非梁代后期以来的浮靡文风。

隋唐开始推行的科举制度,尤其是以文学取士的进士科越来越受到重视,为《文选》受到广泛关注奠定了基础,这是"《文选》学"兴起的第三重背景。隋朝建立以后,逐渐废除了魏晋以来流行的选拔官吏的九品中正制,并改变了州郡长官辟举僚属的制度,改为各级官吏,包括地方长官的僚属一律由中央任免,官吏的任用不再受到门第高低的限制,由此开始了沿用一千多年的封建科举取士制度。科举就是分科取士,即封建王朝按照不同的政治需要,设置不同的科目,规定不同的考试内容,通过考试选拔对朝廷有用的人才。科举制度的推行,标志着国家主要通过文学取士的开端。科举制度虽然始创于隋,但其广泛应用和制度逐渐完备却是在唐朝。唐高祖武德四年(621),开始恢复秀才、进士、明经等科目,并于武德五年(622)正式开科取士,这标志着唐代科举制度的开始。

唐代的科举考试制度主要继承隋朝,随着科举考试的推行,唐王朝不断对其进行适时调整,使之渐趋稳定和完备。唐代的科举

① 《新唐书》,第1166页。

分为常选和制举两种形式。常选每年定期举行,分为秀才、明经、俊士、进士、明法、明字、明算、一史、三史、开元礼、道举、童子等科目,其科目和考试时间都是固定的。制举是封建最高统治者根据现实需要临时下诏进行考试,其考试时间临时确定,其科目亦随需要而设置,所以科目甚为繁多。

秀才科是唐代所有科目中名望最高的科目,其考试内容是方略策五道,文理皆高为上上,文高理平或理高文平为上中,文理俱平为上下,文理粗通为中上,文劣理滞则落第。秀才科的取人标准主要体现在文章的写作水平和分析问题上面。秀才科在唐初最受重视,但因为其难度太高,及第的人数也很少,造成了大部分人都不敢应举,官员举荐不实还会受到处分,所以到唐高宗永徽二年(651)秀才科基本废止,以后即使有其名目,也处于名存实亡的状态。因此,实际上唐代的科举考试以常选中的进士科最为重要,其次才是明经以及制举,这是唐代高级官员选拔的主要途径。所以,进士、明经及制举代表了唐代科举考试的主要方面,而这些科目的考试都涉及各种文体的文章写作,特别是进士科尤重文学,所以能写各体文章成为一般读书人通过科举考试进入社会上层社会参与国家管理的主要常规途径。

唐初的进士科只考试策文,内容与时务相关,这是传统形式的考试方式,其答策基本属于精致典雅的四六骈体文。唐高宗永隆二年(681),在考功员外郎刘思立的提议下,进士先试帖经,十通六以上者可以接着试杂文二篇,通文律者然后试策,从此成为进士科的准式。郑樵《通志·选举略第二》以为杂文是"笺、表、议、论、铭、颂、箴、檄等有资于用者,不试诗赋"①,这就意味着科举所试杂文

_____

① (宋)郑樵:《通志》,影印文渊阁《四库全书》本,第三七四册,第214页。

都是当时的各类应用文体。徐松《登科记考》云："按杂文两首,谓箴、铭、论、表之类。开元间,始以赋居其一,或以诗居其一,亦有全用诗赋者,非定制也。杂文之专用诗、赋,当在天宝之季。"①徐松说得更明白,杂文包括箴、铭、论、表等文体。唐玄宗开元年间开始以诗、赋作为应试杂文中的两个文体,天宝年间之后,杂文开始专用诗、赋。虽然唐代的进士科以帖经为一个考试科目,但是因为很多文人只会做文章,忽略了经书的学习,所以唐代一直有用作诗来补救帖经没有通过的变通方法,称为"赎帖"。但无论如何,杂文成了进士科的主要内容,杂文包括赋、诗、笺、箴、铭、议、论、表、赞、颂、檄等文体,而这些文体都可以在《文选》中找到范文,特别是赋和诗类,六十卷李善注《文选》中前三十一卷都是赋和诗,而赋又细分为"京都""郊祀""耕藉""畋猎""纪行""游览""宫殿""江海""物色""鸟兽""志""哀伤""论文""音乐""情"15 类,诗又细分为"补亡""述德""劝励""献诗""公讌""祖饯""咏史""百一""游仙""招隐""反招隐""游览""咏怀""临终""哀伤""赠答""行旅""军戎""郊庙""乐府""挽歌""杂歌""杂诗""杂拟"24 类,其他如笺、铭、议、论、表、赞、颂、檄等,梁代以前的各种文体、各类作品无所不备,所以《文选》就成了学做文章者必备之书,自然也成了科举应试者必读的文章范本。

　　《新唐书·文苑下·李华传》中所记载的例子也从侧面说明了《文选》对于应试士子的重要性,同时也说明了当时读书人对《文选》的熟悉和推崇程度:

　　　　李华,字遐叔,赵郡人。开元二十三年进士擢第,天宝中

---

　　①　(清)徐松撰,孟二冬补正:《登科记考补正》,北京:北京燕山出版社,2003 年,第 84—85 页。

登朝为监察御史,累转侍御史,礼部、吏部二员外郎。华善属
文,与兰陵萧颖士友善。华进士时著《含元殿赋》万余言,颖士
见而赏之,曰:"《景福》之上,《灵光》之下。"①

从这里可以看出,李华进士时曾作有《含元殿赋》,该赋乃拟《文选》
所收赋类"宫殿"子类王文考《鲁灵光殿赋》和何平叔《景福殿赋》。
萧颖士对此也非常熟悉,所以才评价说李华之赋与编入《文选》的
王、何之作不相上下,也就是达到了可以编入《文选》的水平。由此
可知唐代士子对《文选》的熟悉和依赖程度。

　　这仅是唐人崇尚《文选》之一斑。唐代人提到文章或评价文章
的优劣往往喜欢与《文选》比较。如白居易《偶以拙诗数首寄呈裴
少尹侍郎,蒙以盛制四篇,一时酬和,重投长句,美而谢之》中说道:
"投君之文甚荒芜,数篇价直一束刍。报我之章何璀璨,累累四贯
骊龙珠。《毛诗》三百篇后得,《文选》六十卷中无。"白居易赠给裴
少尹诗歌数篇,裴少尹又回赠四篇,白居易又写诗答谢,其中说到
自己的诗歌不值一提,但对方的四篇确是"四贯骊龙珠",而且称赞
对方的四篇诗歌可以与《毛诗》《文选》中的优秀诗歌并列。隶属经
部的《毛诗》流传之广自不待言,而作为集部总集类的《文选》被广
泛接受和推崇才是我们该注意的地方。

　　总而言之,唐代社会生活的安定为文化事业的发展提供了良
好的环境,而萧统《文选》符合唐代统治者主张的一改梁代后期以
来的浮靡文风的要求,再加上科举文章取士制度的推行,这些因素
都在客观上促成了读书人研读《文选》的风气,"《文选》学"也逐渐
在唐代兴起并达到了鼎盛阶段。

---

① 《旧唐书》,第5047页。

在对唐初"《文选》学"兴起的背景有所了解以后,我们再来看
看"《文选》学"兴起的原因。"《文选》学"兴起的原因大致可以归纳
为两个方面,即内因和外因。

我们先来分析《文选》学"兴起的内因。

首先,《文选》本身能够为学习文学创作提供丰富的各类文体
样本,成为当时读书人学习各种文体写作的模范。《文选》选取了
周、秦、汉、魏、晋、宋、齐、梁八代一百三十余位作家的作品 479 篇,
合计 751 首,所收文体有 39 类,赋类又细分为 15 小类,诗类又细
分为 24 类,所录作品多数是历代传诵的名作,自然也成了梁代以
前典丽文雅作品的渊薮,是汉、魏以来各体文章的习作范本。除了
科举中杂文所涉及的赋、诗、笺、箴、铭、论、表、赞、颂、檄等文体以
外,《文选》中的很多应用文体,如诏、策、令、教、上书、序、诔、碑文、
墓志、行状、吊文、祭文等各类文体,也是古人日常生活中经常使用
的文体。简而言之,《文选》不仅仅局限于士子应付科举考试,学习
创作文章,也是社会上文人雅士学习各类不同文体的模板,这也是
李善《上文选注表》中所说的"后进英髦,咸资准的"的原因所在。
唐玄宗开元十九年(731),远嫁吐蕃的金城公主遣使请《毛诗》《礼
记》《左传》《文选》各一部,玄宗令秘书省誊写一部赐予之,当时的
秘书正字于休烈上疏反对,其疏中说:"深于《诗》,则知武夫有师干
之试;深于《礼》,则知月令有废兴之兵;深于《传》,则知用师多诡诈
之计;深于《文》,则知往来有书檄之制。何异借寇兵而资盗粮
也!"①这里不但指出了《文选》的文体模板作用,还指出了《文选》

---

①　事见《旧唐书·吐蕃二》,第 5232 页;《新唐书》略同;《文苑英华》卷六九四亦有其
文,并于"深于文"下注曰"《唐策》有'选'字";《增注唐策》卷七有此疏,且"深于文则知往来
有书檄之制"下注曰"崇曰:《旧史》云:深于《文选》",则此句之"文"必指《文选》无疑。

中各体文章的实用价值,而且重要性能够和《毛诗》《礼记》《左传》等传统儒家典籍相提并论。这是基于《文选》中所列各种实用文体的功能而言。

其次,《文选》可以为文人们的文学创作提供丰富的词藻,供学习者取资。唐初欧阳询《艺文类聚序》曰:"《流别》《文选》,专取其文;《皇览》《遍略》,直书其事。文义既殊,寻检难一。爰撰其事且文,弃其浮杂,删其冗长,金箱玉印,比类相从,号曰《艺文类聚》。"①此处所说《流别》即晋代挚虞的《文章流别集》。这里把总集也作为"比类相从"的类书,认为总集如《文章流别集》《文选》等只注意收录文学作品,为写文章提供了词藻,但没有具体交代典故,所以难以寻检,因此欧阳询又编纂了事文兼备的《艺文类聚》。欧阳询的说法不但从侧面说明了《文选》在学习文体方面的功用,其实也点出了《文选》的辞藻作用,只是他觉得寻找不太方便,所以才又编了既有辞藻、又收文本的《艺文类聚》。实际上,《文选》有了李善注释以后,已经具备了《艺文类聚》的功效,只是检寻之际不如《艺文类聚》分门别类便捷而已。无论如何,《文选》在帮助文人从事文学创作中,检取辞藻的作用在唐代是特别突出的。

由于《文选》在词藻和文体方面的范本作用,唐代文人十分重视学习《文选》。周勋初先生在总结唐代文人创作时曾说:"唐代文士都是在学习魏晋南北朝文学的基础上求得发展的。作为先唐文学渊薮的《文选》,更是大家学习前代优秀作品的主要读物。"②唐代最著名的诗人如李白、杜甫以及古文运动的领袖韩愈,他们都从

① (唐)欧阳询:《艺文类聚》,上海:上海古籍出版社,1999年,第27页。
② 见《李白"三拟《文选》"说发微》,收入《中国文选学》,北京:学苑出版社,2007年,第62—77页。

《文选》中汲取了营养。唐代段成式记载了李白三拟《文选》之事，其《酉阳杂俎》前集卷十二《语资》云："白前后三拟词选，不如意，悉焚之，唯留《恨》《别赋》。"①《恨赋》《别赋》是《文选》卷十六收录的江淹作品，今《李太白全集》卷一仍保存有李白《拟恨赋》，其《拟别赋》已经亡佚。杜甫亦教育儿子要"熟精《文选》理"，"续儿诵《文选》"。韩愈也有很多学习《文选》的实际例证。近人李详著有《杜诗证选》《韩诗证选》，指出了很多杜甫、韩愈之诗取证《文选》的地方。李详《韩诗证选序》云：

> 唐以诗、赋试士，无不熟精《文选》，杜陵特最著耳。韩公之诗，引用《文选》亦夥。宋樊汝霖窥得此旨，于《秋怀诗》下云："公以'六经'之文，为诸儒倡，《文选》弗论也。独于《李邺墓志》曰：'能暗记《论语》《尚书》《毛诗》《左氏》《文选》。'故此诗往往有其体。"余据樊氏之言，推寻公诗，不仅如樊氏所举，因条而列之，名曰《韩诗证选》。②

通过这段话我们可知，唐代的文学大家们如杜甫、韩愈等不但精通《文选》，而且可以在诗文中巧妙地运用而又不露痕迹。韩愈不标榜学习《文选》，那是因为他提倡的古文与《文选》的骈文不同，这是古文家和骈文家的分歧，但他在个人诗文创作中有很多得力于《文选》之处。李白、杜甫、韩愈等只是其中的杰出代表人物，几乎唐代有成就的文学大家，其作品中大都可以找到受《文选》影响

①　（唐）段成式：《酉阳杂俎》，影印文渊阁《四库全书》本，第一〇四七册，第713页。
②　李详：《李审言文集》（上），南京：江苏古籍出版社，1989年，第35页。

的痕迹。

由此可见,学习《文选》不仅仅是唐代一般士子应付科举考试的需要,在作家的文学创作中同样不可或缺。《文选》之所以会在唐代受到如此广泛的关注,其原因就在于《文选》所选作品都是历代名作,不但为文学创作提供了丰富华丽的词藻,也为文学创作提供了文体模板,具有广泛的代表性和实用性,这就是"《文选》学"兴起的内因。

《文选》本身收录的作品具有广泛的代表性,代表了汉魏以来典丽雅正的文风,其中又有华丽的词藻、丰富的典故、各种各样的实用文体,因而《文选》也成为当时文人学习写作的典范。也正因为如此,隋代即有萧该《文选音》问世,为士子学习《文选》提供了便利,并且受到当时人的重视。唐初,曹宪又在江、淮间聚徒教授《文选》,兴起了学习《文选》的热潮,推动了"《文选》学"兴起,培养的一批学者又相继从事《文选》研究,为"《文选》学"的繁荣发展奠定了基础。

《文选》满足了隋唐时期人们学习写作的社会需要,所以"《文选》学"才有了兴起的可能,那么推动"《文选》学"兴起的外因又有哪些呢?饶宗颐先生认为,"《文选》学"的兴起除继承前此的音义之学外,与"《汉书》学"的繁荣以及类书的编纂等分不开①,许逸民先生在此基础上进一步论证选学导源于"《汉书》学",选学与类书学一脉相承,并认为选学兴起的直接推动力是科举制度的推行②。

---

① 详见饶宗颐:《敦煌吐鲁番本文选·唐代文选学略述(代前言)》,北京:中华书局,2000年,第5页。

② 详见许逸民:《论隋唐"〈文选〉学"兴起之原因》,《文学遗产》2006年第2期,第29—35页。

笔者在以上两文的基础上再进一步详述之。

首先,唐人继六朝余风重视"《汉书》学",对"《文选》学"的兴起有传导作用。饶宗颐先生认为,"《汉书》学"与"《文选》学"二者有兼行互补的作用。许逸民先生在此基础上更进一步认为,"选学"导源于"《汉书》学",并进而言之曰:

> 若立足于学术发展的历史,回望"《汉书》学"与"选学"的递进关系,谓之如父如子,恐非戏言。正如饶(宗颐)先生所说:"是时《汉书》已成热门之学,《文选》初露头角,尚未正式成学,萧该、曹宪、李善均是先行之人,萧、李兼以《汉书》名家,不特《汉书音注》有益于《文选》所收录之汉代文章,且由'汉书学'起带头作用,从而有'《文选》学'之诞生。"①

此说可谓切中肯綮。据骆鸿凯《文选学·余论第十》统计,《文选》所收篇目与《汉书》重复的有34篇,且多为长篇大赋,所以萧该身为"汉书学"宗匠而作有《文选音》,李善以《文选注》著称而又作有《汉书辨惑》。究其原因,不外乎两个方面:其一是《文选》中的篇目,特别是长篇大赋,很多都收录在《汉书》中;其二是《文选》所收作品中很多典故出处都在《汉书》中。据燕京大学所编《文选注引书引得》统计,六十卷《文选注》中每卷都引有《汉书》,有的卷多达一百多条,少者也有二三十条,足见《汉书》与《文选》的关系有多么密切。自然而然,"《汉书》学"的繁荣发展对"《文选》学"会有非常

---

① 详见许逸民:《论隋唐"〈文选〉学"兴起之原因》,《文学遗产》2006年第2期,第31—32页。

重要的带动作用。

"《汉书》学"在隋唐之际一直比较受重视,《隋书·经籍志》正史类小序云:"唯《史记》《汉书》,师法相传,并有解释……梁时,明《汉书》有刘显、韦稜,陈时有姚察,隋代有包恺、萧该,并为名家。《史记》传者甚微。"①清代史学家赵翼《廿二史札记》"唐初《三礼》《汉书》《文选》之学"条曰:

> 六朝人最重三礼之学,唐初犹然……次则汉书之学,亦唐初人所竞尚。自隋时萧该精汉书,尝撰《汉书音义》,为当时所贵。(《该传》)包恺亦精《汉书》,世之为《汉书》学者,以萧、包二家为宗。(《恺传》)刘臻精于两《汉书》,人称为汉圣。(《臻传》)又有张冲撰《汉书音义》十二卷,于仲文撰《汉书刊繁》三十卷,是《汉书》之学,隋人已究心,及唐而益以考究为业。颜师古为太子承乾注《汉书》,解释详明,承乾表上之,太宗命编之秘阁。时人谓杜征南、颜秘书为左丘明、班孟坚忠臣。其叔游秦先撰《汉书决疑》,师古多取其义。此颜注《汉书》,至今奉为准的者也。(《师古传》)房玄龄以其文繁难省,又令敬播撮其要成四十卷。当时《汉书》之学大行。又有刘伯庄撰《汉书音义》二十卷。秦景通与弟暐皆精《汉书》,号大秦君、小秦君,当时治《汉书》者,非其指授,以为无法。又有刘纳言,亦以《汉书》名家。(《敬播传》)姚思廉少受《汉书》学于其父察。(《思廉传》)思廉之孙班,以察所撰《汉书训纂》,多为后之注《汉书》者隐其姓氏,攘为己说,班乃撰《汉书绍训》四十卷,以发明其

---

① 《隋书》,第957页。

家学。(《姚璹传》)又顾胤撰《汉书古今集》二十卷。(《胤传》)
李善撰《汉书辨惑》三十卷。(《善传》)王方庆尝就任希古受
《史记》《汉书》,希古迁官,方庆仍随之卒业。(《方庆传》)他如
郝处俊好读《汉书》,能暗诵。(《处俊传》)裴炎亦好《左氏传》
《汉书》。(《炎传》)此又唐人之究心《汉书》,各禀承旧说,不敢
以意为穿凿者也。至梁昭明太子《文选》之学,亦自萧该撰《音
义》始。入唐则曹宪撰《文选音义》,最为世所重,江淮间为《选》
学者悉本之。又有许淹、李善、公孙罗相继以《文选》教授,由是
其学大行。淹、罗各撰《文选音义》行世,善撰《文选注解》六十
卷,表上之,赐绢一百二十四。至今言《文选》者,以善本为定。
杜甫诗亦有"熟精《文选》理"之句,盖此固词学之祖也。①

　　根据赵翼的总结,自六朝以来"《汉书》学"一直传承有自,至隋
末唐初,"《文选》学"在"《汉书》学"的带动下,与"《汉书》学"同为世
人重视。萧该首先以"《汉书》学"宗匠的身份作《文选音》,把"《汉
书》学"的音义之法引入了《文选》,曹宪又作《文选音义》,并在江、
淮间讲授《文选》,其弟子许淹、公孙罗皆著有《文选音义》,李善更
是发凡起例,完成六十卷的《文选注》。李善《文选注》除了引用大
量《汉书》外,还引用了大量的《汉书》学著作,如所引《汉书音义》仅
标有名字的就有文颖、韦昭、张晏、应劭、如淳、臣瓒、晋灼、服虔、刘
德、张揖、苏林、项岱、孟康、郭璞、李斐等二十余家,此外尚引有多
家未标明名字的直接称《汉书音义》者。由此可见"《汉书》学"与

---

　　① (清)赵翼著,王树民校证:《廿二史札记校证》,第 440—442 页。许逸民先生
《论隋唐"〈文选〉学"兴起之原因》已先揭之。

"《文选》学"的密切关系,"《汉书》学"的兴盛也直接引导了"《文选》学"的兴起。

其次,唐初类书的修纂对"《文选》学"的兴起起到了推波助澜的作用。"《文选》学"与"类书学"一脉相承,特别是李善的《文选注》,和类书有着相同的功用。类书始自三国魏文帝曹丕命缪袭等编纂的《皇览》,梁武帝又命人编纂《华林遍略》,北朝北齐时期祖珽编有《修文殿御览》,至隋唐之际,又有《北堂书钞》《长洲玉镜》《艺文类聚》《文思博要》《文馆词林》《初学记》等。类书的出现最早是为了减少最高统治者翻阅书籍之劳,取其省览方便,既不用花费太多时间,又能了解历史事件,得其精华,采其旨要。类书的普遍修撰,在客观上也为文人撰写文章提供了事例及典故。《梁书·沈约传》记载的沈约与梁武帝比各所记"栗事多少"的情况,即是文学创作与典故辞藻关系的明证。"豫州献栗,径寸半,帝奇之,问曰:'栗事多少?'与约各疏所忆,少帝三事。出谓人曰:'此公护前,不让即羞死。'"①梁武帝和沈约各写记忆中关于栗子的典故,为此还专门组织众多学士编撰《华林遍略》。《南史·刘峻传》载,"初,梁武帝招文学之士,有高才者多被引进,擢以不次。峻率性而动,不能随众沉浮。武帝每集文士策经史事,时范云、沈约之徒皆引短推长,帝乃悦,加其赏赉,会策锦被事,咸言已罄,帝试呼问峻,峻时贫悴冗散,忽请纸笔,疏十余事,坐客皆惊,帝不觉失色。自是恶之,不复引见。及峻《类苑》成,凡一百二十卷,帝即命诸学士撰《华林遍略》以高之,竟不见用"②。据此可知,《华林遍略》的编撰是为了高

---

① 《梁书》,第 243 页。
② (唐)李延寿:《南史》,北京:中华书局,1975 年,第 1219—1220 页。

过《类苑》，更主要是为了文士取典和检选辞藻之用。《华林遍略》共计六百二十卷，编成后曾经被人贩卖到北朝，《北齐书》《北史》中的《祖珽传》都记载说有人将《华林遍略》到北朝出售，文襄帝高澄命很多抄手连夜抄写一部，而把原书退回，后来祖珽因为将其中几卷卖钱还被高澄惩罚。由此可见类书的受欢迎程度及其重要性。

到了唐初欧阳询修撰《艺文类聚》时已经注意到，单纯的类书仅仅能够提供事例典故，因此他开始收集典故并分门别类，并且加入具体文章引用情况。《艺文类聚》虽在序文中标榜为事文兼备，但其所取之文多为残篇断句，很少有全篇，所以其主要作用仍在"事"，对文学创作来说并不具备学习文体的功用，属文之士主要还是取其典故。这和其他类书的使用功能没有大的差别。即便如此，欧阳询在《艺文类聚序》中仍然指出了《文选》与类书的相同点，即都有为读者取资的作用，其区别仅仅是类书可以提供典故，《文选》可以提供词藻和文体。《文选》本身虽然具有让读者使用词藻和学习文体的功用，但缺乏检事的功能。随着读书人对学习文体、选取词藻以及对典故出处的需求增多，"《文选》学"也从最初的萧该《文选音》，曹宪《文选音义》，许淹、公孙罗《文选音义》等音义之学向事文兼备的方向发展，于是就出现了李善的《文选注》。随着注重解释典故出处的李善《文选注》的普及，《文选》检事的功能也在不断增强。尤其是李善《文选注》，特别注重释典和名物训诂，实际上等同类书中"撰事且文"的功效，不但提供了多种文体和完整的篇目，还为学习《文选》的士子提供了事例和典故出处，至此《文选》的功用更加广泛。

李善《文选注》特别注意解释词语出处和典故的注释方法，和初唐时编纂类书走的是类似的路子，但也有两点不同：其一，《文选》中的文是整篇,有学习文体的功用,而类书中所收之文大部分都是零篇断句,不能作为文人学习文体的模板;其二,类书中的事典都是比类相从,而《文选注》中的事典比较分散,不易翻看。这可能是类书和《文选》的侧重点不同所致,类书首先是为了读者取词藻和典故,而《文选注》首先是为了学习文体,兼有取典的功效。李善注就是将类书、史书等文献中的典故分别注释在各篇文章用典之处,方便阅读文章时理解,这为研读和学习《文选》提供了莫大的方便。

综上所述可知,随着统一的唐王朝社会政治环境渐趋安定,唐王朝统治者越来越重视文化事业的发展,再加上以文学取士的科举制度逐渐推行,成为普通读书人进入仕途的正常途径,一般读书人主要通过写好文章进入统治阶层,这些都为"《文选》学"的兴起奠定了社会基础。而"《汉书》学"和"类书学"的发展,又为"《文选》学"的兴起和繁荣起到了引导传带和推波助澜的作用。曹宪适逢其会,为满足社会上广大读书人的现实需要,开始在江、淮间讲授《文选》,逐渐使"《文选》学"发展成为一种专门的学问,从此拉开了历史上"《文选》学"兴起和繁盛的序幕。曹宪的弟子如许淹、公孙罗、魏模等承继"《文选》学"大业,都有相关专著问世。特别是李善,在吸收前代人音义之学的基础上,发凡起例,开创性地将注释、训诂引入《文选》,为学界提供了一部六十卷的《文选注》,成就了"《文选》学"史上不朽的名著。

第三节 许淹、公孙罗等人的"《文选》注释学"成就

初唐时期是"《文选》学"兴起和繁荣的阶段。曹宪首先在江、

淮间传授《文选》,培养了研究梯队。曹宪去世以后,其弟子李善、许淹、公孙罗、魏模等相继传其衣钵,继续教授《文选》,并且大都有《文选》研究专著,对《文选》的继续研究和"《文选》学"的兴盛起到了推波助澜的作用,为唐代"《文选》学"的进一步普及和繁荣发展做出了贡献。但除了李善所著六十卷《文选注》流传至今外,其他人如许淹、公孙罗、魏模等人的相关《文选》著作都早已亡佚。许淹、公孙罗、魏模三人在"《文选》学"史上的地位虽然不能与曹宪、李善相提并论,但他们在唐代"《文选》学"发展史乃至整个中国"《文选》学"发展史上的贡献也不容忽视。下面我们结合相关史料文献对许淹、公孙罗、魏模在"《文选》学"方面的业绩略作阐述。

许淹曾与李善、公孙罗、魏模等共同跟随曹宪研读《文选》,也是曹宪弟子当中的佼佼者。许淹的生平传记附于《曹宪传》之中。《旧唐书·儒学上·曹宪传》附《许淹传》曰:

> 许淹者,润州句容人也。少出家为僧,后又还俗。博物洽闻,尤精诂训,撰《文选音》十卷。①

《新唐书·儒学上·曹宪传》附《许淹传》亦曰:

> 句容许淹者,自浮屠还为儒,多识广闻,精故训,与罗等并名家。②

虽然该传记中仅寥寥数十字的记载,但已将许淹的"《文选》学"成

---

① 《旧唐书》,第 4946 页。
② 《新唐书》,第 5640 页。

绩勾勒出来。

由于其生平传记过于简略，所以许淹的生平事迹可知者非常有限。下面对其生平、著述情况略加介绍。

据本传可知，许淹为润州句容(今江苏省镇江市)人，生卒年均不详。他少年时曾出家为僧，后又还俗。其人广闻博见，精通训诂，曾在江都跟随曹宪学习《文选》，后来亦曾讲授《文选》①，是曹宪"《文选》学"的另一个重要传人。

本传称许淹撰有《文选音》十卷，《旧唐书·经籍志》记载为"《文选音义》十卷，释道淹撰"，《新唐书·艺文志》记载有两种，一曰"僧道淹《文选音义》十卷"，一曰"许淹《文选音》十卷"。因为许淹少年时曾出家为僧，后来还俗，所以有称其为许淹者，有称其为僧道淹或释道淹者。根据《新唐书·艺文志》中对许淹的《文选》学著作两种并录来看，很可能是同一种书的署名不同所致，两种书应该是同书而异名，或许是《新唐书》的编者不知许淹与僧道淹实为一人。成书于公元9世纪末的日本国藤原佐世所著《日本国见在书目》中也著录了许淹的著作，称为"《文选音义》十，释道淹撰"。

许淹的"《文选》学"著述已经亡佚，目前仅有三条佚文可以参看。中唐释慧琳的《一切经音义》所收沙门慧苑撰《新译华严经音义》中有1条佚文，云："猗，于宜反。淹师《文选音义》云：猗，美也。"②《唐钞文选集注汇存》中亦有2条，其一是卷九《吴都赋》"郁兮茂茂"下

———

① 《大唐新语·著述》云："江淮间为《文选》学者，起自江都曹宪。其后句容许淹、江夏李善、公孙罗相继以《文选》教授。"《旧唐书·曹宪传》亦云："初，江、淮间为《文选》学者，本之于宪，又有许淹、李善、公孙罗复相继以《文选》教授，由是其学大兴于代。"

② (唐)释慧琳、(辽)释希麟：《正续一切经音义》，上海：上海古籍出版社，1986年，第813页。

引《音决》曰:"旕音悦。许与税反。"其二是卷四十八陆士衡《赠尚书郎顾彦先二首》之一"凄风迕时序"句下所引《钞》曰:"迕,逆也。言为凄风是逆其时也。淹上人作迅,风疾也。《音决》曰:迕,五故反。"从这仅存的 3 条佚文来看,其中 2 条有释义:"旕,美也";"迅,风疾也"。若然,许淹的"《文选》学"著作似乎称为《文选音义》更为恰当,其中主要是注音,兼有辨义,可能没有《文选》正文。本传称"《文选音》十卷"不是很确切,而《旧唐书·经籍志》《新唐书·艺文志》和《日本国见在书目》称"《文选音义》"比较准确。若然,则敦煌残卷中仅有注音的《文选音》残卷应该不是许淹所作,著者具体是谁还需要进一步考证。

许淹的《文选音义》至《宋史》已不见著录,可能在唐末宋初已经亡佚,其讲学情况亦不得而知。其亡佚原因和萧该《文选音》、曹宪《文选音义》相似。但是,许淹作为"《文选》学"大家曹宪的弟子,在曹宪去世以后,继续教授、传播《文选》,并著有"《文选》学"研究专著,无疑已经为唐代"《文选》学"的兴起和繁荣做出了贡献。从《日本国见在书目》的著录来看,许淹的《文选音义》在唐代已经流传到了日本,扩大了"《文选》学"在域外的传播和影响。

公孙罗和许淹一样,是"《文选》学"奠基人曹宪的又一衣钵传人,他的生平资料也附于其师《曹宪传》中。《旧唐书·儒学上·曹宪传》中所附《公孙罗传》曰:

> 公孙罗,江都人也。历沛王府参军,无锡县丞。撰《文选音义》十卷,行于代。①

---

① 《旧唐书》,第 4946 页。

《新唐书·儒学上·曹宪传》中所附《公孙罗传》更加简略,仅有 11 个字,曰:

> 罗官沛王府参军事,无锡丞。①

据本传的记载,公孙罗是江都(今江苏省扬州市)人,和曹宪是同乡,生卒年均不详。公孙罗曾历任沛王府参军、无锡县丞。沛王是唐高宗之子李贤在龙朔元年(661)九月至咸亨三年(672)九月期间的封号,所以公孙罗任沛王府参军应该在这个时间段内。李善曾在沛王府任职,兼沛王侍读,很可能公孙罗和李善曾经共同在沛王李贤府供职,公孙罗后来又转无锡县丞。

关于公孙罗的"《文选》学"著述,本传称其撰有《文选音义》十卷,而且在当时已经流传,足见其价值和影响。《旧唐书·经籍志》著录有"《文选》六十卷,公孙罗注",又有"《文选音》十卷,公孙罗撰";《新唐书·艺文志》与《旧唐书·经籍志》中的记载略同,唯《文选音》作《文选音义》。则其十卷书或称作"音义",或称作"音",记载不一。日本藤原佐世的《日本国见在书目》中著录有"《文选钞》六十九,公孙罗撰",又有"《文选音决》十,公孙罗撰"。屈守元先生认为:"十卷者,当为《音》,六十卷者当为注……《新唐书·艺文志》及两《唐书·儒学传》所称《音义》十卷,皆当作《音》。"②向宗鲁先生认为:"《文选钞》即两《唐志》所录的六十卷本,《音决》即两《唐书》所谓的十卷本。"③公孙罗的著述到《宋史》已不见著录,很可能

---

① 《新唐书》,第 5640 页。
② 屈守元:《文选导读》,成都:巴蜀书社,1996 年,第 63 页。
③ 《文选导读》,第 65 页。

当时已经亡佚。

宋代王谠《唐语林》中引有一条关于公孙罗注的情况,云:"《南都赋》言'春茆夏韭',子卯之卯也。而公孙罗云:'茆,鸟卵。'非也。且皆言菜也,何'卯'忽无言?"向宗鲁先生和周勋初先生都认为此条出自《刘宾客嘉话录》。这条注文出现在刘禹锡对公孙罗注的批评中,由此可知,在刘禹锡所处的时代尚能见到公孙罗的《文选注》,这是典籍中可确认为公孙罗注的唯一佚文。周勋初先生在《唐语林校证》"南都赋"条的校记中曰:"《日本国见在书目》有公孙罗《文选钞》六十九卷、《文选音决》十卷;知《文选钞》即《文选注》。"①由此可见,公孙罗在注书过程中很可能也像李善那样,把原来的三十卷本《文选》析分成为《文选注》六十卷。由此而言,公孙罗的《文选注》卷帙也非常庞大,由于注释内容比较多,所以分为六十卷。

日本所藏唐钞《文选集注》残卷中引有很多《钞》和《音决》中的内容,其中的《钞》和《音决》是否即是公孙罗所撰《文选注》和《文选音义》,目前学术界尚无定论。但从《文选集注》残卷中所引《钞》和《音决》内容常有不同来看,《钞》和《音决》应该不是同一个人所撰②。比如李匡义《资暇集》所举出用以驳斥五臣注的曹子建《七启》中"寒芳苓之巢龟"之句中的"寒"字,《文选集注》引《钞》曰:"搴,取也。"而引《音决》曰:"寒如字。或作搴,居辇反。非。"《文选集注》中还有许多这样的例子。对同一《文选》文本,《钞》和《音决》

---

① (宋)王谠撰,周勋初校证:《唐语林校证》,北京:中华书局,1987年,第140—141页。

② 详见日本学者斯波六郎:《对〈文选〉各种版本的研究》,收入《中外学者文选学论集》,第936—937页。

取舍不同,应该可以说明《钞》和《音决》所据底本大有不同,取舍也大相径庭,二者很可能不是出自一人之手。

从《文选集注》中所引《钞》的内容来看,《钞》的注释和李善注比较起来更加繁复庞杂,其注释体例大略有三:一是直接解释字义;二是串释文句;三是援引史籍讲解典故和文史知识。其中,援引史书最能体现其繁复的特点。以《文选集注》中的陆士衡《汉高祖功臣颂》所引《钞》的情况来看,凡是文中所论及的人物皆详细援引,篇幅比同文的李善注要增多出好几倍,注释几乎成了多篇人物传记,周勋初先生称其"繁而不杀"①,可谓的论。

如果《文选集注》中所引《钞》即公孙罗的《文选钞》,则其在宋代以后便不见流传于世,大约有以下几个方面的原因:一是注文繁冗浅俗;二是引文过多过滥,缺乏收束,与正文无关的文句时时夹杂注中;三是时有误注,容易误导学者,造成谬种流传;四是其注文、注音的一些内容条目后来混入世传李善注本中,或者说被李善注本所吸收;五是公孙罗注解字词、阐释章句的长处被五臣注所汲取,五臣注又避免了公孙罗注繁琐的缺陷,因而逐渐取代了公孙罗注,成为能够与李善注并驾齐驱的另一部广泛流传的注本。于是,公孙罗注渐渐失去了存在的价值。特别是其书的繁冗,在唐代学子主要依靠抄书来阅读的条件下,这是一个致命的弱点,于是《文选钞》便在入宋前后散逸了②。公孙罗的"《文选》学"著作在中土过早亡佚,也许与其注释过于繁冗不无关系。

---

① 周勋初:《〈文选〉所载〈秦弹刘整〉一文诸注本之分析》,《文学遗产》1996年第2期,第36页。

② 详细论述请参看王书才:《论公孙罗〈文选钞〉的价值与阙失》,《中州学刊》2005年第3期,第220—222页。

　　由于《文选集注》中所引《钞》和《音决》的作者是否为公孙罗尚有争议,所以这里不再对其进行详细的介绍,将在下面《文选集注》一节中详论之。

　　总之,公孙罗和李善、许淹一样,为"《文选》学"的兴起和繁荣发展做出了应有的贡献,因而在"《文选》学"史上有着比较重要的地位。

　　魏模亦是曹宪的弟子,属于江都"《文选》学"派的传承人物。关于他的生平与著作资料,史书中极为缺乏,仅在《新唐书·儒林上·曹宪传》中所附《魏模传》中有几句简略记载:

　　　　宪始以梁昭明太子《文选》授诸生,而同郡魏模、公孙罗、江夏李善相继传授,于是其学大兴……模,武后时为左拾遗。子景倩,亦世其学,以拾遗召。后历度支员外郎。①

　　本传既称其与曹宪、公孙罗同郡,则魏模亦为扬州江都(今江苏省扬州市)人,其生卒年均不详。本传又称,魏模在武后时期曾任左拾遗,此为魏模可考的唯一仕宦经历。

　　魏模和李善、公孙罗、许淹一样讲授过《文选》,而且魏模的儿子魏景倩还继承其父"《文选》学"之业,在"《文选》学"早期发展史上出现了子承父业的盛况,这不能不说是"《文选》学"的一个重大事件。可惜因为史料缺乏,无法了解其详细情况。

　　据饶宗颐先生考证,魏模即魏令谟,可备一说。饶宗颐先生在《唐代文选学略述》中说:

---

　　①　《新唐书》,第 5640—5641 页。

　　近见吴之邨惠贻其《滕王阁与孟学士》一节,考出孟学士
即王勃《滕王阁序》云"腾蛟起凤,孟学士之词宗"。《唐代墓志
汇编》开元〇七四《马怀素墓志》云:"父文超,龙朔初,黜陟使
举检校江州寻阳丞,弃官从好,遂寓居广陵,与学士孟文意、魏
令谟专为讨论,具有撰著。"怀素即文超之第三子,《新唐书·
怀素传》称客江都师事李善。文超、怀素父子皆客寓广陵,于
是知孟学士应指孟文意。《新唐书·曹宪传》谓,宪以《文选》
授诸生,而同郡魏模、公孙罗、江夏李善相继传授。因谓魏模
即《马怀素墓志》之魏令谟。①

　　虽然现有史料中未曾著录魏模有"《文选》学"著作,但他曾经
讲授《文选》,其子景倩又继承其业,父子相继习学、传授《文选》,对
"《文选》学"的繁荣发展做出了贡献,在唐代"《文选》学"发展史上
应有一席之地。

　　初唐时期代还有一些其他"《文选》学"注释成果,但仅有书目
存世,在此亦对其进行简要介绍。《新唐书·艺文志》集部总集类
著录有"康国安《注驳文选异义》二十卷"。康国安没有传记资料,
但别集类著录有"《康国安集》十卷",下有小注对康国安的生平进
行了基本描述,曰:"以明经高第直国子监,教授三馆进士,授右典
戎卫录事参军,太学崇文助教,迁博士,白兽门内供奉、崇文馆学
士。"②据《旧唐书·儒学上·罗道琮传》记载,"道琮寻以明经登
第。高宗末,官至太学博士。每与太学助教康国安、道士李荣等讲

────────────

① 《敦煌吐鲁番本文选·唐代文选学略述(代前言)》,第20页。
② 《新唐书》,第1602页。

论,为时所称。寻卒"①。由此可知,康国安主要生活在唐初的高宗时期,其"《文选》学"成果为《注驳文选异义》,或有注释兼辨析之意,是否类似于李善的《文选辨惑》,因其书早已亡佚,今已不可考究。

---

① 《旧唐书》,第 4956—4957 页。

第三章　李善与《文选》李善注

如果说萧该筚路蓝缕,开了《文选》研究的先河,曹宪开创了"《文选》学"的名目,为"《文选》学"的兴起作出了杰出贡献,那么,在他们之后,使"《文选》学"达到空前鼎盛并发展成为一代显学者,则非李善莫属。李善在融汇吸取前辈《文选》音义研究成果的基础上,继承汉魏六朝以来的优秀经史注释传统,同时又兼顾文学作品的独特用典特征,发凡起例,广征博引,注释成《文选》六十卷,将"《文选》学"推到了第一个历史高峰。同时,由于李善晚年仕途无望,从江淮移居开封、郑州等地,专心讲授《文选》,在讲学过程中又对自己早年的《文选注》不断增补,对《文选》的广泛传播和"《文选》学"的繁盛居功甚伟。

第一节　李善生平及其著述

李善在萧该、曹宪之后,与许淹、公孙罗、魏模大概同时。李善的生平传记资料,分别见于《旧唐书》和《新唐书》。《旧唐书·儒学上·曹宪传》所附《李善传》曰:

李善者,扬州江都人。方雅清劲,有士君子之风。明庆中①,累补太子内率府录事参军、崇贤馆直学士,兼沛王侍读。尝注解《文选》,分为六十卷,表上之,赐绢一百二十四,诏藏于秘阁。除潞王府记室参军,转秘书郎。乾封中,出为经城令。坐与贺兰敏之周密,配流姚州。后遇赦得还,以教授为业,诸生多自远方而至。又撰《汉书辩惑》三十卷。载初元年卒。子邕亦知名。②

《旧唐书·文苑中·李邕传》又曰:

李邕,广陵江都人。父善,尝受《文选》于同郡人曹宪。后为左侍极贺兰敏之所荐引,为崇贤馆学士,转兰台郎。敏之败,善坐配流岭外。会赦还,因寓居汴、郑之间,以讲《文选》为业。年老疾卒。所注《文选》六十卷,大行于时。③

《新唐书·文艺中·李邕传》附《李善传》曰:

李邕,字泰和,扬州江都人。父善,有雅行,淹贯古今,不能属辞,故人号"书簏"。显庆中,累擢崇贤馆直学士兼沛王侍读。为《文选注》,敷析渊洽,表上之,赐赉颇渥。除潞王府记室参军,为泾城令,坐与贺兰敏之善,流姚州,遇赦还。居汴、郑间讲授,诸生四远至,传其业,号"《文选》学"。

---

① 明庆,即唐高宗年号显庆(656—661),避唐中宗李显讳称明庆。
② 《旧唐书》,第4946页。
③ 《旧唐书》,第5039页。

邕少知名。始善注《文选》，释事而忘意。书成以问邕，邕不敢对，善诘之，邕意欲有所更，善曰："试为我补益之。"邕附事见义，善以其不可夺，故两书并行。①

两《唐书》中关于李善的生平事迹记载颇为简略，且有互相抵牾之处，今结合其他传世文献和出土文献资料对李善生平略作考察。

关于李善的籍贯，两《唐书》本传均称在扬州（也称广陵）江都（今江苏省扬州市），但《新唐书·曹宪传》以及唐代刘肃《大唐新语》中则称江夏（今湖北省武汉市西）。清代阮元折中了这两个看似矛盾的说法，他认为："盖江夏乃李氏郡望。《唐韵》载李氏有江夏望，《大唐新语》亦称江夏李善，李白诗亦称江夏李邕。是善、邕实江都人，为曹、魏诸君同郡也。"②阮元的说法应该比较符合事实。

《唐代墓志汇编》收有李善之子李邕的墓志铭《唐故北海郡守赠秘书监江夏李公墓志铭并序》，署为墓主李邕"族子著作郎昂撰"，其中云：

公讳邕，字太和，本赵人也。烈祖恪，随晋南迁，食邑于江，数百年矣。其出未大，及公前人讳善，显而不荣，宜公兴之……年七十三，卒于强死……追赠秘书监……公之胤曰颖、曰岐、曰翘。③

<hr />

① 《新唐书》，第5754页。
② 《研经室集·二集》卷二，第63页。
③ 周绍良：《唐代墓志汇编》，上海：上海古籍出版社，1992年，第1766页。

署为"倀将仕郎前殿中侍御史内供奉廊述"的李邕次子李岐墓志《唐故江夏李府君墓志》亦云：

> 公讳岐，字伯道，广武君左车之后，赵人也。至九代孙就，徙江夏，后汉会稽太守、高阳侯。高祖赎，隋连州司马；曾祖元哲，皇朝沂州别驾；祖善，皇朝兰台郎、集贤殿学士，注《文选》。考邕，皇朝北海郡太守、赠秘书监，有文集一百八卷行于代。□书有传。公即北海之第二子也……以天宝七载三月十六日，终于桂州私第，享年三十……嗣子虔州刺史正臣……我叔父也，言不能文。①

李正卿为其父李翘即李邕第三子撰写的《唐故大理评事赠左赞善大夫江夏李府君墓志铭并叙》亦云：

> 公讳翘，字翘，本赵郡人也。曾祖元哲，皇括州括苍令；祖善，皇秘书郎，崇贤、弘文馆学士；父邕，皇北海太守，赠秘书监。公即北海第三子……公长子增、次子觐、正叔、觊、正卿五人……②

李正卿即李邕之孙、李善曾孙，其墓志《唐故绵州刺史江夏李公墓志铭并序》亦云：

---

① 吴钢、吴敏霞：《全唐文补遗》（第四辑），西安：三秦出版社，1997年，第71页。《唐代墓志汇编》第1860—1861页亦有，然"祖善"下直接"北海郡太守"，有脱文，误。"□书有传"作"唐书有传"，疑是。
② 《唐代墓志汇编》，第1998页。

公实赵人，其先食菜武昌，子孙因家焉，今为江夏李氏。曾祖善，贯通文史，注《文选》六十卷，用经籍引证，研精而该博，学者开卷自得，如授师说，官至秘书郎、弘文馆学士、沛王侍读；祖邕，文学优宏，以风概然诺自任，落落有大节，为一时伟人，官至北海太守、赠秘书监；考翘，履道葆光，绰有余裕，皇任大理评事、赠太常少卿。公讳正卿，字肱生……生男子潜……①

由上述材料可知，李邕及其子李岐、李翘，其孙李正卿的墓志皆记载他们这一支李氏原为赵人，是汉初广武君李左车的后裔，后来其子孙有人迁居江夏，开始称为江夏李氏。但是李邕墓志称其烈祖李恪在晋代迁居江夏，李岐墓志则称李左车九代孙李就在东汉迁居江夏，李翘及李正卿墓志则没有明确说明，因此我们需要对这一问题进行辨析。

《新唐书·宰相世系二上》对"赵郡李氏"的世系记载如下：

赵郡李氏，出自秦司徒昙次子玑，字伯衡，秦太傅。三子：云、牧、齐。牧为赵相，封武安君，始居赵郡。赵纳顿弱之间，杀牧。齐为中山相，亦家焉，即中山始祖也。牧三子：汨、弘、鲜。汨，秦中大夫、詹事，生谅、左车、仲车。左车，赵广武君，生常伯、遐。遐字伯友，汉涿郡守，生岳、德、文、班。岳字长卿，谏议大夫，生秉、义。秉字世范，颍川太守，因徙家焉。生翼、协、敏。敏，五大夫将军，生谟、道、朗。谟字道谋，临淮太

---

① 《唐代墓志汇编》，第 2240 页。

守、生哆、华、旭。哆字子让，上党太守，生护、元。护字鸿默，
酒泉太守，生武、昭、奋。武字昭先，东郡太守、太常卿，生瓒、
脩、奕、就。①

"江夏李氏"又曰：

> 江夏李氏：汉酒泉太守护次子昭，昭少子就，后汉会稽太
> 守、高阳侯，徙居江夏平春。六世孙式，字景则，东晋侍中。生
> 嶷。嶷生尚，字茂仲。生矩，字茂约，江州刺史。生充，字弘
> 度，中书侍郎。生颙，郡举孝廉，七世孙元哲。②

虽然"赵郡李氏"记李就为李武的少子，"江夏李氏"记李就为
李昭的少子，略有矛盾，但李就确实是李左车的九代孙。"江夏李
氏"记载的后汉会稽太守、高阳侯李就迁居江夏，从此成为"江夏李
氏"始祖，这和李岐墓志中的记载相合。那么李邕墓志所说李恪为
渡江之祖是怎么回事呢？李邕的从父兄李睦的墓志铭《唐故郓州
司户参军李府君墓志并序》云：

> 公讳睦，字瑛，其先赵人也。远祖恪，永嘉之末，避世南
> 徙，封江夏王，后因为郡人焉。曾祖赠隋云安郡丞；祖哲，括
> 州括苍县令；父昉，魏州魏县主簿……以天宝十三年四月廿
> 五日，终于官舍，春秋八十一……孟子暄，河南府户曹；仲子

---

① 《新唐书》，第2473页。
② 《新唐书》，第2596页。

昢，舒州望江县令；叔子曙，未仕；季子焉，右领军录事；幼子
於，未仕。①

　　根据该墓志所载，李睦的父亲李昉和李邕的父亲李善是亲兄弟，这
和《新唐书·宰相世系表二上》"江夏李氏"所载相合。该墓志也说
李睦的祖先原是赵郡人，同时提到远祖李恪在永嘉之末南迁江夏，
这和李邕墓志所说相符。李岐墓志和《新唐书》所记后汉会稽太
守、高阳侯李就徙居江夏平春是在东汉，与李邕、李睦兄弟墓志记
载的远祖李恪在晋代永嘉年间迁居江夏略有不同，但这并不矛盾，
原因就是二处所说的江夏并非是同一个地方。由于朝代更迭，在
不同时代江夏郡所辖地域略有不同，东汉时江夏地域广大，平春、
钟武皆在江北，治所大概在今天的河南省信阳市，至东晋渡江后，
江夏治所在夏口，此时江夏指的是今湖北省武汉市。李就正是在
东汉时期迁徙江夏（今河南省信阳市）的，其后又经过三国分立，西
晋统一全国，至西晋末年永嘉之乱，中原沦陷，其后裔李恪又举家
随晋室南迁过江，定居江夏（今湖北省武汉市），这实际上是两个人
在不同时代迁徙江夏，李就在东汉末，李恪在西晋末，年代相隔很
远，两说并不矛盾。

　　根据《新唐书》"江夏李氏"的记载，后汉会稽太守、高阳侯李就
徙居江夏平春，其六世孙式，式生巂，巂生尚，尚生矩，矩生充，充生
颙，颙的七世孙元哲是李善、李昉的父亲。这个世系和《三国志·
李通传》《晋书·李重传》及《李充传》不符。《三国志·魏志》卷十
八《李通传》载：

───────────

① 《唐代墓志汇编》，第 1765 页。

> 李通字文达,江夏平春人也……子基……基兄绪……

裴松之注云:

> 王隐《晋书》曰:绪子秉,字玄胄。有俊才,为时人所贵,官至秦州刺史……秉子重,字茂曾……重二弟,尚字茂仲,矩字茂约,永嘉中并典郡;矩至江州刺史。重子式,字景则,官至侍中。①

《晋书·李重传》云:

> 李重字茂曾,江夏钟武人也。父景,秦州刺史、都亭定侯……弟嶷亡,表去官。永康初,赵王伦用为相国左司马,以忧逼成疾而卒,时年四十八。家贫,宅宇狭小,无殡敛之地,诏于典客署营丧。追赠散骑常侍,谥曰成。子式,有美名,官至侍中,咸和初卒。②

《晋书·文苑·李充传》又云:

> 李充字弘度,江夏人。父矩,江州刺史。充少孤……服阕,为大著作郎。于时典籍混乱,充删除烦重,以类相从,分作

---

① (晋)陈寿、(宋)裴松之注:《三国志》,北京:中华书局,1959年,第534—536页。
② (唐)房玄龄等:《晋书》,北京:中华书局,1974年,第1309—1313页。其中"父景"下,有校勘记云:《魏志·李通传》注引王隐《晋书》"景"作"秉",则其人本名"秉"。此作"景",盖唐人避嫌名(唐高祖之父名昞)改。所校甚是,字当作"秉"。

四部,甚有条贯,秘阁以为永制。累迁中书侍郎,卒官。充注
《尚书》及《周易旨》六篇、《释庄论》上下二篇、诗赋表颂等杂文
二百四十首,行于世。子颙,亦有文义,多所述作,郡举孝廉。
充从兄式以平隐著称,善楷隶。中兴初,仕至侍中。①

　　根据以上的记录,李通生绪,绪生秉,秉生重、尚、矩、嶷,重
生式,矩生充,充生颙,则李嶷与李重、李尚、李矩皆为兄弟,都是
李秉的儿子,李式为李重之子、李充的从兄,与《新唐书》"江夏李
氏"所记"式生嶷,嶷生尚,尚生矩"不同,疑《新唐书》所记混乱②。
但是墓志中所言李恪未见诸史料记载,以年代推之,则李邕、李
睦墓志所言随晋室渡江南迁之李恪应该是李矩或李式、李充
一辈。

　　根据李善后人及家族相关墓志记载,再结合《新唐书·宰相世
系二上》有关记载,我们可以确定李善本出赵郡李氏。至东汉时
期,会稽太守、高阳侯李就徙居江夏平春(今河南省信阳市),从此
称为"江夏李氏"。由于行政区划在改朝换代时不断变化,江夏郡
所辖地区也有变动。东汉时江夏地域广大,平春、钟武皆在江北,
属于今河南省信阳市。三国时,魏国和吴国皆有江夏,李通所居平
春、李重所居钟武皆属魏,今属于河南省信阳市。至东晋渡江后,
江夏治所在夏口,此时江夏指的是今湖北省武汉市。所以李氏虽

---

① 《晋书》,第 2389—2391 页。
② 若以《新唐书》所载为是,则李式曾为东晋侍中,李充为其玄孙,李充生年学界
一般认为在西晋末或东晋初,且李式至李充已五代,不当同仕于东晋初年。且尚字茂
仲,矩字茂约,父子排行相同有违常理,故疑《新唐书》所载世系有误。不过其说李式为
李就六代孙或可信。

然两次皆迁居江夏,其时代和地点皆不同。至西晋末年永嘉年间,因中原丧乱,李悕又举家过江,迁居江夏郡,成为李善家族迁居江夏的渡江之祖。

据《新唐书·宰相世系二上》记载,李善的父亲李元哲"徙居广陵(今江苏省扬州市)",即扬州江都,所以史书中称李善、李邕为扬州江都人。以居住地而言,李善确实在江都,但以郡望而论,李善是江夏人。唐代比较看重家世出身,所以李邕及子孙一直自称"江夏李氏",同时期的李白、杜甫等亦称李邕为江夏人,皆因江夏为李氏郡望所在。

关于李善历任的官职,高步瀛、屈守元、罗国威等先生皆认为两《唐书》所载顺序颠倒。其中潞王、沛王皆指李贤,没有争议,高步瀛先生认为沛、潞二字当互倒①。罗国威先生认为,"尝注解《文选》,分为六十卷,表上之,赐绢一百二十匹,诏藏于秘阁。除潞王府记室参军,转秘书郎"一段为追叙②。相比较而言,罗国威先生之说比较圆通。

据两《唐书》记载,李贤生于高宗永徽五年(654)十二月,六年(655)正月封为潞王,罗国威先生所举《李贤墓志》亦可证。永徽七年(656)正月李弘立为皇太子,是月改元显庆。据今《文选注》卷首所载李善《上文选注表》,显庆三年(658)九月李善表上六十卷《文选注》,自署"文林郎、守太子右内率府录事参军、崇贤馆直学士"。按唐制,以散官为本品,所带职事高于本品者曰"守",职事低于本品者曰"行";五品以上称学士,六品以下称直学士。文林郎属于文

① 高步瀛著,曹道衡、沈玉成点校:《文选李注义疏》,北京:中华书局,1985年,第34页。

② 罗国威:《李善生平事迹考辨》,《文献》1999年第3期,第48页。

散官,品秩从九品上,右内率府录事参军为从八品上①,所以李善上表称"文林郎、守太子右内率府录事参军、崇贤馆直学士"。显庆六年(661)三月,唐高宗又改元为龙朔。

又据《唐会要》记载:"(显庆)六年正月二十七日,右内率府录事参军、崇贤馆直学士李善上《注文选》六十卷,藏于秘府。"②这个日期是皇帝下诏令秘府收藏李善《文选注》的时间。为什么表上《文选注》三年后才被收藏于秘府呢? 这可能因为《文选注》经过御览以后,得到了唐高宗的首肯,所以才下诏收藏秘府。根据这条记载,显庆六年时李善的官职已经是"右内率府录事参军",而不再说"守",很可能李善的品秩已经提升到从八品上。

由于李善的《文选注》受到了唐高宗的肯定,可能他又由从八品上的"右内率府录事参军"升迁从六品上的"潞王府记室参军"。龙朔元年(661)九月,潞王贤徙封沛王,李善由于仍在潞王府任职,自然也可以"兼沛王侍读"。潞王府记室参军、沛王侍读、兰台郎品秩皆为从六品上。

从品秩上来说,李善在显庆三年以品秩为从九品上的文林郎"守"品秩为从八品上的太子右内率府录事参军,显庆六年正月,因为李善的《文选注》得到了唐高宗的肯定,李善升任为从六品上的潞王府记室参军,龙朔元年九月,李贤徙封沛王,李善又兼任沛王侍读。否则,我们无法理解由从六品上的王府记室参军累擢而为从八品上的太子右内率府录事参军,官品越来越低。因此,李善历任官职顺序可能是太子右内率府录事参军、潞王府记室参军、兼沛

---

① 《旧唐书》称诸率府录事参军事为从八品上,《新唐书》及《唐六典》皆称正九品上,此处依据《旧唐书》为准。

② (宋)王溥:《唐会要》,上海:上海古籍出版社,2006年,第766页。

王侍读、兰台郎、经城令①。

　　李善一生的荣辱与贺兰敏之息息相关。《旧唐书》本传称"乾封中,出为经城令。坐与贺兰敏之周密,配流姚州",《新唐书·李邕传》记载略同。《旧唐书·文苑中·李邕传》附李善传中的记载或更能说明李善与贺兰敏之的关系:

　　　　父善,尝受《文选》于同郡人曹宪。后为左侍极贺兰敏之所荐引,为崇贤馆学士,转兰台郎。敏之败,善坐配流岭外。②

　　由此可以看出,李善受贺兰敏之推荐是在唐高宗乾封年间(666—668),因为其时贺兰敏之正任左侍极。但如果李善受贺兰敏之推荐担任的是崇贤馆学士,则其受推荐要更早。按李善显庆三年表上《文选注》时已为崇贤馆直学士,则其受贺兰敏之推荐当在显庆三年之前。《唐会要·史馆下》记载:"显庆元年三月十六日,皇太子弘,请于崇贤馆置学士,并置生徒,诏许之。"③由此推断,显庆元年(656)三月以后,崇贤馆才开始置学士,所以李善被荐为崇贤馆直学士应该在显庆元年三月至显庆三年之间。

　　贺兰敏之是武则天姐姐韩国夫人之子。乾封年间,武则天借故杀了其兄之子惟良、怀运,将贺兰敏之改姓武氏,奉武则天父亲武士彟之嗣,累拜左侍极、兰台太史,袭爵周国公。咸亨二年(671)六月,骄纵不法的贺兰敏之因罪被复本姓贺兰,流放雷州。贺兰敏

---

　　①　《旧唐书·职官一》载:龙朔二年二月改京诸司及百官名,散骑常侍为左右侍极,秘书省为兰台。故左侍极即左散骑常侍,兰台郎即秘书郎。

　　②　《旧唐书》,第5039页。

　　③　《唐会要》,第1320页。

之先后荐举过很多人,如张昌龄、李嗣真等。《旧唐书·文苑中·张昌龄传》称,"贺兰敏之奏引于北门修撰,寻又罢去。乾封元年卒"①,则张昌龄被荐当在乾封以前,这说明贺兰敏之荐人并不限于乾封以后。

《旧唐书·方伎·李嗣真传》云:

> 时左侍极贺兰敏之受诏于东台修撰,奏嗣真宏文馆参预其事。嗣真与同时学士刘献臣、徐昭俱称少俊,馆中号为"三少"。敏之既恃宠骄盈,嗣真知其必败,谓所亲曰:"此非庇身之所也。"因咸亨年京中大饥,乃求出,补义乌令。无何,敏之败,修撰官皆连坐流放,嗣真独不预焉。②

贺兰敏之事发后,受其举荐的人大都受到牵连,只有李嗣真安然无恙,因为他已预见贺兰敏之骄纵跋扈日后必将自取灭亡,就在咸亨年中(670—674)请求外任,补义乌令,提前摆脱了与贺兰敏之的关系。李善虽然早在乾封中即出为泾城令,但仍然受到牵连,可见其与贺兰敏之关系非同一般。

李善被贺兰敏之牵连的原因,《册府元龟》卷九百二十五有所记载,其中云,"前泾城令李善曾教敏之读书,专为左道",所以遭到流放。该书同条还记载了和李善一样因为"与敏之交往左道"而遭到流放的徐齐聃,其中云:"蕲州司马徐齐聃,前任王府掾,与敏之交往左道,除名,长流岭外。"③贺兰敏之出事后,很多被他举荐的

---

①　《旧唐书》,第 4995—4996 页。
②　《旧唐书》,第 5098—5099 页。
③　(宋)王钦若等:《册府元龟》,北京:中华书局,1960 年,第 10926 页。

人受牵连而被流放,在当时属于政治斗争的牺牲品,而李善也在其中。李善作为崇贤馆学士,负有侍读讲学职责。《册府元龟》卷二百六十载:"唐高宗显庆四年十月丙子,皇太子弘初入东宫,请观讲及读书,诏许敬宗及学士史玄道、上官仪、郭瑜、李善等为都讲,令侍讲讲《孝经》,亲临释奠。礼毕,群臣上寿,颁赐有差。"①而贺兰敏之曾任太子宾客,李善在任崇贤馆学士期间可能与贺兰敏之关系比较近,而其任崇贤馆学士又是贺兰敏之举荐,所以贺兰敏之出事以后,李善受到牵连。咸亨二年(671)贺兰敏之被流放雷州(治所在今广东省雷州市),李善也被流放姚州(治所在今云南省姚安县)。

关于李善遇赦还扬州的时间,应该在唐高宗上元元年(674)或二年(675)。李善于咸亨二年流放姚州后,高宗有过两次大赦,他都可能被赦免,其中一次是咸亨五年(674)八月改元上元大赦,另一次是上元二年(675)六月,高宗立雍王贤为皇太子,又大赦。在这两种可能中,李善遇赦还扬州的时间最有可能在上元元年。因为在古代,凡是被流放的地方都是偏远荒芜之地,除非家属也一起被流放,否则遭流放之人一般不会带着家属颠沛流离。而据上引李邕墓志可知,李邕卒年七十三岁,又据《旧唐书·玄宗本纪》,李邕卒于天宝六载(747),则不难推算出李邕生于上元二年,则李善遇赦还应该在上元元年(674)比较符合情理②。

---

① 《册府元龟》,第3094—3095页。

② 《旧唐书·玄宗本纪》:(天宝)六载正月辛巳朔,北海太守李邕、淄川太守裴敦复并以事连王曾、柳绩,遣使杖杀之。陈垣《二十史朔闰表》云:纪误,正月丁丑朔,则辛巳为初五。则李邕卒于天宝六年,李邕墓志云"年七十三,卒于强死"。如此则李邕生于唐高宗上元二年(675)。李善流放姚州,一般应该不带家属,李邕应该是李善遇赦回来以后所生,故李善应该是在上元元年改元大赦时遇赦还扬州。

　　李善遇赦以后回到了扬州江都。《旧唐书·马怀素传》记载："马怀素，润州丹徒人也。寓居江都，少师事李善。家贫无灯烛，昼采薪苏，夜燃读书，遂博览经史，善属文。举进士，又应制举，登文学优赡科……病卒，年六十。"①据《旧唐书·玄宗本纪》，马怀素卒于开元六年（718）七月，则其生年当在唐高宗显庆四年（659）。至上元元年（674）李善遇赦时，马怀素十六岁，正符合"少师事李善"的年龄。马怀素本是润州丹徒人，他跟随李善学习时期则寓居江都，两地相距不远。由此可知，李善从姚州遇赦回来以后便在扬州江都居住，扬州是李善父亲李元哲迁居之处，他家族在这里应该有产业或寓所。

　　李善晚年又从扬州北上，寓居汴、郑之间，以讲授《文选》为业，跟随他学习的人非常多，来自四面八方。宋代释赞宁《宋高僧传》卷二十九中记载有《唐鄂州开元寺玄晏传》，其中云："释玄晏，江夏人也，姓李氏。祖善，而博识多学，注《文选》行，讲集于梁宋之间。"②梁、宋之间也即本传所云汴、郑之间，即现在的河南省开封、郑州之间。汴、郑在唐代是南北交流的重镇，处于运河交通枢纽的重要位置，南来北往的客商都会在此驻足，李善在此设帐授徒自然也比较方便。

　　李善寓居汴、郑的时间不可确考，但大致在其遇赦还扬州以后的几年。李善在汴、郑之间讲授的内容除《文选》外，应该还有其他内容，如经史、文字训诂之类。但因为李善的主要学术成就在"《文选》学"方面，所以诸生自四方而至，传其业，号称"《文选》学"。

---

① 《旧唐书》，第3163—3164页。
② （宋）释赞宁：《宋高僧传》，北京：中华书局，1987年，第732页。

在此需要对隋唐"《文选》学"的精髓稍作解释。隋唐"《文选》学"的精髓并不是要求研读者都对《文选》本身进行注释和其他专门研究,而是借助其他人的音义和注释研读《文选》,从而学习文章体式,精通各类应制文学文体的写作,为进入仕途提供敲门砖。在封建社会,一般士子进入仕途的主要途径是熟读经史、撰写文章,特别是科举制度推行以后,能写好文章几乎成了普通读书人进入仕途的唯一正规途径。从萧该《文选音》到曹宪《文选音义》,再到李善《文选注》,这些成果无非是给学子提供了研读《文选》的桥梁,但学《文选》并不是为了研究而研究,其终极目的是为了学会文学创作及各体应用文的写作,也就是学会写文章的基本方法,这也可以解释为什么有很多人跟从李善学习《文选》,但却没有见诸记载提到有人以《文选》名家。马怀素就是这样的实例。学习《文选》的人其实大多只是为了像马怀素那样"善属文",能通过文章进入仕途。真正得到"《文选》学"精髓的人正是马怀素,或者说是李白、杜甫、韩愈等文章大家,他们随时活用《文选》却不露痕迹,其诗赋文章被后人仰望,成为后世学习的楷模,但却并没有获得"《文选》学"家的称谓。像李善一类的《文选》专门研究者,本来也是想在仕途上有所作为,但他时运不济,所交非人,受到牵连而遭流放。李善仕途无望以后,只能靠讲授《文选》为业,最终成了发扬光大"《文选》学"的一代宗师,未知其幸与不幸也。

李善一生著述颇多,除了六十卷《文选注》外,《旧唐书》本传称李善著有《汉书辨惑》三十卷,《旧唐书·经籍志》著录同,《新唐书·艺文志》著录为二十卷,但另有"李喜《汉书辨惑》三十卷",校勘者以为"李喜"当"李善"之误。该书在《宋史》已不见著录,则唐末五代时期已经亡佚。《新唐书·艺文志》又著录"李善《文选辨惑》十卷",《日本国见在书目》著录有"《文选音义》十,李善撰",这两本书也未见其他目录书著录,应该也早已亡佚。由于李善六十卷《文选注》的流行,可能《文选辨惑》及《文选音义》的内容已经包含在其中,他们的价值已经被《文选注》所取代,所以两书都在宋代以前亡佚,李善的著作仅有六十卷《文选注》流传下来。

《旧唐书》本传称李善"方雅清劲,有士君子之风",《新唐书》中亦称其"有雅行"。但《新唐书》紧接着云"淹贯古今,不能属辞,故人号'书簏'",从高步瀛以下学者皆认为《新唐书》中的这种说法不属实,因为李善的《上文选注表》文辞可观,卓尔不凡。不过,李善除了《上文选注表》外无一篇文章存世,唐代以来的各种目录学著作又未见著录其文集,以一篇文章而定其文章优劣似不能令人完全信服。从李善《文选注》来看,其中引书众多,援引详赡,引证分明,时人称其为"书簏"未必是贬义,或者李善真的不善"属辞"。其实,"不能属辞"并不代表不能写文章,只是相比较而言,才思不够敏捷而已。比如李善的弟子马怀素,善属文,又应制举,登文学优赡科,但《新唐书》本传亦称其"不善著述"。李善正好相反,善于著述,但不善"属辞",不足为讳也。

李善卒于武后载初元年(690),其生年不详,《旧唐书·李邕传》称其"年老疾卒",按卒年七十岁左右计算,其当生于唐高祖武德(618—626)初年,其从曹宪学习《文选》当在唐太宗贞观年间(627—649),《文选注》初稿成于唐高宗显庆三年九月。李善后来在讲学过程中又不断对《文选注》进行订正补遗,所以李匡乂称世传"李注"有多种,这也成就了流传至今、对后世影响深远的李善《文选注》。

《新唐书》本传中又称,"始善注《文选》,释事而忘意。书成以问邕,邕不敢对,善诘之,邕意欲有所更,善曰:'试为我补益之。'邕附事见义,善以其不可夺,故两书并行"。但是,除《新唐书》外,李邕增补注释李善《文选注》之事未见诸其他记载。四库馆臣认为李邕增注之事不可信,其李善《文选注》六十卷提要云:

> 今本事义兼释,似为邕所改定。然传称善注《文选》在显庆中,与今本所载进表题"显庆三年"者合。而《旧唐书·邕传》称:天宝五载坐柳绩事杖杀,年七十余。上距显庆三年凡八十九年,是时邕尚未生,安得有助善注书之事?且自天宝五载上推七十余年,当在高宗总章、咸亨间。而旧书称善《文选》之学受之曹宪,计在隋末,年已弱冠。至生邕之时,当七十余岁,亦决无伏生之寿,待其长而著书。考李匡义《资暇录》曰:"李氏《文选》有初注成者,有覆注,有三注、四注者,当时旋被传写。其绝笔之本皆释音训义,注解甚多。"是善之定本本事义兼释,不由于邕。匡义唐人,时代相近,其言当必有征。知《新唐书》喜采小说,未详考也。[①]

据《旧唐书·玄宗本纪》,李邕实际去世于天宝六载(747),四库馆臣所说天宝五载(746)是误记。以李邕墓志所言卒年73计算,李邕生于唐高宗上元二年(675),到李善去世的载初元年(690)[②],李邕

---

①　(清)永瑢等:《四库全书总目》,北京:中华书局,1965年,第1685页。

②　载初元年实际是永昌元年(689)十一月所改,武则天依周制建子月为正月,改永昌元年十一月为载初元年正月,十二月为腊月,改旧正月为一月。至载初元年九月九日武则天革唐命,改国号为周,改元天授。是载初元年即公元690年。陈垣《二十史朔闰表》亦称载初元年为公元690年,今从其说。

才十六岁,距李善所上初注本成书时间已有 32 年,所以四库馆臣
所言事义兼释之本非出李邕之说似有道理①,但也并不能完全否
认李邕有补益的可能性。

高步瀛先生肯定了四库馆臣关于事义兼释之《文选》注本并非
出自李邕的说法:

> 步瀛案:《四库书目》从李济翁说,以今本事义兼释者为李
> 善定本,其说甚是,足证《新传》之诬。然显庆三年表上之本,
> 必非其绝笔之本。书目既以今本为定本,则虽冠以显庆三年
> 上表,其书为晚年定本固无妨也。②

虽然李邕增补李善注的事情受到了四库馆臣和高步瀛的否
定,但是李善《文选注》存在"释事而忘意"的缺陷却是事实。唐玄
宗口敕亦称"比见注本,唯只引事,不说意义"③,唐玄宗所见"注
本"应该是收藏于秘府中的"李善初注本"。即如我们今天所见"李
善注本",亦多为释事,较少释义。李匡乂虽是唐人,距李善、李邕
时代较近,见到多种李善注本,其中所谓"绝笔之本事义兼释",就
认为这些注本是李善所为,但这未必就是事实。据今所见唐钞《文
选集注》残卷中《钞》《音决》及陆善经注可知,今传本李善注混入了
很多《钞》和陆善经注的内容,这足以说明今传本并非李善手定之

---

① 关于李邕补益之说,黄季刚先生以为日本古钞无注三十卷本《文选》卷一《西京
赋》有两处"臣君"是"子避父讳",当为李邕所作。汪习波先生已举出李邕 6 岁时弘济寺
永隆本 P.2528 号残卷李善注亦有两处"臣君",则"臣君"非李邕所言必矣。

② 《文选李注义疏》,第 34—35 页。

③ 见六家注《文选》,首尔:正文社影印奎章阁本,1983 年,第 5 页。

事实。李善的《文选注》诚然是其毕生多次不断修补所成,但并非我们今天所见传世刻本的李善注。有一种可能就是,李善晚年也认识到其《文选注》"释事而忘意"的不足,故托付李邕尝试着补益,而李邕则"附事见义",先做出一部分让李善看看,李善感觉所补益之处尚可,所以今本李善《文选注》中时有释义语句存在。但是,即便李邕确实对李善注作了补充,但李善去世时李邕年仅16岁,其补益之事也很可能发生在李善去世之后,李善应该没有见到李邕附益过的"完全注本"。李邕很可能是接受李善的临终所托,然后补益其注。

　　根据以上所述,我们列李善生平简要事迹年表如下:

唐高祖武德元年(618)	李善可能出生于武德初年。
贞观八年(634)	李袭誉荐曹宪。
	李善在江都跟随曹宪授《文选》在贞观年间。
永徽五年(654)	十二月,皇子李贤出生。
永徽六年(655)	正月庚寅,贤封为潞王。
永徽七年/显庆元年(656)	正月辛未立代王李弘为皇太子,壬申改元显庆。
	三月十六日,皇太子弘请于崇贤馆置学士,并置生徒,诏许之。李善被贺兰敏之举荐为崇贤馆直学士在此年三月后。
显庆三年(657)	九月,文林郎守太子右内率府录事参军、崇贤馆直学士臣李善表上六十卷

	《文选注》。则李善被贺兰敏之举荐为崇贤馆直学士在此年九月前。
显庆六年/龙朔元年(661)	六年正月二十七日,右内率府录事参军、崇贤馆直学士李善上《注文选》六十卷,藏于秘府。
	三月丙申朔,改元龙朔。李善除潞王府记室参军在此年正月后,九月前。
	九月壬子,徙封潞王贤为沛王。李善兼沛王侍读在此年后,咸亨三年九月前。
龙朔二年(662)	二月,散骑常侍为左右侍极。秘书省为兰台。左侍极此时始有称也。
麟德三年/乾封元年(666)	正月戊辰朔,壬申改元乾封元年。
	八月丁未,杀司卫少卿武惟良、淄州刺史武怀运。
	乾封年,敏之为士蒦后,改姓武氏,累拜左侍极、兰台太史,袭爵周国公。
	李善为左侍极贺兰敏之所荐引转兰台郎,在龙朔二年至乾封元年间也。
	此被荐当为兰台郎,负责修撰事也。
	李善乾封中出为泾城令。乾封共两年二月,出为泾城令盖此两年内事也。
乾封三年/总章元年(668)	二月丙寅,改元总章元年
总章三年/咸亨元年(670)	三月甲戌朔,改元咸亨元年
咸亨二年(671)	六月戊寅,左散骑常侍兼检校秘书、

	太子宾客、周国公武敏之以罪复本姓贺兰氏,除名,流雷州。李善坐与贺兰敏之善,流姚州。
	《册府元龟》卷九百二十五:前泾城令李善曾教敏之读书,专为左道,长流雟州。此时善或仍为泾城令耶?
咸亨三年(672)	九月壬寅,沛王贤徙封雍王
咸亨五年/上元元年(674)	八月壬辰,改元上元,大赦。
	李善遇赦还。
	马怀素十六岁,寓居江都,师事李善。
上元二年(675)	六月戊寅,以雍王贤为皇太子,大赦。
	李邕生于此年。
永隆二年(681)	永隆年二月十九日弘济寺写本李善注张衡《西京赋》盖写于此年,因永隆元年无二月也。
永昌元年(689)	春正月,大赦天下,改元。
载初元年/天授元年(690)	李善卒。

第二节　李善注之前的《文选注》

在李善注释《文选》以前,除了萧该《文选音》、曹宪《文选音义》之外,尚有许多《文选》的单篇文章注,甚至还有通篇的《文选注》。

今传六十卷《文选》李善注中明确标有注释者姓名的篇章共计有 21 个篇题,12 个注家,它们分别是卷二张平子《西京赋》薛综注,卷三张平子《东京赋》薛综注,卷四左太冲《三都赋序》綦毋邃注①,卷四左太冲《蜀都赋》刘渊林注,卷五左太冲《吴都赋》刘渊林注,卷六左太冲《魏都赋》张孟阳注②,卷九潘安仁《射雉赋》徐爰注,卷十一王文考《鲁灵光殿赋》张载注,卷十五张平子《思玄赋》旧注,卷二十三阮嗣宗《咏怀诗》颜延年、沈约注,卷三十二屈平《离骚》王逸注、屈平《九歌》王逸注,卷三十三屈平《九章》王逸注、屈平《卜居》王逸注、屈平《渔父》王逸注、宋玉《九辩》王逸注、宋玉《招魂》王逸注、刘安《招隐士》王逸注,卷四十五卜子夏《毛诗序》郑玄笺,卷四十八班孟坚《典引》蔡邕注,卷五十五陆士衡《演连珠》刘孝标注。

　　以上所举都属于李善注中所交代的"旧注"。《文选注》卷二《西京赋》第一次出现"旧注"时,李善在"薛综注"下明其体例曰:

---

①　《三都赋序》作者"左太冲"下,北宋本、尤本等皆有"刘渊林注",集注本此篇未标示注家姓名,题下引陆善经曰:"旧有綦毋邃注。"又其所引注文之首冠以"綦毋邃曰"者,共有五条。此五条亦见于北宋本李善注,但不标示注家姓名,与其余皆标"善曰"二字者有别。然则此五条即是李善所见本留存之"旧注"。李善于张平子《西京赋》薛综注下明《文选》注例曰:"旧注是者,因而留之,并于篇首题其姓名。其有乖缪,臣乃具释,并称'臣善'以别之。"因此,李善本此篇之首应有"綦毋邃注"四字,始与注例相符。北宋本误将下《蜀都赋》题下"刘渊林注"移入于此,此后各李善本与合并本亦相沿而误。据集注本所载,《三都赋序》当为綦毋邃注。

②　《魏都赋》下仅有丛刊本在作者"左太冲"下有"刘渊林注"四字,北宋本、明州本、赣州本及尤本皆无。李善于此注曰:"《三都赋》成,张载为注《魏都》,刘逵为注《吴》《蜀》。"因此,刘逵所注为《吴都赋》《蜀都赋》,张载所注为《魏都赋》。胡克家《文选考异》曰:"各本皆非也,当有'张载注'三字。何云:前注'张载为注《魏都》',陈云:赋末善曰'张以先陇反'云云,则知卷首本题'张孟阳注',与前合。后来误作刘渊林耳。所说是也。袁、茶陵赋中每节注首刘曰,皆非。盖合并六家时已误其题矣。"梁章巨《文选旁证》亦曰:"又潘正叔诗注引张孟阳《魏都赋》注曰:'听政殿左崇礼门',与今注合,皆足证此为张注,误题刘渊林耳。"按,胡、梁两家所言是也。其致误之由盖因北宋本已错将"刘渊林注"四字置于《三都赋序》题下,而于此篇又失书注家姓名,六家合并时遂以为是刘渊林注,与序注"綦毋邃"作"刘渊林",其误一也。丛刊本题下添"刘渊林注"四字,袁本、茶陵本从之,亦误。

"旧注是者,因而留之,并于篇首题其姓名。其有乖缪,臣乃具释,并称'臣善'以别之。他皆类此。"

　　另外,除了以上21篇外,卷七潘安仁《藉田赋》下李善注曰:"《藉田》《西征》,咸有旧注,以其释文肤浅,引证疏略,故并不取焉。"这两篇注文李善虽未采用,但却表明这两篇也有"旧注"。这种有"旧注"的篇章,李善只在篇题作者下列出注者姓名,在注文中不再列出其姓名,如果注文中有李善自己的注释之处,则标"臣善"以相区别。

　　此外,李善在卷三十九李斯《上秦始皇书》"阿缟之衣"注曰:"徐广曰:齐之东阿县,缯帛所出也。此解'阿'义与《子虚》不同,各依其说而留之。旧注既少,不足称臣以别之。他皆类此。"这里明确说到旧注很少,所以直接引用旧注者之名,而不再于卷首标注何家之旧注,篇中李善注也不需再标"臣善"以相区别。

　　在李善注中还有一种情况,李善称为"集注"。卷七扬子云《甘泉赋》下李善注曰:"然旧有集注者,并篇内具列其姓名,亦称'臣善'以相别。他皆类此。"遇到这种情况,李善往往在篇题作者下不再列注者姓名,而是在注文中列出注者姓名,有李善自己的注文之处则标有"臣善"以相区别。出现这种情况的篇章不在少数,如卷七扬子云《甘泉赋》、司马长卿《子虚赋》,卷八司马长卿《上林赋》、扬子云《羽猎赋》,卷九扬子云《长杨赋》,卷十三贾谊《鹏鸟赋》,卷十四班孟坚《幽通赋》,卷十九韦孟《讽谏诗》,卷三十五汉武帝《求贤诏》《贤良诏》,卷三十九邹阳《上书吴王》《于狱中上书自明》、枚叔《奏书谏吴王濞》,卷四十一司马子长《报任少卿书》,卷四十四司马长卿《喻巴蜀檄》《难蜀父老》,卷四十五东方曼倩《答客难》、扬子云《解嘲》、班孟坚《答宾戏》,卷四十七王子渊《圣主得贤臣颂》、扬子云《赵充国颂》,卷五十二班书皮《王命论》,卷六十贾谊《吊屈原文》,共计23个篇题,其中所引的注者有孟康、晋灼、应劭、李奇、文颖、郭璞、张晏、服虔、韦昭、如淳、邓展、苏林、张揖、司马彪、郑玄、韩康伯、颜监、臣瓒、曹大家、项岱、刘德等二十余家。

　　无论是李善所谓的"旧注"还是"集注",根据李善注例交代,这些注文在李善注释《文选》之前都已经存在。王德华先生认为,这些"旧注"和"集注"都应该是《文选》本来所有,其理由大致有三点:其一,李善所用有些篇章注文及集注在《隋书·经籍志》中已标为亡书,所以李善见不到其中的有些篇章。其二,李善在《藉田赋》下注曰:"《藉田》《西征》,咸有旧注,以其释文肤浅,引证疏略,故并不取焉。"如果不是其所用本有注,李善在不用其注的情况下完全没有必要交代。也就是说,如果这些"旧注"是李善搜罗添加上的,遇到因为注释肤浅、引证疏略的旧注,可以不加理会即可,完全没有必要交代,因此这些"旧注"应该不是李善收入《文选》中,而是在他之前有人作了这样的工作。其三,李善在引用《汉书》某家的集注本时必交代出自某家,李善自叙体例时对旧注和集注的交代可以看出它们原本存在于李善所用本中①。虽然李善所用旧注和集注在李善注之前已经存在,但旧注和集注应该不是萧统编《文选》时所采入,因为其集注部分引有"颜监"或"颜师古","颜监"即颜师古,因其曾在贞观七年(633)始任秘书少监,故称"颜监",而颜师古的《汉书注》成书于贞观十五年(641)。李善注采用的集注既然有颜师古之说,则集注不应早于贞观七年,可能在贞观十五年以后。

---

① 详见王德华:《李善〈文选〉注体例管窥》,收入《〈文选〉与"〈文选〉学"》,第728—738页。

需要注意的是,《隋书·经籍志》所言的亡书也并不一定在唐代就不存在,有些在《旧唐书·经籍志》中仍有著录,只是隋代没有搜求到而已,并不能代表这些书在唐初一定亡佚。所以,在李善注《文选》之前的贞观年间,可能有人将以前的注文加入了《文选》白文之中,而李善则利用了这些成果。

笔者在校勘《文选》李善注的过程中又发现了两处证据,或可证明李善《文选注》是在旧注本的基础上加工而成。

其一是李善六十卷《文选注》的第十五卷张平子《思玄赋》下有"旧注",李善注曰:"未详注者姓名。挚虞《流别》题云衡注,详其义训,甚多疏略,而注又称'愚以为',疑辞非衡明矣。但行来既久,故不去焉。"①李善在注中谈到《思玄赋》的旧注,过去都认为是张衡自注,挚虞《文章流别集》也题为张衡注,但李善认为此注内容疏略,又常称"愚以为",所以李善认为这些注释不是张衡自注。但因为该"旧注"流传既久,所以仍然不去掉。在韩国首尔大学奎章阁所藏活字本《思玄赋》中有一句"素女抚弦而余音兮"下,李善除了引用《史记》"秦帝使素女鼓五十弦瑟"外,又在其下注曰:"旧注本'素'下无'女'字,今本并有之。"②尤刻本、胡刻本及其他李善注本亦有此句李善注,只是无"今本并有之"的"并"字,但不影响理解。笔者以为,李善在这里提到的"旧注本"正是指李善所据以注释《文选》的底本。这一条属于李善注中的校勘记,是说他用的旧注本《文选》原无"素女"之"女"字,但是其他传本的《文选·思玄赋》此句皆有"女"字,所以李善增加了"女"字。也就是说,李善所谓的

---

①　六家注《文选》,第 352 页上。
②　六家注《文选》,第 366 页上。

"旧注是者,因而留之"及"《藉田》《西征》,咸有旧注"之旧注都是指此"旧注本"上原有之"旧注",李善的注释工作是在这样的"旧注本"基础之上开展的,所以遇到有旧注者即题写其姓名,然后自己的注释则加"臣善曰"以示区别。因此,李善在那些不取用旧注的篇目才加以说明,如《藉田赋》下言"以其释文肤浅,引证疏略,故并不取焉"。

其二是六十卷《文选注》之卷五十一贾谊《过秦论》下,在作者"贾谊"下有注曰:"应劭曰:《贾谊书》第一篇名也。善曰:言秦之过。"①北宋本、明州本都如此。考察此句应劭注释,实际出自《汉书·陈胜项籍传赞》,其中"赞曰:昔贾生之《过秦》曰"下颜师古注引应劭注有:"应劭曰:贾生书有《过秦》二篇,言秦之过。此第一篇也。司马迁取以为赞,班固因之。"②对比《文选》李善注可以看出,《文选》中的"应劭曰""善曰"云云皆为应劭注《汉书·陈胜项籍传赞》的内容,如果《文选》中"旧注"乃李善裒辑,则此处不应有"善曰",因为善曰"言秦之过"亦为应劭之注,李善不当无聊乃尔,前半部分取应劭注而冠以"应劭曰",而后则仍用应劭之注但却冠以"善曰"。因此,《文选注》中所谓的"旧注",即李善屡次提及的"旧注"等等,应该是先于李善之人所为,也就是说,李善是在前人裒辑的不很完善的《文选》注本基础上注释成书。

综上所述,我们认为问题已经很明白了,即李善是在一个已有旧注但不完备的《文选》注本上开展注释工作,他对前此裒辑的各家注释有所删略,大体上是取其是,删其非,补其缺漏。

---

① 六家注《文选》,第1233页上。
② (汉)班固撰,(唐)颜师古注:《汉书》,北京:中华书局,1962年,第1821页。

　　除了李善在其《文选注》中用到或提到的《文选》"旧注"和"集注"以外,在敦煌写本《文选注》中还保存有至少两家早于李善注的其他《文选》注本。

　　其中一个注本是分藏于天津艺术博物馆的敦煌本《文选注》与日本东京细川氏永青文库的敦煌本《文选注》,二者乃同卷被分,只有注文,没有正文。据罗国威《敦煌本〈文选注〉笺证·前言》介绍,1965年4月,日本东京细川氏永青文库将所藏敦煌本《文选注》写卷影印出版,并附上日本敦煌学、文献学泰斗故神田喜一郎博士的《解说》。根据罗国威《前言》引《解说》介绍,该卷形制为:

　　　薄黄麻纸,十一纸连成之长卷。存二百三十六行,卷首尾缺。无书写年代。然第一六五与第一六七行中因避唐太宗讳而"民"字缺末笔,是为唐钞之明证。以书法考之,系初唐字体,其为唐钞,殆无疑义。其纸背收有僧昙旷《大乘百法门论义记》,其书写年代稍晚,当是中唐时所钞。所存乃司马相如《喻巴蜀檄》,陈琳《为袁绍檄豫州》《檄吴将校部曲文》,钟会《檄蜀文》,司马相如《难蜀父老》之注文。此注,与李善注、五臣注全然不同。我国平安朝时代荟萃《文选》诸注而纂辑的《文选集注》一书之现存残本中,正好有司马相如《难蜀父老》一文存在,以与此敦煌本注相较,竟无一条相同者。①

　　天津艺术博物馆馆藏中也发现一轴与日本永青文库所藏非常相似的敦煌本《文选注》,据罗国威《敦煌本〈文选注〉笺证·前言》引

────────

① 罗国威:《敦煌本〈文选注〉笺证·前言》,成都:巴蜀书社,2000年,第1页。

《天津市艺术博物馆藏敦煌文献·附录》之《叙录》介绍,该卷形制为:

> 　　唐朝写卷。薄白麻纸,十纸……每纸二十二行,每行十八—二十一字,乌丝栏。楷书,墨色稍淡。卷首尾缺,上下边沿破。卷首上方有白文印"周暹"。背为草书《大乘百法门论开宗义记》。周书弢旧藏。参见六十卷本《文选》卷四十三。存赵景真《与嵇茂齐书》、丘希范《与陈伯之书》、刘孝标《答刘秣陵沼书》、刘子骏《移书让太常博士》、孔德璋《北山移文》等篇注。与李善注、五臣注、日本平安朝写本集注均有不同。(《天津市艺术博物馆藏敦煌文献·附录》,上海古籍出版社)①

该卷共存 220 行。罗国威先生将两卷文字认真比对研究后得出这样的结论:

> 　　两者在形制、字体风格等方面完全一致,将二者拼合衔接后,内容文字完全吻合,且无有缺文,当是同一写卷内容相连的两个断片……此敦煌本《文选注》,撰著时所据之《文选》,是一与今传世《文选》各种版本系统不同的一个本子,某些地方保存了萧选的本来面貌。注文所征引,有的是今已失传而又不见于他引的唐前典籍。其语辞训释,都可以在唐以前的训诂学专著或古书旧注中找到依据,有的注释可补李善、五臣及诸家注之阙失。②

---

① 《敦煌本〈文选注〉笺证·前言》,第 1—2 页。
② 《敦煌本〈文选注〉笺证·前言》,第 2 页。

日本学者冈村繁先生对永青文库所藏敦煌本《文选注》进行了研究,并作了笺订,他认为该卷《文选注》为先于李善注的初唐注本,至少出现在唐太宗以前①。罗国威先生基本赞同该卷为初唐人所著的观点②,并通过天津艺术博物馆藏《文选注》里赵景真《与嵇茂齐书》注中"及关而叹"的注解"叹事未详"与李善注比对,判定该注本的作者没有见过李善注,因为李善注通过引《列子》对"及关而叹"进行了注解。

冈村繁先生在永青文库所藏《文选注》的研究基础上曾经推测,该注可能也像李善注一样,在三十卷基础上增注而分为六十卷③,因为永青文库所藏正好是六十卷《文选》中卷四十四所收之文。但是这个推测在天津艺术博物馆的《文选注》发现以后似乎受到了挑战。天津艺术博物馆所藏《文选注》正好是六十卷《文选》卷四十三所收文章,而其下正好接永青文库所藏,两卷卷首都没有标明卷数。合两个卷子而观之,正好是五臣本三十卷《文选》之第二十二卷的内容,该注本是分三十卷还是六十卷还不甚明了,有待进一步研究。

天津艺术博物馆所藏敦煌本《文选注》与日本东京细川氏永青文库所藏敦煌本《文选注》均未注明作者,所以作者问题仍有待于证实。由于该卷的抄写人水平有限,讹脱衍倒比比皆是。但是根据该卷书写的避讳字而论,可以基本定为唐初人所著,是比李善注更早的本子。

另一个是俄藏 L.1452 号《文选注》残卷①。该残卷存一八五行,正文行十三、十四字,注文小字双行,行十八至二十字,包括束广微《补亡诗六首》之第六首"明明后辟"以下、谢灵运《述祖德诗二首》、韦孟《讽谏一首》、张茂先《励志诗一首》、曹子建《上责躬应诏诗表》止于"驰心辇毂"。这是一个新发现的、不同于李善注和五臣注的注本,对照六十卷李善《文选注》和三十卷五臣注可知,此本分为三十卷。傅刚先生认为,俄藏敦煌本《文选注》早于李善注并且被李善利用过,从而昭示了李善《文选》也是在前人基础上开展的事实②。该注本的作者目前尚不确定,但该注本比李善注早则应该无大问题。

除了以上两家早于李善注的《文选》注本之外,敦煌文献中尚有德藏编号为 Ch.3693、Ch.3699、Ch.2400、Ch.3865 的残卷,系班孟坚《幽通赋》及注文之残存。饶宗颐《敦煌吐鲁番本文选·叙录·附录》中对其形制和内容都有描述,其中云:

> 正文存"形气发[于根柢兮,柯叶汇而零]茂。恐罔(魍)魉[之责景兮,羌未得其]云已。犁(黎)[淳耀于高辛兮,芈]强大于南汜;[嬴取]威于伯仪兮,姜本[支乎]三趾;既人(仁)[得其信然]兮,仰天路而同轨。东厸虐而歼仁兮,[王合位乎]三五。[戎女烈而]丧孝兮,伯祖归于龙虎;[发]还师以成性兮,重醉

---

①　《敦煌吐鲁番本文选》沿用以前的编号称 L.1452,《俄藏敦煌文献》重新编号为 Φ242。

②　详见傅刚:《〈文选〉版本研究·俄藏敦煌写本 Φ242〈文选注〉发覆》,第 276—294 页。罗国威先生著有《俄藏敦煌本 Φ242〈文选注〉的文献价值》揭示了其特点及文献价值。

行[而自耦]。"若干字缺文,全为补足。此赋注语甚长,现存起于子辂死事,当是正文"溺招路以从己兮"句下著(按,"著"当为"注"之误),"子辂"即"子路"。李善注博引曹大家、应劭、项岱、晋灼、韦昭、张晏及《汉书》音义各说,皆不见于此注,不知出自谁氏。参王重民《敦煌古籍叙录》七六—七八页。(荣新江)①

上引《幽通赋》的注,和李善《文选注》中援引的曹大家、应劭、项岱、晋灼、韦昭、张晏及《汉书音义》各家说都没有相同者,应该不是以上所列各家。这篇注或许是单篇文章的注释,年代也不确定,所以可暂不计入《文选》注本。

总而言之,在李善《文选注》面世之前,除了已知的萧该《文选音》、曹宪《文选音义》、单篇注释及篇章集注之外,至少尚有两家不知注家姓名的《文选注》。这一方面说明了李善注《文选》是在前人基础上开展注释的事实,另一方面也说明《文选》在唐代受欢迎的程度。这些《文选》注释文本的失传可能是流传不广,另外一个可能就是征引赅博、训诂精审的《文选》李善注流行以后,其他注释已经失去了流传的价值,他们的作用逐渐被李善注所取代,因此慢慢地淡出了人们的视野,最后归于亡佚。但他们在"《文选》学"史上都曾发挥过一定的功用。

第三节　李善注释《文选》的背景

自西晋末年永嘉之乱开始,中原地区一直战乱不断,朝代更迭

---

① 《敦煌吐鲁番本文选》,第8页。

频繁,文化建设事业没有得到足够发展。偏安江南的东晋和宋、齐、梁、陈王朝虽然重视文化教育事业,但是其影响力仅仅限于江南地区。由于南北分治,政治上不能统一,学术上自然也表现出南北好尚的差异。大致说来:江南学《周易》则尊王弼,《尚书》则尊孔安国,《左传》则尊杜预;中原学《左传》则尊服虔,《尚书》《周易》则尊郑玄,《诗经》则同用《毛诗》,《礼》则同尊郑玄注。隋文帝在政治上统一南北以后,也逐渐开始统一南北学术,尊师重道,鼓励学术发展。《隋书·儒林传》论云:

> 自正朔不一,将三百年,师说纷纶,无所取正。高祖膺期纂历,平一寰宇,顿天网以掩之,贲旌帛以礼之,设好爵以縻之,于是四海九州强学待问之士靡不毕集焉。天子乃整万乘,率百僚,遵问道之仪,观释奠之礼。博士罄悬河之辩,侍中竭重席之奥,考正亡逸,研核异同,积滞群疑,涣然冰释。①

　　由于隋朝最高统治者的鼓励和培育,文化教育事业越来越受到重视。但是隋朝享国日短,还没来得及完成南北文化的彻底融合,而这个事业最后是在李唐时期得以完成。

　　李唐王朝在建立了统一的王朝以后,为了笼络人才,尤其提倡文治,重视儒学发展,鼓励学术著述,促进了唐初文化事业的繁荣发展。在李唐王朝统治者的提倡和鼓励之下,唐初的文化建设事业硕果累累。武德七年(624),欧阳询撰成《艺文类聚》;贞观五年(631),魏徵撰成《群书治要》;贞观十一年(637),房玄龄等撰成《五

① 《隋书》,第1705—1706页。

礼》;贞观十五年(641),颜师古撰成《汉书注》,高士廉等撰成《文思博要》;又陆续撰修并完成了前代的史书。为了使由于南北分裂而造成的各种经部书籍没有统一文本和注释标准的乱象终结,唐太宗又命颜师古撰定《五经》,并命孔颖达等撰成《五经正义》。永徽四年(653)三月,唐高宗下诏颁布孔颖达《五经正义》于天下,令每年明经依此考试。因为经部、史部的书籍都由国家负责统一命人修撰,并正定文字、注释,所以一般的私家撰述主要都集中在集部书籍。

唐初统治者继续推行科举制度选拔人才,并在实践过程中不断进行完善。科举选拔人才的核心就是以文学取士,改变了南北朝以来以门第出身授予官职的办法,规范了读书人进入仕途的正规途径。在此背景之下,能写文章自然成为士子进入仕途的必要条件。与此相适应,那些能够指导人们写文章从而顺利通过科举考试的书也自然成了"畅销书"。《隋书·文学·杜正玄传》附弟《正藏传》曰:

> 正藏字为善……又著《文章体式》,大为后进所宝,时人号为文轨,乃至海外高丽、百济,亦共传习,称为《杜家新书》。①

可见,杜正藏《文章体式》一书之所以能够"大为后进所宝,时人号为文轨",就是因为它可以帮助读书人学写文章,从而达到进入仕途的目的。可想而知,作为八代诗赋文章范本的《文选》越来越受到世人重视也在情理之中。

---

① 《隋书》,第1748页。

　　《文选》作为八代文章之渊薮，各种文体毕备，收录了自周代以迄梁代的优秀作家的代表作品，研习《文选》对于写作诗赋文章大有裨益，读者不仅可以从中学习文章体式，而且可以学习其遣词造句。因此，《文选》在当时自然受到广大读书人的追捧。但《文选》所收文章并不容易读，一般读书人需要借助音义和注释之类的工具书来阅读学习，所以自隋代开始就有了萧该《文选音》，唐初又有曹宪《文选音义》，并开始私学教授。但无论是《文选音》或者《文选音义》，对一般读书人来说都略显粗疏，为了更好地满足当时读书人的学习需求，李善作为"《文选》学"创始人曹宪的弟子，在追随曹宪学习过《文选》之后，有鉴于当前的《文选》音义著作尚属草创，有很多不足之处，自然就生出了为《文选》作注的想法，并付诸实践。

　　李善《上文选注表》曰：

　　　　臣善言：窃以道光九野，缛景纬以照临；德载八埏，丽山川以错峙。垂象之文斯著，含章之义聿宣。协人灵以取则，基化成而自远。故羲绳之前，飞葛天之浩唱；娲簧之后，掞丛云之奥词。步骤分途，星躔殊建；球锺愈畅，舞咏方滋。楚国词人，御兰芬于绝代；汉朝才子，综鞶悦于遥年。虚玄流正始之音，气质驰建安之体。长离北度，腾雅咏于圭阴；化龙东骛，煽风流于江左。爰逮有梁，宏材弥劭。昭明太子，业膺守器，誉贞问寝，居肃成而讲艺，开博望以招贤。搴中叶之词林，酌前修之笔海。周巡绵峤，品盈尺之珍；楚望长澜，搜径寸之宝。故撰斯一集，名曰《文选》。后进英髦，咸资准的。伏惟陛下，经纬成德，文思垂风。则大居尊，耀三辰之珠璧；希声应物，宣六代之云英。孰可撮壤崇山，导涓宗海？臣蓬衡蕝品，樗散陋姿。汾河委策，夙非成诵；崇山坠简，未议澄心。握玩斯文，载移凉燠，有欣永日，实昧通津。故勉十舍之劳，寄三余之暇，弋钓书部，愿言注辑，合成六十卷。杀青甫就，轻用上闻。享帚自珍，缄石知谬。敢有尘于广内，庶无遗于小说。谨诣阙奉进，伏愿鸿慈，曲垂照览。谨言。显庆三年九月十七日文林郎守太子右内率府录事参军崇贤馆直学士臣李善上表。①

　　高步瀛《文选李注义疏》、屈守元《文选导读》中对此表均有注解，颇为翔实，可以参看。李善此表总共说明了四件事：第一，《文选》的编纂者是昭明太子萧统；第二，《文选》是后进英髦学习的楷模，这实际上交代了李善注释《文选》的原因，就是为了满足读书人学习写作的需要；第三，《文选》李善注成书于唐高宗显庆三年（658）九月十七日；第四，李善当时的官职是"文林郎（文散官，从九品上，本品）、守太子右内率府录事参军（职事，从八品上）、崇贤馆直学士"。李善《文选注》受到皇帝的褒奖，"赐绢一百二十段，诏藏于秘阁"。也许有人认为李善所获赏赐太少，但与皇帝身边的宠臣颜师古相比，颜师古的《汉书注》成书后也仅获得"赐物二百段、良马一匹"的奖励，其子又上颜师古《匡谬正俗》，仅赐帛五十匹，故比之李善获赐绢一百二十段并不算少。况且，李善《文选注》能够被收藏于秘阁，也就是进入了当时的国家图书馆，成为皇家藏书，这对李善来说也是莫大荣耀。后来唐玄宗所看到的内府藏本即李善表上之本。
　　总之，李善之所以注释《文选》，其原因就是当时社会需要的结

---

① 　六家注《文选》，第3—4页。

果,是在王朝科举选拔官史的背景之下,为了满足社会上日益兴起的学习《文选》热潮的需要。

第四节　李善注的体例、特色及价值

《文选》李善注是中国训诂史上一部大规模的集部注释。一方面,李善注与先秦、两汉、魏晋的训诂工作一脉相承。另一方面,它以集部文章为主要注释对象,适应了文人文学作品的自身特点,突破了以往局限于经注、史注的传统,在古书注释历史上揭开了新的一页。《文选》李善注发凡起例,堪称集部注释的典范之作,对后世总集、别集的注释产生了深远影响,在我国训诂学上具有重要的地位。

李善在注释《文选》时自明该书体例,散见于各卷注释之中。这些注释体例是阅读和研究李注的基本门径,明白了这些体例,可以使读者在阅读和使用李善注中少走一些弯路,更有利于对李善注的理解和全面把握。

李善注释《文选》的体例大都包含于其注文中,前修时贤论之者颇多①,而有些体例则需要读者在阅读中自行总结和理解。下面我们对《文选》李善注的注释体例略作论述。

李善在注释中明确交代的体例有23条,按照其内容可以大致分为九类:第一类是重新分卷体例;第二类是引典体例;第三类是不重见体例;第四类是取旧注、集注体例;第五类行来已久,暂存疑

---

① 如高步瀛《李注略例》、骆鸿凯《文选学·源流第三》、李维棻《〈文选〉李注纂例》、王礼卿《〈选〉注释例》、黄永武《〈昭明文选〉李善注摘例》、王德华《李善〈文选〉注体例管窥》等。

体例;第六类是留旧说以广异闻体例;第七类是文本不同,各随所用而引体例;第八类是不知作者体例;第九类是曲目起自作者体例。下面分别举例说明。

(一) 重新分卷体例。

李善在《文选注》第一卷"赋甲"下注曰:

> 赋甲者,旧题甲乙,所以纪卷先后。今卷既改,故甲乙并除。存其首题,以明旧式。

这是李善《文选注》开篇第一条注释,也是李善《文选注》的第一条体例。但是除了张云璈外,其他学者多未将此条视为凡例。笔者以为,张云璈将此条视为凡例是正确的,他的看法应该遵循。因为根据李善的交代,这条体例可以反映出萧统所编《文选》的本来样式。由于《文选》在萧统传记资料和《隋书·经籍志》中都著录为三十卷,李善注以及后来的六臣、六家合刻本都分为六十卷,以至于萧统《文选》的原来分卷模式和分类模式都不易为人所知。即便有五臣注仍然遵从《文选》原来的体式,分为三十卷,但因为五臣注在后世饱受批评,被轻视,所以并没有引起大家足够的重视。

　　根据这条体例和五臣注本系统的分类,我们可以大体了解萧统《文选》本来的分卷格式和分类模式。萧统《文选》原为三十卷,其中赋分为十卷,以甲乙丙丁等十天干纪卷次先后,而李善注析为六十卷后,"赋甲"也相应地分为两卷,以后的每个卷次都依例分为了两卷,所以原来的甲乙丙丁等已不足以纪卷次先后,故李善注中去掉了此等文字，但在卷首第一次出现时交代清楚，让读者明白《文选》的本来体式。也就是说，三十卷本是萧统《文选》旧貌，现在传世的五臣注本三十卷基本可以窥见其大略。

依今天我们看到的《文选》五臣本可知萧统《文选》旧式：赋分十卷，分著甲、乙、丙、丁、戊、己、庚、辛、壬、癸；诗分七卷，分著甲、乙、丙、丁、戊、己、庚。因为李善注析萧统原书三十卷为六十卷，故原来萧统赋类中有些未再细分的类目在李善注中又分为了上、下，甚至一、二、三、四等。如"纪行"分为"纪行上""纪行下"，"鸟兽"分为"鸟兽上""鸟兽下"，"音乐"分为"音乐上""音乐下"。诗类中也有类似现象，如"赠答"类在三十卷本中分在两卷，分别为"赠答上""赠答下"，但在李善注中分在了四卷中，所以成了"赠答一""赠答二""赠答三""赠答四"。又比如"乐府""杂诗""杂拟"等在李善注本中都分为上、下两部分。文也有类似情况，如"论"本来分为上、中、下，但在李善本中分在了五卷中，分别为论一、论二、论三、论四、论五。又如赋类中的"京都"原为京都上、京都中、京都下，在三十卷本中分属三卷，但在李善注中则分属于六卷，不过仍然是分为京都上、京都中、京都下三个细目，每个细目统辖两卷，如京都上包含卷一、卷二，京都中包含卷三、卷四，京都下包含卷五、卷六。以李善注之分"赠答诗"为一、二、三、四和"论"为一、二、三、四、五的体例而论，赋类的"京都"应该分为一、二、三、四、五、六，但可能李善在开始并没有严格此类分别，所以导致卷首的"京都"类赋只分为上、中、下三类，而每类都包括两卷。

我们明确李善重新分卷的这条体例，既可以使读者对于萧统原来的分卷样式和模式有个基本概念，也可以使读者看出李善注析为六十卷后的样式，所以这条注释应该看作李善注开篇的第一条凡例。

（二）引典体例。

引用词语和典故出处是李善《文选注》的根本特征，也是李善注区别其他各家注释的一大特色，所以李善注对引用典故、词语源头的交代也最早、最清楚，并且再三申明之，区分不同情况来说明。

第一种情况是"诸引文证，皆举先以明后"。所谓"举先以明后"，就是后来的创作者所使用的论据或典故、词语是前人用过的，或者来源于以前的典籍。如李善在卷一班孟坚《两都赋序》的第一句"或曰：赋者，古诗之流也"注中先征引了《毛诗序》，然后交代了这一类引典的体例：

　　《毛诗序》曰：诗有六义焉，二曰赋。故赋为古诗之流也。诸引文证，皆举先以明后，以示作者必有所祖述也。他皆类此。

根据李善此条体例交代，凡是作者所言所论，李善注释时一般要找到其词语、典故、论据来源，以表示作者语言典故和论点都是有本而来，采自前人典籍。

如《两都赋序》中"王泽竭而诗不作"，李善注引《孟子》"王者之迹息而诗亡"；"日不暇给"，李善注引《史记》"虽受命而日有不暇给"；"润色鸿业"，李善注引《论语》"东里子产润色之"。这种例子不胜枚举，都属于李善注交代词语及典故出处、论点来源的例子。

这种以引典代释义的方式体现了李善对中国古代文学作品特

征的把握,抓住了文本解释的核心内容,即典故。这一类的征引典籍同时也是李善注的最大特色。

第二种情况是"文虽出彼,而意微殊,不可以文害意"。由于作者在使用典故及现成语言时会有新的意义,李善在注释过程中对所引用典籍和作者要表述的意义略有差别时,则又交代读者千万要注意其中的细微区别,不要因为典籍的引用而忽略了作者想要表达的意思。李善注在卷一《两都赋序》"兴废继绝,润色鸿业"下又交代曰:

> 言能发起遗文,以光赞大业也。《论语》子曰:兴废国,继绝世。然文虽出彼,而意微殊,不可以文害意。他皆类此。

《论语》中的"兴废国,继绝世"是说让濒临亡国的国家重新兴旺,承继已经没有后嗣的先代贤人,而在《两都赋序》中意思是继承先代的文化礼乐事业,所以李善特别交代要注意其差异。

这条体例是对引典体例的一种有益补充。李善在注释时遇到有些词汇虽然出自某些典籍,但又与其出处解释略有差别时,他并不胶柱鼓瑟,而是灵活把握,如此才能帮助读者更好地理解作者创作和使用典故的原始意图。如果没有此条体例,读者容易被注中原典的语义环境所干扰,从而达不到准确理解作者原文的目的,所以此条体例在后边又被重申了若干次。

如卷十四鲍明远《舞鹤赋》"穷天步而高寻"下李善又注曰:"《毛诗》曰:天步艰难。陆机《拟古诗》曰:粲粲光天步。然文虽出彼,而意并殊,不以文害意也。"

又如卷二十颜延年《皇太子释奠会作》"浚明爽曙,达义兹昏"

李善注曰:"《魏都赋》曰:昏情爽曙,箴规显之。毛苌《诗》传曰:爽,差也。然义与《魏都赋》微异,不以文害意也。"

又如卷二十二沈休文《钟山诗应西阳王教》"翠凤翔淮海"李善注曰:"《东京赋》曰:龙飞白水,凤翔参墟。李斯上书曰:今陛下建翠凤之旗。然但引翠凤之文,不取旗义也。"

又如卷二十三嵇叔夜《幽愤诗》"实耻讼免,时不我与",李善注曰:"《论语》曰:阳货曰:日月逝矣,岁不我与。文虽出此,而意微殊。亦不以文害意也。"

又如卷二十八陆士衡《乐府十七首》之《君子行》"天损未易辞,人益犹可欢"李善注曰:"《庄子》:孔子谓颜回曰:无受天损易,无受人益难。郭象曰:无受天损易者,唯安之,故易也。所在皆安,不以损为损,斯待天而不受其损也。无受人益难者,物之傥来,不可禁御。至人则玄同天下,故天下乐推而不猒,相与社而稷之,斯无受人益之所以为难矣。然文虽出彼,而意微殊。彼以荣辱同途,故安之甚易。此以吉凶异辙,故辞之实难。"

又如卷二十九嵇叔夜《杂诗》"孰克英贤?与尔剖符",李善注曰:"言咏赞妙道,游心恬漠,谁能以英贤之德,与尔分符而仕乎?班固《汉书述》曰:汉兴柔远,与尔剖符。然文虽出彼,而意微殊。《东观汉记》:韦彪上议曰:二千石皆以选出京师,剖符典千里。"

又如卷四十杨德祖《答临淄侯笺》"今之赋颂,古诗之流",李善注曰:"《两都赋序》曰:赋者,古诗之流也。文虽出此,而意微殊。"

这些李善在注中一再重申的"文虽出此,而意微殊"的体例对理解原文特别重要,因为李善引典只求其出处,但在不同作者文本中引用这些典故有其自身想要表达的意义,所以李善一直强调不能以文害义。所谓不能"以文害义",就是不要因为典故的原意而曲解了作者要表达的意思。

　　第三种情况是"诸释义或引后以明前,示臣之任不敢专"。对于一些在作者以前的典籍中没能找到出处,但是作者以后的人有解释或使用的,李善也引证后人的说法或词语典故以说明其说法是有根据的。李善在卷一《两都赋序》"臣窃见海内清平,朝廷无事,京师修宫室,浚城隍而起苑囿,以备制度"下注曰:

　　　蔡邕《独断》:或曰:朝廷亦皆依违尊者所都,连举朝廷以言之。诸释义或引后以明前,示臣之任不敢专。他皆类此。

李善注引用蔡邕《独断》来解释"朝廷"的意思,但是蔡邕生活在东汉末年,班固生活在东汉初年,班固不可能引用的是蔡邕《独断》中的"朝廷",但蔡邕对"朝廷"的解释应该说明了"朝廷"一词的来历。这条体例是针对没有找到词语出典但又经常有人这么用的文本进行解读。李善明著此例,以说明所注皆有所本,不是杜撰,所引典籍虽在作者之后以解释作者文本,但并非没有根据。

　　这一类词语实际上就说明了一些新词汇在文学创作中的作用。有些词语虽然不见载于经传,但是人们相沿使用,不能因为后人的解释就忽略了其价值。

　　第四种情况是"引同时人语,转以相明也"。有时引典过程中还有同时人的作品,只是为了证明作者的说法虽然不是出自前人典籍或经传,但这种说法不是作者杜撰,而是同时或稍后之人都有此类使用。也就是说,词语典故并非说明作者的说法来自同时人,而是时人都有类似的说法或用法。

　　如李善在卷十一何平叔《景福殿赋》"温房承其东序,凉室处其

西偏"下注曰:

> 温房、凉室,二殿名。卞兰《许昌宫赋》曰:则有望舒凉室,
> 羲和温房。然卞、何同时,今引之者,转以相明也。他皆类此。

"温房""凉室"是两个宫殿名,何平叔和卞兰属于同时代之人,他们写的都是曹魏时期许昌的宫殿,所以提到的宫殿名字相同。

这条体例交代,此处所引作者同时代人的典籍为了表明作者的说法,也说明李善所释义并非无本之木,而是渊源有自,互相发明,互相引证,并非说明作者引用了注释中所列之典籍。

第五种情况是"引时人常用之语,明古有此曲,转以相证,非所注之言出于此"。作者所说到的事物或典故,前人也说过,但是作者所说并非就来自所引用之典,只是为了证明这种说法古来就有,互相印证而已。如李善在卷十八嵇康《琴赋》"则《广陵》《止息》,《东武》《太山》,《飞龙》《鹿鸣》,《鹍鸡》《游弦》"下注曰:

> 《广陵》等曲,今并犹存,未详所起。应璩《与孔才书》曰:听《广陵》之清散。傅玄《琴赋》曰:马融谭思于《止息》。魏武帝乐府有《东武吟》,曹植有《太山梁甫吟》。左思《齐都赋》注曰:《东武》《太山》,皆齐之土风,谣歌讴吟之曲名也。然引应及傅者,明古有此曲,转以相证耳,非嵇康之言出于此也。他皆类此。

这是因为李善对文本作者所用典故,不知其源头,但由于当时及后世人常用,故李善注中所引典籍或在文本作者之前,或在文本作者

之后，只是为了说明文本所用之典古已有之，后世亦常用之，以明作者所言有本，而李善注释亦有所据。

此条体例李善后又进行了重申。如卷二十三王仲宣《赠蔡子笃诗》"一别如雨"下，李善注曰："《鹦鹉赋》曰：何今日之雨绝。陈琳《檄吴将校》曰：雨绝于天。然诸人同有此言，未详其始。"为了说明王仲宣"一别如雨"有来历，但又找不到确切出典，所以引用了和王仲宣同时代的祢衡和陈琳的文章，以证明原文是有出处的。

以上这五种体例都是李善对文本作者引用典故的处理办法。五种体例并列，各有所指，看似繁杂，实际上各有不同，他们分别针对引用典故或词语的不同而制定，是对征引典籍这种注释方式的细致划分，而且有助于读者理解和掌握文本所要表达的原始意图。

由于李善注重视注释典故和词语出处，所征引体例又细分为五种，所以李善注所引书籍众多。据清代汪师韩《文选理学权舆·序》所列，"其中四部之录，诸经传训且一百余，小学三十七，纬候图谶七十八，正史、杂史、人物别传、谱牒、地理、杂术艺，凡史之类几近四百，诸子之类百二十，兵书二十，道释经论三十二，若所引诏、表、笺、启、诗、赋、颂、赞、箴、铭、七、连珠、序、论、碑、诔、哀词、吊祭文、杂文、集几八百。其即入《选》之文互引者不与焉"①，足可见李善在注释时引用书籍之丰富。

李善注由于引书众多，经史子集无所不引，而其中很多书籍今天已经亡佚，如王隐《晋书》、臧荣绪《晋书》、檀道鸾《续晋阳秋》及《春秋运斗枢》《春秋元命苞》《春秋合诚图》，等等，而这些保留在注中的零章残句成了后世学者辑佚的渊薮。而有些李善引用书籍内

---

① （清）汪师韩：《文选理学权舆》，《续修四库全书》本，第一五八一册，第3页。

容和今本有很大差别,也为校勘古籍提供了一些有用的参考。这些都是李善注备受后世推崇的原因之一。

征引事典、语典及引典训诂是李善注释的最大特色。李善注不仅引用原典代替释义,而且还引用原典的注释,以说明自己的注释有根有据。如引《尚书》兼引孔安国传、郑玄注,《周易》兼引王肃、王弼、韩康伯注,《周礼》《礼记》《仪礼》兼引郑玄注,《毛诗》兼引毛苌传、郑玄笺,《韩诗》兼引薛君注,《左氏传》兼引杜预注,《公羊传》兼引何休注,《论语》兼引孔安国、包咸、郑玄注,《尔雅》兼引郭璞、孙炎注,《国语》兼引贾逵注,《老子》兼引河上公、王弼注,《文子》《列子》兼引张湛注,《楚辞》兼引王逸注,等等,务求其出注有据,言必有征。文字训诂则大部分征引原典,务求寻其根本,以忠实于原文,取信于读者。

李善引用原书时,并不拘泥于原文,如全引原书过于繁复,李善或概括其意,或节略而引,总之只要说明其出典即可。如果不明白这种注释体例,研究者在校勘或阅读中就容易出错。如《西京赋》"展季桑门,谁能不营"句唐写永隆本李善注曰:"《国语》曰:臧文仲闻柳下季之言。韦昭曰:柳下,展禽之邑。季,字也。《家语》曰:昔有妇人曰:柳下惠,妪不逮门之女,国人不称其乱焉。"此处善注引《家语》乃节引,北宋本不明其所节引,改所引《家语》文字为:"昔有妇人召柳下惠,惠不往,曰:妪不逮门人女也,国人不称其乱焉。"这样就曲解了原典,遂使妇人所召者为柳下惠。尤袤刻本所引《家语》则作:"昔有妇人召鲁男子,不往,妇人曰:子何不若柳下惠然?妪不逮门之女也,国人不称其乱焉。"此处乃李善节引自《孔子家语》卷二《好生第十》,原文为:"鲁人有独处室者,邻之釐妇亦独处一室。夜暴风雨至,釐妇室坏,趋而托焉。鲁人闭户而不纳。

鳌妇自牖与之言:子何不仁而不纳我乎? 鲁人曰:吾闻男子不六十不间居,今子幼,吾亦幼,是以不敢纳尔也。妇人曰:子何不如柳下惠然? 妪不逮门之女,国人不称其乱。"北宋本不明其故,又不核查原典,遂使所引出错。以原文核之,唐写本及尤袤本所节方式皆可,而唐写本最简略。

从李善注实际引用书籍的情况来看,李善或引原文,或引大意,或节略引之,或改原典以迁就正文,不一而足。我们明白了这种李善注的征引体例,就可以对李善引典的情况有更全面准确地把握,在阅读和校勘期间不致出现偏差。

李善在注释时引书都交代的原原本本,不掠人之美。但是由于李善注引书众多,而其中有些说法又没有来历。如他引用的《汉书音义》,凡是有名字的一般他都交代清楚,但是还有很多没有名字的,于是他对没有名字的《汉书音义》的引用统称为《音义》。他在卷一班孟坚《西都赋》第一次出现这样的情况时作了交代。卷一《西都赋》"金釭衔璧,是为列钱"下,李善注曰:

> 《汉书》曰:孝成赵皇后弟绝幸,为昭仪。居昭阳舍,其璧带往往为黄金釭,函蓝田璧,明珠翠羽饰之。《音义》曰:谓璧中之横带也。引《汉书》注云《音义》者,皆失其姓名,故云《音义》而已。

这条体例是交代李善注中所引《汉书注》中名为《音义》而没有姓名者,皆不知作者为谁的注释。据汪师韩《文选理学权舆》统计,李善注中引用《汉书音义》中标明的作者就有徐广、胡广、蔡邕、李斐、吕忱、伏俨、郑德、刘兆、郭璞、司马彪、顾野王等十余家,其他未明作

者,只标为《音义》者尚有很多。李善为了区别清楚,除了交代清楚
有名字的注释外,还对没有名字的书直称《音义》以相区别,并明著
体例,以提醒读者。这也可以看作是李善引用典故的自明体例。
也是李善注不掠人之美的体现之一。

(三) 不重见体例。

由于《文选》卷数众多,而其中需要注释的文本又有前后不断
重复的地方,如果前后重复部分都重新出注,则无谓地增加注释篇
幅及卷帙,不便读者阅读,所以李善在注释时凡是遇到重复的地方
都从省,或言"已见上文",或言"已见某篇"。这一体例基本贯彻全
书。李善在这一不重见体例中分别交代,根据其不同又可细分为
六种情况:

第一种情况是"同卷再见者,并云已见上文"。李善在卷一班
孟坚《西都赋》"又有天禄石渠"下注曰:

> 《三辅故事》:天禄阁,在大殿北,以阁秘书。石渠,已见上
> 文。然同卷再见者,并云已见上文,务从省也。他皆类此。

这里的"同卷再见",指的是在同属卷一的《两都赋序》"内设金马石
渠之属"之注文,和本篇属同一卷,都在卷一。

第二种情况是"凡人姓名,皆不重见"。李善在卷一班孟坚《东
都赋》"故娄敬度势而献其说"下注曰:

> 娄敬,已见上文。凡人姓名,皆不重见,余皆类此。

这里的"已见上文"指的是卷一《西都赋》"奉春建策"下注已经交代了娄敬献说之事，所以这里直说已见上文，并述其体例"凡人姓名，皆不重见，余皆类此"。

第三种情况是"异篇再见者，并云已见某篇"。李善在卷一班孟坚《东都赋》"光汉京于诸夏"下注曰：

> 诸夏，已见《西都赋》。其异篇再见者，并云已见某篇。他皆类此。

这条体例的已见《西都赋》指《西都赋》中"卓荦诸夏"下李善注。这里直接指明所见篇题，也是不重复注释的一种情况，此种体例在以后的注释中出现了很多次，也是贯穿李善注的一条体例。

第四种情况是"其事烦、已重见及易知者，直云已见上文"。李善在卷一《东都赋》"内抚诸夏"下注曰：

> 诸夏，已见上文。其事烦、已重见及易知者，直云已见上文，而他皆类此。

同是"诸夏"的注文，上边出现时云见《西都赋》，此处又出现时却云"其事烦、已重见及易知者，直云已见上文"，骆鸿凯解释此条体例曰："高（步瀛）氏《李注略例》云：此二条各为一例，不可偏废也。即以《东都赋》核之，如讲武、乘舆、凤盖、和銮、百僚、防御、建章、甘泉、游侠等注，所云见上文者，皆指《西都赋》，即准此例，而非前例。然犹曰《两都》同卷也。又如《南都赋》之鳣鲔见《西京》，《甘泉赋》之承明见《西都》……《江赋》之海童见《吴都》及《海赋》等注，而注皆云上文,不惟异篇,且异卷,相隔甚远,实皆准此例也。若但有前例而无此例,则不免自言之而自违之矣。"①此说甚是。李善注中此体例以下的注文云"已见上文"者甚多,皆未必同篇同卷,说明李善注中的已见例子并不全标明篇目,有很多只标明"已见上文"的例子。此体例出现以后,其注释"已见"者或标篇名,或直云上文,不一而足,读者不可误以为李善自乱体例。

第五种情况是"凡人姓名及事易知,而别卷重见者,云见某篇"。李善在卷二张平子《西京赋》"庶栾大之贞固"下注曰:

> 栾大,见《西都赋》。凡人姓名及事易知,而别卷重见者,云见某篇,亦从省也。他皆类此。

这里所谓的《西都赋》指的是《西都赋》中"驰五利之所刑"下李善注。这条体例交代人名重复出现而又不同卷者,则云已见某篇,与上列第二种"已见上文"属于同一卷的情况处理稍有不同。

将此条体例和上列第四种并列审视,可见李善注在以后的注释中并用,有些重见者云"已见上文",有些重见者则曰"已见某篇",并行不悖。

第六种情况是"凡鱼鸟草木皆不重见"。李善在卷二张平子《西京赋》"鸟则鹪鹩鸹鸹"下注曰:

> 鸹、鸹,已见《西都赋》。凡鱼鸟草木皆不重见,他皆类此。

---

① 骆鸿凯:《文选学》,北京:中华书局,1989 年,第 57 页。

这条体例交代了李善注中"鱼鸟草木"凡是前边已经出现过的，再出现时直接说已见某篇，也是节约注释的一种处理方式。

综合李善注释中的不重复体例而言，在遇到重复的情况下，或言"已见上文"，或言"已见某篇"。根据其注释的实际情况而言，"已见上文"的情况比较复杂，有些上文指的是同卷，有些指的是异卷，不一而足。但是李善在注释过程中基本一直恪守不让重复注释多次出现，也就是凡是文中重复出现的人名、鱼鸟草木、典故、历史事迹等等，在注释中一般不再重复。这是李善注释的又一大特色，对读者来说免除了重复阅读的弊端，也减轻了卷帙浩繁、前后屡屡重复的缺点。但是在后来的刻本流传过程中，有些注本就采取了不同的处理方式，比如赣州本和尤袤刻本。特别是赣州本，很多遇到前后重复处，李善注已经交代"已见上文""已见某篇"的地方，都重复出注，而且有的地方所出注释并非李善前注所有。究其原因，就是对李善注此种体例认识不充分所造成的。

（四）对旧注、集注的处理。

由于李善所用本中有旧注和集注，所以李善在取用这些注释时也交代得很清楚。对于可用的旧注，李善在取用时在该篇目下列其姓名，遇到旧注解释不清楚或不准确的地方，李善会重新注释，并且在注释前加"臣善曰"以相区别。这样做的好处就是李善不掠人之美，将前人的注释原原本本地展示出来。

李善对于旧注的处理可细分为三种情况：

第一种情况是使用旧注，于篇首列旧注者姓名。

李善在卷二张平子《西京赋》"薛综注"下交代曰：

　　旧注是者，因而留之，并于篇首题其姓名。其有乖缪，臣
乃具释，并称臣善以别之。他皆类此。

这条体例是针对《文选》中有旧注的篇章而言。对于有旧注的篇
章，李善在采用旧注时在篇首作者名字下列注者姓名，在自己新加
的注释前则标称"臣善"相区别，以便分清楚前人之注和李善新加
之注，以示不掠人之美。李善列出《文选》旧注者有《西京赋》《东京
赋》薛综注，《三都赋序》綦毋邃注，《三都赋》刘逵、张载注，《射雉
赋》徐爰注，《鲁灵光殿赋》张载注，《思玄赋》旧注，《咏怀诗》颜延
年、沈约注，"骚类"王逸注，《典引》蔡邕注，《演连珠》刘峻注等。李
善对旧注也不是一味照抄照搬，而是去芜存菁，有所取舍。如其认
为旧注正确，就援引旧注；遇到乖谬之处，李善就自己出注。李善
所引旧注的篇章除了于篇题下作者名字后列其姓名外，在注中则
不再列其姓名，遇到李善出注的地方则标"臣善"以示区别，因为该
书要进呈皇帝御览，所以称"臣"，唐写永隆本 P.2528 号残卷仍然
如此，但是后世的刻本和钞本则不再标"臣"，而直接用"善曰"来代
替。但是刻本中的这种处理方法也带来了不便，比如尤刻本，有些
旧注和李善注很难区分清楚，有些把旧注当成了李善注，有些地方
则把李善注连在了旧注后边。这是我们在使用时需要注意的。

　　第二种情况是虽有旧注但不取用，因为李善觉得旧有的注释
过于疏略，解释浅陋。在卷七潘安仁《藉田赋》作者"潘安仁"下李
善交代了没有取用旧注的情况。他在作者条目下注曰：

　　然《藉田》《西征》咸有旧注，以其释文肤浅，引证疏略，故
并不取焉。

根据这条注例交代,李善之所以没有使用《藉田赋》和《西征赋》的旧注,主要是因为李善认为旧注过于肤浅,引证疏略。这是李善在注释时的又一种处理方式,即对旧注不采用的情况下也作交代,使读者知道之所以不采用旧注的原因。

第三种情况是旧注太少,取用时不在篇目下交代旧注者姓名。李善又在卷三十九李斯《上秦始皇书》"阿缟之衣"下交代了旧注很少时的处理情况:

> 徐广曰:齐之东阿县,缯帛所出也。此解"阿"义与《子虚》不同,各依其说而留之。旧注既少,不足称臣以别之。他皆类此。

这条体例有两层意思:第一层意思是注释有不同,但取其适合文本原意者而采用;第二层意思是对旧注的处理,交代旧注太少,不足称"臣"以别之,所以取用旧注不再在篇目下交代注者姓名,但是在实际使用旧注时在旧注之首列其注者姓名,李善自注者则不再称"臣善"以相区别。这条旧注的处理方法是对前边两条旧注处理方法的有益补充。若无此条体例,则与上两条注例冲突。

根据李善对旧注或留或否的说明来看,这些旧注应该是本来就在李善所用《文选》本中存在的,因为李善谈到使用旧注者,则称"旧注是者,因而留之",不使用的则说"并不取焉"。如果旧注不是其所用《文选》本中原有,李善在不用旧注时完全没有交代的必要①。

---

① 王德华:《李善〈文选〉注体例管窥》,收入《文选与文选学》,北京:学苑出版社,2003年,第728—738页。

　　除了旧注以外，有些篇章还存在一些集注。集注就不是一个人的注释，而是汇集很多人的注释。李善对集注的处理办法也交代得很清楚。李善在卷七扬子云《甘泉赋》的作者"扬子云"下交代此类集注的处理方法曰：

　　　　然旧有集注者，并篇内具列其姓名，亦称臣善以相别。他皆类此。

这是李善处理集注的体例。集注就是篇章中有很多人的注释，故于篇题下无法将注者姓名全部列出，李善就在注释中随文列其注释者姓名，遇到李善自己出注的地方，则标"臣善"以相区别。

　　这种体例除卷七扬子云《甘泉赋》有所体现外，李善还在多处运用这一体例。如卷七司马长卿《子虚赋》，卷八司马长卿《上林赋》、扬子云《羽猎赋》，卷九扬子云《长杨赋》，卷十三贾谊《鹏鸟赋》，卷十四班孟坚《幽通赋》，卷十九韦孟《讽谏诗》，卷三十五汉武帝《求贤诏》《贤良诏》，卷三十九邹阳《上书吴王》《于狱中上书自明》、枚叔《奏书谏吴王濞》，卷四十一司马子长《报任少卿书》，卷四十四司马长卿《喻巴蜀檄》《难蜀父老》，卷四十五东方曼倩《答客难》、扬子云《解嘲》、班孟坚《答宾戏》，卷四十七王子渊《圣主得贤臣颂》、扬子云《赵充国颂》，卷五十二班书皮《王命论》，卷六十贾谊《吊屈原文》，共计22篇。这些都是有集注的篇章。其中所引的出注者有孟康、晋灼、应劭、李奇、文颖、郭璞、张晏、服虔、韦昭、如淳、邓展、苏林、张揖、司马彪、郑玄、韩康伯、颜监、臣瓒、曹大家、项岱、刘德等二十余家。

　　此集注与上所言旧注的处理情况有所区别。集注中所引注家众多,所以无法在篇首作者名字下逐一详列其姓名,而旧注多是一家之言,或多至两家。但是尤刻本却没有分清楚这个界限,在《子虚赋》《上林赋》下列注者为郭璞,实际上误将集注作为旧注了,而其中所引仍有司马彪、如淳、张揖、晋灼、苏林等,实是集注。如果不明白李善注的这种体例,很容易像尤刻本那样把众家集注当成一家之注。

我们根据李善交代的取用旧注和集注的体例可知,单纯的李善注原貌应该是这样的:引用旧注的篇章,于篇题作者名字下列旧注者姓名,如《西京赋》《东京赋》注明薛综注,《三都赋序》注明綦毋邃注,《三都赋》注明刘逵、张载注,《射雉赋》注明徐爰注,《鲁灵光殿赋》注明张载注,《思玄赋》注明旧注,《咏怀诗》注明颜延年、沈约注,"骚类"注明王逸注,《典引》注明蔡邕注,《演连珠》注明刘峻注,这些篇章的旧注前则不再标示注家姓名,但在李善注释之前往往有"臣善"二字统领李善注,以区别于旧注;引用集注者则篇题作者下不标示注家姓名,而于注释之前注明各家之注,李善注前则标示"臣善"以相区别,如卷七扬子云《甘泉赋》、司马长卿《子虚赋》,卷八司马长卿《上林赋》、扬子云《羽猎赋》,卷九扬子云《长杨赋》,卷十三贾谊《鹏鸟赋》,卷十四班孟坚《幽通赋》,卷十九韦孟《讽谏诗》,卷三十五汉武帝《求贤诏》《贤良诏》,卷三十九邹阳《上书吴王》《于狱中上书自明》、枚叔《奏书谏吴王濞》,卷四十一司马子长《报任少卿书》,卷四十四司马长卿《喻巴蜀檄》《难蜀父老》,卷四十五东方曼倩《答客难》、扬子云《解嘲》、班孟坚《答宾戏》,卷四十七王子渊《圣主得贤臣颂》、扬子云《赵充国颂》,卷五十二班书皮《王命论》,卷六十贾谊《吊屈原文》;没有引用旧注、集注的篇章,则直接注释,这些注释都是李善的,所以不标示"臣善"二字;引用集注很少的篇章则李善直接注释,不称"臣善"二字以区别,遇到引用旧注则标示注家姓名,如卷三十九李斯《上秦始皇书》。也就是说,引用旧注为一两人的,则篇题作者之下详列其姓名,篇中旧注不再列其姓名,李善注则作区别;引用旧注为三人以上者即为集注,则篇内旧注统统列其姓名,李善注则标"臣善",以免混淆。

总而言之,李善把旧注或集注和自己所注区别得一清二楚,不掠人之美,亦不掩自己之功。这和后来的五臣注本有很大区别,也是李善注备受后人称道和赞赏的处理体例之一。

(五)行来已久,暂存疑体例。

这是李善在处理有些带疑问的问题时采用的办法,虽然有疑,但因为历史上长久以来人们都这么认识,所以暂且引用,但存疑而已。如李善在卷十三谢惠连《雪赋》"岁将暮,时既昏,寒风积,愁云繁"下注曰:

> 班婕妤《捣素赋》曰:伫风轩而结睇,对愁云之浮沉。然疑此赋非婕妤之文,行来已久,故兼引之。

这条体例虽然也属于引典的体例,但因为所引典籍之作者存有疑问,鉴于此种说法流传已久,所以姑且引之,未必真是其人之文。

李善在卷十五张平子《思玄赋》"旧注"下亦运用这种体例,他在"旧注"下注曰:

> 未详注者姓名。挚虞《流别》题云:衡注。详其义训,甚多

疏略,而注又称愚以为,疑辞非衡明矣。但行来既久,故不
去焉。

这条体例也属于李善处理存疑问题的体例。此处因其注者存有疑
问,但鉴于其由来已久,姑且依其旧说,所以保留其旧。

李善注的这种处理体例,既保存了历史旧貌,又发表了个人看
法,在注释和校勘学中都是值得推广的义例。

(六) 留旧说广异闻体例。

这是李善碰到各家注释同一事物而意见不一时的处理办法。
如李善在卷十五张平子《思玄赋》"云师剸以交集兮"下注曰:

> 衡曰:云师,雨师也。善曰:诸家之说丰隆,皆曰云师。此
> 赋别言云师,明丰隆为雷也。故留旧说,以广异闻。

这就属于留取各家不同注释,以广异闻的体例。李善对于各家的
不同注释,不擅自取舍,而是皆取其说,以广异闻,留待读者自己来
判断取舍。

骆鸿凯《文选学·源流第三》云:"《思旧赋》注引《文士传》言
《太平引》,又引《嵇康别传》言《广陵散》;鲍明远《放歌行》注两引黄
金台所在,皆此例。"①

除了骆氏所举例子外,这种例子在李善注中还有很多。如卷

---

① 骆鸿凯:《文选学》,第60页。

二十八陆士衡《挽歌诗》"祖载当有时"下李善注曰:"《周礼》曰:丧祝,掌大丧。祖,饰棺,乃载。郑玄曰:祖,为行始也,其序载而后饰。《白虎通》曰:祖者,始也。始载于庭,輴车辞祖祢,故名曰祖载也。《白虎通》与郑说不同,故俱引之。"这种诸说并存的方式更加客观,给读者留下思考余地。

此外还有一些是随文本而注释,但各家注释略有不同,则各取其合适而用之。如卷三张平子《东京赋》"捎魑魅"李善先引薛综注曰:"魑魅,山泽之神。猵狂,恶戾之鬼名。"然后又自注曰:"诸鬼之说者各异,今随所释而载之,不改易也。"

又如卷二十二谢灵运《从游京口北固应诏》"远岩映兰薄"李善注曰:"兰薄,即兰林也。《楚辞》曰:朝骋骛兮,兰薄户树,琼木篱些。然此意微与王逸注异,不可以王义非之。"此类都是交代注释和文本不尽相同,但各取其意,不可胶柱鼓瑟,或是此而非彼。

对于这种注释的处理,李善在卷十三贾谊《鵩鸟赋》"何足控抟"下又有更进一步的交代。李善注曰:"控抟,爱生之意也。孟康曰:控,引也。抟,持也。言人生忽然,何足引持,自贵惜也。如淳曰:抟音团。或作揣。晋灼曰:许慎云:揣,量也。度商曰:揣。言何足度量己之年命长短而惜之乎?按史曰:《英布传》云:果如薛公揣之。陈平云:生揣我何念?皆训为量,与晋灼说同。音初毁切。又丁果切。但字者滋也,不可胶柱。在此赋训抟为量,义似未是。至于合韵,全复参差。且《史记》揣作抟字,如淳、孟康义为是也。"李善在这里为了说明注释的不同,先引了孟康的说法,又引了如淳的说法,然后再引许慎、晋灼之说,但最后觉得如淳、孟康的说法更符合本篇赋的意思。这虽然是关于注释中存旧说广异闻的处理方法,但是也交代了在注释中要灵活运用的奥妙,不能胶柱鼓瑟,一

切以确切解释文本原意为目标，这对于读者理解原始文本有纲领
性的指导作用。

（七）文本不同，各随所用而引的体例。

李善在卷十八嵇康《琴赋》"绍《陵阳》"下注曰：

> 宋玉《对问》曰：既而曰《陵阳》《白雪》，国中唱而和之者弥
> 寡。然《集》所载与《文选》不同，各随所用而引之。

这条体例交代了《文选》与作者文集文本不同时的处理办法。嵇康
用的是"陵阳"，而《文选》中《对问》则作"阳春白雪"，而《宋玉集》中
的《对问》则是《陵阳》《白雪》，正好可以作为嵇康《琴赋》中"陵阳"
的出处。这是对《文选》所录作品和其本集不同时的处理体例。

　　实际上这反映出了李善对待古籍异同的一种处理意见，即不
能轻易地否定一个或肯定一个，因为古代的书籍和文章有些靠传
抄流传，难免鲁鱼亥豕，故作者各有所本，虽是同一文章，别集和总
集会有不同，所以李善在注释时各随所用而引用，不拘一格。此条
体例也反映出古代典籍及作品的异文情况：同一篇文章在别集和
总集中会有异文。这也提醒我们在阅读典籍时要慎重对待异文，
异文的产生与中国古代印刷术出现之前典籍靠传抄流传密不可
分。以《文选》本身为例，我们可以发现李善注本和五臣注本的原
文即有不同。后世学者往往觉得李善文本更可靠，这固然是因为
李善注比较忠实原典且校勘方法得体，但我们不能忽略了古代书
籍传抄过程中的讹脱衍倒情况，《文选》李善和五臣文本异文问题

是比较复杂的,从目前可见的《文选》各种写抄本和刻本及类书引用情况来看,李善和五臣文本都有错误,不能简单地是彼非此或是此非彼,而是要客观地看待,明白他们的异文并不是仅仅五臣文本有错,李善文本也有错误的地方。

(八) 不知作者体例。

这是李善在交代萧统《文选》中那些没有作者姓名而被称为"古诗"或"古辞"的篇目的体例。如李善在卷二十七《古乐府三首》"古辞"下注曰:

> 言古诗,不知作者姓名。他皆类此。

这里之所以叫"古辞",是因为不知道作者,故称古辞。意思是古来之辞,相传而失去作者姓名。这条体例交代了萧统编纂《文选》时,因不知作者姓名,故曰古诗的情况。

卷二十九《古诗十九首》同此例,李善于其下重申此注例曰:"并云古诗,盖不知作者。或云枚乘,疑不能明也。诗云:驱马上东门。又云:游戏宛与洛。此则辞兼东都,非尽是乘明矣。昭明以失其姓氏,故编在李陵之上。"这是李善对《文选》之所以称一部分作品为"古诗"或"古辞"的一种注释。

(九) 曲目起自作者例。

这是李善对有些诗歌名字始自本篇的一种注释体例。乐府

诗之题,有些是古题,有些是作者自创,所以李善通过历代典籍
的记载进行了区分,标明了哪些是作者自创,哪些是相沿使用的
古题。

如李善在卷二十七魏文帝《乐府二首》之《燕歌行》题下注曰:

> 《歌录》曰:燕,地名。犹楚宛之类。此不言古辞,起自此
> 也。他皆类此。

这条体例交代出该类诗歌,即《燕歌行》始于魏文帝此篇,否则即引
典籍说明其乃"古辞",既然《歌录》没有提到古题,则《燕歌行》是魏
文帝曹丕始创。

再如本卷班婕妤《怨歌行》下李善注曰:"《歌录》曰:《怨歌行》,
古辞。然言古者有此曲,而班婕妤拟之。"这里李善注明确引《歌
录》说明《怨歌行》是古来相沿使用的篇题,班婕妤只是用旧题进行
再创作。

又如下篇魏文帝《善哉行》下李善注曰:"《歌录》曰:《善哉行》,
古词也。"李善注说明《善哉行》也是古题。这三条注释正是这种体
例的注脚。

以上九种体例是综合李善注散见于各卷的体例所作的总结。
除了以上九种体例是李善于注中明确交代过的之外,尚有一些体
例,李善虽没有在注释中明确交代,但在李善注中却一直贯穿全
篇。如汪师韩《文选理学权舆序》中提到的"订误""补阙""辨论"与
"未详"。骆鸿凯《文选学·源流第三》中所说的"注中有引书约文
者,有先释义后释事者,有文外推意者。其音义之例,有直音者,有
曰古字通者,有反切者,有曰音义同者,有曰音义通者,有曰协韵

者,有曰合韵者,有曰古字同者,有曰或为某者,有曰古某字者"①等等。这些划分比较细致,但也略显细碎。笔者通过对李善注的整体整理和校勘,也对其余体例进行了大致划分。

总的说来,李善注中常见且贯穿始终,而又没有明言的体例可概括为七种,分述如下。

(一) 作者小传。

每个作者第一次出现时,李善在作者注中必钩沉索隐,征引典籍,详列其传记资料,交代其生平。《文选》收录作者有姓名者共130人,除史孝山、王康琚无传记外,其他李善皆搜罗殆尽。如班孟坚《两都赋》,李善于班孟坚下注文中不但交代了作者的大致生平事迹,还交代了《两都赋》的写作时间。其注文曰:"范晔《后汉书》曰:班固,字孟坚,北地人也。年九岁,能属文。长遂博贯载籍。显宗时,除兰台令史,迁为郎,乃上《两都赋》。大将军窦宪出征匈奴,以固为中护军。宪败,固坐免官,遂死狱中。"班孟坚《幽通赋》下李善又注曰:"《汉书》曰:班固作《幽通赋》以致命遂志。赋云:亲幽人之髣髴。然幽通,谓与神遇也。"因班固生平前已有交代,故此处仅交代作赋之意,并解释了作品题目的含义,言简意赅。

除此之外,如遇文章作者存有疑问,李善注则进行辨析。如卷四十三赵景真《与嵇茂齐书》李善注曰:"《嵇绍集》曰:赵景真与从兄茂齐书,而时人误谓吕仲悌与先君书,故具列本末。赵至,字景真,代郡人。州辟辽东从事。从兄太子舍人蕃,字茂齐,与至同年

① 骆鸿凯《文选学》,第61—62页。

相亲。至始诣辽东时,作此书与茂齐。干宝《晋纪》以为吕安与嵇康书。二说不同,故题云景真,而书曰安白。"此处注文不仅介绍了作者,还交代了该作品著作权有争论的事实。

又如卷四十七史孝山《出师颂》李善注曰:"范晔《后汉书》曰:王莽末,沛国史岑字孝山,以文章显。《文章志》及《集林》《今书七志》并同,皆载岑《出师颂》,而《流别集》及《集林》又载岑《和熹邓后颂》并序。计莽之末,以讫和熹,百有余年。又《东观汉记》:东平王苍上《光武中兴颂》,明帝问校书郎:此与谁等?对云:前世史岑之比。斯则莽末之史岑,明帝之时已云前世,不得为和熹之颂明矣。然盖有二史岑,字子孝者,仕王莽之末,字孝山者,当和熹之际。但书典散亡,未详孝山爵里,诸家遂以孝山之文载于子孝之集,非也。"这里不但辨明了历史上有两个史岑存在,还对两人的写作可能性进行了辨析。这种注释体例贯穿始终,李善虽未明言,但读者显而易见。

骆鸿凯《文选学》一书中分列《撰人第五》和《撰人事迹生卒著述考第六》对《文选》所收文章作者生平资料进行了编目,得益于李善注这种体例不少,很便于读者检寻。

(二) 解题及辨析。

解题就是在注释中对作品创作时间和目的的一种探索,有助于读者阅读和理解全文。李善注中的解题兼有辨析的作用。如卷九扬子云《长杨赋》"明年"李善注曰:"明年,谓作《羽猎赋》之明年,即校猎之年也。班欲叙作赋之明年。《汉书·成纪》曰:元延二年冬,幸长杨宫,纵胡客大校猎是也。《七略》曰:《羽猎赋》,永始三年十二月上。然永始三年去校猎之前,首尾四载,谓之明年,疑班固误也。又《七略》曰:《长杨赋》,绥和元年上。绥和在校猎后四岁,无容元延二年校猎,绥和二年赋,又疑《七略》误。"这里李善对《汉书》和《七略》所记载的《长杨赋》的写作时间提出了怀疑和辨析,并说出了怀疑的理由。

又如李善在应休琏《百一诗》的注文中对"百一"的各种说法作了辨析,并下了论断。其注文曰:"张方贤《楚国先贤传》曰:汝南应休琏作百一篇诗,讥切时事,偏以示在事者,咸皆怪愕,或以为应焚弃之,何晏独无怪也。然方贤之意,以有百一篇,故曰《百一》。李充《翰林论》曰:应休琏五言诗百数十篇,以风规治道,盖有诗人之旨焉。又孙盛《晋阳秋》曰:应璩作五言诗百三十篇,言时事,颇有补益,世多传之。据此二文,不得以一百一篇而称《百一》也。《今书七志》曰:《应璩集》谓之新诗,以百言为一篇,或谓之《百一诗》。然以字名诗,义无所取。据《百一诗序》云:时谓曹爽曰:公今闻周公巍巍之称,安知百虑有一失乎?百一之名,盖兴于此也。"

再如卷四十一陈孔璋《为曹洪与魏文帝书》李善注曰:"《陈琳集》曰:琳为曹洪与文帝笺。《文帝集序》曰:上平定汉中,族父都护还书与余,盛称彼方土地形势,观其辞,知陈琳所叙为也。"通过注文,我们可以明确了解陈琳替曹洪作书的事实。

这类体例的勾勒可以为我们正确认识李善注的价值提供线索。

(三) 音注皆在注释中。

李善注中有大量的音注存在,但李善注中并无正文夹音注的形式,今可见之唐写永隆本《西京赋》残卷及《文选集注》皆可证。
李善音注有直音、反切音、音义同、音同等例子,但都在注释之中,
唐写永隆本《西京赋》存李善音注 212 条,但没有一条正文夹注,可
证今尤本中正文夹音注并非李善注本来面貌。同时根据五臣注各
种系统来看,尤袤本李善注的正文夹注音明显是受五臣注的影响
所致,也说明了尤袤本李善注并非李善注原貌的事实。

(四) 注中亦间用串释性语言解释。

李善注主要侧重典故及出处的注释,但也并不拘泥于此,有些
地方也用串释性语言来串讲大意。李善注自诞生之日起就一直有
"释事而忘义"的弊端,主要是李善以引典代替释义,让文本自身来
说话的方式引起了部分人的不解,但这并不是说他完全不用串释
性语言注释。

举唐写永隆本中例子为证,《西京赋》"若历世而长存,何遽营
乎陵墓?"李善注曰:"臣善曰:言若历世不死而长存,何急营于陵墓
乎?"又"黑水玄阯"李善注曰:"臣善曰:黑水玄阯,谓昆明灵沼之水
阯也。"可见此种串释虽少,但并非没有。

另外,根据李善所引旧注如薛综《西京赋》注、王逸《楚辞》注
等,都兼引旧注中串释性语言的现象来看,也可以说明李善并不排
斥这种注释,只是李善自注之中比较少用而已。也正因为少用,如
果举今本李善注的串释性语言为例,也许有人会怀疑其中掺入了
五臣注。而永隆本之抄写是在李善尚在世的时间,那时候被其他
人窜乱的可能性还比较小,所以永隆本中比较少的李善注的串释
性注释应该更接近李善注的本来面貌。

（五）随注释进行正文校勘。

校勘是注释的基础，没有一个可靠的文本，是无法进行准确注释的。李善在注释过程中因见到的传世《文选》文本有差异，故随文即作校语。如唐写永隆本中"缭亘绵联"李善注曰："亘，当为垣。"又如今本《西都赋》中"度宏规而大起"善注曰："度，或为庆也。""仍增崖而衡阈"善注曰："仍，或为岌，非也。""鲜颢气之清英"善注曰："鲜，或为厘，非也。"此种例子在今本李善注中还有很多，不再一一列举。日本所藏《文选集注》残卷中的很多按语也印证了李善的校勘结论。

李善于注中列其异文，或作判断，或未作判断，是比较可靠的校勘方法，使我们从中可以看到当时流传的一些《文选》异文。这些异文的出现，在传抄书籍中是正常现象。有些人因为不了解这种现象，就片面地认为凡是不同于李善注的文字皆是其他人所改。如果我们看到李善的这种慎重处理异文的方法，就不会轻易再做出盲目的结论性判断。由此可见总结出李善注这类体例的重要性。

（六）善注未详例。

李善在注释过程中，有人名、事件、名物不知出处者，不牵强附会，皆注曰"未详"。如《西都赋》"许少施巧，秦成力折"李善注曰："许少、秦成，未详。"其所引旧注中亦有此类，如《西京赋》"重以虎威章沟严更之署"引薛综注曰："虎威章沟，未闻其义。"又如《西京赋》"薇蕨荔芄"李善注曰："《尔雅》曰：芄，东蠡。郭璞曰：未详。"

"戎葵怀羊"李善注曰："《尔雅》曰：瘲，怀羊。郭璞曰：未详。"汪师韩言"以李氏之浩博，而所未详者且百有十四"，并于《文选理学权舆》卷五详列之。

李善注中的这种体例值得我们效仿。即在文本注释过程中不能强不知以为知，不知者列为"未详"可供后人查考，以免以误传误，给后人造成误导。这种体例不但不能说成是李善的不足，相反，这倒说明了李善注释时的审慎态度，不妄下注释，更能体现出他注释的价值和可信度。

（七）善注避讳例。

关于李善注《文选》是否避讳问题，晚唐李匡乂《资暇集》曾云："李氏依旧本不避本朝庙讳，五臣易而避之，宜矣。其有李氏本作泉及年代字，五臣贵有异同，改其字，固犯国讳，岂惟自相矛盾而已哉？"依据李匡乂的说法，李善所用旧本不避讳，避讳者乃五臣本，五臣又有改字而触犯国讳者。其说似是实非。唐代避讳之风甚盛，"虎""昞""渊""世""民""治"等字往往避讳，或缺字，或缺末笔，或改字。即使这些避讳字作为偏旁部首者亦皆避讳，"民"旁改为"氏"旁，如"昏"改"昏"，"泯"改"泒"，等等，不一而足。唐太宗时期法令稍宽，允许"世民"二字不连者可不讳。至高宗登基以后，法令又严，"世""民""治"开始严格避讳。显庆二年（657），唐高宗下诏公布，凡遇到字偏旁有"世""民"等字也开始避讳。显庆五年（660）正月，唐高宗鉴于抄写典籍中因避讳改字的现象比较突出，下诏"自今以后，缮写旧典文字，并宜使成，不须随义改易"[1]。李善上

---

[1]　《唐会要》，第527页。

《文选》注表在显庆三年（658），当时避讳已经严格，高宗下抄写古典临文不讳的诏书则在显庆五年，正是针对典籍文本抄写过程中避讳情况而发，所以李善注不可能不避讳。根据显庆五年高宗所下诏书来看，当时抄写古籍大都改字或缺笔以避讳，即便李善不避讳，其所用本乃抄自前朝，仍当会有避讳字存在。以唐写永隆本《西京赋》揆之，李善本避讳主要采用缺笔避讳方式。抄写古籍虽然在显庆五年以后可以不避讳，但在此前则必然避讳，且其注文必然也要避讳，至少有找替代字讳的情况。以奎章阁本言之，善本亦常有作"人"而五臣作"民"，或善本作"代"而五臣作"世"字者，此类情况固然可以认为是五臣与李善窜乱所致，但也不可忽视李善、五臣所用本抄写时避讳所致。再以尤刻本后所附李善注和五臣注异同而论，有五臣注和李善注相同而不避讳者，如《蜀都赋》"虎威，五臣作虎仪"；《羽猎赋》"虎路，注：路音落。五臣作落"，未言及"虎"字有不同；《西征赋》"与政隆替，五臣作随政"，未言及"隆"字有异。亦有五臣不同于李善而避讳者。总而言之，李善注所用正文亦避讳，但多为缺笔避讳，故后世仍能知其原字。至于注文中，李善则常改"世"为"代"，"民"为"人"，"治"为"理"等，此种避讳情况在李善注中大量出现。退一步说，即使李善不改字以避讳，他所用《文选》本应该也不是萧统所编定之原本，所以我们也不能保证其所用本没有改字避讳的情况出现。

故李善和五臣在《文选》文本避讳的处理方法上可能不尽相同，但避讳是必然的，只是用缺笔还是找取代字的区别而已。

熟悉和掌握以上所总结的李善注的七种注释体例，可以对李善注的价值和李善的注释、校勘方法有更好的了解，对于我们今天的古籍校勘和注释工作大有裨益。

对李善注释体例的全面认识和解读,有助于在今天的《文选》文本校勘工作中更加准确地反映李善注释的原貌,更能准确地把握李善注的真谛,也能对后人因不明李善注释体例而篡改原文的地方加以甄别。

胡克家《文选考异》中已经指出很多处后人因不明李善注释体例而妄改原文的地方,今再略举一例,以说明对李善注释体例准确把握和理解的重要性。如卷十潘安仁《西征赋》"名难,不其然乎?"其中的"名难",李善注本系统的北宋本、尤本作"才难",而五臣本系统的陈本、正德本作"名难",明州本、奎章阁本作"名难","名"下校语作"善本作才",赣州本作"名才难"三字,校语作"五臣本无'才'字"。王念孙《读书杂志·余编下》曰:"作'名难'者是也。音、凤、恭、显,生前赫奕,而死后无名。是富贵易得而名难得,故曰'名难,不其然乎'。此用《论语》句法,故李善引'才难,不其然乎'为证。其实《论语》言才难,此言名难,句法虽同,而意不同也。六臣本作'名才难'者,后人以李善引《论语》'才难',故旁记'才'字,而传写者遂误合之也。今李善本作'才难'者,又后人以'名才难'三字文不成义,而删去一字也。乃不删'才'字而删'名'字,斯为谬矣。"颜师古《匡谬正俗》卷七"隶齿"条下引《西征赋》"音凤恭显之任势也"至"曾不得与夫十余公之徒隶齿",云:"此言王音、王凤、宏恭、石显之徒无德而禄,有秽彝伦,身没之后,考其名行,乃不得与萧曹终贾之卒徒奴隶齿。"颜师古既说"考其名行",则其所见此赋盖亦作"名难"也。根据《西征赋》上下文的理解,此处应该说的是"名难",但是今天我们见到的李善注本系统之所以作"才难",是因为此句李善注引用了《论语》中的"子曰:才难,不其然乎",而有些阅读者认为李善既然引用了"才难",那么正文应该作"才难",实际上就是没有准确把握和体会李善注释的体例所致。李善的引文注释很多是节引,有些或是句法相同,或是词语所出,但并不限于原始文本出处的意思。为了不让读者胶柱鼓瑟,李善又在多处注释中多次重申这种体例,但因为不是每处都这么交代,所以仍然有很多不明所以的读者会机械理解。在今天能够见到很多种古籍善本的情况下,我们可以判断出南宋尤袤的刻本中仍然有很多这种因引文而修改正文文字的现象,更不用说在书籍主要靠传抄的唐代了。所以,对李善注释体例的仔细解读和理解不但可以帮助我们在校勘工作少犯错误,对阅读使用李善注也有指导性作用。

李善注的体例若再细究仍有很多,以上这些仅是举其大略,明白了李善注的这些体例,我们在阅读李善注的过程中会少走弯路,起到事半功倍的效果,对理解李善注的特色和价值也大有裨益,对我们了解和研究李善注的原貌也会有一定的借鉴意义,特别是对于我们的古籍整理工作意义重大:李善注释的体例和方法在今天仍然值得我们借鉴。

第五节　李善注的文本变迁

李善《文选注》自显庆三年表上以后,一直受到人们的重视,大行于时。到了北宋,出现了国子监本的李善《文选注》。南宋又出现了尤袤刻本。清代以来,主要有胡克家翻刻尤袤刻本,此刻本影响深远,历来治《文选》者多依据此本进行研究。后来又陆续发现了胡刻本的底本南宋尤袤刻本、北宋国子监刻本残卷;敦煌文献中也发现了很多《文选》写卷,其中编号为 P.2527、P.2528 可确定是李善注残卷;在日本发现了《文选集注》残卷,其中有李善注；在韩国发现了奎章阁所藏以秀州本为底本的六家注《文选》，其中的李善注是据北宋国子监本为底本。这些陆续发现的各种不同时期的抄本、写本和刻本为我们研究李善注文本的变迁提供了可能。

根据目前所能见到的李善注本来看，李善注的形成情况非常复杂，各本之间差异明显，详略不同。晚唐李匡乂《资暇集》"非五臣"条曾论及李善的注本情况，这是迄今为止对李善注出现多种版本的最早记录，其中云：

> 代传数本李氏《文选》，有初注成者，覆注者，有三注、四注者，当时旋被传写之。其绝笔之本，皆释音训义，注解甚多，余家幸而有焉。尝将数本并校，不唯注之赡略有异，至于科段互相不同，无似余家之本该备也。①

李匡乂两《唐书》皆没有其传记资料。《旧唐书·礼仪志五》记载唐僖宗中和元年(881)夏四月议礼之事，其中载有"太子宾客李匡乂"参与议论，可知其为晚唐时人。根据李匡乂所说，他家藏有李善《文选注》的"绝笔之本"，社会上流传有初注本、覆注本、三注本、四注本等等，李匡乂曾将家藏本与社会上流传的李善注本进行比对，发现其家藏"绝笔之本"，"释音训义，注解甚多"，比社会上流传的各种注本都详尽，且其所见诸本所分段也不尽相同。

李匡乂提到的各种李善注本正反映了唐代时期李善注流传的复杂情况。

---

① （唐）李匡乂：《资暇集》，影印文渊阁《四库全书》本，第八五〇册，第148页。

　　我们将敦煌文献中李善《文选注》P.2527、P.2528残卷、唐钞本《文选集注》和传世的其他李善注本如北宋本国子监残本、尤刻本等进行比较，可以证实李匡乂关于李善《文选注》传世诸本存在科段不同、详略各异的说法。

　　但李匡乂所见几种不同的本子是否都是李善所为很难断定，因为李匡乂所见未必是李善所注原本，很可能是传抄的李善注本，而经过传抄的本子难免会因抄写者的原因有所增减。如果假设李善《文选注》为直线流传来比对其文本变迁，恐怕不符合真实情况，实际上李善《文选注》各本详略不同的原因要复杂得多。因为当时流传书籍都是靠传抄，抄写时又受抄写者学识、目的、水平的限制，难免出现良莠不齐的现象。这种情况早已有之，颜师古《汉书叙例》曾言及当时传抄书籍所致的混乱情况：

　　　　《汉书》旧文多有古字，解说之后屡经迁易，后人习读，以意刊改，传写既多，弥更浅俗……古今异言，方俗殊语，末学肤受，或未能通，意有所疑，辄就增损，流遁忘返，秽滥实多。①

《汉书叙例》所言虽是《汉书》流传中被改窜的事实，但在书籍主要靠抄写流传的唐代，揆之其他书籍，或李善《文选注》的情况恐怕也差不多。也就是说，《文选》在传抄过程中出现不同的传本是可以想见的。而作为当时比较流行的《文选》李善注，其传抄的情况恐怕更为复杂。

　　《文选》自成书以后，不久即已流传到北朝，至隋代由于科举考

---

① 见(唐)颜师古：《汉书叙例》，《汉书》，第2页。

试的需要,开始受到更多读书人的关注,其在唐代受关注的程度则更加广泛,传抄的次数亦无法统计。

李善注初次注释成书以后,进呈于皇帝,收藏在皇家秘阁。但因为人们阅读的需要,李善注在民间的传播更为广泛,法藏敦煌P.2528号残卷即是其证。此篇是抄录李善注《西京赋》,卷首残缺,卷尾全存,卷末标有"文选卷第二","永隆年二月十九日弘济寺写"字样。永隆是唐高宗年号,共两年(680—681),调露二年(680)八月改元永隆,所以此处的"永隆年二月十九日"应是永隆二年(681)二月十九日,因为永隆元年没有二月。这个抄写时间上距李善表上《文选注》的显庆三年(658)已有23年,上距李善流放赦还的上元元年(674)也有7年,下距李善去世的载初元年(690)尚有9年,可能正是李善晚年在汴、郑间讲学《文选》的时间。总之其就是李善尚在世时的抄写本。目前学者们一般认为永隆本的《西京赋》所本是李善的初注本,该本和后世的刻本李善注有很大差异,并对此进行了很多研究。

笔者拟在前人研究的基础上,以永隆本《西京赋》为例,与北宋国子监本残卷、南宋尤袤刻本以及奎章阁本的《西京赋》进行比较,用以说明李善注的文本变迁①。

---

① 学界前辈对此作过大量的校勘工作,做出了可观的成绩。此处比较结果为作者自己比对统计。因为是为了说明李善注,所以没有对正文进行比对。为了慎重起见,P.2528号残卷作为唐写本,北宋本国子监本、南宋尤袤本共同符合的情况才作为刻本,奎章阁本作为参照。因为奎章阁本所用李善注底本是北宋国子监本,而北宋国子监本据今所知是刻本中最早的李善注本。奎章阁本在合并五臣和李善两家注时,凡是两家注释完全相同和音注相同的时候省略了一家,且大部分是省略李善注,但其省略处可以在北宋本中找到参照。在对照的时候,尽量忽略其中一些细小的差别,这些差别可能是写本或刻本脱文所致。其中所统计的条数以一个完整的释义为一条,未必精确,但也可以反映其间比较大的差别。

　　以唐写本和宋代刻本相比较,主要有六个方面的差异:其一,刻本中薛综注有增加的情况;其二,刻本中李善注有增加的情况;其三,刻本中有李善注和薛综注混淆的情况;其四,刻本中有注释重出的情况;其五,唐写本中有注释重出的情况;其六,唐写本有多出注释的情况。

唐写永隆本《西京赋》与刻本注文增减对照表

版本 / 正文	永隆本	北宋本	尤袤本	奎章阁本
累层构而遂跻,望北辰而高兴		子奚切	子奚切	子奚切
		善曰:《山海经》曰:层,重也	善曰:《山海经》曰:层,重也	善曰:《山海经》曰:层,重也
消雺埃[于]中宸		消,散也	消,散也	消,散也
		善曰:雺音氛	善曰:雺音氛	善曰:雺音氛
将乍往而未半,怵悼栗而怂兢		怵,恐也。悼,伤也。栗,忧戚也	怵,恐也。悼,伤也。栗,忧戚也	怵,恐也。悼,伤也。栗,忧戚也
		善曰:《广雅》曰:乍,暂也	善曰:《广雅》曰:乍,暂也	善曰:《广雅》曰:乍,暂也
		怵音黜,栗音栗	怵音黜,栗音栗	
旗不脱扃		《尔雅》曰:	《尔雅》曰:	《尔雅》曰:
	熊虎为旗	熊虎为旗	熊虎为旗	熊虎为旗
闶庭诡异		善曰:《说文》曰:诡,违也	善曰:《说文》曰:诡,违也	善曰:《说文》曰:诡,违也
墱道丽倚		善曰:墱,都亘切	善曰:墱,都亘切	善曰:隥,都亘切
横西洫而绝金墉	臣善曰:洫,已见上文	善曰:洫,已见上文	善曰:洫,已见上文	善曰:洫,已见上文

版本　　正文	永隆本	北宋本	尤袤本	奎章阁本
城尉不弛柝，而内外潜通	臣善曰：	善曰：郑玄《周礼注》曰：柝，戒夜者所击也。柝与櫜同音	善曰：郑玄《周礼注》曰：柝，戒夜者所击也。柝与櫜同音	善曰：郑玄《周礼注》曰：柝，戒夜者所击也。柝与櫜同音
	柝音托			
前开唐中。弥望广潒	臣善曰：《汉书》曰：建章宫其西，则唐中数十里	善曰：唐中，已见《西都赋》	善曰：唐中，已见《西都赋》	善曰：唐中，已见《西都赋》
			弥，竟也。言望之极目	
		唐中，已见《西都赋》		唐中，已见《西都赋》
顾临太液，沧池漭沆	臣善曰：《汉书》曰：建章宫其北治太液池	善曰：太液，已见《西都赋》	善曰：太液，已见《西都赋》	
渐台立于中央	臣善曰：《汉书》曰：建章宫太液池渐台，高二十余丈	善曰：渐台，高二十余丈，已见《西都赋》	善曰：渐台，高二十余丈，已见《西都赋》	善曰：渐台，高二十余丈，已见《西都赋》
清渊洋洋，神山峨峨，列瀛洲与方丈，夹蓬莱而骈罗。上林岑以垒崒，下嶄岩以岊嶭		峨峨，高大也	峨峨，高大也	峨峨，高大也
	臣善曰：	善曰：	善曰：	善曰：
	峨峨，高大也			
		垒，鲁罪切。崒音罪。嶄，士咸切	垒，鲁罪切。崒音罪。嶄，士咸切	
长风激于别隝［岛］	水中之洲曰隝	水中之洲曰隝，音岛	水中之洲曰隝，音岛	水中之洲曰隝，音岛

版本 正文	永隆本	北宋本	尤袤本	奎章阁本
鲸鱼失流而蹉跎		善曰:《广雅》曰:蹉博,失足也	善曰:《广雅》曰:蹉博,失足也	善曰:《广雅》曰:蹉博,失足也
于是采少君以端信,庶栾大之贞固	臣善曰:少君、栾大,已见《西都赋》	善曰:《史记》曰:李少君亦以祠灶、谷道、却老方见上,上尊之。少君者,故深泽侯舍人,主方。栾大,见《西都赋》	善曰:《史记》曰:李少君亦以祠灶、谷道、却老方见上,上尊之。少君者,故深泽侯舍人,主方。栾大,见《西都赋》	善曰:《史记》曰:李少君亦以祠灶、谷道、却老方见之。少君者,故深泽侯舍人,主方。栾大,见《西都赋》
美往昔之松乔,要羡门乎天路	臣善曰:《列仙传》曰:赤松子者,神农时雨师也。服水玉。又曰:王子乔者,周灵王太子晋也。道人浮丘公接以上嵩高山	善曰:松、乔,已见《西都赋》	善曰:松、乔,已见《西都赋》	善曰:松、乔,已见《西都赋》
		要,乌尧切	要,乌尧切	要,乌尧切
徒观其城郭之制,则旁开三门,参涂夷庭,方轨十二,街衢相经		街,大道也。经,历也	街,大道也。经,历也	街,大道也。经,历也
		善曰:方,言九轨之涂,凡有十二也。《周礼》曰:营国方三门。郑玄《仪礼注》曰:方,并也。《周礼》曰:国中营途九轨。《西都赋》曰:立十二之通门	善曰:方,言九轨之涂,凡有十二也。《周礼》曰:营国方三门。郑玄《仪礼注》曰:方,并也。《周礼》曰:国中营途九轨。《西都赋》曰:立十二之通门	善曰:方,言九轨之涂,凡有十二也。《周礼》曰:营国方三门。郑玄《仪礼注》曰:方,并也。《周礼》曰:国中营途九轨。《西都赋》曰:立十二之通门
北阙甲第		善曰:北阙,当帝城之北也	善曰:北阙,当帝城之北也	善曰:北阙,当帝城之北也

版本 正文	永隆本	北宋本	尤袤本	奎章阁本
期不陀陊	臣善曰：《方言》曰：陁，式氏反	善曰：《方言》曰：陁，坏也。陁，式氏切	善曰：《方言》曰：陁，坏也。陁，式氏切	善曰：《方言》曰：陁，坏也。陁，式氏切
木衣绨锦，土被朱紫		善曰：《说文》云：绨，厚缯也。朱、紫，二色也	善曰：《说文》云：绨，厚缯也。朱、紫，二色也	善曰：《说文》云：绨，厚缯也。朱、紫，二色也
设在兰锜		锜，架也	锜，架也	锜，架也
尔乃廓开九市，通阛带阓	臣善曰：《汉宫阁疏》曰：长安立九市，其六市在道西，三市在道东	崔豹《古今注》曰：市墙曰阛，市门曰阓	崔豹《古今注》曰：市墙曰阛，市门曰阓	崔豹《古今注》曰：市墙曰阛，市门曰阓
		善曰：九市，已见《西都赋》	善曰：九市，已见《西都赋》	善曰：九市，已见《西都赋》
		《苍颉篇》曰：阛，市门	《苍颉篇》曰：阛，市门	《苍颉篇》曰：阛，市门
俯察百隧	隧，列肆通也			
		善曰：隧，已见《西都赋》	善曰：隧，已见《西都赋》	善曰：隧，已见《西都赋》
周制大胥，今也惟尉	臣善曰：与左冯翊、右扶风为三辅，更置三辅都尉	善曰：与左冯翊、右扶风为三辅	善曰：与左冯翊、右扶风为三辅	善曰：与左冯翊、右扶风为三辅
		然市有长丞而无尉，盖通呼长丞为尉耳	然市有长丞而无尉，盖通呼长丞为尉耳	然市有长丞而无尉，盖通呼长丞为尉耳
裨贩夫妇		裨，必弥切	裨，必弥切	裨，必弥切

续表

版本 正文	永隆本	北宋本	尤袤本	奎章阁本
鬻良杂苦,蜮眩边鄙	郑司农曰:苦,读为盬也	郑玄曰:苦,读为盬	郑玄曰:苦,读为盬	郑玄曰:苦,读为盬
		《苍颉篇》曰:蜮,俖也。《广雅》曰:眩,乱也。杜预《左氏传》注曰:鄙,边邑也	《苍颉篇》曰:蜮,俖也。《广雅》曰:眩,乱也。杜预《左氏传》注曰:鄙,边邑也	《苍颉篇》曰:蜮,俖也。《广雅》曰:眩,乱也。杜预《左氏传》注曰:鄙,边邑也
邪赢优		邪,伪也	邪,伪也	邪,伪也
彼肆人之男女,丽靡奢乎许史		言长安市井之人,被服皆过此二家	言长安市井之人,被服皆过此二家	言长安市井之人,被服皆过此二家
若夫翁伯浊质	臣善曰:《汉书》曰	善曰:《汉书·食货志》曰	善曰:《汉书·食货志》曰	善曰:《汉书·食货志》曰
都邑游侠,张赵之伦,齐志无忌,拟迹田文		善曰:一云张子罗、赵君都。其长安大侠,具《游侠传》	善曰:一云张子罗、赵君都。其长安大侠,具《游侠传》	善曰:一云张子罗、赵君都。其长安大侠,具《游侠传》
睚眦蛮芥,尸僵路隅		僵,仆也	僵,仆也	僵,仆也
	臣善曰:《汉书》曰:原涉,字巨先。自阳翟徙茂陵。涉好然	善曰:《汉书》曰:原涉,字巨先。自阳翟徙茂陵。涉外温仁,内隐忍,好杀	善曰:《汉书》曰:原涉,字巨先。自阳翟徙茂陵。涉外温仁,内隐忍,好杀	善曰:《汉书》曰:原涉,字巨先。自阳翟徙茂陵。涉外温仁,内隐忍,好杀
丞相欲以赎子罪,阳石污而公孙诛	臣善曰:《汉书》曰:公孙贺为丞相……	善曰:《汉书》曰:公孙贺为丞相……	善曰:《汉书》曰:公孙贺为丞相……	善曰:《汉书》曰:公孙贺为丞相……
	安世者,京师大侠也			
		阳石,北海县名也	阳石,北海县名也	阳石,北海县名也

版本 正文	永隆本	北宋本	尤袤本	奎章阁本
若其五县游丽	臣善曰:五县,谓长陵、安陵、阳陵、茂陵、平陵	善曰:五县,谓五陵也。长陵、安陵、阳陵、武陵、平陵五陵也。已见《西都赋》	善曰:五县,谓五陵也。长陵、安陵、阳陵、武陵、平陵五陵也。已见《西都赋》	善曰:五县,谓五陵也。长陵、安陵、阳陵、茂陵、平陵五陵也。已见《西都赋》
五都货殖,既迁既引	臣善曰:王莽于五都立均官,更名雒阳、邯郸、淄、宛、成都市长皆为五均司市师也	善曰:五都,已见《西都赋》	善曰:五都,已见《西都赋》	善曰:五都,已见《西都赋》
		迁,谓徙之于彼	迁,谓徙之于彼	迁,谓徙之于彼
		引,谓纳之于此	引,谓纳之于此	引,谓纳之于此
隐隐展展			丁谨切	
冠带交错,方辕接轸		冠带,犹搢绅,谓吏人也	冠带,犹搢绅,谓吏人也	冠带,犹搢绅,谓吏人也
封畿千里		善曰:《毛诗》曰:封畿千里,惟民所止	善曰:《毛诗》曰:封畿千里,惟民所止	善曰:《毛诗》曰:封畿千里,惟民所止
右极盩厔		盩厔,山名,因名县	盩厔,山名,因名县	盩厔,山名,因名县
左暨河华		华阴县故属京兆	华阴县故属京兆	华阴县故属京兆
掩长杨杨而联五柞		善曰:郑玄《毛诗笺》曰:掩,覆也	善曰:郑玄《毛诗笺》曰:掩,覆也	善曰:郑玄《毛诗笺》曰:掩,覆也
群兽否琐	臣善曰:《韩诗》曰:趋曰否否,行曰駪駪	善曰:薛君《韩诗章句》曰:趋曰踣,行曰駪	善曰:薛君《韩诗章句》曰:趋曰踣,行曰駪	善曰:薛君《韩诗章句》曰:趋曰踣,行曰駪
聚似京基		善曰:峙,直里切	善曰:峙,直里切	善曰:峙,直理切
林麓之饶			善曰:注曰:麓,山足也	

正文　　　版本	永隆本	北宋本	尤袤本	奎章阁本
木则枞栝椶柟，梓棫楩枫		郭璞曰：柟木似水杨。又曰：棫，白桵	郭璞曰：柟木似水杨。又曰：棫，白桵	郭璞曰：柟木似水杨。又曰：棫，白榆
郁蓊薆薱		善曰：薱，徒对切	善曰：薱，徒对切	善曰：薱，徒对切
草则藏莎菅蒯	郭璞曰：菅，茅属	郭璞曰：菅，茅属。古颜切	郭璞曰：菅，茅属。古颜切	郭璞曰：菅，茅属
筱簜敷衍		簜，大竹也	簜，大竹也	簜，大竹也
决莽无疆		泆溔，无限域之貌	泆溔，无限域之貌	泆溔，无限域之貌
黑水玄址	臣善曰：水色也	善曰：水色黑，故曰玄址也	善曰：水色黑，故曰玄址也	善曰：水色黑，故曰玄址也
树以柳杞		善曰：《山海经》曰：杞，如杨，赤理	善曰：《山海经》曰：杞，如杨，赤理	善曰：《山海经》曰：杞，如杨，赤理
牵牛立其左，织女处其右	臣善曰：《汉宫阁疏》曰：昆明池有二石人，牵牛、织女象	善曰：已见《西都赋》	善曰：已见《西都赋》	善曰：女、牛，已见《西都赋》
象扶桑与蒙汜		善曰：汜音似	善曰：汜音似	
鸟则鹔鹴鸹鸨，驾鹅鸿鶤		又曰：鸹鸡，黄白色，长颔赤喙	又曰：鸹鸡，黄白色，长颔赤喙	又曰：鸹鸡，黄白色，长颔赤喙
	鸹、鸨，二鸟名也	鸹、鸨，已见《西都赋》	鸹、鸨，已见《西都赋》	鸹、鸨，已见《西都赋》
	凡鱼鸟草木，皆不重见，他皆类此	凡鱼鸟草木皆不重见也，皆类此	凡鱼鸟草木皆不重见也，他皆类此	凡鱼鸟草木皆不重见也，他皆类此
		鶤音昆	鶤音昆	

版本 正文	永隆本	北宋本	尤袤本	奎章阁本
集归隼（奋 隼归兔）	奋,迅声也	奋,迅声也	奋,迅声也	
		隼,小鹰也	隼,小鹰也	隼,小鹰也
于是孟冬作 阴,寒风肃 煞		寒气急杀于万物	寒气急杀于万物	寒气急杀于万物
		善曰:《礼记》曰: 孟秋天气始肃, 仲秋杀气浸盛	善曰:《礼记》曰: 孟秋天气始肃, 仲秋杀气浸盛	善曰:《礼记》曰: 孟秋天气始肃, 仲秋杀气浸盛
冰霜惨烈		善曰:李陵书曰: 边土惨烈	善曰:李陵书曰: 边土惨烈	善曰:李陵书曰: 边土惨烈
百卉具零, 刚虫搏挚		善曰:《礼记》曰: 季秋,豺祭兽戮 禽也	善曰:《礼记》曰: 季秋,豺祭兽戮 禽也	善曰:《礼记》曰: 季秋,豺祭兽戮 禽也
在于灵圃之 中	臣善曰:《毛诗》 曰:王在灵圃	善曰:灵圃,已见 《东都赋》	善曰:灵圃,已见 《东都赋》	善曰:灵圃,已见 《东都赋》
柞木翦棘		善曰:《左氏传》 曰:翦其荆棘	善曰:《左氏传》 曰:翦其荆棘	善曰:《左氏传》 曰:翦其荆棘
戴翠帽,倚 金较		《古今注》曰:车 耳重较,文官青, 武官赤。或曰: 车蕃上重起如牛 角也	《古今注》曰:车 耳重较,文官青, 武官赤。或曰: 车蕃上重起如牛 角也	《古今注》曰:车 耳重较,文官青, 武官赤。或曰: 车蕃上重起如牛 角也
		善曰:音角	善曰:音角	
遗光儵爚		爚音药	爚音药	
建玄戈,树 招摇		今卤簿中画之于 旗,建树之以前 驱	今卤簿中画之于 旗,建树之以前 驱	今卤簿中画之于 旗,建树之以前 驱
栖鸣鸢		栖,谓画其形于 旗上	栖,谓画其形于 旗上	栖,谓画其形于 旗上

续表

版本\正文	永隆本	北宋本	尤袤本	奎章阁本
虹旃蜺旌	臣善曰:虹旃,已见上注	善曰:《楚辞》曰:建雄虹之采旄	善曰:《楚辞》曰:建雄虹之采旄	善曰:《楚辞》曰:建雄虹之采旄
	《高唐赋》曰:蜺为旌			
		《上林赋》曰:拖蜺旌也	《上林赋》曰:拖蜺旌也	《上林赋》曰:拖蜺旌也
属车之簜,载猃猲獢	臣善曰:	善曰:《古今注》曰:豹尾车,同制也,所以象君豹变。言尾者,谨也	善曰:《古今注》曰:豹尾车,同制也,所以象君豹变。言尾者,谨也	善曰:《古今注》曰:豹尾车,同制也,所以象君豹变。言尾者,谨也
	《汉书音义》曰:大驾属车八十一乘	属车,已见《东都赋》	属车,已见《东都赋》	属车,已见《西都赋》
小说九百,本自虞初	臣善曰:《汉书》曰:虞初,《周说》九百四十三篇	善曰:《汉书》曰:虞初者,洛阳人,明此医术。武帝时乘马衣黄衣,号黄车使者。《周说》九百四十三篇	善曰:《汉书》曰:虞初,《周说》九百四十三篇。初,河南人也。武帝时以方士侍郎,乘马衣黄衣,号黄车使者	善曰:《汉书》曰:虞初者,洛阳人,明此医术。武帝时乘马衣黄衣,号黄车使者。《周说》九百四十三篇
		应劭曰:其说以《周书》为本	应劭曰:其说以《周书》为本	应劭曰:其说以《周书》为本
从容之求,寔侯寔储		善曰:《尚书》曰:从容以和。《尔雅》曰:侯,待也。《说文》曰:储,具也	善曰:《尚书》曰:从容以和。《尔雅》曰:侯,待也。《说文》曰:储,具也	善曰:《尚书》曰:从容以和。《尔雅》曰:侯,待也。《说文》曰:储,具也

版本 正文	永隆本	北宋本	尤袤本	奎章阁本
禁御不若，以知神奸。螭魅蝄蜽，莫能逢旃	臣善曰:《左氏传》:……	善曰:《左氏传》曰:……	善曰:《左氏传》曰:……	善曰:《左氏传》曰:……
	杜预曰:	杜预曰:若,顺也	杜预曰:若,顺也	杜预曰:若,顺也
		《说文》曰:	《说文》曰:	《说文》曰:
	螭,山神,兽刑。魅,怪物。蝄蜽,水神也	螭,山神,兽形。魅,怪物。蝄蜽,水神	螭,山神,兽形。魅,怪物。蝄蜽,水神	螭,山神,兽形。魅,怪物。蝄蜽,水神
		毛苌《诗传》曰:旃,之也	毛苌《诗传》曰:旃,之也	毛苌《诗传》曰:旃,之也
陈虎旅于飞廉，正垒壁乎上兰	臣善曰:《汉书》曰:长安作飞廉馆。《三辅黄图》:上林有上兰观	善曰:飞廉、上兰,已见《西都赋》	善曰:飞廉、上兰,已见《西都赋》	善曰:飞廉、上兰,已见《西都赋》
燎京薪，骇雷鼓		善曰:《周礼》曰:鼓皆骇。郑玄曰:雷击鼓曰骇。骇与駴同	善曰:《周礼》曰:鼓皆骇。郑玄曰:雷击鼓曰骇。骇与駴同	善曰:《周礼》曰:鼓皆骇。郑玄曰:雷击鼓曰骇。骇与駴同
赴长莽		《方言》曰:草,南楚之间谓之莽	《方言》曰:草,南楚之间谓之莽	《方言》曰:草,南楚之间谓之莽
武士赫怒		郑玄《毛诗笺》曰:赫,怒意也	郑玄《毛诗笺》曰:赫,怒意也	郑玄《毛诗笺》曰:赫,怒意也
吴岳为之陁堵		善曰:郭璞云:吴岳,别名	善曰:郭璞云:吴岳,别名	善曰:郭璞云:吴岳,别名
百禽㥆遽，骙矍奔触		善曰:《白虎通》曰:禽,鸟兽之揔名,为人禽制	善曰:《白虎通》曰:禽,鸟兽之揔名,为人禽制	善曰:《白虎通》曰:禽,鸟兽之揔名,为人禽制
失归忘趣。投轮关辐，不邀自遇		趣,向也。邀,遮也	趣,向也。邀,遮也	趣,向也。邀,遮也

续表

版本 正文	永隆本	北宋本	尤袤本	奎章阁本
竿殳之所揘毕	殳，杖也	殳，杖也	殳，杖也	殳，杖也
		八棱，长丈二而无刃。或以木为之，或以竹为之	八棱，长丈二而无刃。或以木为之，或以竹为之	八棱，长丈二而无刃。或以木为之，或以竹为之
	臣善曰： 毕，于笔反	善曰： 毕，于笔切。 又音笔	善曰： 毕，于笔切。 又音笔	善曰： 毕，于笔切。 又音笔
白日未及移晷		善曰：《汉书》：张竦曰：日不移晷，霍然四除	善曰：《汉书》：张竦曰：日不移晷，霍然四除	善曰：《汉书》：张竦曰：日不移晷，霍然四除
若夫游鷮高翚，绝坑踰斥	雉之健者为鷮	雉之健者为鷮	雉之健者为鷮	雉之健者为鷮
		尾长六尺。《诗》云：有集唯鷮	尾长六尺。《诗》云：有集唯鷮	尾长六尺。《诗》云：有集唯鷮
比诸东郭，莫之能获		善曰：环山三，腾冈五，韩卢不能及之	善曰：环山三，腾冈五，韩卢不能及之	善曰：环山三，腾冈五，韩卢不能及之
青骹挚于鞲下，韩卢噬于緤末	青骹，鹰青胫者	青骹，鹰青胫者，善	青骹，鹰青胫者。善曰	青骹，鹰青胫者。善曰
	臣善曰：骹，胫也。鞲音沟	善曰：《说文》曰：骹，胫也	善曰：《说文》曰：骹，胫也	善曰：《说文》曰：骹，胫也
			《礼记》曰：大则执緤。郑玄注曰：緤，纼，靮，皆所以系制之者。守犬、田犬问名，蓄养者当呼之名。谓若韩卢、宋鹊之属	
威慑兕虎		善曰：郑玄《毛诗笺》曰：慑，恐惧也	善曰：郑玄《毛诗笺》曰：慑，恐惧也	善曰：郑玄《毛诗笺》曰：慑，恐惧也

版本 / 正文	永隆本	北宋本	尤袤本	奎章阁本
乃使中黄育之俦，朱鬐鬣鬌，植发如竿		善曰：《说文》曰：鬐，带髻头饰也 《通俗文》曰：露髻曰鬌，以麻杂为髻，如今撮也	善曰：《说文》曰：鬐，带髻头饰也 《通俗文》曰：露髻曰鬌，以麻杂为髻，如今撮也	善曰：《说文》曰：鬐，带髻头饰也 《通俗文》曰：露髻曰鬌，以麻杂为髻，如今撮也
棘藩		善曰：杜预《左氏传注》曰：藩，篱也。落，亦篱也	善曰：杜预《左氏传注》曰：藩，篱也。落，亦篱也	善曰：杜预《左氏传注》曰：藩，篱也。落，亦篱也
目观穷		善曰：《国语》：伍举曰：若周于目观	善曰：《国语》：伍举曰：若周于目观	善曰：《国语》：伍举曰：若周于目观
迁延邪眱		善曰：《说文》曰：眱，斜视也。鱼计切	善曰：《说文》曰：眱，斜视也。鱼计切	善曰：《说文》曰：眱，斜视也。鱼计切
收禽举胔		善曰：胔，取肉名，不论腐败也	善曰：胔，取肉名，不论腐败也	善曰：胔，取肉名，不论腐败也
千里列百重		善曰：千列，列千人也	善曰：千列，列千人也	善曰：千列，列千人也
升觞举燧		善曰：升，进也	善曰：升，进也	善曰：升，进也
察貳廉空		貳，为兼重也	貳，为兼重也	貳，为兼重也
㹛㹀伏	㹛，炙也			
士忘罢		善曰：罢音皮	善曰：罢音皮	善曰：罢音皮
旋憩昆明		善曰：憩，息也	善曰：憩，息也	善曰：憩，息也
简嶒红		音曾	音曾	
蒲且发		善曰：且，子余切	善曰：且，子余切	
磻不特絓		善曰：絓音卦	善曰：絓音卦	善曰：絓音卦
浮鹢首，翳云芝		为画芝草及云气，以为船覆饰也	为画芝草及云气，以为船覆饰也	为画芝草及云气，以为船覆饰也

续表

正文 ＼ 版本	永隆本	北宋本	尤袤本	奎章阁本
齐栧女，纵棹歌	臣善曰:栧，楫也	善曰:栧，楫也	善曰:栧，楫也	善曰:栧，楫也
		杨至切	杨至切	杨至切
	棹歌也	棹歌，引棹而歌也	棹歌，引棹而歌也	棹歌，引棹而歌也
发引龢，校鸣葭。奏《淮南》，度《阳阿》		和，胡卧切	和，胡卧切	和，胡卧切
	臣善曰:			
	杜挚《葭赋》曰:李伯阳入西戎所造。《汉书》有淮南鼓负。谓舞人也。淮南鼓负四人。然鼓负谓无人也。《淮南子》曰:足蹀阳阿之舞	杜挚《葭赋》曰:李伯阳入西戎所造。《汉书》曰:有淮南鼓负四人。谓舞人也。《淮南子》曰:足蹀阳阿之舞	杜挚《葭赋》曰:李伯阳入西戎所造。《汉书》曰:有淮南鼓负四人。谓舞人也。《淮南子》曰:足蹀阳阿之舞	杜挚《葭赋》曰:李伯阳入西戎所造。《汉书》曰:有淮南鼓负四人。谓舞人也。《淮南子》曰:足蹀阳阿之舞
感河冯，怀湘娥		善曰:感，动也	善曰:感，动也	善曰:感，动也
		《说文》曰:怀，念思也	《说文》曰:怀，念思也	《说文》曰:怀，念思也
鳎鲉	臣善曰:鳎音偃			
髳潜牛	臣善曰:《南越志》:潜，怒形，角似水牛	善曰:《南越志》:潜牛，牛形，角似水牛	善曰:《南越志》:潜牛形，角似水牛	善曰:《南越志》:潜牛，牛形，角似水牛
	一名沉牛			
泽虞是滥		善曰:《周礼》曰:泽虞掌国泽之政	善曰:《周礼》曰:泽虞掌国泽之政	善曰:《周礼》曰:泽虞掌国泽之政
布九罭		善曰:《尔雅》曰:九罭，鱼网	善曰:《尔雅》曰:九罭，鱼网	善曰:《尔雅》曰:九罭，鱼网
操昆鲖		操，责交切	操，责交切	

续表

版本 正文	永隆本	北宋本	尤袤本	奎章阁本
逞欲畋鲛		善曰:《广雅》曰:逞,快也。孔安国《尚书》传曰:	善曰:《广雅》曰:逞,快也。孔安国《尚书》传曰:田,猎也	善曰:《广雅》曰:逞,快也。孔安国《尚书》传曰:田,猎也
		田与畋同	田与畋同	田与畋同
		《说文》曰:鲛,捕鱼也	《说文》曰:鲛,捕鱼也	《说文》曰:鲛,捕鱼也
干池涤薮		善曰:郑玄《礼记注》曰:薮,大泽	善曰:郑玄《礼记注》曰:薮,大泽	善曰:郑玄《礼记注》曰:薮,大泽
蚳蝝尽取		善曰:取,苍苟切	善曰:取,苍苟切	
焉知倾陁		陁音雉	陁音雉	
大驾幸乎平乐,张甲乙而袭翠被	臣善曰:			
		袭,服也。李尤《乐观赋》曰:设平乐之显观,处金商之维限。	袭,服也。李尤《乐观赋》曰:设平乐之显观,处金商之维限。	袭,服也。李尤《乐观赋》曰:设平乐之显观,处金商之维限。
		善曰:《音义》曰:甲乙,帐名也。《左氏传》曰:楚子翠被。杜预曰:翠羽饰被。披义切	善曰:《音义》曰:甲乙,帐名也。《左氏传》曰:楚子翠被。杜预曰:翠羽饰被。披义切	善曰:《音义》曰:甲乙,帐名也。《左氏传》曰:楚子翠被。杜预曰:翠羽饰被。披义切
都卢寻橦		善曰:橦。直江切	善曰:橦。直江切	
跳丸剑之徽霍		跳,都雕切	跳,都雕切	跳,都雕切
朱实离离		朱,赤也	朱,赤也	朱,赤色
	赤离离,实垂之貌也	离离,实垂之貌	离离,实垂之貌	离离,实垂之貌

版本 正文	永隆本	北宋本	尤袤本	奎章阁本
后逮霡霂		善曰:《诗》曰:雨雪霡霂	善曰:《诗》曰:雨雪霡霂	善曰:《诗》曰:雨雪霡霂
欨从背见		欨,许律切	欨,许律切	
大雀踆踆		七轮切	七轮切	七轮切
云雾杳冥		善曰:《楚辞》曰:杳冥兮昼晦	善曰:《楚辞》曰:杳冥兮昼晦	善曰:《楚辞》曰:杳冥兮昼晦
卒不能救		善曰:故云不能救也。皆伪作之也	善曰:故云不能救也。皆伪作之也	善曰:故云不能救也。皆伪作之也
阴戒期门,微行要屈		要,或为徼	要,或为徼	要,或为徼
	臣善曰:《汉书》曰:武帝与北地良家子期诸殿门。故有期门之号	善曰:期门,已见《西都赋》	善曰:期门,已见《西都赋》	善曰:期门,已见《西都赋》
		要屈,至尊同乎卑贱也	要屈,至尊同乎卑贱也	要屈,至尊同乎卑贱也
便旋闾阎,周观郊遂	臣善曰:	善曰:	善曰:	善曰:
	《字林》曰:			
	闾,里门也。阎,里中门也	闾,里门也。阎,里中门也	闾,里门也。阎,里中门也	闾,里门也。阎,里中门也
		郊,已见《西都赋》	郊,已见《西都赋》	郊,已见《西都赋》
从嫣婉	臣善曰:《韩诗》曰:嫣婉之求	善曰:《韩诗》曰:嫣婉之求	善曰:《韩诗》曰:嫣婉之求	善曰:《韩诗》曰:嫣婉之求
	薛臣善曰:			
	嫣婉,好貌也	嫣婉,好貌	嫣婉,好貌	嫣婉,好貌
		捐,弃也	捐,弃也	捐,弃也

续表

正文　　版本	永隆本	北宋本	尤袤本	奎章阁本
妖蛊艳夫夏姬		善曰：蛊，媚也	善曰：蛊，媚也	善曰：蛊，媚也
若惊鹤之群罢		《相鹤经》曰：复七年学舞，又七年舞应节	《相鹤经》曰：后七年学舞，又七年舞应节	《相鹤经》曰：复七年学舞，又七年舞应节
晈藐流眄	臣善曰：			
	晈，亡捩反	晈，亡井切	晈，亡井切	晈，亡井切
展季桑门，谁能不营	臣善曰：《家语》曰：昔有妇人曰，柳下惠，姬不逮门之女，国人不称其乱焉	善曰：《家语》曰：昔有妇人召柳下惠，惠不往：姬不逮门人女也，国人不称其乱焉	善曰：《家语》曰：昔有妇人召鲁男子，不往，妇人曰：姬子何不若柳下惠？然姬不逮门之女也，国人不称其乱焉	善曰：《家语》曰：昔有妇人召柳下惠，惠不往，姬不逮门之女也，国人不称其乱焉
		《说文》曰：营，惑也	《说文》曰：营，惑也	《说文》曰：营，惑也
列爵十四	臣善曰：《汉书》曰：汉兴，因秦之称号，帝正适称皇后，妾皆称夫人，称号凡十四等云	善曰：列爵十四，见《西都赋》也	善曰：列爵十四，见《西都赋》也	善曰：列爵十四，已见《西都赋》也
鉴戒唐《诗》，他人是媮	唐诗曰：	唐诗刺晋僖公不能及时以自娱乐，曰：	唐诗刺晋僖公不能及时以自娱乐，曰：	唐诗刺晋僖公不能及时以自娱乐，曰：
	子有衣常，弗曳不娄，宛其死矣，他人是媮	子有衣常，弗曳弗娄，宛其死矣，他人是媮	子有衣常，弗曳弗娄，宛其死矣，他人是媮	子有衣常，弗曳弗娄，宛其死矣，他人是媮
	言今日之不极意恣娇亦如此矣	言今日之不极意恣娇亦如此也	言今日之不极意恣娇亦如此也	言今日之不极意恣娇亦如此也
		善曰：《国语》曰：鉴戒而谋。贾逵曰：鉴，察也	善曰：《国语》曰：鉴戒而谋。贾逵曰：鉴，察也	善曰：《国语》曰：鉴戒而谋。贾逵曰：鉴，察也

版本 / 正文	永隆本	北宋本	尤袤本	奎章阁本
增昭仪于婕妤	臣善曰:	善曰:《汉书》曰:孝成帝赵皇后有女弟,为婕妤,绝幸,为昭仪	善曰:《汉书》曰:孝成帝赵皇后有女弟,为婕妤,绝幸,为昭仪	善曰:《汉书》曰:孝成帝赵皇后有女弟,为婕妤,绝幸,为昭仪
安而不渝		渝,易也	渝,易也	渝,易也
多历年所	臣善曰:	善曰:	善曰:	善曰:
	《尚书》曰:			《书》:
	殷礼配天,多历年所	殷礼配天,多历年所	殷礼配天,多历年所	殷礼配天,多历年所
传闻于未闻之者		善曰:《孔丛子》:子高谓魏王曰:君闻之于耳邪?闻之于传邪	善曰:《孔丛子》:子高谓魏王曰:君闻之于耳邪?闻之于传邪	善曰:《孔丛子》:子高谓魏王曰:君闻之于耳邪?闻之于传邪
增髣髴其若梦		善曰:《说文》曰:仿佛,相似,见不谛也	善曰:《说文》曰:仿佛,相似,见不谛也	善曰:《说文》曰:仿佛,相似,见不谛也
此何与于殷人屡迁,前八后五,居相圮耿,不常厥土。盘庚作诰,帅人以苦	臣善曰:	善曰:	善曰:	善曰:
		《广雅》曰:与,如也。言欲迁都洛阳,何如殷之屡迁乎?言似之也	《广雅》曰:与,如也。言欲迁都洛阳,何如殷之屡迁乎?言似之也	《广雅》曰:与,如也。言欲迁都洛阳,何如殷之屡迁乎?言似之也
		孔安国曰:河水所毁曰圮	孔安国曰:河水所毁曰圮	孔安国曰:河水所毁曰圮
	《尚书》曰:			
	盘庚迁于殷,人弗适有居,率吁众戚,出矢言	盘庚迁于殷,殷人弗适有居,率吁众戚,出矢言	盘庚迁于殷,殷人弗适有居,率吁众戚,出矢言	盘庚迁于殷,殷人弗适有居,率吁众戚,出矢言
		圮,平鄙切	圮,平鄙切	圮,平鄙切

续表

正文 ＼ 版本	永隆本	北宋本	尤袤本	奎章阁本
方今圣上		善曰:方今,犹正今也	善曰:方今,犹正今也	善曰:方今,犹正今也
独俭啬以俚促,忘《蟋蟀》之谓何		《汉书注》曰:龌龊,小节也。王逸《楚辞注》曰:谓,说也。何休《公羊传注》曰:诸据疑问所不知者,曰何也	《汉书注》曰:龌龊,小节也。王逸《楚辞注》曰:谓,说也。何休《公羊传注》曰:诸据疑问所不知者,曰何也	善曰: 《汉书注》曰:龌龊,小节也。王逸《楚辞注》曰:谓,说也。何休《公羊传注》曰:诸据疑问所不知者,曰何也

刻本中薛综注和李善注增加的情况最多。笔者分别统计了北宋本、尤袤本、奎章阁本等刻本中薛综注和李善注的增加情况:其中薛综注共增加40条,李善注共增加112条。其中薛综注增加的分别有音注6条,直接解释性注释28条,引用典籍的注释6条。根据唐写本薛综注全篇未见一条音注来看,刻本中6条新增薛综音注大约是后来所添加的:可能是李善后来整理注释时所加,抑或是阅读者所加。刻本中新增直接解释性注释28条薛综注可能也属于这种情况,具体不好判断。最值得怀疑的是新增6条引用典籍的注释,其中分别是崔豹《古今注》和《古今注》《方言》《诗》及李尤《乐观赋》与《相鹤经》。尤其是第一条崔豹《古今注》,上引薛综注已有"阛,市营也。阓,中隔门也"之注,而下又引"崔豹《古今注》曰:市墙曰阛,市门曰阓",属于重复。梁章钜曰:"'善曰'二字当在'崔豹'上,今在'曰阓'下,非也。崔豹晋人,非薛综所得引。"①但

---

① (清)梁章钜:《文选旁证》,《续修四库全书》本,第一五八一册,第231页。

此条也未必就是李善注,因为刻本"通闉带闤"句下又有李善的注
释:"《苍颉篇》曰:闤,市门。"与此所引《古今注》不符合,所以这两
条只能有一条出自李善注,另一条可能是后人所加。因为作为李
善注来说,不可能引用两个典籍解释同一个词而意思不同,又没有
交代,最可能的就是其中一条是读者所加辨析李善注者,但后来传
抄和刻写时乱入了李善注中。

另外,综注所引《相鹤经》"复七年,学舞;又七年,舞应节"之
注,在卷十四鲍明远《舞鹤赋》李善注中两次被征引,皆直言《相鹤
经》。从这些迹象来看,这些新增的援引典籍的注文未必是薛综所
为,很可能是李善的注文,也可能是后人据李善其他地方的注
所增。

刻本中新增加的 112 条李善注文中,音注为 29 条,引典类的
注文 61 条,新增一般串释性注文 22 条。从李善注的增加量来看,
虽然不排除其中有写本抄脱之处,但李善注从粗略到完备的变迁
特征还是比较明显的。李善显庆三年表上的注本应该是比较粗略
的,到李善晚年在汴、郑之间讲学时,可能因为讲授《文选》的需要
以及自己对《文选》研究的进一步深入,逐渐增加了更多的注释。
但李善的《文选注》并不是以版本形式出现进行普及的,而是主要
通过抄写方式来传播,在传抄过程中难免因为抄写者及阅读者的
原因而出现增减的情况。

整篇唐写本《西京赋》中李善的直接注释仅有 29 条,而刻本李
善注中新增的一般性注释就有 22 条,这不符合李善注释必称引原
典出处的做法,所以高步瀛等人校勘时都以为李善注中有些注文
可能掺入了五臣注。

刻本李善注中新增的 22 条一般性注释中有 2 条似乎是辨惑

性质的注文,其一是在"周制大胥,今也惟尉"下。唐写本注为:"臣善曰:《周礼》曰:司市胥师廿人。然尊其职,故曰大。《汉书》曰:京兆尹,长安四市皆属焉。与左冯翊、右扶风为三辅,更置三辅都尉。"刻本则作"善曰:《周礼》曰:司市胥师二十人。然尊其职,故曰大。《汉书》曰:京兆尹,长安四市皆属焉。与左冯翊、右扶风为三辅。然市有长丞而无尉,盖通呼长丞为尉耳"。对比写本和刻本可以发现,写本多出"更置三辅都尉",而刻本无此六字,而多出了"然市有长丞而无尉,盖通呼长丞为尉耳"两句。其二是"收禽举胔"薛综注"胔,死禽兽将腐之名也"下。刻本多出"善曰:胔,取肉名,不论腐败也"。刻本多出的善注可能是李善的补充,也有可能是读者所加,难以定论。但无论如何,是善注在流传过程中不断完善的例证。

　　这样的例子在现行的李善注中还可以找到,比如卷七司马长卿《子虚赋》"勺药之和具,而后御之"句下。善注曰:"服虔曰:具,美也。或以芍药调食也。文颖曰:五味之和也。晋灼曰:《南都赋》曰:归雁鸣鵙,香稻鲜鱼,以为芍药,酸恬滋味,百种千名之说是也。善曰:服氏一说,以芍药为药名,或者因说今之煮马肝犹加芍药,古之遗法。晋氏之说,以勺药为调和之意。枚乘《七发》曰:勺药之酱。然则和调之言,于义为得。"李善先引服虔、文颖、晋灼旧说,然后下判断。又如卷九扬子云《长杨赋》"明年,上将大夸胡人以多禽兽"句下。善注曰:"善曰:明年,谓作《羽猎赋》之明年,即校猎之年也。班欲叙作赋之明年。《汉书·成纪》曰:元延二年冬,幸长杨宫,纵胡客大校猎是也。《七略》曰:《羽猎赋》,永始三年十二月上。然永始三年去校猎之前,首尾四载,谓之明年,疑班固误也。又《七略》曰:《长杨赋》,绥和元年上。绥和在校猎后四岁,无容元延二年

校猎,绥和二年赋,又疑《七略》误。"再如卷十三贾谊《鵩鸟赋》"忽
然为人兮,何足控抟"句下。李善注曰:"善曰:控抟,爱生之意也。
孟康曰:控,引也。抟,持也。言人生忽然,何足引持,自贵惜也。
如淳曰:抟,音团。或作揣。晋灼曰:许慎云:揣,量也。度商曰揣
言何足度量己之年命长短而惜之乎? 按《史记·英布传》云:果如
薛公揣之。陈平云:生揣我何念? 皆训为量,与晋灼说同。音初毁
切。又丁果切。但字者滋也,不可胶柱。在此赋训抟为量,义似未
是。至于合韵,全复参差。且《史记》揣作抟字,如淳、孟康义为
是也。"

此种情况注释在《文选》中还有很多,大约属于辨惑性质的注
释。而且,我们根据史料记载知道李善有《文选辨惑》一书,很可能
是李善在后期讲学过程中将学生容易有疑问之处进行了更多的注
释,后来又单独成书。或者《文选辨惑》本来单行,但是在流传过程
中有人把这些条文又加入了李善注本中。添入者可能是李善本
人,也可能是读者。总之,这些确切反映了李善注在流传过程中逐
渐完善的事实。

刻本中李善注和薛综注混淆的情况,共有 5 条。第一条"峨峨
高大也",写本为李善注,刻本为薛综注;第二条"眹,亡挺反",在写
本中为李善音注,且在刻本中则成为"眹,亡井切",且在"善曰"上,
紧接在薛综注下。这两条注文比较短,容易变换位置,我们可暂时
忽略。

第三条,写本综注"青骹,鹰青胫者。盖韩卢犬,谓黑毛也。
挚,击也。噬,啮也。𥸤,牵也。鞲,臂衣。鹰下鞲而击,犬牵末而
啮,皆谓急抟不远而获",下有善注,而北宋本讹"盖"为"善"字,意
为鹰之青胫者为好,亦通。而尤袤本则又于"善"下补一"曰"字,遂

误为"善曰",奎章阁本亦误为"善曰",致使"韩卢犬"以下皆误为李善注,实际上李善在下边有注,而此句正文下注文遂有两个"善曰",而且注释顺序也不对,注文也不符合李善注引经据典的风格。

第四条,写本为善注,作"臣善曰:杜挚《葭赋》曰:李伯阳入西戎所造。《汉书》有淮南鼓负。谓舞人也。淮南鼓负四人。然鼓负谓无人也。《淮南子》曰:足蹀阳阿之舞"。而刻本中则脱去"善曰",直接接在薛综注下,作"发引和,言一人唱,余人和也。葭,更校急之乃鸣。和,胡卧切。杜挚《葭赋》曰:李伯阳入西戎所造。《汉书》曰:有淮南鼓负四人。谓舞人也。《淮南子》曰:足蹀阳阿之舞"。这样就使此注变为薛综注。

第五条比较特殊,写本中仅有薛综注"俭啬,节爱也。《蟋蟀》,唐《诗》,刺俭也。言独为节爱,不念唐《诗》所刺邪?"下边没有李善注,而在刻本的北宋本、尤袤本、奎章阁本中下边又多出"《汉书注》曰:龌龊,小节也。王逸《楚辞注》曰:谓,说也。何休《公羊传注》曰:诸据疑问所不知者,曰何也"。刻本中多出的这三个注释义群更符合李善注引书的风格,不像薛综注,而在六臣注本的赣州本中,《汉书》上有"善曰"二字,或许也可说明刻本多出的内容应该是李善注,而不是薛综注。

以上情况可以说明,从写本时代到刻本时代的李善注发生了很多错乱,这些都是传抄过程中不可避免的现象。

另刻本中注释重出的情况,主要是写本标明已见上文,而刻本又重出者,共有4条:

第一条是薛综注"洫,城池也",写本中无此注,而在善注中有"洫,已见上文",刻本中也标已见上文,指见同篇"经城洫"之薛综注"洫,城池也"。此条应该属于后人所添加。因为不明李善注"已见"体例,故重复注释且又标有已见上文。

第二条是"于是采少君以端信,庶栾大之贞固"下注。写本作:"臣善曰:少君、栾大,已见《西都赋》。人姓名及事易知而别卷重见者,云见某篇,亦从省也。他皆类此也。"刻本则为:"善曰:《史记》曰:李少君亦以祠灶穀道却老方见上,上尊之。少君者,故深泽侯舍人,主方。栾大,见《西都赋》。凡人姓名及事易知,而别卷重见者,云见某篇,亦从省也。他皆类此。"此处少君、栾大注见卷一《西都赋》"骋文成之丕诞"句下注,然彼处所引和此处不同,其注为:"善曰:《汉书》曰:齐人李少翁,以方术见上,拜少翁为文成将军。言上即欲与神通,宫室被服非象神物不至。乃作甘泉宫,中为台,画天地泰一诸鬼神,而置祭具以致天神。"所以此处少君之注并不重复,很可能是李善自己后来所改注。

第三条,"若其五县游丽"句注,写本注作:"臣善曰:五县,谓长陵、安陵、阳陵、茂陵、平陵。"刻本注作:"善曰:五县,谓五陵也。长陵、安陵、阳陵、武陵、平陵五陵也。已见《西都赋》。"写本未曰"已见",而刻本则云"已见",指见《西都赋》"高帝葬长陵,惠帝葬安陵,景帝葬阳陵,武帝葬茂陵,昭帝葬平陵"之注,且刻本多出的"谓五陵也"注释更加符合实际情况,很可能是李善自己后来补充的注释。

第四条,写本为:"臣善曰:虹旌,已见上注。《高唐赋》曰:蜺为旌。"而刻本则为:"善曰:《楚辞》曰:建雄虹之采旌。《上林赋》曰:拖蜺旌也。"

以上除第一条、第四条确属于重复外,其他两条并不重复,且注释都比较合理。

《西京赋》唐写本中注释重出而刻本中标为"已见"的情况,共

有 14 条。列表如下:

	唐 写 本	刻 本
1	臣善曰:《汉书》曰:建章宫其西,则唐中数十里	善曰:唐中,已见《西都赋》
2	臣善曰:《汉书》曰:建章宫其北治太液池	善曰:太液,已见《西都赋》
3	臣善曰:《汉书》曰:建章宫太液池渐台,高二十余丈	善曰:渐台,高二十余丈,已见《西都赋》
4	臣善曰:《列仙传》曰:赤松子者,神农时雨师也。服水玉。又曰:王子乔者,周灵王太子晋也。道人浮丘公接以上嵩高山	善曰:松、乔,已见《西都赋》
5	臣善曰:《汉宫阁疏》曰:长安立九市,其六市在道西,三市在道东	善曰:九市,已见《西都赋》
6	隧,列肆通也	善曰:隧,已见《西都赋》
7	臣善曰:王莽于五都立均官,更名雒阳、邯郸、淄、宛、成都市长皆为五均司市师也	善曰:五都,已见《西都赋》
8	臣善曰:《汉宫阁疏》曰:昆明池有二石人,牵牛、织女象	善曰:已见《西都赋》
9	臣善曰:鸱、鸹,二鸟名也。凡鱼鸟草木,皆不重见,他皆类此	善曰:鸱、鸹,已见《西都赋》。凡鱼鸟草木皆不重见,他皆类此
10	臣善曰:《毛诗》曰:王在灵囿	善曰:灵囿,已见《东都赋》
11	臣善曰:《汉书音义》曰:大驾属车八十一乘	善曰:属车,已见《东都赋》
12	臣善曰:《汉书》曰:长安作飞廉馆。《三辅黄图》:上林有上兰观	善曰:飞廉、上兰,已见《西都赋》
13	臣善曰:《汉书》曰:武帝与北地良家子期诸殿门。故有期门之号	善曰:期门,已见《西都赋》
14	臣善曰:《汉书》曰:汉兴,因秦之称号,帝正适称皇后,妾皆称夫人,称号凡十四等云	善曰:列爵十四,见《西都赋》也

　　这种情况一方面表明,唐写本并没有严格遵守善注"不重见"的体例,但在刻本中却严格遵守了,另一方面也表明唐写本为李善

初注本,当时体例还不是很严谨,到了后来,经过李善的不断修订,才有了比较严谨的体例,即不重出前文已经有的注文。但是根据第九条"鹄、鸧,二鸟名也。凡鱼鸟草木,皆不重见,他皆类此"来看,李善的初注本也有类似的体例,只是在执行中尚不严格。李善注体例的严格遵守是不断修订后或者说后出李善注本的特色。

《西京赋》唐写本中多出注释的情况共有 9 条。列表如下:

	唐　写　本	刻　本
1	安世者,京师大侠也。遂从狱中上书	安世遂从狱中上书
2	韝音沟	
3	铼,炙也	刻本改正文为"炙",故无注
4	鳎音偃	
5	角似水牛。一名沉牛	角似水牛
6	《韩诗》曰:嬿婉之求。薛臣善曰:嬿婉,好貌也	《韩诗》曰:嬿婉之求。嬿婉,好貌
7	《尚书》曰:殷礼配天	殷礼配天
8	《字林》曰:闾,里门也	闾,里门也
9	《尚书》曰:盘庚迁于殷	盘庚迁于殷

除了第三条是因为刻本改原文的"铼"为"炙"字,所以刻本中无此条注文外,其他 8 条都可以解释为脱文,特别是第六、七、八、九四条更容易理解为脱文。第六条因为善注所引薛综注有"嬿婉,美好之貌",而此处又引《韩诗》,据善注例,下边应该引"薛君曰",而此处则误为"薛臣善曰",刻本可能因其不可理解,故脱去。第七、九条更容易理解,其本身就是《尚书》的文字,根据李善注引经据典的体例,上边应该有"尚书曰"三字,第八条情况同第七、九两条。

　　《西京赋》在刻本中有而唐写本中没有的注文,也有9条。列表如下:

	唐　写　本	刻　本	
1	熊虎为旗	《尔雅》曰:熊虎为旗	
2	《方言》:陋,式氏反	《方言》曰:陋,坏也。陋,式氏反	
3	涉好煞	涉外温仁,内隐忍,好煞	
4	水色也	水色黑,故曰玄趾也	
5	《汉书》曰:《虞初周说》九百四十三篇。小说家者,盖出稗官也	《汉书》曰:虞初者,洛阳人,明此医术。武帝时乘马衣黄衣,号黄车使者。《周说》九百四十三篇。小说家者,盖出稗官。应劭曰:其说以《周书》为本	《汉书》曰:《虞初周说》九百四十三篇。初,河南人也。武帝时以方士侍郎,乘马衣黄衣,号黄车使者。小说家者流,盖出于稗官。应劭曰:其说以《周书》为本
6	《左氏传》……人入川泽,不逢不若,螭魅魍魉,魍魉莫能逢之。杜预曰:螭,山神,兽刑。魅,怪物。蝄蜽,水神也	《左氏传》……故人入川泽,不逢不若,螭魅魍魉,莫能逢游。杜预曰:若,顺也。《说文》曰:螭,山神,兽形。魅,怪物。蝄蜽,水神	
7	《战国策》:淳于髡曰:夫卢,天下之骏狗也。东郭逡,海内之狡兔也	《战国策》:淳于髡曰:夫韩国卢,天下之骏狗也。东郭逡,海内之狡兔也。环山三,腾冈五,韩卢不能及之	
8	臣善曰:骹,胫也	善曰:《说文》曰:骹,胫也	
9	赤离离,实垂之貌也	朱,赤也。离离,实垂之貌	

　　这9条中,第五条情况比较特殊,北宋本和尤袤刻本都不相同,也不同于唐写本,很有可能是传抄者所加。因为李善注所引"《虞初周说》九百四十三篇"属于《汉书·艺文志》,后边的"小说家者,盖出稗官也"是序录中文字。今本《汉书》"《虞初周说》九百四十三篇"下班固小字注曰:"河南人,武帝时以方士侍郎,号黄车使者。"颜师古注曰:"应劭曰:其说以《周书》为本。师古曰:《史记》云

虞初洛阳人,即张衡《西京赋》'小说九百,本自虞初'者也。"①北宋本之注云"虞初者,洛阳人",非《汉书》之文,而与《汉书》颜师古注和今《史记》文合,可能是杂糅颜师古注而来,且割裂了"虞初"和"周说",似乎是后人加注,若是李善自注则不当有此种错误。尤袤本则未割裂《虞初周说》,其注基本同于《汉书》,可能是尤袤或其底本杂糅班固注和颜师古注而来。第六条善注引《左氏传》后,写本直接引杜预注曰:"螭,山神,兽刑。魅,怪物。蜩蛧,水神也。"而刻本则多出"若,顺也。《说文》曰"六字,查验今本《说文》,没有这些注释,而"若,顺也。螭,山神,兽刑。魅,怪物。蜩蛧,水神也"皆是今本《左氏传》杜预注文,所以"说文曰"三字可能是后人妄加,应该不是李善原注。第七条是注释正文"比诸东郭,莫之能获",刻本比写本多出了"环山三,腾冈五,韩卢不能及之",这样才能解释出正文"莫之能获",否则只注出了正文"东郭",应该是写本在抄写过程中有所脱落。其他 6 条都容易看出是写本有脱文,有的是脱掉出处,有的是脱了部分注释文字。

　　除了以上的差异以外,笔者又对比了《西京赋》中同篇幅的唐写本、北宋本及尤袤本的音注。唐写本共有音注 212 条,其中一处脱注;刻本中北宋本有音注 243 条,北宋本脱一处;尤袤本有音注 245 条,另有正文间夹音注 13 条。尤袤本中夹注 13 条音注全同于五臣注相应处夹注音注,根据北宋本及唐写本李善注没有正文夹音注的体例来看,尤本所夹音注应该是五臣音注掺入,其中一处"閈,汗"李善亦有反切音注作"胡旦切",五臣是直音注"汗",尤本正文夹注直音同五臣,注文又有李善反切音注"胡旦切"。另一处

① 《汉书》,第 1745 页。

尤刻本正文夹注"韝,沟",此处唐写本李注中有"韝音沟",属直音注,但北宋本中无,尤本李注中亦无,显然是掺入的五臣音夹注,其夹注方式也可说明这一点。尤本中的245条音注比北宋本多出两处:一处是"蹑,女展切",北宋本脱此条注,但唐写本有,可证明是李善音注;另一处是"展,丁谨切",唐写本无,而相应处五臣有音注,可以证明是五臣音注,但尤本置于李善注中。这样看来,刻本中可确认为李善音注的有244条,比唐写本多出32条,因为唐写本有两处音注在刻本李善注中没有,所以刻本实际上比唐写本多出34条音注。以上是李善音注的增加情况,这种音注逐渐增多的情形大略也反映了李善注《文选》逐渐丰富内容的过程。

根据以上对比,分析这些差异的原因,我们可以看到李善注《文选》有一个由粗略到完备的发展过程。李善去世后,由于其注本被广泛传抄,其中也混入了一些不是李善注的注解,有些可能来自五臣注本,有些可能是阅读者加入的旁注。

如果我们再比较尤袤刻本和北宋国子监本的差异,或许更能理解李善注在传抄和刊刻过程中的增注情况。清代胡克家《文选考异》中发现了很多尤袤刻本多出其他刻本的内容,一般他都认为是尤袤所加,特别是韦孟《讽谏诗》中多出的颜师古注,更是如此。

笔者仔细对勘多种写本、刻本的《西京赋》,也发现了一些尤袤本比北宋国子监本和唐写本多出的内容,大致有5条。列表如下:

	唐写本、北宋国子监本	尤 刻 本
1	《汉书》曰:五侯大治第室,连属弥望	善曰:《汉书》曰:五侯大治第室,连属弥望。弥,竟也。言望之极目
2	言贾人多,车柭相连属。隐隐展展,重声也	言贾人多,车柭相连属。隐隐展展,重车声也。丁谨切

续表

	唐写本、北宋国子监本	尤　刻　本
3	《列子》曰：北海有鱼名鹍，有鸟名鹏。大禹行而见之，伯益知而名之	《列子》曰：北海有鱼名鲲，有鸟名鹏。大禹行而见之，伯益知而名之，夷坚闻而志之
4	《穀梁传》曰：林属于山曰麓	《穀梁传》曰：林属于山曰麓。注曰：麓，山足也
5	《战国策》：淳于髡曰：韩国卢者，天下之骏狗也。骹，苦交切。绁音薛	《战国策》：淳于髡曰：韩国卢者，天下之骏狗也。骹，苦交切。绁音薛。《礼记》曰：犬则执绁。郑玄注曰：绁，绁，靮，皆所以系制之者。守犬、田犬问名，蓄养者当呼之名。谓若韩卢、宋鹊之属

　　其中第一、四条是从所注引书中抄入的原书的注释内容，而第二条的音注是五臣注搀入，第三条引至"伯益知而名之"是注正文"伯益不能名"，而多出的"夷坚闻而志之"纯属多余，与正文关系不大。第五条更加明显，善注引典以后，最后注出了音注，以善注体例来看，已经注释完毕，但尤刻本又引了《礼记》及郑玄注，进一步解释"绁"字，高步瀛认为这是后人附益。这种附益在尤袤刻本其他卷中还有很多，这也进一步说明了李善注在传抄和刊刻过程中逐渐丰富的过程。而刻本问世以后，附益的现象就很少出现了。

　　我们还可以通过集注本的文本与刻本对比来发现李善自己逐渐修订注本的事实。如潘安仁《夏侯常侍诔》"众实胜寡"句。今胡刻本李善注曰："《慎子》曰：众之胜寡，必也。"[1]北宋本、尤刻本及明州本、赣州本、奎章阁本李善注同。查检《文选集注》此句下李善

注则曰："《左氏传》：华元曰：夫某，其口众我寡。"①对比集注本中的李善注和刊本李善注可以看出，刊本李善注更符合文本中"众实胜寡"的原意，也就是刊本中李善注所征引典籍更贴合文意。我们有理由相信，这是李善在后期修订时自己所改。

　　通过以上的比对分析，我们可以看出，李善注除了李善自己后来又加工的痕迹以外，在传抄过程中也有旁人不断附益的地方，其中有阅读者旁注窜入注释的情况，也有阅读者或刊刻者有意取五臣注掺入的情况。

　　刻本李善注除了掺有五臣注之外，还掺入了《文选集注》中所收录《文选钞》和陆善经注的注释内容。

　　如左太冲《三都赋序》"而论者莫不诋讦其研精，作者大氐举为宪章"句，北宋本此句正文同尤本、奎章阁本，但注文仅存"善曰：《墨子》曰：虽有诋讦之"，其他残缺，尤本和奎章阁本善注全存，云："善曰：《墨子》曰：虽有诋讦之人，无所依矣。《说文》曰：诋，诃也。讦，面相序罪也。《尚书序》曰：研精覃思。司马迁书曰：诗三百篇，大氐贤圣发愤之所谓也。《礼记》曰：宪章文武。氐音旨。"《唐钞文选集注汇存》中此句李善注则为："李善曰：言论者以其研精坟籍，故莫不诋讦其谬；逮乎作者，大致仍举以为宪章也。《墨子》曰：虽有诋讦之人，无所依矣。《说文》曰：诋，呵也。《苍颉篇》曰：讦，相发扬恶也。《尚书序》曰：研精覃思。司马迁书曰：诗三百篇，大氐贤圣发愤之所为作也。《尔雅》曰：底，致也。《礼记》曰：宪章文武。"同时引《钞》曰："莫，无也。《广雅》：诋，毁也。《说文》：讦，面

---

　　①　周勋初辑：《唐钞文选集注汇存》，上海：上海古籍出版社，2000 年，第三册，第674—675 页。

相序罪也。言不改许前文,是作文之人大归趣也,遂皆举此文等为宪法也。"①我们仔细对比这些李善注可以看出,除了尤本、奎章阁本少了《文选集注》中第一句串释文字外,其中的"讦,面相序罪也"在集注本李善注中是"《苍颉篇》曰:讦,相发扬恶也",而集注本中《钞》对"讦"字解释时引用了《说文》,云:"讦,面相序罪也。"但在刻本中这些内容却成了仅有李善注,而没有了李善所引《苍颉篇》的文字。

又如王仲宝《褚渊碑文》"亦犹稷契之臣虞夏,荀裴之奉魏晋"句,《文选集注》卷一一六之李善注曰:

> 臧荣绪《晋书》曰:裴秀,字季彦,河东人也。常道乡公立,与议定策,迁尚书仆射。及世祖受禅,进左光禄大夫。②

又有《钞》曰:

> 荀攸字公达,或从子也。《魏志》曰:太祖表封亭侯,转为中军师,魏国初建,为尚书令。为汝南太守,入为尚书。太祖素闻攸名,与语大悦。③

今本李善注则曰:

> 《魏志》曰:太祖封荀攸亭侯,转为中军师。魏国初建,为尚书令。臧荣绪《晋书》曰:裴秀,字季彦,河东人也。常道乡公立,与议定策,迁尚书仆射。及世祖受禅,进左光禄大夫。④

---

① 《唐钞文选集注汇存》,第一册,第8—9页。
② 《唐钞文选集注汇存》,第三册,第848页。
③ 《唐钞文选集注汇存》,第一册,第848—849页。
④ 胡刻本《文选》,第807页上。尤刻本、奎章阁本亦同。

对比今刊本李善注与集注本李善注可知,李善注中原无《魏志》言及荀攸之注释,刊本中的此段注释明显是从《文选集注》本中的《钞》抄入,用以弥补善注对正文中"荀"没有注解的缺憾。

以上皆是刊本李善注杂取《钞》的内容。刊本善注取《钞》入善注之例子在任彦升《奏弹曹景宗》、繁休伯《与魏文帝笺》、赵景真《与嵇茂齐书》、陈孔璋《檄吴将校部曲文》、司马长卿《难蜀父老》、颜延年《三月三日曲水诗序》、王元长《三月三日曲水诗序》中尚有很多,兹不繁举。

我们再来看刊本李善注吸取陆善经注的地方。

如江文通《杂体诗三十首》之《嵇中散言志》"朝食琅玕宝,夕饮玉池津"句。集注本此句李善注曰:"阮籍《咏怀诗》曰:朝食琅玕宝,夕宿丹山际。傅玄《拟楚篇》曰:登昆仑,漱玉池。"①今传本李善注则曰:"阮籍诗曰:朝食琅玕宝,夕宿丹山际。《衡山记》曰:空青岗有天津玉池。傅玄《拟楚篇》曰:登昆仑,漱玉池。"②比较集注本李善注和刊本李善注,可以发现李善注中多出了"《衡山记》曰:空青岗有天津玉池"一段文字,我们再查《文选集注》卷六十一,发现刊本李善注中所谓"《衡山记》曰"云云,乃是陆善经注,此处陆善经注曰:"《衡山记》云:空青罳有天津玉池。"③比较刊本李善注多出集注本李善注的这段内容,可以发现,刊本李善注只是将集注本中陆善经注的"云"改为"曰""罳"改为"岗"而已。刊本李善注取陆善经注入善注灼然可见。之所以刊本会取陆善经注,就是因为陆善经注注出了正文中的"玉池津"三字,而集注本李善注仅注出了

---

① 《唐钞文选集注汇存》,第一册,第 700—701 页。
② 胡刻本《文选》,第 446 页上。尤刻本、奎章阁本亦同。
③ 《唐钞文选集注汇存》,第一册,第 701 页。

"玉池",也就是说,陆善经注要比李善注更贴合原文。

又如江文通《杂体诗三十首》之《郭弘农游仙》。《文选集注》卷六十二其题下无李善注,而有陆善经注曰:"《晋书》云:璞卒后,赠弘农太守也。"①今本李善注则于题下有注曰:"臧荣绪《晋书》曰:璞卒后,赠弘农太守。"②李善于"郭弘农"无注,故校理者取陆善经注补足之。

再如任彦升《宣德皇后令》之"功在不赏"句。集注本李善注曰:"《周书》曰:平州之臣,功大弗赏,谄臣日贵。"③刊本李善注除了此句外,下又有"《史记》曰:蒯通说韩信曰:功盖天下者不赏"一句。而我们检视《文选集注》此处的陆善经注,发现其注中有"《史记》曰:蒯通曰:功盖天下者不赏"④。比较刊本中多出的李善注和集注本中的陆善经注可以发现,刊本中仅多出"说韩信"三字,很有可能是刊本李善注校理者在整理时取陆善经注加入李善注中,才形成了我们今天见到的刊本李善注。

这种情况在《文选集注》中还有很多,不再一一列举。但我们从中可以看出,李善注本在传写过程中确实吸收了其他注本的某些内容,目的就是为了使李善注更加完善,能够给读者提供一个完备、精审的《文选》注释本。这些吸收是在刻本刊刻过程中完成的。很有可能就是刊刻时的校勘整理者所为。

通过以上的比对、分析,我们可以得出这样的结论,李善注不断完善的过程一方面是李善自己不断完善补充的过程,同时也是

---

①　《唐钞文选集注汇存》,第一册,第 753 页。
②　胡刻本《文选》,第 449 页下。尤刻本、奎章阁本亦同。
③　《唐钞文选集注汇存》,第二册,第 188 页。
④　《唐钞文选集注汇存》,第二册,第 188 页。

古书传写过程中正常的现象。这种现象的出现与中国古代典籍的传承方式密切相关,有其深刻的历史原因。其中最主要的一个原因就是,《文选注》是阅读《文选》的津梁,无论是李善注或者五臣注,抑或是《钞》、陆善经注,其注释只是读者阅读学习《文选》的一个工具,即《庄子》所谓的得鱼忘筌,得意忘言。大部分读者阅读《文选注》,只是为了学习写作,并不关注注书人是李善还是五臣,抑或是其他人,故他们并不严格区分李善注、五臣注,只是吸收其合理内容,达到自己阅读的目的。在阅读过程中,不同的读者对注文会有不同的选择,会对其中自认为不合理成分进行判别,于是就出现了加注或者减注的现象。此外,注者与读者关注的重点也有差异,如有些正文李善未注,但对有些读者来说可能比较难以理解,他们可能就会参考其他注释或者直接找到相关注释补入。尤刻本中大家发现的很多五臣注地掺入,及其比别的李善注本多出的内容,或许就是这种现象的最好注脚。正是这个不断阅读和传抄的流传过程,使李善注不断丰富完备。

要而言之,李善注的文本变迁过程既包括了李善生前不断补充、完善《文选》注释的过程,也包含了读者和刊刻者对《文选》李善注的整理过程,这两个过程共同构筑了我们今天见到的传世李善注本。但其核心仍是李善注。

第六节　李善注的引书来源

《文选》李善注以其征引浩博、原原本本、淹贯该洽著称,对于《文选》李善注引书情况的整体研究,是《文选》李善注研究的一大难点,也是"《文选》学"研究的一项重要内容。对于李善注引书情况进行具体考察,具有重要的学术价值:不仅可以使我们了解李善注书的过程,为当今古书笺注提供可资借鉴的方法;也可以使我们在《文选》校勘工作中避免过分纠结于李善注与传世本的文本不同,防止是此非彼或是彼非此的单向选择性错误;同时,还可以使我们很清楚地区分后世刻本,尤其是尤刻本李善注增注部分的来源。正因如此,自清代汪师韩《文选理学权舆》对李善注征引书目数量进行统计研究以来,对于李善注引书情况的研究,已逐渐引起中外学者的关注,并产出了一些有分量的研究成果①。这些成果或考订引书书目,或详考所引书之次数,都更多地局限于引书的统计学考察,而对于李善注引书的来源、方法等重要问题的研究则明显不足。

　　李善注征引之书不下一千五六百种,而其中很多图书,如《隋书·经籍志》《旧唐书·经籍志》已经不载。李善注《文选》时在不可能见到全部原书的情况之下,如何征引这些众多文献? 我们将以《文选》李善注征引《韩子》的情况为例,具体考察李善注的引书来源问题,并探究李善注在征引方面的注释特点。我们先看《文选》李善注征引《韩子》的情况。

　　《文选》李善注征引《韩子》,皆称《韩子》。各种版本中也有少量称《韩非子》者,经考察确认,实乃《胡非子》之误。据哈佛燕京引

---

　　①　如国内有沈家本《文选李善注书目》、哈佛燕京引得编纂处编《〈文选注〉引书引得》及马念祖《〈水经注〉等八种古籍引用书目汇编》,日本学者有小尾郊一、富永一登、衣川贤次合著的《文选李善注引书考证》,富永一登《文选李善注引书索引》等。另外有很多学者如高步瀛、孙钦善也在研究过程中涉及李善注引书及其数量问题。据刘奉文《〈文选〉李善注引书数量考辨》一文统计,汪师韩统计李善引书为 1 611 种,沈家本统计为 1 821 目,孙钦善统计为 1 607 种,王宁《李善的昭明文选注与文选的新课题》中统计为 1 689 种,高步瀛含糊言为一千五六百种。其统计结果差别显而易见。

得编纂处编《〈文选注〉引书引得》统计,《文选》李善注共征引《韩子》114 条,其中卷一 2 条,卷四 4 条,卷六 3 条,卷八 4 条,卷九 2条,卷十四 4 条,卷十六 2 条,卷十七 2 条,卷十八 5 条,卷二十 3条,卷二十二 3 条,卷二十三 3 条,卷二十四 3 条,卷二十五 2 条,卷二十六 2 条,卷二十八 3 条,卷二十九 4 条,卷三十 3 条,卷三十四 10 条,卷三十五 6 条,卷三十六 3 条,卷三十九 4 条,卷四十二 6条,卷四十五 3 条,卷四十六 3 条,卷五十一 7 条,卷五十三 2 条,卷五十五 2 条,卷二、卷五、卷十、卷十一、卷十二、卷十三、卷十五、卷二十一、卷二十七、卷三十一、卷三十八、卷四十七、卷五十、卷六十共计十四卷各有 1 条。该引得乃以四部丛刊影宋本六臣注《文选》,即宋建州刊本为底本编撰而成,其中既有该底本省并入五臣注者,也有误将《胡非子》认为《韩非子》者,还有南宋淳熙池阳郡斋尤袤刻本多出其他版本者。现将有疑问之处辨析如下:

卷四引得共统计为 4 次,然左太冲《蜀都赋》"纡长袖而屡舞"下刘渊林注引"《韩子》曰:长袖善舞",因涉上注文"见《吕氏春秋》"而失收。该卷实际引《韩子》应为 5 次。

卷五引得共统计为 1 次。左太冲《吴都赋》"危冠而出"下李善注"《韩非子》曰:解其长剑,免其危冠"。按,此条集注本、北宋本及明州本、赣州本皆同,误作"韩非子曰"云云,而尤袤本及胡刻本则作"胡非子",且这和《太平御览》卷七十六引《胡非子》条"解长剑释危冠"正符合。由此可见,这条注文应为《胡非子》引文,而非《韩非子》。而此条于卷三十五张景阳《七命》"樵夫耻危冠之饰"句下李善注又重出之,引得又于该卷重算 1 次。重出之处,明州本、赣州本及尤袤本、胡刻本皆误作"韩非子";而奎章阁本则作"胡非子",与尤刻本、胡刻本卷五李善注同。此条引得误算 2 次,则卷五实际上并没有引《韩子》。

卷十八引得统计为 5 次。此卷引用情况比较复杂。尤袤本、胡刻本该卷李善注中《韩子》共出现 7 次,其中有 3 次属于尤袤本、胡刻本单独多出的内容,和奎章阁本相同者 4 次。六臣注本比奎章阁本、尤袤本共同有的 4 次多出 1 次,实系重出,奎章阁本及尤袤本李善注皆作"已见上文"。尤袤本、胡刻本多出 3 处内容分别为:马季常《长笛赋》"于是乃使鲁般宋翟,构云梯,抗浮柱"李善注"《韩子》云:为木鸢,三年不飞,一日而败"①;马季常《长笛赋》"鳟鱼喝于水裔,仰驷马而舞玄鹤"李善注"《韩子》:师旷援琴一奏,有玄鹤二八来集,再奏而列,三奏,延颈而鸣,舒翼而舞"②;嵇叔夜《琴赋》"尔乃理正声,奏妙曲,扬白雪,发清角"李善注"《韩子》曰:昔卫公之晋,于濮水上宿,夜有鼓新声者,召师涓抚琴写之。公遂之晋。晋平公曰:试听之。师旷援琴一奏,有玄鹤二八来舞,再奏而列,三奏,延颈鸣,舒而舞,音中宫商。师旷曰:不如清角。师旷奏之,有云从西北方起之。大风起,天雨随之"③。引得统计重出的 1 次,为成公子安《啸赋》"协黄宫于清角,杂商羽于流徵"李善注"《韩子》:师旷曰:清徵之声不如清角",奎章阁本及尤袤本则作"清角,已见上文"。所谓"上文"即同卷嵇叔夜《琴赋》"尔乃理正声,奏妙曲,扬白雪,发清角"李善注"《韩子》:师旷曰:清徵之声不如清角",可见此处所释仍是"清角",上文实已出现,此处作"已见上文"符合善注体例,而引得所用本重复出现。尤袤本多出之注情况比

---

① （梁）萧统编,（唐）李善注:《文选》,北京:中华书局影印宋尤袤刻本,1974 年,卷十八第 4 页。以下简称尤刻本;胡刻本《文选》,第 251 页上。

② 尤刻本《文选》,卷十八第 10 页;胡刻本《文选》,第 254 页上。

③ 尤刻本《文选》,卷十八第 16 页;胡刻本《文选》,第 257 页上。

较复杂,拟另文论述,兹不赘言。

卷二十引得统计为 3 次。奎章阁本及尤袤本、胡刻本亦出现 3 次。然经笔者考察,其中沈休文《别范安成诗》"梦中不识路,何以慰相思"李善注《韩非子》曰:六国时张敏与高惠二人为友,每相思不能得见,敏便于梦中往寻,但行至半道即迷不知路,遂回,如此者三",虽然在各种版本《文选》李善注中皆如此,但今本《韩非子》中未见此则引文。梁章钜《文选旁证》曰:"今《韩非子》无此文。当有误。"通过对李善注中称引《韩非子》皆曰"韩子",再结合李善注中其他条称引"韩非子"者经考证皆系"胡非子"之误而言,此条注文属于《胡非子》引文的可能性较大。若此,则该卷引《韩子》实为 2 次。

卷二十四引得统计为 3 次。然笔者仔细考察注文发现,此卷引得所用底本仅有 2 次:第一次是曹子建《赠徐干》"宝弃怨何人,和氏有其愆"李善注《韩子》曰:楚人和氏得璞玉于楚山之中,奉而献之武王,武王使楚人相之,玉人曰:石也。刖和氏左足。武王薨,成王即位,和又献之。玉人又曰:石也。刖其右足。成王薨,文王即位,和乃抱璞而哭于楚山之下,王使玉人理其璞而得宝焉,遂名曰和氏之璧";第二次是司马绍统《赠山涛》"卞和潜幽冥,谁能证奇璞"李善注"《韩子》曰:卞和抱璞而哭于楚山之下"。但在奎章阁本及尤袤本中,第二次李善注皆作"卞和,已见上文"。引得编撰者误将第一条李善注中的"又曰"当成"韩子"重复统计 1 次。再考虑到引得所用底本改"已见"多为重出的特征来看,该卷实际只引《韩子》1 次,即使不考虑重出因素,也仅出现 2 次。

卷三十四引得统计为 10 次,前三页统计为 2 次。经考察引得所用底本,发现前三页共有 4 次引用《韩子》,奎章阁本及尤袤本亦同。此 2 条皆为漏计,其中 1 条"又曰:巫咸虽善祝,不能自祓也"
之"又曰"因误作"善曰"而导致漏计,此实为《韩非子·说林下》之
文。据此,本卷共计征引《韩子》12 次。

卷三十五引得统计为 6 次。前已说明其中 1 条为误将"胡非
子"当"韩非子"统计。另有 1 条也属于此种情况,即张景阳《七命》
"岂徒水截蛟鸿,陆洒奔驷"李善注"《韩非子》曰:负长剑,赴榛薄,
折兕豹,赴深渊,断蛟龙"。尤袤本亦误作"韩非子",然奎章阁本作
"胡非子"曰云云,且此条注释在卷四十七王子渊《圣主得贤臣颂》
李善注中又见,引得所用底本、尤袤本及奎章阁本皆作"胡非子"。
唐马总《意林》卷一《胡非子一卷》正有此所引之文。故除去误收的
2 次,此卷实际征引《韩子》4 次。

卷三十九引得统计为 4 次。仔细考察发现,引得误将《韩子》
引文中"玉人又曰"当作"韩子"重复统计一次,实际为 3 次。

卷四十引得统计为无。经考察发现,此处引得所用底本因李
善注和五臣注有相同之处而合并入五臣注,因此没有出现。奎章
阁本、尤袤本李善注中皆有此条引文,故实际本卷征引《韩子》
1 次。

综上所述,引得所统计之错误有:卷四失收 1 次;卷五误将《胡
非子》当作《韩非子》1 次;卷十八引得所用底本重出 1 次;卷二十
误将《胡非子》当作《韩非子》1 次;卷二十四误将《胡非子》当作《韩
非子》1 次,引得所用底本重出 1 次;卷三十四失收 2 次;卷三十五
误将《胡非子》当作《韩非子》2 次;卷三十九多计 1 次;卷四十因合
并入五臣注而少计 1 次。《文选》李善注实际征引《韩子》共计 112
次,若除掉因宋建州本改李善注"已见上文"为重复出现 2 条,李善
注征引《韩子》实际应为 110 次(若以尤袤本李善注计算,则因为有

尤袤本单独出现的 3 次《韩子》引文，则为 113 次）。110 次是考虑李善实际征引《韩子》的次数，排除引得误将《胡非子》计作《韩非子》的版本错误，也即奎章阁本李善注中出现的《韩子》的实际次数。

《文选》李善注征引《韩子》的引文次数统计之所以如此复杂难以确定，除了版本系统差异而改"已见上文"为重复出现，李善注并入五臣注的因素外，还有明显的误计，包括失收和多计。此外，因版本错误而误计也是一个主要因素，如将《胡非子》当《韩非子》进行统计，因《韩子》引文后"又曰"误作"善曰"而失收等。综上可见，李善注征引书目难以统计是多重原因造成的，既有版本方面的原因，也有人为误计的因素。因此，我们在统计引书书目过程中，需要将引书内容参照不同版本进行逐条核对，仔细辨别，才能统计出相对准确的数量。

下面我们再通过《文选》李善注引《韩子》情况来探究其引书来源。

李善注引《韩子》的次数统计结果如上所述，那么李善注引《韩子》的内容有哪些文献来源呢？是否都来源于《韩非子》原书呢？笔者将如上 110 条李善注引《韩子》引文和《韩非子》原书进行对照，发现李善注引《韩子》并不全同于今本，而且其差异比较明显。

《文选》卷二十四曹子建《赠徐干》"宝弃怨何人？和氏有其愆"句下，李善注引《韩子》曰：

> 楚人和氏得璞玉于楚山之中，奉而献之武王，武王使玉人相之，玉人曰："石也。"刖和氏左足。武王薨，成王即位，和又献之，玉人又曰："石也。"刖其右足。成王薨，文王即位，和乃

> 抱璞而哭于楚山之下,王使玉人理其璞而得宝焉,遂名曰和氏之璧。①

今本《韩非子·和氏篇》原文作:

> 楚人和氏得玉璞楚山中,奉而献之厉王;厉王使玉人相之,玉人曰:"石也。"王以和为诳,而刖其左足。及厉王薨,武王即位,和又奉其璞而献之武王;武王使玉人相之,又曰:"石也。"王又以和为诳,而刖其右足。武王薨,文王即位,和乃抱其璞而哭于楚山之下;三日三夜,泣尽而继之以血。王闻之,使人问其故,曰:"天下之刖者多矣,子奚哭之悲也?"和曰:"吾非悲刖也,悲夫宝玉而题之以'石',贞士而命之以'诳',此吾所以悲也。"王乃使玉人理其璞而得宝焉,遂命曰"和氏之璧"。②

两相比对可以发现,李善注引《韩子》内容与今本《韩非子》不同,除了详略之别因李善引文时有节略而不考虑外,李善注引文中和氏献玉璞之楚王分别是"武王"和"成王",剖璞得和氏璧则为"文王";而今本《韩非子》中三王分别是"厉王""武王""文王",差别显而易见。检《太平御览》卷三百七十二《人事部十三·足》及卷六百四十八《刑法部十四·刖》皆引有《韩子》此文,其中《刑法部十四·刖》引文较详,兹抄录如下:

---

① 六家注《文选》,第 571 页上。宋刻明州本、赣州本及尤刻本、胡刻本此段引文亦同。

② (清)王先慎撰,钟哲点校:《韩非子集解》,北京:中华书局,1998 年,第 95 页。

　　《韩子》曰：楚人和氏得璞玉于楚山之中，献之武王，武王
使玉人相之，曰："石也。"王以和为慢，刖其左足。及文王即
位，和又奉其璞。王又使玉人相之，又曰："石也。"文王刖其右
足。文王薨，成王即位，和乃抱其璞而哭于荆山之下，三日三
夜，泣尽而继之血。成王问其故，曰："天下刖者多矣，子何哭
之悲也？"和曰："吾非悲刖也，夫宝玉而题之以石，直士命之以
慢，此吾之所以悲也。"王乃使玉人剖其璞而得宝焉，遂名曰和
氏之璧。①

　　《人事部十三·足》所引之文虽较简略，然皆与李善注引之"武
王""文王""成王"一致，但末二王顺序仍有差异，即各刻本李善注
所引文中剖璞得和氏璧者为"文王"，而《太平御览》两处所引剖璞
得璧者均为"成王"。再检《唐钞文选集注汇存》第一册二三〇页卷
四十七曹子建《赠徐干》李善注，发现李善注文除了"成王即位"作
"文王即位""成王薨，文王即位"作"文王薨，成王即位"外，与上引
刻本李善注文全同。换言之，集注本李善注所引与《太平御览》两
处所引《韩子》中剖璞得璧者相同，皆为"成王"，刖和氏足者则为
"武王""文王"。那么集注本是否属于误录呢？答案是否定的，因
为与李善同时代而稍晚的章怀太子李贤注《后汉书·孔融传》中所
引《韩子》之文和集注本符合，也即李善、李贤所用文献很可能相
同。若果如此，则刻本李善注很可能在流传过程中经过后人修改，
将"文王""成王"互易，使剖璞得璧者变更为"文王"。因为李善注
引《和氏篇》之处颇多，虽其所证原文不同，故节略亦有区别，不同

---

① 　（宋）李昉等撰：《太平御览》，北京：中华书局，1960 年，第 2899 页。

篇章注文的引文也不相同,但我们仍可以从其他几处李善注引文中得到印证。

　　《文选》李善注中可证实刖和氏足者为"武王""成王"的引文有两处,其一为卷二十五卢子谅《赠刘琨一首并书》"承侔卞和,质非荆璞"句,李善注曰:

　　　　《韩子》曰:楚卞和氏得璞玉于楚山之中,奉而献之武王也。①

其二为卷三十九邹阳《狱中上书自明》"昔玉人献宝,楚王诛之"句,李善注曰:

　　　　《韩子》曰:楚人和氏得璞玉楚山之下,奉而献之武王,武王使人相之,玉人曰:"石也。"王刖和左足。武王薨,成王即位,和又献之,玉人又曰:"石也。"刖其右足。②

　　《文选》李善注中可证实剖璞得璧者为"成王"的引文有一处:卷四十五班孟坚《答宾戏》"宾又不闻和氏之璧韫于荆石,随侯之珠藏于蚌蛤乎"句,李善注曰:

　　　　《韩子》曰:楚人和氏得璞玉于楚山之中,奉而献之,成王使玉人理其璞而得宝焉,遂名曰和氏之璧。③

---

①　六家注《文选》,第 608 页下。宋刻明州本、赣州本及尤刻本、胡刻本同。
②　六家注《文选》,第 941 页上。宋刻明州本、赣州本及尤刻本、胡刻本同。
③　六家注《文选》,第 1100 页下。宋刻明州本、赣州本及尤刻本、胡刻本同。

　　《文选》李善注中可证实剖璞得璧者为"文王"的引文有一处,卷四十二曹子建《与杨德祖书》"当此之时,人人自谓握灵蛇之珠,家家自谓抱荆山之玉"句,李善注曰:

　　　　《韩子》曰:楚人和氏得玉璞于楚山之中,奉而献之,文王使玉人治其璞而得宝。①

　　从以上各条李善注引《韩子》的内容出发,再结合集注本中的情况,可以看出,能说明得璧者为"文王"的条目比较多,仅有一条为"成王"。但无论如何,从整体上看,前后引文还是出现了不一的地方。这很可能是后人为了统一而进行修改的结果,但未能全部修改,留下了蛛丝马迹。

　　那么这种修改为"文王"剖璧得宝的结果是否更合理呢? 我们从今本《韩非子》原文来看,将剖璧得宝者改为"文王"与《韩非子》的内容比较符合。另外,我们在《文选》中也可以找到证据。如卷二十五卢子谅《答魏子悌一首》"恨无隋侯珠,以酬荆文璧"句李善注曰:

　　　　《韩子》曰:楚人卞和得璞玉于荆山之中,文王即位,乃使理其璞得宝焉,乃命曰和氏之璧也。②

　　卢子谅诗中明确说"荆文璧",荆即楚也,荆文璧即楚文璧,换

----

①　六家注《文选》,第1021页上。宋刻明州本、赣州本及尤刻本、胡刻本同。
②　六家注《文选》,第613页上。宋刻明州本、赣州本及尤刻本、胡刻本同。

言之,是楚文王剖璞而得到和氏璧,因此诗中称"荆文璧",李善注引《韩子》之文正是"文王"剖璞得璧,这样才符合卢子谅诗原意。如果仍用上所列集注本所引"成王"得璧,则与诗意不符。由此言之,后人修改李善注是有道理的,一则符合《韩非子》原文"文王"得璧,二则符合卢子谅诗的原意。

如上所述,经集注本可证实李善注引《韩子》内容与今本《韩非子》文不符,而与《太平御览》所引一致,可见,李善注书时很可能借助了工具书类书。

除了上举和氏璧的典故可以说明李善注引文来自类书外,仍有两处李善注征引《韩子》之文可以证实这种情况。

第一处是卷三十一江文通《杂体诗三十首》之《卢中郎感交》中"更以畏友朋,滥吹乖名实"句,李善注曰:

> 《韩子》曰:齐宣王使人吹竽,南郭处士请为王吹竽,廪食与三百人等。宣王死,文王即位,一一听之,处士乃逃。或云韩昭侯、田严使一一听之,乃知滥也。①

北宋刊国子监残本、宋刊明州本、赣州本李善注皆如此,唐钞集注本李善注亦如此。此所引《韩子》内容见今本《韩非子·内储说上》,亦见《太平御览》卷五百八十一《乐部十九·竽》,然两文有所不同。李善注引文更符合《太平御览》卷五百八十一《乐部十九·竽》所引,证据有三:一是《太平御览》引《韩子》亦作"文王即位",今

---

① 　六家注《文选》,第 767 页下。宋刻明州本、赣州本同。尤刻本、胡刻本有增改,详见正文下文。

本《韩非子》则作"湣王立";二是自"或云"至"乃知滥也"十六字,尤袤刻本作"一曰:韩昭侯曰:吹竽者众,吾无以知其善者。田严对曰:一一听之。乃知滥也"二十九字。尤袤刻本不同于其他各李善注本之处,恰与今本《韩非子·内储说上》文合,则此为尤袤刻本所增添可知,而增添来源即今本《韩非子》;三是善注所引最后"乃知滥也"四字,尤袤刻本及其他各李善注本皆有,而今本《韩非子》文中实无此四字,而《太平御览》所引《韩子》则有"乃知其滥吹也"六字,虽与李善注不完全相同,但与李善节略引文不失原意的做法符合。由此三点推断,李善此处引《韩子》文与《太平御览》所引有相同来源,即可能来自前代类书,而不是来自《韩非子》原书。

第二处则是卷三十六任彦升《天监三年策秀才文三首》"昔紫衣贱服,犹化齐风"句,李善注曰:

> 《韩子》曰:齐桓公好服紫,一国尽服紫,当时十素不得一紫,公患之,告管仲。管仲曰:"君欲止之。何不自诚勿衣也?谓左右曰:'甚恶紫臭。'"公曰:"诺。"于是郎中莫衣紫,其明日国中莫有紫衣,三日境内莫衣紫。①

此处各李善注本皆同。李善注引《韩子》见今本《韩非子·外储说左上》,其中"十素不得一紫"今本作"五素不得一紫"。而此引文亦见于《太平御览》卷三百八十九《人事部三十·嗜好》,正作"十素不得一紫",与李善所引《韩子》文符合。此条引文亦可证李善注引《韩子》与《太平御览》有相似的类书来源。

---

① 六家注《文选》,第882页上。宋刻明州本、赣州本及尤刻本、胡刻本同。

　　综合以上李善注引《韩子》情况来看,李善注所用《韩子》应该不是直接来源于《韩非子》这本书,很可能是来源于类书。

　　除了李善注引《韩子》以外,李善所征引其他典籍也有表明是来自类书的例证。但因为此种例证需要找出类书中引文和传世本不同的地方才能说明,所以例证不是特别多。兹举三例:

　　如《文选》卷三十一袁阳源《傚曹子建乐府白马篇一首》正文"荆魏多壮士,宛洛富少年"句。李善注引《吕氏春秋》曰:"客有语周昭文君曰:魏人张仪,壮士也。"①查今本《吕氏春秋·报更篇》此处"壮士"作"材士"②,而《太平御览》卷四百七十五《人事部·待士》正作"壮士"③。按:此处正文有"壮士",李善注征引《吕氏春秋》正是为了注解正文中"壮士"一词之语源,若引传世本《吕氏春秋》作"材士",则不能很好地解释正文"壮士",而此处《太平御览》所引正作"壮士",可证李善注所据可能是来自类书。

　　又如《文选》卷三十六任彦升《天监三年策秀才文》"朕仰心骏骨,非惧真龙"句。李善注曰:

　　《新序》曰:郭隗谓燕王曰:古之君有以千金市千里马者,三年不得,人请求之,三月得马,已死矣,买其骨以五百金,君大怒之。人曰:死马骨且市之,况生马乎? 天下必以王为好马矣。于是不能朞年,千里马至者二。今王诚愿致士,请从隗始。隗且见事,况贤者也。《庄子》曰:子张见鲁哀公,哀公不

　　①　六家注《文选》,第752页下。宋刻明州本、赣州本及尤刻本、胡刻本同,集注本亦同。
　　②　许维遹:《吕氏春秋集释》,北京:中华书局,2009年,第376页。
　　③　《太平御览》,第2182页。

礼,去曰:君之好士,有似叶公子高之好龙也。叶公好龙,室屋雕文,尽以写龙。于是天龙闻而下之,窥头于牖,拖尾于堂,叶公见之,弃而退走,失其魂魄,五色无主。是叶公非好真龙也,好夫似龙而非龙也。今君之好士也,好夫似士而非士者也。①

北宋本李善注同。胡刻本"况贤者也。《庄子》曰"七字作"况贤于隗者乎。又"②七字,与尤刻本同。尤刻本之所以改"庄子曰"为"又",是因为今本《庄子》中无叶公好龙这段引文,而此段引文则见于《新序》中。查《艺文类聚》卷九十六《鳞介部上》引有《庄子》此段叶公好龙之文字。是李善注时所引乃类书中《庄子》,后世传本《庄子》无此一段,而尤袤在校勘时发现此段文字《庄子》中无,《新序》中则有,故改"庄子曰"为"又"。实际上此段应属于《庄子》佚文,《困学纪闻·庄子逸篇》中已有采录,但尤袤未明此中原委,遂改《庄子》为《新序》。此条证据不仅表明尤袤曾据其他资料修改过李善注,也表明李善注所引《庄子》不是来自本书,而是取自类书。

　　再如《文选》卷五十六陆佐公《石阙铭》"戴记显游观之言,周史书树阙之梦"句。李善注曰:"《周书》曰:文王至自商,至程,太姒梦见商之庭生棘,太子发取周庭之梓,树之于阙间,化为松柏。"③今《周书》无此文,当为《程寤篇》佚文。查检《太平御览》卷三九七《人事部·吉梦上》所引《周书》正有此段文字,《太平御览》卷八十四《皇王部·周文王》引《帝王世纪》亦有此,《艺文类聚》卷七十九《灵异部下·梦》引此《周书》无"文王至自商至程"一句,其余同。此例

---

①　六家注《文选》,第882页下。北宋本同。
②　胡刻本《文选》,第513页下。
③　胡刻本《文选》,第774页下。尤刻本同,赣州本同,明州本省并入五臣注。

亦可说明李善注所引书乃来自类书。

　　当然，从时间上来说，《太平御览》成书于宋太宗太平兴国八年(983)，李善注成书在唐代，李善怎么可能引用《太平御览》呢？据陈振孙《直斋书录解题·类书类》记载："《太平御览》一千卷。翰林学士李昉、扈蒙等撰。以前代《修文御览》《艺文类聚》《文思博要》及诸书参详条次修纂……或言，国初古书多未亡，以《御览》所引用书名故也，其实不然，特因前诸家类书之旧尔。"①由此可知，《太平御览》所用框架及材料，很多来源于唐代及唐前所修类书，然后再加扩充而成。李善所处的时代，除了有陈振孙提到的《修文御览》《艺文类聚》《文思博要》等类书外，据《隋书·经籍志》记载，尚有《皇览》《类苑》《华林遍略》《寿光书苑》《圣寿堂御览》《长洲玉镜》《北堂书钞》等类书。这些类书的编撰本身即为学文之士取辞藻、检事典之用，而李善注释文集，正好可以用类书来还原文中典故。由此言之，李善注《文选》时，为省繁劳，充分利用现成的工具书——类书来进行注释工作是完全可能的。

　　李善注引用类书的说法，日本学者冈村繁先生也曾在《〈文选〉李善注的编修过程——以引用纬书的情形为例》一文中进行过考察，该文主要着眼点在考察李善注逐渐完善的编修过程，但也举例说明了李善注引用《纬书》来源于类书的事实。

　　下面我们再通过《文选》李善注引《韩子》看李善注征引的注释特点。

　　我们通过李善注引《韩子》的具体条目，还可以发现李善注的

---

　　①　(宋)陈振孙著，徐小蛮、顾美华点校：《直斋书录解题》，上海：上海古籍出版社，1987年，第425页。

一些注释特点，那就是其除了点明典故来源外，还紧扣所注释的文章的原意，力求贴近文章文本。具体来说，有以下三个特点。

一是交代词语、事典出处，简明扼要，不枝不蔓。

上文论述李善注引文来源时所举《文选》卷二十四"和氏璧"及卷三十一"滥竽充数"的典故都属此类。这种例子在李善注中还有很多，今可再略举几例。如卷四左太冲《三都赋序》"玉卮无当，虽宝非用"句。李善注曰：

> 《韩子》：堂溪公谓韩昭侯曰："今有白玉之卮无当，有瓦卮有当，君宁何取？"曰："取瓦卮也。"①

卷二十八鲍明远《乐府诗八首》之一《东武吟》"弃席思君幄"句。李善注曰：

> 《韩子》曰：文公至河，令曰："笾豆捐之，席蓐捐之，手足胼胝面目犁黑者后之。"咎犯闻之而夜哭。公曰："寡人出亡二十年，乃今得反国，咎犯闻之不喜而哭，意者不欲寡人反国邪？"咎犯对曰："笾豆所以食也，而君捐之；席蓐所以卧也，而君弃之；手足胼胝面目犁黑，有劳功者也，而君后之。今臣与在后中，不胜其哀，故哭之。"文公乃止。②

卷二十八陆韩卿《中山王孺子妾歌》"子瑕矫后驾"句。李善注曰：

---

① 六家注《文选》，第110页下。宋刻明州本、赣州本及尤刻本、胡刻本同。
② 六家注《文选》，第683页下。宋刻明州本、赣州本及尤刻本、胡刻本同。

> 《韩子》曰：昔者弥子瑕有宠于卫君，卫国之法，窃驾君车者罪跀。弥子母病，人闻，夜告弥子，弥子矫驾君车以出于门。君闻，贤之曰："孝哉，为母之故犯跀罪。"①

卷三十四枚叔《七发》"虽令扁鹊治内，巫咸治外，尚何及哉"句。李善注曰：

> 《韩子》曰：扁鹊谓晋桓侯曰："君有疾在腠理，犹可汤熨，若在骨髓，司命不能医也。"桓侯初不信，后病，遣召扁鹊，鹊逃，桓侯遂死。又曰：巫咸虽善祝不能自祓也。②

卷四十二阮元瑜《为曹公作书与孙权》"常恐海内多以相责，以为老夫苞藏祸心，阴有郑武取胡之诈"句。李善注曰：

> 《韩子》曰：昔者郑武公伐胡，先以其子妻胡君以娱其意，固而问其群臣曰："吾所用兵，谁可伐者？"大夫关其思对曰："胡可。"武公怒而戮之曰："胡兄弟之国也，子言伐之何？"胡君闻之，以郑亲己，遂不备郑，郑人袭胡取之也。③

卷四十六任彦升《王文宪集序》"夷雅之体，无待韦弦"句，李善注曰：

---

① 六家注《文选》，第 694 页下。宋刻明州本、赣州本及尤刻本、胡刻本同。
② 六家注《文选》，第 821 页下。宋刻明州本、赣州本及尤刻本、胡刻本同。
③ 六家注《文选》，第 1012 页下。宋刻明州本、赣州本及尤刻本、胡刻本同。

　　《韩子》曰：西门豹之性急，故佩韦以自缓；董安于之心缓，
故佩韦以自急。①

　　如上所举各条之事典都出于《韩非子》，可见李善注通过简明
扼要的引《韩子》来说明诗文中典故来源，使读者可以更深切地理
解原文。

　　除了李善自注外，李善注中也保留了《文选》原有旧注中的合
理注释。如卷六左太冲《魏都赋》"造沐猴于棘刺"句，李善保留的
刘渊林旧注曰：

　　《韩子》曰：燕王好微巧，卫人曰："臣能以棘刺之端为母
猴。"王悦之，养以五乘之奉。王曰："吾请观客为棘刺之母
猴。"卫人曰："臣为棘刺之母猴也，人主欲观之，必半岁不入
宫，不饮酒食肉，雨霁日出，视之晏阴之间，而棘刺之母猴乃可
见。"燕王因养卫人而不能观母猴。郑人有台下之冶者谓王
曰："臣为削者，诸微巧必以削，削之所削必大于削，今棘刺之
端不容削，王试观客之削，则能与不能可知也。"王曰："客为棘
刺之母猴，何以理之？"曰："以削。"王曰："吾欲观客之削也。"
客曰："臣请取之。"因逃。冶人谓王曰："上之无度量，言谈之
士多棘刺之说也。"②

李善注中保留了很多旧注，在取舍之间正体现了李善对这些注释

<hr/>

①　六家注《文选》，第 1132 页下。宋刻明州本、赣州本及尤刻本、胡刻本同。
②　六家注《文选》，第 149 页下。宋刻明州本、赣州本及尤刻本、胡刻本同。

的肯定,同时他自己在注释时也尽量继承前人这种方法。

二是证事典出处,并随所注诗文不同而出注节略不一。

李善注的随文出注体现得非常明显,即同一个事典反复出现,但节略不同,其原因在于其所注释的原文要表达的意思不同。从李善注引《韩子》中反复出现的"和氏璧"的例子就可以清晰地发现这种特征。如卷三十九邹阳《狱中上书自明》"昔玉人献宝,楚王诛之"句,李善注曰:

> 《韩子》曰:楚人和氏得璞玉楚山之下,奉而献之武王,武王使人相之,玉人曰:"石也。"王刖和左足。武王薨,成王即位,和又献之,玉人又曰:"石也。"刖其右足。

邹阳此处为说明人之忠诚难为人君所知,因而说卞和为献楚王玉璞而遭刑罚,所以李善注文中引《韩子》仅提到和氏献宝遭武王、成王刖左右足,而没有再向下引到文王剖璞得璧,这样很贴合邹阳原文要表达的意思,如果引到文王剖璞,则有画蛇添足之嫌。

在卷四十五班孟坚《答宾戏》"和氏之璧韫于荆石"句下,李善注曰:

> 《韩子》曰:楚人和氏得璞玉于楚山之中,奉而献之,成王使玉人理其璞而得宝焉,遂名曰和氏之璧。

这里班固提到和氏璧蕴藏于石头之中,所以李善注引《韩子》仅节略成王剖璞得玉部分,与原文表达意思相符,而没有再多引和氏献宝遭刖之事。卷四十二曹子建《与杨德祖书》"家家自谓抱荆山之玉"及卷五十范蔚宗《宦者传论》"南金和宝"句,都为说明荆山之石中蕴藏有宝玉,故李善注引文仅及剖璞得玉之处,而忽略掉和氏献宝遭刖的语句。

卷二十五卢子谅《答魏子悌一首》"恨无隋侯珠,以酬荆文璧"句,李善注引已见前,因卢子谅诗中明确说"荆文璧",故李善注引《韩子》之文正是"文王"剖璞得璧,贴合卢诗原意。

卷二十七颜延年《北使洛》"秣马陵楚山"。李善注曰:"《韩子》曰:楚和氏得璞玉于楚山之中。"主要为说明诗中"楚山",所以仅节略引其第一句即可,其他皆删略。

卷三十九江文通《诣建平王上书》"此少卿所以仰天槌心,泣尽而继之以血也"句,李善注曰:

> 《韩子》曰:卞和乃抱其璞而哭于楚山,三日三夜,泣尽继
> 之以血。①

江淹该文中提到"泣尽而继之以血",李善注引《韩子》为了突出该典的出处,仅引其与江文中对应的语句,节略恰如其分。

除了以上关于"和氏璧"的例子,李善注引《韩子》"长缨"的典故也体现出其为贴合原文而节略引文的特色。如卷二十六陆士衡《吴王郎中时从梁陈作》"长缨丽且鲜"句,李善注曰:

> 《韩子》曰:邹君好长缨,左右皆服长缨也。②

---

① 六家注《文选》,第 951 页下。宋刻明州本、赣州本及尤刻本、胡刻本同。

② 六家注《文选》,第 637 页下。宋刻明州本、赣州本及尤刻本、胡刻本同。

卷三十六任彦升《天监三年策秀才文》"长缨鄙好,且变邹俗"句,李善注曰:

> 《韩子》曰:邹君好长缨,左右皆服,长缨甚贵,邹君患之,问左右,左右对曰:"君好服之,百姓亦多服,故贵。"邹君因先断其缨而出,国中皆不服长缨。①

两处李善注引"长缨"的注文详略差别很大。第一处陆士衡诗引用"长缨",主要说明其美丽,故李善注仅及前两句,交代该词出处:邹君喜欢佩戴长缨,左右之人皆佩戴长缨。第二处任文中引用"长缨"的典故是为了说明服佩长缨虽然只是个人爱好,但却能改变一个地方的风俗,所以李善注引《韩子》比较长,交代了邹国国君因自己爱佩长缨而引起国内长缨涨价,邹君知道后断掉长缨,从而带动邹国都不服长缨的事件,和任文原意非常切合。这样的引文不仅仅体现在李善注引《韩子》这一部引书中,而是从始至终贯穿在李善注引书中。

三是注文有解释原文词语的功用。

如卷四左太冲《三都赋序》"魁梧长者"句,李善注曰:

> 《韩子》曰:重厚自尊谓之长者。

这里李善注没有征引《孟子·梁惠王》之"为长者折枝",而引用《韩子》就是仅解释左思文中"长者"的意思。

又如卷十五张平子《思玄赋》"子有故于玄鸟兮,归母氏而后宁"句,李善注曰:

> 《韩子·解老》曰:母者,道也。

又如卷二十二诗类"招隐",李善注曰:

> 《韩子》曰:闲静安居谓之隐。

以上属于李善注引《韩子》为了解释原文之意的例子,为了起到训诂的作用。

　　从李善注引《韩子》的情况来考察,除了上述特点之外,也有注释重复的地方。李善在注释体例中曾交代,事繁、易见等一般不重出,后文再出现往往说明"已见上文"或"已见某篇"。但根据《韩子》引文来看,李善往往也有自违其体例的地方。如"云布风动",在卷一班孟坚《西都赋》"星罗云布"句下,李善为注释"云布",已经引了"《韩子》曰:云布风动",但同样为注释"云布"一词出处,在后文卷八、卷十二、卷三十四又三次重复出现"《韩子》曰:云布风动",而没有采用不重出的体例。再如"长袖善舞",在卷二张平子《西京赋》"奋长袖之飒纚"句下,李善为注释"长袖"出处,第一次注引"《韩子》曰:长袖善舞",卷四、卷十七、卷三十出现"长袖"一词时,李善又重复三次征引"《韩子》曰:长袖善舞"。又如"清徵之声不如清角",在卷四张平子《南都赋》"清角发徵,听者增哀"句,李善为注释"清角"出处,注引"《韩子》:师旷曰:清徵之声不如清角",卷十七、十八又出现"清角"时,李善重复引用"《韩子》:师旷曰:清徵之声不如清角"。这些反复出现的重复引文,根据李善注体例,应该改为"已见上文"或"已见某篇"。由李善注引《韩子》中出现的这些重复引文来看,李善对自己的注释体例并没有完全遵守。当然,瑕不掩瑜,这并不影响李善注的价值。

综上所述,通过对李善注引《韩子》一文条目的具体考察,可以发现李善注所引之书未必皆出自原书,很有可能借助了前代编撰的类书。为了更加切合所注释的原文,李善在注释中对引文进行了不同程度的节略。所以,我们在使用李善引文校勘原书时应仔细甄别,不能因李善注节略而认为不准确或轻易改动原书。同时,李善注在流传过程中版本极多,各种版本之间未必是一条直线传播,而各刊本在刊刻过程中又难免有讹脱衍倒之误,再加上有些书名极易混淆,如《胡非子》易误为《韩非子》,且有些书已经亡佚,我们不能一一对照原书。这些都为考证李善注引书的具体情况增添了很大难度。

第四章　五臣与《文选》五臣注

经过唐初曹宪传授《文选》，又经李善、许淹、公孙罗、魏模等人相继教授和注释，"《文选》学"在初唐时期迅速达到了空前的繁荣阶段，并且一直有人研究和学习。唐玄宗开元年间，工部侍郎吕延祚召集吕延济、刘良、张铣、吕向、李周翰等五人又对《文选》重新进行集注，时人称为"五臣注"。五臣注诞生以后，不但受到唐玄宗的口头褒奖，也很快在社会上广泛流传。虽然后世批评五臣注者不乏其人，但五臣注普及《文选》的功劳却不可抹杀。在五臣注以后，开元中又有冯光智、萧嵩、王智明等人欲重新注释《文选》，但由于种种原因都未能成书。据日本所藏《唐钞本文选集注》中所称引陆善经注来看，陆善经后来独自注成了《文选》，但陆善经注在中国却未见任何目录书著录，流传不广，所以其影响有限。

第一节　五臣生平及其著述

五臣注是开元年间工部侍郎吕延祚召集吕延济、刘良、张铣、吕向、李周翰五人为《文选》所作的集注。因该书要进呈皇帝御览，故于五人名字前皆加"臣"字，所以世称"五臣注"。

　　吕延祚虽不在五臣之列，没有参与注释工作，但因为他与五臣注关系密切，五臣注不仅由他组织人来完成，并且由他上表进呈玄宗御览，故这里对其生平进行简要介绍。

　　吕延祚其人生平不详，两《唐书》皆无传。据《旧唐书》卷五十《刑法志》记载：

　　　　开元初，玄宗敕黄门监卢怀慎、紫微侍郎兼刑部尚书李义、紫微侍郎苏颋、紫微舍人吕延祚、给事中魏奉古、大理评事高智静、同州韩城县丞侯郢琎、瀛州司法参军阎义颛等，删定格式令，至三年三月奏上，名为《开元格》。①

由此可知，开元三年(715)三月前吕延祚任职紫微舍人，并参与删定《开元格》。紫微舍人即中书舍人，品秩是正五品上。唐玄宗开元元年(713)，改中书省为紫微省，故中书舍人改称紫微舍人。

　　《新唐书·玄宗本纪》载："(开元三年)十月壬戌，薛讷为朔方道行军大总管，太仆卿吕延祚、灵州刺史杜宾客副之。"②《唐大诏令集》卷五十九载有苏颋《薛讷朔方道大总管制》，其中有"太仆少卿、上柱国吕延祚，谋虑经远，才明决断……宜并充副大总管"③之语。这两处记载中吕延祚曾任太仆卿还是太仆少卿略有不同，然其于开元三年十月任朔方道行军副总管的记载相同。

　　开元六年(718)九月，吕延祚将《文选》五臣注进呈给玄宗皇帝，今传"五臣本"或"六臣本"卷首皆有其《进集注文选表》。吕延祚上

---

① 《旧唐书》，第 2150 页。
② 《新唐书》，第 124 页。
③ (宋)宋敏求：《唐大诏令集》，北京：商务印书馆，1959 年，第 316 页。

《进集注文选表》时，自署题衔为"工部侍郎"，由此可知，开元六年九月吕延祚又任工部侍郎。以上为吕延祚仅存可考之仕宦经历。

吕延祚在其《进集注文选表》中阐明了五臣注的宗旨和纲领，曰：

> 臣延祚言：臣受之于师曰：同文底绩，是将大理。刊书启中，有用广化。实昭圣代，辄极鄙怀。臣延祚诚惶诚恐，顿首顿首！臣尝览古集，至梁昭明太子所撰《文选》三十卷，阅玩未已，吟读无斁。风雅其来，不之能尚，则有遣词激切，揆度其事，宅心隐微，晦灭其兆，饰物反讽，假时维情，非夫幽识，莫能洞究。往有李善，时谓宿儒，推而传之，成六十卷。忽发章句，是征载籍，述作之由，何尝措翰？使复精核注引，则陷于末学；质访指趣，则岿然旧文。只谓搅心，胡为析理？臣惩其若是，志为训释。乃求得衢州常山县尉臣吕延济、都水使者刘承祖男臣良、处士臣张铣、臣吕向、臣李周翰等，或艺术精远，尘游不杂；或词论颖曜，岩居自修。相与三复乃词。周知秘旨，一贯于理，杳测澄怀，目无全文，心无留义，作者为志，森乎可观。记其所善，名曰"集注"。并具字音，复三十卷。其言约，其利博，后事元龟，为学之师。豁若撤蒙，烂然见景，载谓激俗，诚惟便人。伏惟陛下，浚德乃文，嘉言必史，特发英藻，克光洪猷，有彰天心，是效臣节，敢有所隐。斯与同进，谨于朝堂拜表以闻。轻渎冕旒，精爽震越。臣诚惶诚恐，顿首死罪！谨言。开元六年九月十日工部侍郎臣吕延祚上表。①

---

① 六家注《文选》，第5页。

　　陈延嘉先生认为,该表提出了五臣注释《文选》时遵循的三个宗旨:一是必须揭示作者的"述作之由";二是必须让读者对"作者为志,森乎可观";三是必须揭示文学作品的写作特点。这三项注释宗旨的提出具有重大意义:首先,就五臣所处时代而论,这些主张具有开创性;其次,这些注释宗旨体现了文学作品注释的精髓,具有非常重要的指导意义①。

　　从吕延祚《进集注文选表》中,我们还可以进一步了解五臣的身份。五臣中的吕延济可能是吕延祚的兄弟②,是参加《文选》注释工作时唯一已经入仕的人员,当时的官职是衢州常山县尉,该职位很低,属于下层官吏。五臣之一的刘良是"都水使者刘承祖"之子,都水使者在唐代属于正五品上,官品不算低,主要掌管川泽津梁之政令,总舟楫河渠二署之官属。刘良的生平事迹已不可考,其父刘承祖在中宗景龙四年(710)尚为处士,善占卜,因赞襄玄宗除韦后党有功,遂骤迁高位,后于开元十年(722)因事被流放雷州。五臣中其他三人张铣、吕向、李周翰,在进呈《文选注》时仍是处士,可能尚处于隐居求仕的阶段,也即表中所说"岩居自修"。

　　根据表文可知,吕延祚是因为看到《文选》是古人文集的精华,阅读后非常欣赏,但因为李善注主要注解典故,对作者创作宗旨少有揭示,所以才纠集五臣重新训释。关于五臣集注《文选》是以何种方式开展的,也就是五臣如何共同注释《文选》目前还不清楚。以现在流传的五臣注本来看,五臣注中吕延济、刘良、张铣、吕向、李周翰五人名字次第出现,同一篇注文中必然同时出现五人名字,

---

　　①　详见陈延嘉《〈文选〉五臣注的纲领和实践》,《古籍整理研究学刊》1998 年第 2 期,第 2 页。

　　②　《文选导读》,第 67 页。

而不是每人分注若干篇章。以注书的体例而言似乎经过某个人的加工拣择。比如何晏《论语集解》，何晏纠集以前各家《论语》之注释，然后经过取舍而成《集解》。《集注》应该也是如此。根据吕延济进表而言，"乃求得衢州常山县尉臣吕延济、都水使者刘承祖男臣良、处士臣张铣、臣吕向、臣李周翰等，或艺术精远，尘游不杂；或词论颖曜，岩居自修。相与三复乃词。周知秘旨，一贯于理，杳测澄怀，目无全文，心无留义，作者为志，森乎可观。记其所善，名曰'集注'"，则很可能是吕延祚将五臣的注释汇集，然后取各家合理的注释，汇编成《集注》。但这也仅仅是猜测，难为定论。总而言之，五臣注的成书是吕延祚纠集五人而成，其间是否有取舍尚难有确切结论。

五臣中除了吕向在《新唐书·文艺中》有传外，其他四人皆无传记资料，无法考察其是否合于吕延祚表中所说"艺术精远，尘游不杂"，或"词论颖曜"，但吕向确实如此。五臣中的吕向后来也步入了仕途，而且官至四品工部侍郎，深得唐玄宗喜爱。由于史料的缺乏，我们下面只能对吕向的生平事迹进行必要的介绍和考证。

《新唐书》卷二〇二《文艺中·吕向传》曰：

> 吕向，字子回，亡其世贯，或曰泾州人。少孤，托外祖母隐陆浑山。工草隶，能一笔环写百字，若萦发然，世号"连锦（疑"绵"之形讹）书"。强志于学，每卖药，即市阅书，遂通古今。
>
> 玄宗开元十年，召入翰林，兼集贤院校理，侍太子及诸王为文章。时帝岁遣使采择天下姝好，内之后宫，号"花鸟使"；向因奏《美人赋》以讽，帝善之，擢左拾遗。天子数校猎渭川，向又献诗规讽，进左补阙。帝自为文，勒石西岳，诏向为镌

勒使。

以起居舍人从帝东巡,帝引颉利发及蕃夷酋长入仗内,赐弓矢射禽。向上言:"鸱枭不鸣,未为瑞鸟;豺虎虽伏,弗曰仁兽。况突厥安忍残贼,莫顾君父,陛下震以武义,来以文德,势不得不廷,故稽颡称臣,奔命遣使。陛下引内从官,陪封禅盛礼,使飞矢于前,同获兽之乐,是狎昵太过。或荆卿诡动,何罗窃发,逼严跸,冒清尘,纵醢单于,污穹庐,何以塞责?"帝顺纳,诏蕃夷出仗。久之,迁主客郎中,专侍皇太子,眷赉良异。

始,向之生,父炅客远方不还。少丧母,失墓所在,将葬,巫者求得之。不知父在亡,招魂合诸墓。后有传父犹在者,访索累年不获。它日自朝还,道见一老人,物色问之,果父也。下马抱父足号恸,行人为流涕。帝闻,咨叹,官炅朝散大夫,赐锦彩,给内教坊乐工,娱怿其心。卒,赠东平太守。

向终丧,再迁中书舍人,改工部侍郎。卒,赠华阴太守。尝以李善释《文选》为繁酿,与吕延济、刘良、张铣、李周翰等更为诂解,时号《五臣注》。①

本传谓吕向"亡其世贯,或曰泾州人",此说不足信,吕向实际上应为东平人。据《旧唐书·房琯传》载:"房琯,河南人……琯少好学,风仪沉整,以门荫补弘文生。性好隐遁,与东平吕向于陆浑伊阳山中读书为事,凡十余岁。"②房琯和吕向同时,生活在开元时期。《新唐书·房琯传》亦谓房琯"与吕向偕隐陆浑山"③,这与吕

---

① 《新唐书》,第 5758—5759 页。
② 《旧唐书》,第 3320 页。
③ 《新唐书》,第 4625 页。

向传中"少孤,托外祖母隐陆浑山"的记载相合,则吕向实际当为东平人。

在唐代人的著作里也有明确记载吕向为东平人的说法。如唐代窦臮所撰《述书赋》中有关于吕向书法的评论,其中窦蒙注曰:"吕向,东平人。"①窦蒙、窦臮兄弟生活在唐玄宗天宝、唐代宗大历年间,时代距吕向很近,其说应当可信。

吕向是东平人在其本传中还有内证。据本传记载,吕向出生时,其父吕岌远客他乡。吕向少年丧母,以为其父也客死异乡,就将其父招魂与母亲合葬。后来,吕向闻听父亲尚在人世,多方寻访无果。忽然有一天,他在退朝途中碰到了父亲,父子抱头痛哭,行人无不为之流涕。唐玄宗听说了这件事,为吕向的孝心所感动,拜吕岌"为朝散大夫,赐锦彩,并给内教坊乐工,娱怿其心。卒,赠东平太守"。朝散大夫在唐代属于文散官,品阶为从五品下,无禄俸,不预朝会。这里重要的是吕岌死后赠官"东平太守"。据唐代的赠官封侯制度,凡封侯、赠官常以其籍贯之地为封,含有让受封之人衣锦还乡、光宗耀祖之意。吕岌是因为吕向而获得赠官,赠其为"东平太守"应该也是因其籍贯在"东平"之故。所以,吕向当为东平人,非泾州人。

据本传记载,吕向幼年家贫,托外祖母而隐居陆浑伊阳山中读书。隐居是唐代比较盛行的求仕捷径,如李白、王维等都曾隐居以求仕,吕向隐居在陆浑伊阳山,大概也有走"终南捷径"的想法。根据吕延祚《进集注文选表》所言,吕向等人注成《文选》在开元六年

① (唐)窦臮撰,(唐)窦蒙注:《述书赋》,影印文渊阁《四库全书》本,第八一二册,第94页。

(718)九月以前,此时吕向尚未入朝为官,故表中称吕向为"处士"。吕向注《文选》是他进入仕途前进行的工作,大概也是他为进入仕途所做的一种准备。因为唐玄宗注重典籍整理,爱好文治,注释《文选》很可能是博取名誉,取得入仕而走的捷径。

唐玄宗开元十年(722),吕向被召入翰林,兼集贤院校理,侍太子及诸王为文章,《新唐书》对此亦有相关记载。《新唐书》卷二〇〇《赵冬曦传》中记载道:

> 开元初,(冬曦)迁监察御史,坐事流岳州。召还复官,与秘书少监贺知章、校书郎孙季良、大理评事咸廙业入集贤院修撰。是时,将仕郎王嗣琳、四门助教范仙厦为校勘,翰林供奉吕向、东方颢为校理。未几,冬曦知史官事,迁考功员外郎。逾年,与季良、廙业、知章、吕向皆为直学士。①

开元十三年(725)四月,唐玄宗改丽正书院为集贤院,并设置学士、直学士,吕向即为"开元十八学士"之一。《唐会要》卷六十四中详细记载了集贤院设立学士的情况:

> 十三年四月五日,因奏封禅仪注,敕中书门下及礼官学士等赐宴于集仙殿,上曰:"今与卿等贤才同宴于此,宜改集仙殿丽正书院为集贤院。"乃下诏曰:仙者,捕影之流,朕所不取。贤者济理之具,当务其实。院内五品已上为学士,六品已下为直学士。中书令张说充学士,知院事。散骑常侍徐坚为副。

---

① 《新唐书》,第5702—5703页。

礼部侍郎贺知章、中书舍人陆坚并为学士。国子博士康子元为侍讲学士。考功员外郎赵冬曦、监察御史咸廙业、左补阙韦述、李钊、陆去泰、吕向、拾遗毋煚、太学助教余钦、四门博士敬会默、校书郎孙季良并直学士。太学博士侯行果、四门博士敬会直、右补阙冯晖并侍讲学士。①

从这条材料可以推知,吕向与赵冬曦等称为直学士在开元十三年。既然《赵冬曦传》中说"逾年,与季良、廙业、知章、吕向皆为直学士",则吕向在开元十二年(724)时仍为翰林供奉。《新唐书》卷六《肃宗本纪》亦记载:"(肃宗)性仁孝,好学,玄宗尤爱之,遣贺知章、潘肃、吕向、皇甫彬、邢璹等侍读左右。"②由此可知,吕向在开元十年以后曾和贺知章等一起在集贤院供职,并侍读皇太子。

后来,吕向因上《美人赋》讽谏,受到玄宗赏识,擢为左拾遗。玄宗数次校猎渭川,吕向又献诗规讽,并因此再进左补阙。关于这段故事,窦蒙《述书赋》注中有生动而详细的记载可以参看,其中云:

开元初,上《美人赋》,忤上。时张说作相,谏曰:"夫鬻拳胁君,爱君也。陛下纵不能用,容可杀之乎? 使陛下后代有愎谏之名,而向得敢谏之直,与小子为便耳。不如释之。"于是承恩特拜补阙,赐彩百段,衣服银章朱绂,翰林待诏。频上赋颂,皆在讽谏。③

---

① 《唐会要》,第1322页。
② 《新唐书》,第155页。
③ 《述书赋》,第94页。

由此可知，吕向上《美人赋》讽谏触怒了皇帝，险些送了性命，幸亏宰相张说从中劝谏皇帝，吕向才得幸免，并受到玄宗的赏赐和特殊恩宠。吕向从此因祸得福，并经常上赋颂讽谏，深得玄宗喜爱。据《旧唐书》卷一七一《裴潾传》记载，裴潾在劝谏唐宪宗的奏折中将吕向与褚遂良、杜正伦等著名善谏之臣相提并论，称"贞观已来，左右起居有褚遂良、杜正伦、吕向、韦述等，咸能竭其忠诚，悉心规谏"①，则吕向之善谏敢谏亦可见其一斑。

吕向任左补阙期间，曾任西岳镌勒使，到西岳华山勒石刻碑，本传称"帝自为文，勒石西岳，诏向为镌勒使"，然其年不详。据《旧唐书·玄宗本纪上》开元十二年的记载："冬十一月庚申，幸东都，至华阴，上制岳庙文，勒之于石，立于祠南之道周。"②《唐会要》卷二十七亦载："十二年十一月四日，幸东都。十日，至华州，命刺史徐知仁与信安郡王祎，勒石于华岳祠南之通衢，上亲制文及诗。至十三年七月七日，碑成，乃打本立架，张于应天门，以示百僚。"③由此可知，吕向为镌勒使当在开元十二年十一月。

吕向的同僚徐安贞有《送吕向补阙西岳勒碑》诗，其中有"寒尽函关路，春归洛水边"之句，孙逖亦有《春初送吕补阙往西岳勒碑》诗，其中有"语别梅初艳，为斯草欲熏。往来春不尽，离思莫氛氲"。这两首送别诗中所描写的节令特征正好与"冬十一月"的情况相符。吕向此次镌勒西岳，并立有《华岳述圣颂碑》。据《六艺之一录》引《金石文字记》文字可知，《述圣颂》立于开元十三年，在华阴县岳庙之东道院，京兆府富平县尉达奚珣撰序，左补阙吕向撰颂并书。《文苑英华》录有该碑全文。清代王昶《金石萃编》卷七十五收录有《述圣颂》，题为"左补阙、集贤殿直学士吕向撰颂并书"，并云：据《唐会要》所载，唐玄宗御制碑成在开元十三年七月，吕向《述圣颂》立于开元十三年六月①。此说可信。因为吕向题为"集贤殿直学士"，而集贤殿直学士之名始自开元十三年四月，吕向正是首批集贤院直学士之一。因此，吕向当于开元十二年十一月受命去华山立碑，十三年七月完工。

吕向任集贤院直学士期间，深得玄宗称赏。据宋代王应麟《玉海》引唐代韦述《集贤注记》，张说及吕向等因献赋诗，玄宗各赐赞以褒美，敕旨曰："得所进诗，甚有佳妙，风雅之道，斯焉可观。并据才能，略为赞述。"②玄宗又亲自以五色笺八分书之，赍付集贤院，散付学士，其中对吕向的赞曰："族茂非熊，才高班马，考理篇籍，抑扬风雅。"③玄宗的这篇赞对吕向赞誉有加，称赞吕向和太公望吕尚同族，此族人才辈出，并认为吕向有司马迁、班固之才，能够证订经史，考理群书。

本传中说吕向以起居舍人从帝东巡，并谏玄宗引颉利发及蕃夷酋长入仗内并赐弓矢射禽事，得到玄宗的采纳。据《旧唐书·玄宗本纪》记载，唐玄宗东巡封泰山之事在开元十三年十月，由此可推断，吕向在开元十三年十月已任起居舍人。吕向谏蕃夷酋长入仗内之事在《旧唐书》卷一百九十四上《突厥上》中亦有记载，《唐文

<hr/>

① （清）王昶：《金石萃编》，《续修四库全书·史部·金石类》，第八八八册，第435—437页。
② （宋）王应麟：《玉海》，影印文渊阁《四库全书》本，第九四七册，第338页。
③ 《玉海》，第339页。

粹》《历代名臣奏议》亦收录其全文。《旧唐书·职官志二》记载：
"起居舍人，掌修记言之史，录天子之制诰德音，如记事之制，以记
时政之损益。季终，则授之于国史。"①唐代的起居舍人负责记录
皇帝的言行，然后凭以修撰国史，其重要性不言而喻。能够迁任起
居舍人者不仅需要具有相当深厚的文学和史学修养，而且需要具
备相当的学识和文采。吕向能以起居舍人的身份跟随唐玄宗封禅
泰山，足以表明吕向受到唐玄宗的器重和赏识②。

　　吕向后来又任主客郎中，专侍皇太子，然其具体时间语焉不
详。据宋代赵明诚《金石录》第一千三十一记有《唐龙角山纪圣
铭》，注曰："明皇撰并八分书，开元十七年九月。"③又《金石录》第
一千三十二有《唐龙角山纪圣碑阴》，清代胡聘之《山右石刻丛编》
卷六录有该碑及碑阴全文。此碑今存于山西省浮山县天圣宫遗址
中。据《山右石刻丛编》所载碑之全文，此碑刊刻时间为"开元十七
年太岁己巳九月己丑朔三日辛卯"，与《金石录》所记"开元十七年
九月"正合。其碑阴有题记，共分四截，分别刊刻有皇太子鸿及诸
王大臣名字，其中第四截有"敕建造模勒龙角山纪圣碑使、朝议郎、
守尚书主客郎中、集贤院学士、翰林院供奉、轻车都尉、赞谕皇太子
兼侍庆王忠王棣王鄂王荣王光王仪王颖王永王文章臣吕向奉敕题
碑阴并建碑年月日"字样。根据碑阴所载内容可知，吕向为此次镌
刻龙角山纪圣铭碑的使者，其官职是"朝议郎守尚书主客郎中集贤
院学士翰林院供奉轻车都尉赞谕皇太子兼侍庆王忠王棣王鄂王荣

---

① 　《旧唐书》，第 1850—1851 页。
② 　详见张国静：《论唐代起居舍人与起居郎》，《唐史论丛》（第十辑），2008 年，第
120—130 页。
③ 　（宋）赵明诚：《金石录》，影印文渊阁《四库全书》本，第六八一册，第 189 页。

王光王仪王颖王永王文章"①。据唐制,朝议郎为文散官,属正六品,主客郎中为职事,属从五品上,轻车都尉为勋官,属从四品上,以文武散官为本品,比所代职事品秩高者为"行",比所职事品秩低者为"守"。吕向以正六品朝议郎而职从五品上的主客郎中,故曰"守"。此乃开元十七年(729)九月之事,由此可知,此时吕向已为主客郎中,并赞谕皇太子,兼侍庆王、忠王、棣王、鄂王、荣王、光王、仪王、颖王、永王文章,与本传所载正合。

　　吕向在开元十九年(731)又任都官郎中,并曾受命奉玺诏吊祭阙特勒,并刻碑立庙。《新唐书·突厥下》记载:"(开元)十九年,阙特勒死,使金吾将军张去逸、都官郎中吕向奉玺诏吊祭,帝为刻辞于碑,仍立庙像,四垣图战阵状,诏高手工六人往,绘写精肖,其国以为未尝有,默棘连视之,必悲梗。"②《册府元龟》记载吕向出使在开元十九年十一月。元代耶律楚材之子耶律铸《取和林》诗注曰:"和林城,苾伽可汗之故地也。岁乙未,圣朝太宗皇帝城此,起万安宫。城西北七十里有苾伽可汗宫城遗址,城东北七十里有唐明皇开元壬申御制御书阙特勤碑。按《唐史·突厥传》:阙特勒,骨咄禄可汗之子,苾伽可汗之弟也,名阙。可汗之子弟谓之特勒。开元十九年,阙特勒卒,诏金吾将军张去逸、都官郎中吕向赍玺书使北吊祭,并为立碑,上自为文,别立祠庙,刻石为像。其像迄今存焉,其碑额及碑文特勒皆是殷勤之勤字。"③据此注可知,元代犹存阙特勤碑,耶律铸尚可见碑文。开元壬申即开元二十年(732),可见吕

---

①　(清)胡聘之:《山右石刻丛编》,清光绪二十七年(1901)刻本,卷六第5—14页。

②　《新唐书》,第6053—6054页。

③　(元)耶律铸:《双溪醉隐集》,影印文渊阁《四库全书》本,第一一九九册,第386页。

向出使在十九年十一月，至立碑造像则在开元二十年。

据此，我们可以得出这样的结论，吕向至少曾经三次任镌勒碑使，第一次是开元十二年（724）十一月以左补阙立华岳《述圣颂碑》，第二次是开元十七年九月以主客郎中立《龙角山纪圣碑》，第三次是开元十九年十一月以都官郎中立《阙特勤碑》，由此亦可见吕向文才书法受唐玄宗喜爱之程度。

吕向后来曾任中书舍人，但具体任职时间不能确定。据现有史料，我们只能推断吕向至迟在开元二十五年（737）已任中书舍人。《唐会要·翰林院》记载：

> 玄宗以四隩大同，万枢委积，诏敕文诰，悉由中书。或虑当剧而不周，务速而时滞，宜有编掌，列于宫中，承遵迩言，以通密命。由是始选朝官有词艺学识者，入居翰林，供奉敕旨，于是中书舍人吕向、谏议大夫尹愔元充焉。虽有密近之殊，亦未定名，制诏书敕犹或分在集贤。时中书舍人张九龄、中书侍郎徐安贞等迭居其职，皆被恩遇。至二十六年，始以翰林供奉，改称学士。由是别建学士院，俾掌内制。于是太常少卿张垍、起居舍人刘光谦等首居之。①

据此可知，唐玄宗为了有人随时供奉敕旨，开始选拔朝中具备学识和词艺的官员入翰林院值班，于是吕向和谏议大夫尹愔最先被选拔入居翰林院供奉敕旨。我们可以根据尹愔任谏议大夫的时间推知此事的具体年份。据《唐会要·修史官》记载："开元二十五年正

---

① 《唐会要》，第1146页。

月八日,以道士尹愔为谏议大夫。"①即尹愔任谏议大夫的时间在
玄宗开元二十五年,而别建学士院之事在开元二十六年(728),则
吕向在开元二十五年已任中书舍人。按吕向所撰写《豆卢公墓志
铭》所题官衔为"正议大夫行中书舍人侍皇太子及诸王文章集贤院
学士"②,则吕向以正四品上之品秩行正五品上之中书舍人职事。
其任中书舍人时间颇长,至迟从开元二十五年开始任中书舍人,直
至天宝三年(744)八月仍在任。

　　关于吕向的卒年,史料阙如,我们只能据现有史料大致推断吕
向最晚的活动时间。本传记载吕向"工草隶,能一笔环写百字,若
萦发然,世号'连锦书'"。唐代窦臮《述书赋》曰:"吕公欧钟相杂,
自是一调,虽则筋骨干枯,终是精神嶮峭,其于小楷,尤更巧妙。"③
由此可见,吕向精通书法,兼有欧阳询、钟繇之意,自成一体,善草
体、隶书、小楷,在当时为很多人撰写并书写过碑文,我们可以从这
些碑文中找出部分证据,以说明吕向的最晚活动时间。

　　宋代赵明诚《金石录》中记载吕向所撰所书碑文情况如下:
《唐静泰法师碑》,吕向撰,刘怀信正书,开元十二年八月④;《唐述
圣颂》,达奚珣撰序,吕向铭并正书⑤;《唐法现禅师碑》,李通文撰,
吕向正书,天宝元年九月⑥。宋代陈思《宝刻丛编》引《金石录》记
载吕向所撰所书碑文有:《唐内侍省杨公碑》,唐吕向撰,李思铨行
书,开元十八年⑦;《唐长安令韦坚德政颂》,唐梁涉撰,吕向行书,

---

①　《唐会要》,第 1299 页。
②　《唐代墓志汇编》,第 1565 页。
③　《述书赋》,第 94 页。
④　《金石录》,第 186 页。
⑤　《金石录》,第 196 页。
⑥　《金石录》,第 197 页。
⑦　(宋)陈思:《宝刻丛编》,影印文渊阁《四库全书》本,第六八二册,第 307 页。

天宝元年①。宋代的《宝刻类编》中又记载有吕向撰写的《寿春太守卢公德政碑》碑文,史惟则篆额,天宝二年建②。陕西咸阳出土的吕向所撰《大唐故银青光禄大夫太仆卿驸马都尉中山郡开国公豆卢公墓志铭并序》,碑文中明确写道:"正议大夫行中书舍人侍皇太子及诸王文章集贤院学士吕向撰。"其中又有"公讳建,字立言,河南人也……享寿三十有九,以天宝三载三月廿四日,薨于京胜业里之私第,越八月十二日,用国礼葬于咸阳洪渎原"之语③。由此可知,此碑书写时间应在天宝三年八月以后。这是目前所知吕向最晚的活动时间。

我们还可以通过吕向死后所赠官职推测其去世的时间。吕向死后赠官是华阴太守,唐代的太守和刺史是郡守在不同年代的称呼,《旧唐书·职官一》记载唐玄宗天宝元年(742)二月改州为郡,以刺史为太守,唐肃宗至德二年(757)十二月,又罢郡为州,复以太守为刺史。由此可以推知吕向去世时间的下限,即最晚不晚于至德二年。据此推断,吕向卒年当在天宝三年(744)八月后到至德二年(757)十二月之间。又据吕向本传可知,其父吕岌卒后赠"东平太守",则吕岌的卒年当在天宝元年二月至至德二年十二月之间。而吕向传中称吕向"终丧,再迁中书舍人",这说明吕向为其父守丧期满后又起复,不久再迁为中书舍人,则其父的卒年当在天宝年间,也即吕向守丧时间在天宝年间。

唐代窦蒙《述书赋》注曰:"(吕向)有子曰广,聪利俊秀,有吏

①　《宝刻丛编》,第 308 页。
②　(宋)佚名:《宝刻类编》,影印文渊阁《四库全书》本,第六八二册,第 626 页。
③　《唐代墓志汇编》,第 1565 页。

才,拜监察御史。"①由此可知,吕向有子名叫吕广,官拜监察御史。唐代有以门荫出身任官职的制度,规定正四品官员之子可以出任正八品上的官职,吕向所任"正议大夫"是正四品上,而监察御史属正八品上,所以其子吕广很可能是以门荫得拜监察御史。

吕向从开元十年入仕以来,至少到天宝三年仍兼侍皇太子及诸王文章,可见其文词必非常品,固为唐玄宗所重。据前引《唐会要·翰林院》之文,亦可知吕向之所以被任命为翰林供奉,是因为需要选拔朝廷官员中具"有词艺学识者",以备皇帝随时书写敕旨所需,窦蒙《述书赋》注中也说吕向"文词学业,当代莫比"②,可见吕向的文学造诣确实很高,而这很可能得益于他年轻时曾经研究、注释过《文选》,从《文选》中获益良多,对写文章的方法与技巧掌握得相当熟练。吕向的文学作品很少流传,讽谏之作《美人赋》是其唯一流传下来的作品。唐代大诗人白居易曾在《上阳白发人》中说,"君不见昔时吕向《美人赋》,又不见今日上阳宫人白发歌"③,可见其作品在当时是被广为传诵的。宋代李昉所编《文苑英华》卷九十六收录有其《美人赋》。

《新唐书·艺文志》载有吕向所编《严从集》三卷,注曰:"从卒,诏求其稿,吕向集而进焉。"④《郡斋读书志》《文献通考》亦记载其事。这是吕向除《文选注》外仅存的编撰著作。

结合以上所论,我们可以得出,吕向为东平人,非泾州人,生卒年不详,主要活动在唐玄宗开元至天宝年间,在开元年间与张说、

---

① 《述书赋》,第94页。
② 《述书赋》,第94页。
③ (唐)白居易:《白居易集》,北京:中华书局,1979年,第59页。
④ 《新唐书》,第1603页。

贺知章、徐坚、韦述等人同时供职于集贤院。吕向幼年丧母,家贫,然好学不倦,常借去市场卖药的机会读书,最终学有所成,并参与注释《文选》。吕向擅长书法,当时撰写了很多碑文。其文词学业颇精,但留传下来的文学作品不多,除《美人赋》外,其他作品都已亡佚。《文选》五臣注是其最主要的著作。吕向从唐玄宗开元十年(722)进入仕途,官至工部侍郎,可以说是一生官运亨通。目前的文献记载表明,天宝三年(744)是可知的吕向最晚活动时间,他的卒年应该在天宝三年到至德二年(757)之间。

从吕向的生平事迹及仕宦经历来看,他并非如有的学者所说"不知何许人也",而是在当时很有影响的人物。他能书善文,文词学业颇受当世重视,以才学而得以陪侍太子及诸王文章,所以深受唐玄宗赏识,也为时人称美。这正是吕延济表中所说的"艺术精远""词论颖曜",可知吕表所言不虚。以此推测,五臣中其他四人:吕延济、刘良、张铣、李周翰,既能和吕向一起注释《文选》,想亦非平庸之人,只是如今缺乏史料记载,无从考证而已。

第二节　五臣注释《文选》的背景

五臣注释《文选》的唐玄宗开元年间,正是李唐王朝国力鼎盛时期,有足够的财力、物力进行文化建设,而作为最高统治者的唐玄宗又稽古右文,提倡古籍建设,对文化建设事业比较关注,曾专门下诏令人整理修补散乱残缺的皇家四库藏书。《唐会要·经籍》记载:

　　开元三年,右散骑常侍褚无量、马怀素侍宴,言及内库及秘书坟籍。上曰："内库书皆是太宗、高宗前代旧书，整比日，常令官人主掌，所有残缺，未能补辑，篇卷错乱，检阅甚难，卿试为朕整比之。"至七年五月，降敕于秘书省、昭文馆、礼部、国子监、太常寺及诸司，并官及百姓等，就借缮写之。及整比四部书成，上令百姓、官人入乾元殿东廊观书，无不惊骇。

七年九月敕："比来书籍缺亡及多错乱，良由簿历不明，纲维失错，或须披阅，难可校寻。令丽正殿写四库书，各于本库每部为目录。其有与四库书名目不类者，依刘歆《七略》，排为七志。其经、史、子、集及人文集，以时代为先后，以品秩为次第。其《三教珠英》既有缺落，宜依旧目，随文修补。"①

由此可见，唐玄宗鉴于内库藏书年久散乱，曾下诏命右散骑常侍褚无量、马怀素进行整理。历时四年，整理完成之后还曾让百官、百姓参观。他在命人整理校写四部藏书的同时，还命人编辑整理了大量新的书籍和藏书目录，如《初学记》《群书四部录》《文府》《六典》等，他还亲自注释《孝经》《道德经》，并颁行天下，这使得许多图书得以编辑和推广，为盛唐时期的文化建设和图书修订工作做出了贡献。

同时，唐玄宗还鼓励学术事业百花齐放。《唐会要·修撰》记载了唐玄宗批准河上公注《老子》和王弼注《老子》共同流传的事迹：

开元七年五月，左庶子刘子玄上议："今之所注《老子》，是河上公注，其序云：'河上公者，是汉文帝时人，结草庵于河曲，

①　《唐会要》，第752页。

因以为号。以所注《老子》授文帝，因冲空上天。'此乃不经之
鄙言，流俗之虚语。《汉书·艺文志》注《老子》者有三家，河上
所释，无处闻焉，王弼义旨为优，请黜河上公，升辅嗣所注。"司
马贞亦注云："汉史实无其人，然所注以养神为宗，以无为为
体，请河、王注令学者俱行。"从之。①

据此可知，唐玄宗不但批准《老子》河上公注本继续推行，而且又准
许王弼注推行，说明当时统治者鼓励不同的学术著作同时存在。
五臣注就是在这样学术开放的大背景下产生的。

　　《文选》自编成以来，在南北朝时期尚未受到足够的重视。隋
唐时期，由于科举制度的实行，写得一手好文章成为一般士子进入
仕途的敲门砖，所以《文选》在隋唐时期成了士子必读的书籍。敦
煌文献中的《秋胡变文》记载了唐代士子常用的十种书籍，其中就
有《文选》。随着唐代科举制度的不断调整完善，进士科加试了杂
文和诗赋，于是《文选》作为学习写作的范本在唐代越来越受到重
视。在五臣注释《文选》之前，隋代萧该著有《文选音》，唐初曹宪著
有《文选音义》，李善著有《文选注》《文选音义》《文选辨惑》，公孙罗
著有《文选注》《文选音义》，许淹著有《文选音义》，等等。由于《文
选》本身不易读懂，借助音义或注释阅读《文选》是一般读书人必经
的阶段，所以这些书籍也成为士子们必不可少的阅读工具，也就是
将音义或注释作为研读《文选》的津梁。特别是《文选》李善注，更
是风行一时。李善注援引典籍赅博，讲求词语典故出处，从典故注
释详备和学术研究的角度来看确实无可挑剔，但我们不能忽略了

---

① 《唐会要》，第767页。

士子们研习《文选》的目的。对大多数士子来说,学习《文选》仅仅是其谋取进身之阶的手段,他们并不是以学术研究为目的。而急于求取功名的士子往往喜欢走捷径,热衷于那些内容少、简单易学又能奏效的学问。

关于士子喜欢研读内容少而又相对容易学的内容,我们可以从明经的学习情况窥其一二,下面两则史料很能说明这个问题。《唐会要·贡举上·帖经条例》记载:

> 开元八年七月,国子司业李元瓘上言:"《三礼》《三传》及《毛诗》《尚书》《周易》等,并圣贤微旨,生徒教业,必事资经远,则斯文不坠。今明经所习,务在出身,咸以《礼记》文少,人皆竞读。《周礼》经邦之轨则,《仪礼》庄敬之楷模,《公羊》《穀梁》历代宗习。今两监及州县,以独学无友,四经殆绝,事资训诱,不可因循。其学生望请量配作业,并贡人参试之日,习《周礼》《仪礼》《公羊》《穀梁》,并请帖十通五,许其入策,以此开劝。即望四海均习,九经该备。"从之。①

又《唐会要·贡举上·明经》记载:

> 开元十六年十二月,国子祭酒杨玚奏:"今之明经,习《左氏》者十无一二,恐《左氏》之学废。又《周礼》《仪礼》《公羊》《穀梁》,亦请量加优奖。"遂下制,明经习《左氏》,及通《周礼》等"四经"者,出身免任散官。②

---

① 《唐会要》,第 1630 页。
② 《唐会要》,第 1627 页。

上述两条材料充分表明,士子明经仅仅是为了进入仕途,取得出身。为了迅速达到这样的目的,他们都愿意学习内容少、简单易学的《礼记》,《周礼》《仪礼》《左传》《公羊传》《穀梁传》等经书因内容太多,篇幅过长,士子们大都不愿意学习。开元八年(720),朝廷为了鼓励士子学习《周礼》《仪礼》《公羊》《穀梁》这些重要经书,在科举考试中特意放宽了对这些内容的要求。开元十六年(728),朝廷又敕令明经科考试中学习《左传》及《周礼》等"四经"者,出身免任散官,进一步加强鼓励措施。然而虽然国家三令五申采取多种措施鼓励学习《左传》等内容复杂的经籍,但实际收效甚微。这里虽然说的是明经的情况,但对于进士科的人同样适用。士子们为了获得出身,往往避重就轻,弃繁取简,他们学习的目的仅仅是为了获得进入仕途的阶梯,也就是"务在出身"。

在这样的科举考试背景之下,援引赅博、训诂详明又卷帙庞大的李善注似乎不能满足读书人的要求。李善注的详备赅博有助于加深读者对文本的理解,对精心研读《文选》者可能大有裨益。但其注释的详备又大大增加了《文选》的篇幅,对于只是为博取功名的士子来说,浩繁的篇幅无疑造成了学习的困难。所以,《文选》李善注虽然注释详尽,但对一般只要求获得出身的读书人来说未必适用。因此,认真钻研李善注者寥寥无几。对于大多数读书人来说,他们迫切需要的是内容简单、篇幅较小、能够指导他们学写文章的文章范本,这就为五臣重新注释《文选》提供了契机。

李善注本身的特点也为五臣提供了重新注释《文选》的空间。李善注着重释典,探究其出处,训诂务求原典,或引前人成说,很少解释文本大意。这种注释方法对学者们大有裨益,但对于初学写作和应付考试的士子来说却显得过于繁复,使他们望而却步。《吕

向传》提到,吕向"尝以李善释《文选》为繁酿,与吕延济、刘良、张
铣、李周翰等更为诂解,时号'五臣注'"。这里说李善注"繁酿",可
谓一语中的。因此,五臣注力争避开李善注的不足,训诂尽量简便
易懂,注解中虽难免有臆解之处,但却通俗易懂,且注重串释大意,
避免了李善注"释事忘义"的缺点。五臣注有明确的读者定位,它
是为了让一般读者借助注释就能直接阅读《文选》,它明确知道读
者的阅读需求,将读者的注意力集中在原文上,了解文本的创作背
景、创作动机,然后逐句串释句意,使读者很容易地理解文本原文。

　　我们还可以通过吕延祚的《进集注文选表》来进一步了解五臣
注产生的原因和背景。《进集注文选表》中明确提到,因为李善注
存在过分征引典籍,忽略阐发章句,不注重揭示作者的写作缘由等
弊端,吕延祚"志为训释",召集五臣重新注释《文选》。该表对李善
注的批评虽然难免有偏激之处,但也确实指出了李善注的不足。
表中认为五臣注"其言约,其利博",点出了五臣注区别于李善注的
最大特色,就是分量比李善注少,使用起来比较方便。

　　李善注和五臣注的优劣暂且不论,我们仅从注释宗旨来说:李
善注寻根溯源,讲究注释典故出处,而五臣注则"是从写作文章的
角度出发的,重在'述作之由',要求注出'作者为志',便于学者揣
摩。因而五臣注不求训诂精确,释事翔实,不多征引,而以疏通文
意为主","实际上这是文人作注,与学者李善作注迥不相同。但是
对于学习写作、揣摩文章的士子来说,五臣注的简注详疏,比较便
宜"①。也就是说,五臣注和李善注所面对的读者群和注释的目的

　　① 倪其心:《关于〈文选〉和"〈文选〉学"》,收入俞绍初、许逸民主编,《中外学者文
选学论集》,第 305 页。

不尽相同,李善注面对的是比较高端的读者,适合学者钻研,而五臣注则更适合初学者和一般士子学习写作、应付考试之用,这也可以解释为什么唐代中后期五臣注一直比较盛行。

唐玄宗看到五臣所注《文选》后,对他们的注释工作成绩进行了肯定,遣将军高力士宣口敕曰:"朕近留心此书,比见注本,唯只引事,不说意义。略看数卷,卿此书甚好。赐绢及彩一百段,即宜领取。"①李善注的初注本于唐高宗年间进呈了朝廷,并被收藏于秘阁,所以唐玄宗阅读的非常可能就是李善初注本,也就是李善在显庆三年进呈的注本。李善初注本与后来的李善注本相比更是注重引事,极少串释大意。唐玄宗的评价说出了李善注和五臣注的主要区别:李善注主要引词语典故,训诂征引原书,很少串释大意,而五臣注则注重串释大意,训诂则直接释义,比较简明易懂。特别是对于一般读书人来说很实用。

总而言之,《文选》五臣注成书于唐玄宗大兴文治、整理编纂古代坟籍和鼓励学术百花齐放的时代。当时应试的士子阅读这些书也仅仅是为了应付考试,学习写作,获得入仕的出身而已,认真钻研者寥若晨星。再加上李善注篇幅过大,不便于初学者使用,这就为《文选》五臣注产生提供了契机。虽然与李善注相比,五臣注学术性略显不足,但其有明确的读者定位,有其自身的价值和特色。

第三节　五臣注的特点、价值及影响

《文选》五臣注是在盛唐时期百花齐放的学术背景下产生的,

---

① 　六家注《文选》,第5页。

在整个"文选"学史上是一部不可忽视的重要著作。与李善注相比,五臣注同样具备鲜明的自身特点,下面结合五臣注的文本注释对其特点进行大致的概括与总结。

注重串释大意是五臣注的第一个特色。同时也是五臣注最主要的特点之一,是五臣注和李善注的主要区别之一。李善注一直有"释事而忘义"的弊端,虽然李匡乂认为李善绝笔之本"事义兼释",但从今天流传下来的李善注来看,主要还是征引典籍,援引出处,虽有疏通语句之处,而其篇幅在整个注释文本中也属于少数。五臣注则主要以疏通文句为主,间有释事之处。

如卷二班孟坚《西都赋》"盖闻皇汉之初经营也,尝有意乎都河洛矣。辍而弗康,寔用西迁,作我上都。主人闻其故而睹其制乎"这句,李善注曰:"《孝经钩命决》曰:道机合者称皇。《尚书》曰:厥既得吉卜,乃经营。东都在河南洛阳,故曰河洛也。郑玄《论语注》曰:辍,止也。张卫切。孔安国《尚书传》曰:康,安也。《穀梁传》曰:葬我君桓公。我君,接上下也。"而五臣注则曰:"铣曰:皇,大也。经营,犹构立也。言汉初立,有意都洛阳。铣曰:辍,止;康,安也。我,天子也。言天子止于河洛,以为不安,是以西迁上都。上都,西京。向曰:问主人闻迁都之故,见长安之制乎?"李善注虽然篇幅并不比五臣注少,但仅注释了"皇""经营""河洛""辍""康""我君"六个词汇,而且没有串释语句。五臣注不但解释了以上这些词汇,还串释了大意:"言汉初立,有意都洛阳。""言天子止于河洛,以为不安,是以西迁上都。""问主人闻迁都之故,见长安之制乎?"这无疑降低了读者理解原文的难度,而且所用篇幅还没有李善注长。

又如同篇"肇自高而终平,世增饰以崇丽。历十二之延祚,故穷泰而极侈"这句,李善注曰:"《汉书》:高祖。张晏曰:以为功最高,而为汉帝之祖,故特起名焉。《汉书》:孝平皇帝,元帝庶孙。荀悦曰:讳衎。汉自高祖至于孝平,凡十二帝也。《国语》曰:天地之所祚。贾逵曰:祚,禄也。"李善注解释了"高祖""孝平""十二""祚"几个词汇,仅有一句"汉自高祖至于孝平,凡十二帝也"是串释"历十二之延祚"句大意。五臣注则曰:"铣曰:肇,始也。始自高祖,终于平帝,为十二世。世增修饰,故云穷极奢侈。"五臣仅解释了"肇"一个词,但是串释了整句话的意思,而且所用字数不及李善注的一半。

　　这样的例子在五臣注中比比皆是,不胜枚举,可谓弥补了李善注"释事而忘义"的缺憾,而串释大意更便于初级读者对作者文本要表达的意思的全面理解和把握。

　　五臣注以串释语句为主,但也没有完全抛开李善注征引式的注释方法,在吸收李善征引式训诂的同时,不忘记点明主旨,帮助读者理解原文,形成了一种不同于李善注的训释模式,另外也避免了李善注所说的"文虽出彼,而意微殊,不可以文害意"的问题。

　　五臣注的串释不乏点睛之笔,如卷九班彪《北征赋》"首身分而不寤兮,犹数功而辞譬。何夫子之妄托兮,孰云地脉而生残",李善注仅引其本事曰:"《史记》曰:赵高者,诸疏远属也。为中车府令,事公子胡亥,始皇崩,高得幸胡亥,欲立为太子。太子已立,遣使以罪赐蒙恬死。蒙恬喟然太息:'我何罪于天,无过而死?'良久,徐曰:'恬罪固当死矣!起临洮,属之辽东,城堑万余里,此其中不能毋绝地脉哉,乃恬之罪也。'吞药自杀。"而五臣吕延济注除了引本事外,末又加上一句:"彪言恬至死不知其过。"这句话言简意赅,点明了作者的意图及文中的句意,对读者理解作者原文有很大帮助。同样的例子在五臣注的文本中还有很多,这里不再一一列举。

注重解题是五臣注的第二个特色。据陈延嘉先生统计,"《文选》按六臣注本是714首,其中无解题者167首,有题解者为547首。在这547首中,李善与五臣都有题解者270首,李善有五臣无者19首,五臣有李善无者258首"①。根据这个统计,我们可以看出五臣注更注意揭示写作背景和创作缘由,有很多地方对解题的注释多出李善注者。五臣注在吸收前人训诂成果的基础上,将具体篇目的创作背景与作者生平相结合,挖掘出作者的真实创作意图。这种做法可以说是《文选》注释学上的一大进步。五臣解题一般都列在作者下面,在介绍作者的同时进行创作缘由的分析。即便是李善和五臣同有解题,五臣亦有多出李善注释之处,重在揭示作者的创作缘由和创作意图,这正是吕延祚《进集注文选表》所言及的五臣注的宗旨之一。

如卷四张平子《南都赋》下,李善注曰:"挚虞曰:南阳郡治宛,在京之南,故曰南都。"李善注仅仅点明了南都称呼的来历。五臣李周翰注曰:"南都,在南阳光武旧里,以置都焉。桓帝时议欲废之,故衡作是赋,盛称此都是光武所起处,又有上代宗庙,以讽之。"其间不仅对南都位置有解释,并且述说了张平子创作《南都赋》的原因和时代背景。

又如卷四左太冲《三都赋序》下,李善注曰:"臧荣绪《晋书》曰:左思,字太冲,齐国人,少博览文史,遂作《三都赋》,乃诣著作郎张载,访岷卭之事。遂构思十稔,门庭藩溷,皆着纸笔,遇得一句,即便疏之。征为秘书。赋成,张华见而咨嗟,都邑豪贵竞相传写,遍于海内。"而五臣吕向注曰:"臧荣绪《晋书》云:左思,字太冲,齐国

---

① 陈延嘉:《论〈文选〉五臣注的重大贡献》,收入《文选学论集》,第82页。

人也。少博览史记,作《三都赋》,构思十稔,门庭藩溷,皆著纸笔,遇得一句,即疏之。征为秘书。赋成,张华见而咨嗟,都邑豪贵竞相传写。三都者,刘备都益州,号蜀;孙权都建业,号吴;曹操都邺,号魏。思作赋时,吴蜀已平,见前贤文之是非,故作斯赋,以辨众惑。"李善注突出了左思的生平和作赋的情况,五臣注不仅交代了左思作赋的具体情况,还交代了作赋的原因,更有助于读者理解作品。尤刻本则将此段五臣注亦取入作为善注,显然是尤袤刊刻时亦觉得五臣注交代的比较清楚,所以不避嫌疑,将五臣注也吸收其中,以致于后人评论说是尤袤李善注中窃取了五臣注的内容。其实这正说明了五臣注优于李善注之处。

又如卷十一王仲宣《登楼赋》,李善注曰:"盛弘之《荆州记》曰:当阳县城楼,王仲宣登之而作赋。"又曰:"《魏志》曰:王粲,字仲宣,山阳人。献帝西迁,粲从至长安,以西京扰乱,乃之荆州,依刘表。后太祖辟为右丞相掾。魏国建,为侍中,卒。"而五臣刘良注则曰:"《魏志》云:王粲,字仲宣,山阳高平人也。少而聪敏,有大才,仕为侍中。时董卓作乱,仲宣避难荆州,依刘表,遂登江陵城楼,因怀归而有此作,述其进退危惧之情也。"李善注仅交代了王粲的生平和大致情况,而五臣注不但交代了王粲的生平,还分析了王粲写作《登楼赋》的原因和他当时所处的境况,特别是"述其进退危惧之情"一句,点明了《登楼赋》的创作缘由,对读者理解作品和王粲所处境况颇有启发意义。而且,五臣点出王粲所登楼是江陵城楼,也与李善所言当阳城楼不同。

这样的例子还有很多,在此不烦一一列举。这种题解正是五臣注揭示"作者为志"的地方,也是五臣在李善注基础上更进一步探究写作背景的可取之处。这些创作背景的揭示有助于读者理解作品,对初学写作的读者也有一定的指导作用。

此外,五臣解题还有指明《文选》所列序之是非,如卷八扬子云《羽猎赋》下,李善无注,五臣张铣注曰:"此赋有两序,一者史臣序,一者雄赋序也。"五臣此注就指出了此赋之所以有两序的原因。当然,五臣的解题也不免有臆测之处,但其对作者创作缘由的探索颇值得肯定。

直接释词,注释简略是五臣注的第三个特色。李善注的训诂方式是引经据典,很少直接解释词义;而五臣注则务求简约,所以直接释词,不再一一交代其出处。五臣这种注释方式使注本篇幅大幅度减少,方便读者阅读。

如卷一班孟坚《两都赋序》"雍容揄扬,著于后嗣,抑国家之遗美,亦雅颂之亚也"句,李善注仅注释"揄""扬"二字,作:"《说文》:揄,引也。孔安国《尚书传》曰:扬,举也。"而五臣则直接解释词义,且解释了 6 个字,多出李善注 4 个,作:"雍,和;容,缓;揄,引;扬,举;亚,次;嗣,代也。"而五臣注虽然注释词汇实际要比李善注释多,但是篇幅却没有李善注长。

又如同篇"辍而弗康"句,李善注曰:"郑玄《论语注》曰:辍,止也。孔安国《尚书传》曰:康,安也。"而五臣张铣注则曰:"辍,止;康,安也。"注释同样两个字,李善因为要援引出处,所以多出很多篇幅,五臣注时直接释词,不交代出处,简单明了,更便于读者阅读。这一特点是五臣注所面对的读者层面所决定的。

当然,后人对五臣此种注释也多有持批评意见者,意谓五臣训诂解释字词不讲出处,不及李善注原原本本。这种意见我们应从两个方面来看。如果从辑佚的角度来讲,五臣注不如李善注来源可靠,且有出处,便于后人核对。一般人批评也多是从这个角度出发。但如果我们从阅读者的角度来看,李善的注释则显得臃肿,而五臣则简洁扼要。读者阅读注释,无非是想知道此字意义,而五臣注已经达到了这样的训诂目的,既解释了字意,又除却了臃肿之嫌。且此前的儒家经典、史部典籍及各类子书都是直接注释,如毛传郑笺、《楚辞》王逸注等等,都是这么直接解释字意的,即便在《文选》注释中,李善所取旧注也多如此直接释义,如《西京赋》《东京赋》的薛综注、《射雉赋》的徐爰注等等。所以,五臣此种注释不足为批评之处。

突出写作方法是五臣注的第四个特色。五臣注既然是为学习写作的初学者所作,那么对写作方法的揭示就成为其注释时的重点。

如卷一班固《西都赋》"有西都宾问于东都主人曰"下,李善于此处无注,五臣吕延济则注曰:"假为宾主,以相问答。"又如张衡《西京赋》"有凭虚公子者"下,李善注引薛综曰:"凭,依托也。虚,无也。言无有此公子也。"而五臣吕向注则曰:"凭,托也。虚,无也。实无有此公子,假言发问答也。"五臣注揭示了文章假借宾主问答而展开的写作方法,而李善注则未明言。

又如卷九班彪《北征赋》"惟太宗之荡荡兮",五臣吕向注曰:"文帝庙号太宗。彪云太宗者,互其文也。"这里揭示了文章互文的写作手法,也就是避开词汇重复,便于初学者有针对性地学习。

又如卷二十潘岳《关中诗》"锋交卒奔,孰免孟明"句下,李善仅注其出典,而五臣吕向则注曰:"言锋刃始交,士卒奔北,军将谁免孟明之败者。孟明氏,秦将,尝为晋所败,以为喻也。"这里交代出了作者写作中常用的比喻手法。这样的例子还有很多,不再一一列举。

　　《文选》保存了先秦至南朝梁代的许多作家的重要作品,所收多为传颂已久的名篇,为后世的文体写作提供了范本。《文选》本身的选文具有广泛的代表性,满足了当时文人学士学习写作的需要,所以在唐代是学习习作的范本。而五臣注这种注重揭示写作方法的注释更便于初学者结合具体的篇目学习,对初习写作者有很大的指导作用。

　　正文夹大量音注是五臣注的第五个特色。李善注虽然也有大量的音注,但李善音注都出在注文中;而五臣音注则夹于正文中,更便于读者阅读和使用。从音注的总量上来看,五臣音注要比李善音注多出许多。以唐写永隆本《西京赋》残存的部分统计,写本存李善音注共计212条,北宋本则有李善音注243条,尤袤刻本则有李善音注245条,陈八郎本和正德本都有的五臣音注共计308条,其中北宋本脱掉1条,而尤袤刻本则有1条北宋本无,而五臣音注有,这明显是五臣音注混入者,如此则刻本李善注中音注共计244条,同篇幅的五臣音注则为308条,五臣和李善共同有音注的则为202条,李善有音注而五臣无者有42条,五臣有音注而李善无者则有106条。此虽是抽样调查,但仍能体现出五臣音注比李善多的特点。《文选》中保存了许多中古词汇、诗歌用韵。在正文中夹音注的方式对于学习者来说有积极作用:不仅方便读者阅读正文、理解文意,可以起到因音辨义的作用,而且有助于读者学习诗歌用韵。况且就音注而言,其正如今天的汉语拼音,是为了帮助读者认读不知读音的字而设,如果夹在正文之中,阅读时可以直接读出,而用李善注则需要查检注释,找到相应音注。以此而论,五臣正文夹音注正是符合阅读习惯的,非常便于读者使用。

　　这里顺便辨析一下前人关于五臣注袭取李善注以及五臣注

"轻改前贤文旨"的问题,因为这是后人诟病五臣注的两个重要理由。辨明这两个问题,更有助于我们认识五臣注的价值。

先说五臣注袭取李善注问题。晚唐李匡乂是这一问题的始作俑者,这种批评对后世影响深远,贬五臣注者往往拾其牙慧。五臣生当李善注已经成书的盛唐时期,当时已经流传的《文选》注释著作有萧该的《文选音》、曹宪的《文选音义》、李善的《文选注》与《文选音义》、公孙罗的《文选注》与《文选音义》、许淹的《文选音义》等书,五臣注《文选》时必然要吸收之前的注释成果,这是学术发展的内在规律使然。五臣注的最主要特征是引典少,主要疏通文意,从这个层面来说,五臣继承了汉代以来的经学注疏方法。以日本所藏唐钞本《文选集注》残卷中所保存的《钞》和《音决》来看,《钞》中经常有疏通文意的语句,而在《音决》后又常收有五家音。五臣注中的串释大意处最多,而串释性注释在李善注中比较少,即便说是抄袭,也可能抄袭了《钞》或者李善所引各家"旧注",而《钞》或者李善所引各家"旧注"中的串释性语句比起五臣注来说,其篇幅更小,所以五臣注应该是在总结各家"旧注"的基础上进行的注释。《音决》是在权衡各家音以后做的音注,其中各家音注不同时引有萧、曹、许等人的音注。《文选集注》在《音决》后仍然引有五家音,这说明五家音有多于其他各家音注者。既然可以权衡各家音注而后作《音决》,那么五臣为何不能在注释时吸收各家注音成果进行音注呢?

五臣注中不但有许多与李善音注和《音决》相同者,还有多出李善音注和《音决》者,更有许多不同于李善音注和《音决》者,这可以从古汉语语音发展中找到原因。从古汉语语音发展情况看,语音具有相对的稳定性。王力先生认为,隋至中唐的声母和魏晋南北朝完全一致，共有 33 个声母，只是到了唐天宝年间，在原来声母的基础上又分化出来 3 个声母，变成了 36 个声母。《文选》李善注成书于唐高宗显庆三年(658)，《文选》五臣注成书于唐玄宗开元六年(718)，两者相距仅 60 年，语音的声母没有发生变化，因此二者的音注出现相同的情况应是自然而然的现象。但同时，隋唐之际随着民族融合的加强，语音也出现了更多的韵部，随着社会的发展，韵部也在不断进行着分化合并，这也会使一些词语的读音发生变化。从初唐到盛唐，随着政治上的稳定和经济、文化上的发展，语音也会发生一些变化，五臣注释《文选》时，会根据当时的实际情况在其注中体现出这些变化。那么，五臣注有多出李善音注和《音决》者，更有许多不同于李善音注和《音决》者就可以理解了。

总而言之，五臣作注时已有很多《文选》音义之书及注释，所以五臣在注释时一定以此作了参考。在吸收了以前各家注释的合理成分以后，五臣注又避免了其过于学术性的缺点，注重了注释的普及性和通俗性，这是五臣注之所以流行的主要原因。

再说五臣注"轻改前贤文旨"的问题。五臣注与李善注在正文文字上有许多差异，过去总认为这是五臣私改李善注的结果。李匡乂也因此批评五臣注"轻改前贤文旨"，这种批评对后世影响深远，成为后人长期否定五臣注的一个重大原因。自李匡乂批评之后，凡是批评《文选》五臣注者皆说其正文文本不可据，因其轻改前贤文旨故也。笔者在校勘韩国奎章阁藏本六家注《文选》的过程中，参阅了许多目前发现的《文选》写本和刻本，根据目前的校勘结果来看，五臣所用《文选》底本和李善所用底本不是一个系统。如五臣本中曹植《七启》中"寒芳苓之巢龟"的"寒"字，自李匡乂以来一直以为是五臣改"寒"为"搴"，今《文选集注》中引《钞》曰"搴，取也",又引《音决》曰:"寒,如字。或作'搴',居辇反。非。"又有按语曰:"今案:《钞》'苓'为'灵'。陆善经本'寒'为'宰'。"根据《文选集注》所引书顺序,《钞》《音决》成书都在五臣注之前,说明"寒"作"搴"并非五臣擅改,而是其来有自。《钞》所用本"寒"即作"搴",而《音决》则认为作"搴"不对,陆善经本则作"宰",与李善本和五臣本皆不同。这种例子在《文选集注》残卷中尚有很多,足可证《文选》在唐代已有很多种钞本,正文文字互有不同。敦煌写本的发现,也为我们重新认识五臣注的价值提供了珍贵的文本依据。敦煌写本保存的《文选》抄写年代更早,也就更接近萧统《文选》原貌,许多地方比后世公认的最好版本——李善本更好,这是学术界公认的。通过比较我们可以发现,五臣本文本内容与今存李善本文本不同的地方往往与敦煌写本相符。

如五臣本鲍明远《东武吟》中有"倚杖牧鸡"句,李善本"牧"作"收"字,然敦煌写本亦作"牧",和五臣本正文相同,李善亦无解释,是李善本误,或所本不同也。

又如鲍明远《东门行》"行子夜中饭"句,李善本"饭"作"饮"字,然敦煌写本和《文选集注》亦作"饭",和五臣本相同,是李善本误,或所本不同也。

这样的例子尚有很多。南宋尤袤刻本李善注《文选》后附有李善本、五臣本同异,今所见宋刻本五臣、李善合并本亦标有李善本、五臣本异同,且五臣、李善各有解释,注释文字亦可证明李善本、五臣本正文用字不同。此种情况是由于《文选》抄写过程中出现了误字,或因为字迹模糊难辨,或因为抄手误写,原因很多,不可尽知。

另据《文选集注》中所下校语来看,五臣本很多正文与《钞》《音决》或陆善经本相同,而和李善本不同,这也说明并非五臣擅改文字，而是李善和五臣文本皆有所据，不是出自一个文本系统。总而言之，不能轻易下结论说五臣"轻改前贤文旨"，只能说李善、五臣必有一误，或者两者皆误。五臣本、李善本正文不同者并非全是李善是，五臣非；也并非全是五臣是，李善非。若没有敦煌《文选》文献及《文选集注》的出现，则五臣将永世蒙受不白之冤。在已经有很多唐写本出现的情况下，我们今天比较客观地说，李善本和五臣本正文各有千秋，皆有错误，都并非完璧无瑕，但不应该以此来否定其价值。

李匡乂之所以如此批评五臣注，当然是从学者的眼光来看，但也已有先入为主之嫌，而忽略了《文选》各种抄本在流传及传抄过程中的讹脱衍倒问题，因而片面地认为凡是五臣不同于李善之处皆是五臣轻易改动，这只能说明当时的人对版本知识尚缺少认识。时至今日，在对已有各种抄本、写本、刻本的版本认识的基础上，我们不宜再简单地将五臣、李善《文选》文本异文做简单化处理，而应该更加客观全面地认识《文选》在流传过程中产生的各种错误。

我们还可以通过宋代五臣和李善合注本中对五臣本、李善本异文的取舍来看宋人对待二家正文中异文的态度。秀州本几乎全部采用五臣本正文，按语中只是交代出李善异文；明州本基本也采用这种方法；赣州本正文则兼取李善本和五臣本，其校语或说五臣作某，或李善作某。正文全取五臣者，不容易看出整理者的态度，因为其选用五臣本作底本。但其为何选用五臣本而非李善本作底本，本身也暗含了一种态度。正文兼取两家的赣州本则明确地体现出整理者对待五臣本与李善本异文的态度，即他们认为五臣本合适的就采用五臣本，在按语中列出李善本异文；认为李善本合适的就采用李善本，在按语中列出五臣本异文。虽然赣州本整理者的取舍未必都很恰当,未必符合《文选》文本的本来面貌,但从中至少可以看出他们对待五臣本与李善本的异文不是简单地是此非彼,或者是彼非此,而是比较客观地看待这些异文,这种客观的态度就值得我们今天的人学习。

正是由于五臣注具有以上所列五条鲜明的特点,其迅速在社会上开始流行。晚唐李匡义及五代的丘光庭虽然都批评五臣注过于疏陋,但都没有否认五臣注在社会上盛行的事实。他们的批评恰恰说明当时社会上五臣注比李善注更加受欢迎的事实。五代后蜀时五臣注已经雕版印刷。直到宋代,五臣注仍然受到相当的重视,虽然苏轼批五臣为陋儒,仍不掩其流行之事实。如洪兴祖《楚辞补注》中采用了很多五臣注,生活在南宋宁宗(1195—1224 在位)、理宗(1225—1264 在位)时期的唐士耻《灵岩集》中有《代翰林学士谢赐唐五臣注文选表》。特别是唐士耻的谢表,表明了宋代皇室仍以五臣注《文选》来颁赐翰林学士以奖掖其优异表现,同时也说明了五臣注的价值和地位。

以现在已经知道的宋代刻本计,李善注刻本仅有北宋国子监本及尤袤刻本,而五臣刻本则有平昌孟氏本、杭州猫儿桥钟家铺子刻本、陈八郎刻本。再以宋代的合并本来看,五臣在前李善在后的六家注本就有秀州本、广都裴氏本、明州本三种,而李善在前五臣在后的六臣本有赣州本、建州本两种。而且作为第一个合并本的秀州本即是以五臣注为底本,将李善注逐段诠次编入五臣注而成新的六家合注本,由此也可见五臣注在当时受重视的程度。有人认为五臣注乃附李善注之骥尾以传,此说恐怕不能令人信服。以宋代热衷于合并五臣注和李善注的事实来看,五臣注和李善注都有其合理的地方,所以合并本在宋代比单李善本或五臣本要多。

之所以合并本比较盛行,就是五臣注弥补了李善注"释事忘义"的特点,李善注征引详备,而五臣注则串释简要,两种注释各有优点,合则双美,离则两伤。在宋代以后,由于整个"《文选》学"的衰落以及唐宋人对五臣注的大肆批评,五臣注逐渐受到冷落,即便是号称赅博的李善注也难逃此命运。

总而言之,《文选》五臣注因其本书所具有的重要特色而具有重要的价值,同时它又适应了一般读书人阅读的需要,简单易学,便于初学者阅读,对初习写作者有很大的指导作用,因而在社会上有广泛的阅读群体,客观上起到了文化普及的作用。同时,它可以弥补李善注之不足,与李善注形成一种互补关系,分别满足不同读者层次的阅读需要,它和《文选》李善注、《文选》一起成为后世研究《文选》的标准文本。此外,五臣注还具有一定的版本价值,在版本方面,五臣注的文本有自己的优长。我们今天看待五臣注应该结合其所处的历史时期,客观全面地进行评价,既要看到五臣注在当时流行的事实,也要看到五臣注有臆解之处的不足。如果从一般读者的角度去阅读《文选》,五臣注可以说是一种通俗易懂的本子。即便作为研究者而言,也不能完全脱离五臣注而专用李善注进行研究。李善注因为其辑佚价值很高受到清代以来的学者重视,但五臣注对研究《文选》文本本身及理解文章仍然有不可替代的作用。从唐代整个"《文选》学"的成就来看,仅有此两家注释完全流传下来,由此亦可见五臣注的价值足以和李善注媲美。

《文选》李善注和五臣注作为唐代"《文选》学"研究的两大代表性成果,双峰并立,但长期以来两家注释在学界受到的评价却有天壤之别。李善注自从成书流传以来,以其注释详赡、援引赅洽、原原本本而广受赞誉,而五臣注则在历史上颇遭学者非议。晚唐人李匡乂鉴于社会上五臣注广为流传，而李善注反不为俗人所重，因此褒李善注而痛贬五臣注，为后世五臣注受到不公正的学术评价开了先河。时至今日，在有很多可见的相关《文选》写抄本、刻本文献的情况之下，我们应该更加公正客观地看待两家注释，对其在"《文选》学"发展史上的价值和地位有一个正确的认识。

　　"《文选》学"在唐代达到了前所未有的兴盛和繁荣，形成了"《文选》学"史上的第一次研究高潮。唐人以广博的文化、文献知识来对《文选》进行诠释，出现了大量"《文选》学"研究成果，为《文选》的传播和阅读提供了文本基础，同时也深深影响了当时的文人创作，李白就三拟《文选》，杜甫则教育儿子要"熟精文选理"。受时代风尚的影响，唐人并不满足于对《文选》文本的研究，有人还依照《文选》的义例对《文选》进行广、续、补、遗工作，唐代曾一度盛行续、补《文选》之风。《文选》也因此在唐代得到了非常广泛的传播，不仅在国内广为流传，而且已经流传到了异域，并受到重视。唐代朝野上下及邻国都将《文选》看作一种与儒家经典一样重要的文化典籍。唐代"《文选》学"的繁荣对唐代的文风也产生了重要影响，促使骈文成为当时的主流文学样式。

第四节　五臣注的评价问题

　　《文选》五臣注是"《文选》学"史上浓重的一笔，它和《文选》李善注、《文选》一起成为后世研究《文选》的标准文本，其价值和影响不容忽视，但李善注和五臣注在社会上受到的评价却有天壤之别。李善注自从诞生以来，以其注释详赡、援引赅洽而广受赞誉，而五臣注则颇遭非议。由于后世对于李善注的评价比较一致，多持肯定赞扬态度,因此这里重点对五臣注的评价问题进行详细论述。

据目前的史料来看,《文选》五臣注在其产生后即得到了广泛的流传,世人争相学习。五臣注是第一个成为刻本《文选》的本子,直到宋代监本李善注《文选》刊刻之前,甚至以后的相当长一段时期内,《文选》五臣注一直盛行。第一个合并本的六家注《文选》——北宋秀州本即是以五臣注为底本,将李善注逐段铨次编入而成。五臣注虽然如此广泛流传,但长期受到不公正的评判,批驳诋毁者代不乏人。晚唐以来的李匡乂、丘光庭都曾批驳五臣注,宋代的苏轼亦批驳五臣注荒谬,明、清以后,五臣注更是饱受批评。直到新时期,随着"《文选》学"研究的不断深入,倪其心、顾农、陈延嘉、王立群、甲斐胜二等专家学者分别从李善注和五臣注的不同注释方法、不同注释实践和纲领等角度重新审视五臣注,初步论述了五臣注的合理成分,呼吁重新认识五臣注的价值,但仍有很多人对五臣注存有偏见。究其原因,主要是因为晚唐李匡乂《资暇集》中有关五臣注的批评对后世影响深远。后人对李匡乂的批评未进行认真辨析,贬五臣注者更是将李匡乂的批评指责奉为圭臬。时至今日,敦煌文献中大量《文选》残卷和日本所藏《文选集注》的发现使我们从版本上重新认识《文选》成为可能,也为我们重新评价五臣注提供了珍贵的文献资料。从中我们可以看出李匡乂对五臣注的批评有许多值得商榷的地方。为了正本清源,下面就对李匡乂批评五臣注的各个条目逐一进行辨析。

晚唐人李匡乂为褒赞李善注而痛贬五臣注,为后世五臣注受到不公正的学术评价开了先河。李匡乂《资暇集》中专门有"非五臣"条,其中云:

　　世人多谓李氏立意注《文选》，过为迂繁，徒自骋学，且不解文意，遂相尚习五臣者，大误也。所广征引，非李氏立意，盖李氏不欲窃人之功。有旧注者，必逐每篇存之，仍题元注人之姓字。或有迂阔乖谬，犹不削去之。苟旧注未备，或兴新意，必于旧注中称"臣善"以分别。既存元注，例皆引据。李续之，雅宜殷勤也。代传数本李氏《文选》，有初注成者，覆注者，有三注、四注者，当时旋被传写之。其绝笔之本，皆释音训义，注解甚多，余家幸而有焉。尝将数本并校，不唯注之赡略有异，至于科段互相不同，无似余家之本该备也。因此而量五臣者，方悟所注尽从李氏注中出。开元中进表，反非斥李氏，无乃欺心欤？且李氏未详处，将欲下笔，宜明引凭证，细而观之，无非率尔。今聊各举其一端。至如《西都赋》说游猎云："许少施巧，秦成力折。"李氏云：许少、秦成，未详。五臣云：昔之捷人壮士，抟格猛兽。施巧力折，固是捷壮，文中自解矣，岂假更言？况又不知二人所从出乎？又注'作我上都'云：上都，西京也。何太浅近忽易欤？必欲加李氏所未注，何不云：上都者，君上所居，人所都会耶？况秦地厥田上上，居天下之上乎？又轻改前贤文旨。若李氏注云"某字或作某字"，便随而改之。其有李氏不解而自不晓，辄复移易。今不能繁驳，亦略指其所改字。①

李匡乂大致生活在唐宣宗大中至唐昭宗年代，曾为太子宾客、宗正少卿。通过李匡乂的上述批评，我们可以发现当时的社会风气，学

---

① 《资暇集》，第148—149页。

习五臣注者要多于学习李善注者,且当时有很多人认为李善注太
过繁杂,不解文意,不如五臣注容易学习。李匡乂则认为世人"相
尚习五臣者,大误也"。这说明李匡乂是李善注的支持者,故此他
大肆批评五臣注。李匡乂是以学者的身份进行评判,但其批评却
不够客观公正。

概括而言,李匡乂所言五臣注之过失不外如下四种:第一,五
臣袭取李善注;第二,五臣进表非斥李善;第三,五臣注率尔下笔,
过于浅易;第四,五臣注轻改前贤文旨。下面逐一论说。

(一) 关于五臣袭取李善注的问题。

在李善之前,《文选》中的很多篇章已经有人注过,有些在今传
《文选》李善注中还有迹可循。其中,见于《隋书·经籍志》的即有:

> 《二京赋音》二卷,李轨、綦毋邃撰。
> 《齐都赋》二卷并音,左思撰。
> 《杂赋注本》三卷。梁有郭璞注《子虚上林赋》一卷,薛综
> 注张衡《二京赋》二卷,晁矫注《二京赋》一卷,傅巽注《二京赋》
> 二卷,张载及晋侍中刘逵、晋怀令卫权注左思《三都赋》三卷,
> 綦毋邃注《三都赋》三卷,项氏注《幽通赋》、萧广济注木玄虚
> 《海赋》一卷,徐爰注《射雉赋》一卷,亡;
> 《洛神赋》一卷,孙壑注。
> 《百志诗》九卷,干宝撰。梁五卷。又有《古游仙诗》一卷;
> 应贞注应璩《百一诗》八卷;《百一诗》二卷,晋蜀郡太守李彪
> 撰。亡。

　　　　《江淹拟古》一卷，罗潜注。

见于《新唐书·艺文志》的有：

　　　　曹大家注班固《幽通赋》一卷。
　　　　项岱注《幽通赋》一卷。
　　　　薛综《二京赋音》二卷。
　　　　李轨《齐都赋音》一卷。
　　　　綦毋邃《三京赋音》一卷。

这些注释我们大都可以在李善《文选注》中见到，这就是李匡乂所谓的"盖李氏不欲窃人之功。有旧注者，必逐每篇存之，仍题元注人之姓字。或有迂阔乖谬，犹不削去之。苟旧注未备，或兴新意，必于旧注中称'臣善'以分别"。

　　在19至20世纪陆续发现的敦煌吐鲁番文献中，又出现了不少与《文选》注释有关的珍贵文献。其中，在敦煌吐鲁番写本《文选》中保存了至少两家李善注之外的其他注本。其一是天津艺术博物馆藏敦煌本《文选注》与日本永青文库藏敦煌本《文选注》，此二本乃同卷被析，分别保存有赵景真《与嵇茂齐书》、丘希范《与陈伯之书》、刘孝标《重答刘秣陵沼书》、刘子骏《移书让太常博士》、孔德璋《北山移文》及司马相如《喻巴蜀檄》、陈琳《为袁绍檄豫州》《檄吴将校部曲文》、钟士季《檄蜀文》、司马相如《难蜀父老》等篇之注；其二是俄藏 L.1452，存有束广微《补亡诗六首》之第六首、谢灵运《述祖德诗二首》、韦孟《讽谏一首》、张茂先《励志诗一首》、曹子建《上责躬应诏诗表》止于"驰心辇毂"部分。傅刚认为，俄藏《文选注》早于李善注并且被李善利用过①。也就是说，在李善之前已有对《文选》进行注释的研究者，只是他们的《文选注》或因过于浅近而湮没无闻，或因其被吸收进了新的注释中，而后者很可能是这些注本没有继续流传的主要原因。李善注的最大优点在于它全部交代了原来注释者的姓名，做到有据可查。

　　李善注《文选》时显然吸收了之前的注释成果，这是学术发展的内在规律使然，五臣当然也不能例外。五臣之前有关《文选》的著述更多，音义方面有萧该《文选音》、曹宪《文选音义》、许淹（僧道淹）《文选音义》、公孙罗《文选音》，注本方面则有多本无名氏注、李善《文选注》、公孙罗《文选钞》。当时既然有那么多《文选》注本可供参考，五臣注《文选》时肯定不会白手起家，一定会吸收前人注释的成果。退一步说，如果五臣连李善及以前的正确注释成果都不吸收，所有的注释完全自造，恐怕五臣注遭到的批评会更多，五臣注也不会受到人们重视，更不会得到广泛流传。李善注虽然在当时受到了学者们广泛的赞誉，但它也并非没有缺点和不足。五臣就是看到了李善注的缺陷和不足，认为李善的注本"忽发章句，是征载籍，述作之由，何尝措翰？使复精核注引，则陷于末学；质访指趣，则岿然旧文"②。虽然所言过激，但他们在注释实践中为了与李善注相区别，弥补李善注的缺陷，五臣在注释时只简单释义，不再"精核注引"，以便于初学。从五臣注的体例来看，它主要是讲解述作之由，让读者学习写作方法，了解创作意图，并直接注释词汇，串讲大意。因此五臣在注释《文选》时，只能按照自己的注释宗旨

---

　　① 详见傅刚：《俄藏敦煌写本 Φ242 号〈文选注〉发覆》，《文学遗产》2000 年第 4 期，第 43—54 页。

　　② 吕延祚：《进集注文选表》，见六家注《文选》，第 5 页。

和目的吸收已有的成果,不可能再照搬李善的注释方法,不可能再重新引用以前注释者的姓名,否则只是又一本李善注而已。

而且,我们从今天流传下来的五臣注和李善注相比中可以发现,串讲大意是五臣注的特色,而这些却不是李善之长处,所以五臣可窃取的部分不多。倒是《文选集注》残卷中有《钞》,也很注重串讲大意,五臣有很多串讲大意的地方同于《钞》。再退一步说,注解同样的文字,如果两人都解释正确,则重复是不可避免的。后世刻本中有李善和五臣合并刊刻的本子,其中处理两家注重复时有删节,但我们对比就会发现,五臣注和李善注完全相同的地方并不占特别大的篇幅,正因为李善注重视典故,而五臣注则重视串释大意,讲作者创作缘由。五臣的直接注释词义这种注释方式和王逸《楚辞章句》及《毛诗》的毛传郑玄笺等都有类似之处,实际是传统注释学常用的一种注释方式。

(二) 关于五臣进表非斥李善问题。

五臣注《文选》受到李匡乂《资暇集》批驳的第二个原因是吕延祚《进集注文选表》中对李善注《文选》的批评。《进集注文选表》中引起李匡乂不满的可能是下面这几句话:

> 往有李善,时谓宿儒,推而传之,成六十卷。忽发章句,是征载籍,述作之由,何尝措翰?使复精核注引,则陷于末学;质访指趣,则岿然旧文。只谓搅心,胡为析理?①

---

① 　吕延祚:《进集注文选表》,见六家注《文选》,第5页。

其实,《注表》中所言只是为了表明五臣注书的必要性,这种做法并非吕延祚独创,而是古已有之。颜师古《汉书叙例》亦曰:

> 储君体上哲之姿,膺守器之重,俯降三善,博综九流,观炎汉之余风,究其终始,懿孟坚之述作,嘉其宏赡,以为服、应襄说疏紊尚多,苏、晋众家剖断盖鲜,蔡氏纂集尤为抵牾,自兹以降,蔑足有云。怅前代之未周,愍将来之多惑,顾召幽仄,俾竭刍荛,匡正暌违,激扬郁滞,将以博喻胄齿,远覃邦国,弘敷锦带,启导青衿。①

其间颜师古为了表明自己注《汉书》的必要,就要点出前代服虔、应劭、苏林、晋灼、蔡谟诸家注之不足,否则自己又何必再注《汉书》?上引吕延祚《进集注文选表》中所言也应属于此类情况。四库馆臣认为该表“颇欲排突前人,高自位置”②,这种说法比较符合实际情况。

陈延嘉先生撰文呼吁重新审视五臣注的贡献③,他提出了两个引人深思的问题:其一,吕延祚《进集注文选表》中所谈的问题是否毫无道理? 有没有正确的观点? 其二,吕延祚的《表》与五臣的《注》之间能否完全划等号? 这两个问题正是李匡乂没有注意的问题,或者说他虽然注意了,但故意对《进集注文选表》中过于激烈的

---

① 《汉书》,第1页。
② 《四库全书总目》,第1685页。
③ 陈延嘉:《论〈文选〉五臣注的重大贡献》,《文选学论集》,长春:时代文艺出版社,1992年,第68—86页;陈延嘉:《〈文选〉五臣注的纲领和实践——再论五臣注的重大贡献》,《长春师范学院学报》1995年第1期,第24—30页。

言辞愤愤不平。客观地说,《进集注文选表》中说李善注"述作之由,何尝措翰"显然过于偏激而有失公允,但毕竟点出了李善注的不足。李善注虽然也对部分篇目的"述作之由"有所揭示,但还远远不够,大部分的篇目确实没有交代。李善注主要从传统小学家的角度出发训诂,讲究释典,交代作者生平。五臣注则是在吸收前人训诂成果的基础上,将具体篇目的创作背景与作者生平相结合,挖掘出作者的真实创作意图,这种做法可以说是《文选》注释学上的一大进步。

关于李善注的缺点,《新唐书·李邕传》亦有记载:

> 始,善注《文选》,释事而忘义,书成,以问邕,邕不敢对。善诘之,邕意欲有所更,善曰:"试为我补益之。"邕附事见义,善以其不可夺,故两书并行。①

这里也提到善注《文选》"释事而忘义"的问题,其子李邕发现了这一问题却不敢实说,后来李邕补注李善注《文选》时有意纠正,附事见义。这段记载从另一个侧面说明,在唐代时确实有评论认为,李善注《文选》有"释事忘义"的缺点。

据李匡乂《资暇集》所说,当时流传的李善注《文选》写本甚多,且互有不同,而且确实有"释事忘义"的问题存在,只是其"绝笔之本,皆释音训义,注解甚多"。即使如此,李善注本中还是有吕延祚《进集注文选表》中所说的"述作之由,何尝措翰"问题。即以今天流传的《文选》注本比较,五臣对"述作之由"的揭示也确实比李善

---

① 《新唐书》,第5754页。

注多。

综上所述，吕延祚《进集注文选表》所言虽有偏激，然确实切中了李善注的要害，虽然有"排突前人，高自位置"的嫌疑，但并不能抹杀《文选》五臣注的贡献和价值。然而《进集注文选表》中偏激的语言却导致了《文选》五臣注受到攻击，以至于被全面否定。

（三）关于五臣注率尔下笔，过于浅易问题。

李匡乂批驳五臣注的第三个原因是五臣注率尔下笔，过于浅易。这个评价有失公允。陈延嘉先生的《论〈文选〉五臣注的重大贡献》和《〈文选〉五臣注的纲领和实践——再论五臣注的重大贡献》两文对五臣注的价值有详细论述。他认为李善注和五臣注各有千秋，五臣注在某些地方要优于李善注，特别是五臣注在揭示述作之由、作者之志、写作特点方面有其独特贡献。

五臣注自开元六年（718）注成以来，直到宋代一直都比较流行。根据现有文献资料推测，第一个被雕版印刷的《文选》就是《文选》五臣注，是在五代孟蜀时毋昭裔所印，赵宋平蜀后该版被收入皇宫，后又还给了毋家，后来毋昭裔的孙子将刻板捐给了国子监。这要比李善注《文选》的第一个版本——北宋国子监刻本早很多年。这些都说明了五臣注符合当时的需要，满足了当时士子研读《文选》的要求，所以才会比较流行。宋代唐士耻《灵岩集》中还记载有唐士耻代人所作表章，内容就是感谢皇帝赐给《五臣注文选》的，可见直到宋代，《文选》五臣注仍然是很受重视的。

李匡乂举五臣率尔下笔、比较浅近的例子是注《西都赋》："'许少施巧，秦成力折。'李氏云：'许少、秦成，未详。'五臣云：'昔之捷人壮士,拹格猛兽。'施巧力折,固是捷壮,文中自解矣,岂假更言?况又不知二人所从出乎? 又注'作我上都'云:'上都,西京也。'何太浅近忽易欤? 必欲加李氏所未注,何不云:上都者,君上所居,人所都会耶? 况秦地厥田上上,居天下之上乎?"第一个例子表明率尔下笔,可以说正是五臣和李善注的差别所在,五臣力求简明易懂,李善力求寻其根本,李匡乂既说文中自解,说明五臣所注没有错误,只是感觉简单而已,这实际上是面对读者的层次不同的问题。第二个例子说其浅近,但如果真如李匡乂所云,注为"上都者,君上所居,人所都会,秦地厥田上上,居天下之上"则又"繁酿"矣,不符合五臣注释的宗旨。且李善亦有类似之注,如张平子《东京赋》下注云"东京,谓洛阳"。其实注释只是阅读原典的津梁,只要能说明问题,注释明白,便于读者理解原典,浅显并不是缺点。读者的层次有高低,资质有贤愚,遇到自己懂的地方不用看注释即可,不懂的地方则借助注释,这是读书通例。同样的一本书,如果学者们看,则需要原原本本,如果仅给一般人看,则需要简明易懂。如果说五臣注真的如李匡乂批评的那样粗俗不堪,那么宋代洪兴祖的《楚辞补注》中为什么要大量引用五臣注的条目呢? 五臣注被后世大量引用充分说明了五臣注有其合理的地方,虽然难免有臆解之处,但不能因其瑕疵而将其全盘否定。

宋代进士沈严在平昌孟氏本五臣注《文选后序》中谈到五臣注的价值,认为五臣注"可以垂吾徒之宪则,须时文之掎摭,是为益也,不其博欤? 虽有拉拾微缺,衔为己能者,所谓忘我大德,修我小怨,君子之所不取也"①。这里充分肯定了五臣注的价值,对非议

①　见六家注《文选》,第 1461 页。

五臣者进行了批评。我们对待各家注释和著作,就应该采取沈严所说的态度,其可取者取之,不可取者弃之。不能因为其中有缺点即一概否定,这也不符合儒家传统的忠恕之道。

综上所述,李匡乂所云五臣注"率尔下笔,过于浅易"的说法和吕延祚《进集注文选表》中所言李善注一样偏激,有以牙还牙之嫌。他没有看到五臣注较李善注高明且独到的见解,没有意识到五臣注的独特价值和贡献。

(四) 关于五臣注轻改前贤文旨问题。

李匡乂批评五臣注"又轻改前贤文旨。若李氏注云'某字或作某字',便随而改之。其有李氏不解而自不晓,辄复移易"。这是李匡乂否定五臣注《文选》的另一个重大原因,对后世影响深远。自李匡乂之后,凡是批评五臣注《文选》者皆说五臣文不可据,因其轻改前贤文旨故也。

先说"轻改前贤文旨"问题。从这条批评我们可以看出李匡乂缺乏必要的版本常识。他看到了家藏的所有李善注本,包括初注本、覆注本、三注本、四注本乃至绝笔本,这些其实都是抄写本,应该也不一定是李善本人所抄,即使是李善本人所抄,也不可能没有异文,不知道李匡乂是否全都校对过。但他没有意识到《文选》自编纂成书到五臣注释《文选》的年代有许多写本在流行,李善和五臣完全有可能是根据不同的写本进行注释。

唐代开元年间尚无雕版印刷书籍出现,所以书籍流传主要都是靠抄写。雕版印刷时代,书籍经过许多校勘尚有许多异文,何况靠抄写流传的书籍,更是难免出现异文。即便是学者们常读的经书，屡经传写难免窜乱，所以从汉代到唐代，国家都花大量的人力、物力、财力来刊刻石经，其实就是纠正传写中造成的讹脱衍倒现象。李匡乂不明于此，见凡是五臣与李善不同处，则对五臣大加挞伐。

笔者在校勘韩国奎章阁藏本六家注《文选》的过程中，参校了许多目前发现的《文选》写本和刻本，根据目前的校勘结果来看，五臣所用《文选》抄本和李善所用本肯定不是一个系统。之所以得出这种结论，至少有三个方面的证据：其一，李善在《文选注》中经常校勘文字，常列其异文，记曰："某字或作某"，有的判定其非，有的并未下判语，而其云"作某"者有与五臣正文合者。李善的这些注恰恰证明并非五臣擅自轻改前贤文旨，而是五臣别有所本，而这些本子李善也曾见到过。其二，成书于唐武德年间的《艺文类聚》引有大量《文选》的篇章，笔者对其所收《文选》中赋的篇章与李善本、五臣本正文进行了比对，发现其所引内容合于李善本、五臣本或与二者皆不合者各占三分之一，这说明在李善之前《文选》已经有很多不同写本系统，各个系统抄写不一，但不能保证每本都没有错误。其三，日本所传《文选集注》残卷的发现也证明了并非五臣轻易改写正文，而是五臣所据《文选》抄本和李善所据本不同。如其中曹植《七启》正文"寒芳苓之巢龟"的"寒"字，五臣注本作"搴"，一直以来，批评者们都以为是五臣擅自改"寒"为"搴"。今《文选集注》中引《钞》注曰："《钞》曰：搴，取也。"又引《音决》曰："寒，如字。或作'搴'，居辇反。非。"又有按语曰："今案：《钞》'苓'为'灵'。陆善经本'寒'为'宰'。"①根据《文选集注》所引书顺序，《钞》《音决》

---

① 　《唐钞文选集注汇存》，第二册，第103—104页。

成书都在五臣注之前,《钞》已经作"搴",且《音决》亦言及"或作'搴',居辇反。非",则明确表明"寒"作"搴"是早已有之,而非五臣擅自修改。这种例子在《文选集注》残卷中尚有很多,兹不繁举,此足可说明《文选》在唐代已有很多种抄本,正文文字互有不同,是版本传抄中的正常现象。而李匡乂则对此没有认识,或虽有所知,而仍然批评五臣注"轻改前贤文旨",如果是前者,尚有情可原,若是后者,则属于睚眦必报,所以他的这种批评在今天看来,是不能站住脚的,当然也就不足为据了。

下面再说"其有李氏不解而自不晓,辄复移易"的问题。这里应该是说李善不明白或没有解释的地方,五臣也不明白,所以就改易正文的意思。笔者以为出现李善不明白或没有解释的情况,不外乎两种原因:其一,过于简单,不用解释;其二,李善亦解释不通。如果是第一种原因,或许是李善本、五臣本异文;如果是第二种,则是李善本有误字,故无法解释。如鲍明远乐府诗《东武吟》中有"倚杖牧鸡狖"一句,李善本正文"牧"作"收"字,然敦煌写本亦作"牧",和五臣本正文相同,李善无解释,此李善本有误字。又如鲍明远乐府诗《东门行》"行子夜中饭"一句,李善本"饭"作"饮"字,然敦煌写本和《唐钞文选集注汇存》亦作"饭",和五臣本相同,是李善本误,或所本不同也。这样的例子尚有很多。

南宋尤袤刻本李善注《文选》后附有李善本、五臣本同异,今所见宋刻本五臣、李善合并本亦标有李善本、五臣本异同,且五臣、李善各有解释,注释文字亦可证明李善本、五臣本正文用字不同。此种情况是由于抄写过程中出现了误字,或因为字迹模糊难辨,或因为抄手误写,原因很多,不可尽知。曹道衡先生认为,五臣在版本价值方面甚至要超过李善本,其说可信。另据《文选集注》中所下校语来看,五臣本很多正文和《钞》《音决》或陆善经本相同,而和李善本不同,这也说明并非五臣擅自改动文本文字,而是李善和五臣文本传抄途径不同,显然皆有所据,不是出自一个文本系统。

总而言之,不管是李匡乂所说的哪种情况,都不能轻易下结论说五臣轻改前贤文旨,只能说李善、五臣两本必有一误,或者两者皆误。凡是遇到五臣本、李善本正文不同者,并非全是李善是,五臣非,也并非全是五臣是,李善非,而是两家正文都有正确的地方,也都有错误的地方。李匡乂在晚唐可以这么说,作为今天的学者却不能轻信其言,认为五臣擅改文字,所以五臣文本一无是处。若没有敦煌《文选》文献及《文选集注》的出现,则五臣将永世蒙此不白之冤。在已经有很多唐写本出现的情况下,我们今天应该比较客观地说,李善和五臣正文各有千秋,皆有错误,都并非完璧无瑕,但这并不是五臣或李善本身造成的,而是《文选》本身在传抄过程中不可避免的错误。

李匡乂批评五臣注的说法虽然比较偏激,但却影响深远。继李匡乂之后,五代丘光庭《兼明书》对五臣注《文选》亦有批评。丘光庭在《兼明书》中甚至说:

> 五臣者,不知何许人也。所注《文选》,颇为乖疏,盖以时有王张,遂乃盛行于代。将欲从首至末,搴其萧根,则必溢帙盈箱,徒费笺翰,苟蔑而不语,则误后学习,是用略举纲条,余可三隅反也。①

---

① (五代)丘光庭:《兼明书》,影印文渊阁《四库全书》本,第八五〇册,第241页。

此后又列举五臣"乖疏"之例数十条。他认为五臣注"颇为乖疏"，之所以在社会上流行是因为"时有王张"。所谓"时有王张"，应该指的是五臣注《文选》表上之后，唐玄宗命高力士下口敕表扬，其口敕曰："朕近留心此书，比见注本，唯只引事，不说意义。略看数卷，卿此书甚好。赐绢及彩一百段，即宜领取。"①口敕里"留心此书"之句中的"此书"应该指《文选》，"比见注本"的"注本"指的应该是李善在唐高宗显庆三年表上的《文选》注本。口敕的大意是说唐玄宗最近留心《文选》，见到内廷所藏李善注《文选》只引事，不说意义，粗略看了几卷五臣注《文选》，确实还不错。

丘光庭把五臣注《文选》流行的主要原因归结于唐玄宗的表彰，而忽略了五臣注《文选》自身的独特特点和实用价值。唐玄宗的褒奖对五臣注《文选》的流传固然会起一定的促进作用，但一本书的流传往往不是个人意志能够决定的，历史上许多"禁书"屡禁不止也从反面说明了这一情况。五臣注《文选》从诞生到宋代，一直长盛不衰，并不仅仅依靠"王张"。五臣注《文选》五代时即刻版印刷，说明其便于读书人习学。宋代天圣、明道年间才有李善注《文选》的刊刻，晚于五臣注几十年。秀州本第一次将五臣、李善《文选》合并刊刻，说明两书都有其价值，各有擅场，五臣注和李善注一样受人重视，并非像有的学者说的五臣得附李善注之骥尾以传。奎章阁本六家本《文选》附有宋代天圣、明道间国子监刊刻李善注《文选》的准敕节文：

　　五臣注《文选》传行已久。窃见李善《文选》援引该赡，典

---

①　六家注《文选》，第5页。

故分明，若许雕印，必大段流布。欲乞差国子监说书官员校定净本后，抄写板本，更切对读，后上板就三馆雕造。候敕旨。奉敕宜依所奏施行。①

根据这个节文亦可知五臣注《文选》刊刻流行远在李善注《文选》之前。这些都不是一句"时有王张"所能解释的。

综合以上李匡乂和丘光庭对五臣注《文选》的批评，笔者认为五臣注之所以在晚唐和五代受到大肆批评，是因为五臣注在当时比李善注流行，而吕延祚《进集注文选表》中又对李善批评太过所致。但李、丘两人的批评也都有点言过其实，过于偏激，却又影响深远。

值得注意的是，晚唐李匡乂、五代的丘光庭虽然都批评五臣注过于疏陋，但都没有否认五臣注在社会上流行的事实。五代后蜀时五臣注已经雕版印刷。直到宋代，五臣注仍然受到相当的重视，虽然苏轼批五臣为陋儒，仍不掩其注本流行之事实。以现在已知的宋代刻本来看，李善注刻本仅有北宋国子监本及尤袤刻本两种，而五臣刻本则有平昌孟氏本、杭州猫儿桥钟家铺子刻本、陈八郎刻本三种。再以宋代的合并本来看，五臣注在前李善注在后的六家注本有秀州本、广都裴氏本、明州本三种；而李善注在前五臣注在后的六臣本只有赣州本、建州本两种，由此也可见五臣注在当时受重视的程度。从宋代热衷于合并五臣注和李善注的事实来看，五臣注和李善注都有其合理的地方，所以合并本在宋代要比单刻的李善本或五臣本多。在宋代以后，由于整个《文选》学的衰落以及

---

① 　六家注《文选》，第3页。

唐宋人对五臣注的大肆批评,五臣注逐渐受到冷落,即便是号称赅博的李善注也难逃此命运。直到清代,朴学大兴,辑佚之风盛行,由于学者们可以从李善注中辑佚出很多已经失传的文献典籍,于是李善注的辑佚价值大为凸显,而五臣注则无此长处,所以当时李善注的受重视程度远远超过了五臣注。

我们今天看待五臣注应该结合其所处的历史时期,客观全面地进行评价,既要看到五臣注在当时流行的事实,也要看到五臣注有臆解之处的不足。五臣注最大的特点是简便易懂,便于初学者使用,弥补了李善注不解释意义的不足,所以五臣注在社会上拥有一定的阅读群体。时至今日,如果从一般读者的角度去阅读《文选》,五臣注仍不失为一种好的本子。如果想进一步阅读研究《文选》,可以选取合并本的《文选注》,即六家本或六臣本《文选注》,其中既有通俗易懂、串释大意的五臣注,又有征引赅博、原原本本的李善注,可谓合则两美,离则两伤。

第五章　后五臣时代的《文选》注

盛唐开元天宝年间,由于唐玄宗鼓励学术百花齐放,整个学术界一派繁荣,所以在《文选》五臣注成书以后,陆续又有人注释《文选》,但最后真正完成者则仅有陆善经一人而已。

第一节　冯光震等人的《文选》注

开元年间,冯光震曾奉旨校注《文选》,王智明、李玄成、陈居等人受萧嵩委派亦曾协助其进行注释工作,但他们所注《文选》最终未能成书。

据唐代刘肃《大唐新语》记载:

> 开元中,中书令萧嵩以《文选》是先代旧业,欲注释之,奏请左补阙王智明、金吾卫佐李玄成、进士陈居等注《文选》。先是,东宫卫佐冯光震入院校《文选》,兼复注释,解"蹲鸱"云"今之芋子,即是着毛萝卜",院中学士向挺之、萧嵩抚掌大笑。智明等学术非深,素无修撰之艺,其后或迁,功竟不就。①

---

① 《大唐新语》,第134页。

宋王应麟《玉海》卷五十四引《集贤注记》亦云：

> 开元十九年三月，萧嵩奏王智明、李元成、陈居注《文选》。先是，冯光震奉敕入院校《文选》，上疏以李善旧注不精，请改注，从之。光震自注得数卷，嵩以先代旧业，欲就其功，奏智明等助之。明年五月，令智明、元成、陆善经专注《文选》，事竟不就。①

这两段史料记载的大致是同一件事，只是详略侧重不同而已。综合这两条记载来看，开元十九年（731）之前，冯光震曾奉旨入集贤院校勘《文选》，他在校勘时认为李善注不够精当，上疏请求重新注释《文选》，并获得玄宗批准。冯光震所谓不够精当的《文选》注本应该就是李善于唐高宗显庆三年呈进的初注本，因其是初注，自然不如晚年增添补改的"绝笔本"。冯光震到底注释了多少卷我们不得而知，但从他注解"蹲鸱"为"着毛萝卜"成了集贤院学士们的笑柄来看，至少已经注到了六十卷本《文选》的第四卷。因为"蹲鸱"一词见左太冲《蜀都赋》，在李善注本第四卷。萧嵩是萧统的六世孙，认为《文选》是先代旧业，欲将其发扬光大，故重新进行注释，因此在开元十九年（731）三月，上奏朝廷请王智明、李玄成、陈居帮助冯光震进行注释。开元二十年（732）五月，萧嵩又委派王智明、李玄成、陆善经三人专职注释《文选》，但最后或因所用非人，或因人事变迁，这次《文选》注释工作最后无果而终，萧嵩也于开元二十一年（733）十二月罢相。

① 《玉海》，第437—438页。

　　根据以上记载及《文选》注本流传的情况，我们仅知道有五臣注、李善注流传至今，陆善经等注没有成书。直到 19 世纪中期日本所藏唐钞本《文选集注》残卷的发现，唐代陆善经注本《文选》才开始为世人所知。

第二节　陆善经与《文选》陆善经注

　　陆善经在两《唐书》中皆无传记，其所注《文选》也未见任何公私书目著录。因为日本所藏《文选集注》残卷中陆善经注的发现，学者们开始对陆善经的生平事迹进行研究勾勒，先后有向宗鲁先生的《书陆善经事——题〈文选集注〉后》、日本学者新美宽先生的《陸善經の事蹟に就いて》、汶讷先生的《补唐书陆善经传》、虞万里先生的《〈唐写文选集注残本〉中陆善经行事考略》与《唐陆善经行历索隐》等研究成果问世[1]。这些研究成果已经基本将陆善经的生平事迹及其著述考证明白，我们可以据此对陆善经的生平著述略作陈述。

　　陆善经的生卒年均不详。他主要活动于唐玄宗开元、天宝年间，曾任河南府仓曹参军、集贤院直学士、学士、国子司业。陆善经和五臣中的吕向基本生活在同一个时期，且同任集贤院学士，只是陆善经入集贤院的时间可能略晚于吕向。陆善经由萧嵩荐引而入

---

　　[1]　向宗鲁：《书陆善经事——题〈文选集注〉后》收入《中外学者文选学论集》；汶讷《补唐书陆善经传》见《说文月刊》第二卷合订本（1940 年）；新美宽：《陸善經の事蹟に就いて》见《支那学》第九卷第一号（1937 年）；虞万里：《〈唐写文选集注残本〉中陆善经行事考略》见《文献》1994 年第 1 期；虞万里：《唐陆善经行历索隐》见《中华文史论丛》第六十四辑（2000 年）。

集贤院,对此《玉海》卷四六引唐代韦述《集贤注记》中有明确的记载:

> 史馆旧有令狐德棻所撰《国史》及《唐书》,皆为纪传之体。令狐断至贞观,牛凤及迄于永淳。及吴长垣在史职,又别撰《唐书》一百一十卷,下至开元之初。韦述缀辑二部,益以垂拱后事,别欲勒成纪传之书。萧令欲早就,奏贾登、李锐、太常博士褚思光助之。又奏陆善经、梁令瓒入院。岁余不就。①

据《新唐书·艺文志》记载,陆善经参与了《开元礼》《唐六典》《御刊定礼记月令》的修撰工作。《开元礼》成书于开元二十年(732)九月,《新唐书·艺文志二》"《开元礼》一百五十卷"下有注曰:

> 开元中,通事舍人王岩请改《礼记》,附唐制度,张说引岩就集贤书院详议。说奏:"《礼记》,汉代旧文,不可更,请修贞观、永徽五礼为《开元礼》。"命贾登、张烜、施敬本、李锐、王仲丘、陆善经、洪孝昌撰辑,萧嵩总之。②

《旧唐书·礼仪志一》亦载其事:

> 十四年,通事舍人王岩上疏,请改撰《礼记》,削去旧文,而

---

① 《玉海》,第265页。
② 《新唐书》,第1491页。

以今事编之。诏付集贤院学士详议。右丞相张说奏曰:"《礼记》汉朝所编,遂为历代不刊之典。今去圣久远,恐难改易。今之五礼仪注,贞观、显庆两度所修,前后颇有不同,其中或未折衷。望与学士等更讨论古今,删改行用。"制从之。初令学士右散骑常侍徐坚及左拾遗李锐、太常博士施敬本等检撰,历年不就。说卒后,萧嵩代为集贤院学士,始奏起居舍人王仲丘撰成一百五十卷,名曰《大唐开元礼》。二十年九月,颁所司行用焉。①

开元十八年(730)张说卒后,萧嵩以中书令知集贤院事,负责《开元礼》的修撰之事,奏请起居舍人王仲丘参与修撰。据《新唐书·艺文志》下所列撰者名字看来,陆善经排在王仲丘后,有可能是由于萧嵩所提携而参与修撰。又据前引萧嵩于开元二十年五月令王智明、李玄成、陆善经三人专门注释《文选》之事来看,陆善经确实得到过萧嵩提携,其入集贤院的时间可能在萧嵩为中书令并知集贤院事的开元十八年(730)至二十年之间。

萧嵩被罢知集贤院事后,陆善经又被张九龄举荐参与修撰《六典》。据《新唐书·艺文志二》"《六典》三十卷"下注曰:

开元十年,起居舍人陆坚被诏集贤院修"六典",玄宗手写六条,曰理典、教典、礼典、政典、刑典、事典。张说知院,委徐坚,经岁无规制,乃命毋煚、余钦、咸廙业、孙季良、韦述参撰。始以令式象《周礼》六官为制。萧嵩知院,加刘郑兰、萧晟、卢

---

① 《新唐书》,第818页。

若虚。张九龄知院,加陆善经。李林甫代九龄,加苑咸。二十六年书成。①

后来,陆善经又参与了《御刊定礼记月令》的修撰工作。《新唐书·艺文志一》著录有《御刊定礼记月令》一卷,其小注曰:

> 集贤院学士李林甫、陈希烈、徐安贞、直学士刘光谦、齐光乂、陆善经、修撰官史玄晏、待制官梁令瓒等注解。自第五易为第一。②

清代朱彝尊《经义考》卷一百四十九记李林甫上表时官职为"集贤院学士、尚书左仆射兼右相、吏部尚书",陆善经官职为"直学士、河南府仓曹参军"。据《旧唐书·玄宗本纪》,李林甫以吏部尚书兼右相又加尚书左仆射之事在天宝元年(742)八月,则《礼记月令》注成则最早也在天宝元年八月以后。又据《玄宗本纪》记载,天宝五年(746)正月唐玄宗改《礼记》中《月令》为《时令》,则李林甫注成《礼记月令》或在天宝五年以前。所以,陆善经大概在天宝五年之前参与了《礼记月令》的修撰。

另据日本古钞卷子本《蒙求》载李良《荐蒙求表》,后有题识云:"天宝五年八月一日,饶州刺史李良上表,令国子司业陆善经为表。"国子司业品秩为从四品下。若陆善经天宝元年间尚为正七品下的河南府仓曹参军,则至天宝五年升任为从四品下的国子司业,

---

① 《新唐书》,第 1477 页。
② 《新唐书》,第 1434 页。

则其升迁之快实在令人吃惊。

　　陆善经卒于何年亦不可确知。据《湖广通志》卷七十三"岳州府"条记载：

> 　　唐徐楚玉，开元六年登第，官至检校工部尚书，避禄山乱，南游豫章。黄龙寺超慧禅师止之，居平江，建回台寺居焉。同时隐者，刘希烈，刘谦光，白琪，陆善经，李安甫。见《旧通志》。①

　　上述引文中的徐楚玉即徐安贞。以陆善经的仕宦经历及其生活时代而论，《湖广通志》中提到的陆善经当即本文中所论之陆善经，虞万里先生举出陆善经《寓汨罗芭蕉寺》之诗亦可证。若然，则陆善经于安史之乱发生后曾避乱至今江西、湖南一带。日本学者新美宽先生据《文选集注》卷九《吴都赋》"起寝庙于武昌"注"武昌属江夏"与卷百十六《褚渊碑文》"封雩县开国伯"注"雩都，今属南安（康）也"二条，参稽《旧唐书·地理志》关于二地之改名，推定陆氏注《文选》在天宝元年（742）至乾元元年（758）之间②。

　　陆善经除了参与修订《大唐开元礼》《唐六典》《御刊定礼记月令》外，还著有《孟子注》七卷，《周易注》八卷，《周诗注》十卷，《古文尚书注》十卷，《三礼注》三十卷，《春秋三传注》三十卷，《论语注》六卷，《列子注》八卷，《史记决疑》若干卷，另有训诂学著作《新字林》，以及续梁元帝《同姓名录》。

---

　　①　（清）迈柱等监修，夏力恕等编纂：《湖广通志》，影印文渊阁《四库全书》本，第五三三册，第744页。

　　②　虞万里：《唐陆善经行历索隐·后记》，文载《中华文史论丛》第六十四辑（2000年）。

综观陆善经一生,著述丰富,所学甚广,堪称一代经学大师。然其留传至今的著作却不多,除续梁元帝《同姓名录》外,其他著作皆仅有零篇断句传世。日本所藏唐钞本《文选集注》残卷的发现,使我们知道陆善经的著作除了以上所列之外尚有《文选注》传世。《文选集注》虽为残卷,但其案语动辄以"陆善经本某作某"来校勘文本异同,可见当时陆善经注已经成书。在我国国内虽然有相关文献资料记录陆善经参与《文选》的注释工作,但最后无果而终,并没有说有《文选》注释成果传世。日本学者斯波六郎《对〈文选〉各种版本的研究》一文指出:"至于陆善经注,两国书目均不见著录,为中国人不知久矣,更是弥足珍贵。"①我们从中可以了解陆善经注的大概面貌,这不但为唐代的"《文选》学"研究提供了新材料,也为唐代的《文选》注释研究提供了新的文献资料。

陆善经注在国内不见流传,也未见诸任何公私书目,直到 19 世纪中期日本所藏唐钞本《文选集注》残卷的发现,陆善经注本《文选》才开始为世人所知。关于《文选集注》我们在下章重点讨论,这里仅对《文选》陆善经注进行简要的介绍。

据王书才先生统计,"现存的 24 卷《文选集注》中,共保存陆善经注文 26 529 字;仅相当于李善注一卷所加注文。除去卷四三因为仅存卷首故而没有陆注,卷四七仅存卷首一篇诗陆注仅存 9 条外,陆善经对于卷六三《离骚》(上),卷六六《招魂》《招隐士》注得较为详细,卷六三有陆注 2 466 字,卷六六有陆注 1 693 字,而其他卷则较此少很多,如卷七三共有三篇文章,诸葛孔明《出师表》、曹植

---

① ［日］斯波六郎:《对〈文选〉各种版本的研究》,收入《中外学者文选学论集》,第937—938 页。

《求自试表》和《求通亲亲表》，竟只有注文 9 条,156 字;卷一一六
是蔡邕《陈太丘碑文》和王融《褚渊碑文》,陆注只有 23 条,361 字;
其他如卷八五嵇叔夜《与山巨源绝交书》、孙子荆《檄吴将校部曲
文》、钟士季《檄蜀文》和司马相如《难蜀父老》,陆注共有 30 条;卷
一一三是潘安仁《夏侯常侍诔》、潘安仁《马汧督诔》和颜延年《阳给
事诔》,陆注共有 35 条,字亦极少;其他诸卷陆注虽或多或少,然而
均在此上下,而且每条注文都是寥寥数字,文字简洁而不烦琐"①。
在此基础上,他认为陆善经注"仍然还不是一部完整的《文选》注,
仍只是一部对于李善注进行补注的作品,这一特点主要表现在凡
是李善注得详细的篇章,陆注便很少置喙;而李善注文较少处,陆
注便较为繁多些"②。这种结论只是直观孤立地看待《文选集注》
中所存陆善经注而得出,仅代表了其中一种可能,即《文选集注》中
所存陆善经注是陆善经注的原貌。但实际上,还有另一种可能,即
《文选集注》中的陆善经注是经过删略的,并非陆善经注本的原貌,
从《文选集注》的特征和体例来看,这种可能性更大。我们之所以
有这样的理解,主要原因有以下三个:

第一,从陆善经注在唐钞《文选集注》残卷中的排列顺序来看,
《文选集注》残卷中的陆善经注列于李善注、《钞》《音决》及五家注
之后,排在最末,其中暗含了各家注释的时代先后次序。其中所收
五种注本仅有李善注和五臣注两种注本有完整本传世,但将《文选
集注》残卷中所引的李善注和五臣注与其完整的传世本进行比较,
我们可以发现,集注本中的李善注和五臣注与传本的李善注和五

<hr>

① 《〈昭明文选〉研究发展史》,第 69 页。
② 《〈昭明文选〉研究发展史》,第 69 页。

臣注有很多不同。其中最突出的特点是，凡李善已经注释而五臣
也有注释的地方，集注本一般都省略了五臣注，只保留了时代更早
的李善注。《文选集注》残卷体例的这种情况处理说明，集注本并
非简单地罗列五种不同注释，而是整理者按照一定的去取原则和
标准对各家注释进行了不同程度地删略省减，对于各家注释重复
繁杂、叠床架屋的地方往往省略后出之注，对于其中注释不同之处
则详细罗列。

　　如集注本卷八《三都赋序》作者"左太冲"下，残卷分别保留了
李善注、《钞》和五臣吕向注，其中李善注曰："臧荣绪《晋书》曰：左
思，字泰冲，齐国人也。少博览文记，欲作《三都赋》，乃诣著作郎张
载，访岷邛之事。遂构思十稔，门庭藩溷，皆著纸笔，遇得一句，即
便疏之。征为秘书。赋成，张华见而咨嗟，都邑豪贵竞相传写，遍
于海内也。"《钞》则曰："王隐《晋书》曰：左思少好经术。尝习锺胡
书，不成。学琴，又不成。狠肫口讷，胸有大才，博览诸经，遍通子
史。于时天下三分，各相夸竞。当思之时，吴国为晋所平，思乃赋
此三都，以极眩曜。其蜀事访于张载，吴事访于陆机，后乃成之。"
吕向注曰："三都者，刘备都益州，号蜀；孙权都建业，号吴；曹操都
邺，号魏。思作赋时，吴蜀以平，见前贤文之是非，故作斯赋，以辨
众惑也。"①然而我们通过传世的五臣本系统中的陈八郎本、正德
本及六家本系统的奎章阁本可以知道，五臣注除了"三都者"云云
外，此上仍注引有"臧荣绪《晋书》云：左思，字太冲，齐国人也。少
博览史记，作《三都赋》，构思十稔，门庭藩溷，皆着纸笔，遇得一句，
即疏之。征为秘书。赋成，张华见而咨嗟，都邑豪贵竞相传写"的

---

①　《唐钞文选集注汇存》，第一册，第3—4页。

文字。将集注本中省略掉的五臣此段注释和李善注比较可知，五臣此段注释和李善注释基本相同，唯详略稍有不同，此为避繁复，故集注本整理者将五臣此段注释节略掉。集注本对《钞》中所引王隐《晋书》内容则未加省略，其原因就是《钞》中所引内容与李善注中所引不同：李善所引乃臧荣绪《晋书》，与《钞》所引王隐《晋书》侧重不同。这样的例子在唐钞《文选集注》残卷中还有很多，不胜枚举。

根据此种处理体例而言，足以证明《文选集注》对所引各家注释不是全文照抄，而是有很多省略的地方。往往省略的是后边注释雷同于前此注家之处。以此来看，《文选集注》中所收陆善经注在各家注释中成书最晚，此前的李善注引经据典，推本溯源，《钞》也引经据典，又间有串释，五臣注则注重直接解释文词，串释大意，所以陆善经注本无论从引经据典还是释词、串释大意方面，不可能全出前三家之外，其征引典籍或注释文辞若未出三家注释之外的，则可能被删略，其征引典籍或注释不同于前三家之处，才可能会被整理者留存。也就是说，陆善经注在集注本中难免因为雷同于前三家注释而被舍去。

如左太冲《三都赋序》中第一句"盖诗有六义焉，其二曰赋"句，李善注曰："子夏《诗序》文也。"陆善经注则曰："《周官》文也。"①李善征引典籍认为此语来自子夏《毛诗序》："故诗有六义焉：一曰风，二曰赋，三曰比，四曰兴，五曰雅，六曰颂。"陆善经注则以为此段文字出自《周礼·春官》："大师教六诗：曰风，曰赋，曰比，曰兴、曰雅、曰颂。"陆善经注之所以能够不被删略，就在于他认为此段文字出

---

① 《唐钞文选集注汇存》，第一册，第4页。

处和李善注不同,未见《钞》有注。集注本中此句注释之所以没有《钞》的注释,可能性有二,一是《钞》本来就无注,二是《钞》的注释和李善相同,因此被节略掉了。比较而言,笔者更倾向于第二种可能。

我们关注的重点是陆善经注之所以没有省略掉,就是因为陆善经提出的典故出处和李善注不同。我们在此暂不说陆善经注征引出处没有李善注准确,因为《周礼》中仅提及"赋"没有明确提出"六义",不符合左思原文,但值得注意的是陆善经注之所以存在,就是因为其不同于前此诸家之注释。因此,集注本中的陆善经注未必是全本照抄,而非常有可能是经过节略的残存注释,也就是节略掉了陆善经注释中与前此三家注释重复的部分。如果我们把《文选集注》中所收陆善经注视为陆善经注本原貌,那么只能得出陆善经注本主要是补充李善注不足的结论,也就是说陆善经注本不能单独成书,需要辅助以其他注释才能流传。我们仔细研读集注本中所存陆善经注可以发现,其中所列陆善经注几乎没有与李善注、《钞》或五臣注重复的地方,这一点也从反面说明集注本中所引陆善经注经过编者删略,因而显示出补充李善注的特点。因此,我们可以得出这样的结论,《文选集注》中所收陆善经注很可能是经过编者节略而成,而并非是陆善经注本本身就如此简略。

我们可以再看下边几个例子。

如江文通《杂体诗三十首》之《张黄门苦雨》,传世李善注本及五臣注本在题目下皆无注,而《文选集注》卷六十一《张黄门苦雨》下有注曰:"陆善经曰:《晋书》云:永嘉初,徵为黄门侍郎,讬疾不就。"[1]同

_____

① 《唐钞文选集注汇存》,第一册,第724页。

篇"水鹳巢层霓"句,李善注曰:"鹳巢层霓,未详。"而陆善经注则有,"陆善经曰:鹳巢层霓,天将大雨,今江东以此为候也。"①《文选集注》之所以保留有陆善经注,就是因为该注释是李善注、《钞》和五臣皆无的。

又如陆士衡《汉高祖功臣颂》"外济六师,内辅三秦"句,传世五臣本有注:"高祖封秦三将为王,王秦中,故谓之三秦。"李善亦有注:"章邯为雍王,司马欣为塞王,董翳为翟王,分王秦地,故曰三秦。"李善注虽然点明了"三秦"来历,但五臣注却误将项羽分封的三王说成是"高祖封秦三将为王",所以此处《文选集注》卷九十三"外济六师,内辅三秦"句下有陆善经注曰:"项羽分秦为三,汉王平之。"②陆善经注纠正了五臣注的错误,《文选集注》编撰者则省略掉了五臣的误注。

由此可知,《文选集注》中的陆善经注应该是经过节略的,节略的原则就是能弥补、纠正此前的李善注、《钞》或五臣注之不足或错误。

第二,集注本是以李善本为底本,然后于各家正文不同于李善正文处列出其他各家异文,而所列异文中有许多陆善经本的异文,即陆善经本正文有很多不同于李善本之处。既然集注本校语列出了陆善经本的异同,则说明陆善经本与李善本正文存在差异,其注文自然应有不同。陆善经本既然正文有很多不同于李善注本正文之处,则说明陆善经本不可能附丽于李善本。也就是说,陆善经注不仅仅是补李善注不足而注。综合以上这些现象,我们认为陆善

---

① 《唐钞文选集注汇存》,第一册,第724—725页。
② 《唐钞文选集注汇存》,第三册,第86—87页。

经注的原貌不应如集注本中所列那么简单,集注本中所引陆善经注是经过编者节略而成,其节略方法在后世刻本六臣本或六家本中也可以见到,如奎章阁本、明州本、赣州本等。奎章阁本是合并五臣和李善注而成,其中遇到李善和五臣注文或音注全同之处即省略一家,一般省略李善注和音注,而且不交代省略之处,只能通过校勘才能发现;个别省略特别多的地方则交代有"善同五臣某家注"或"五臣某家同善注"之类的字样,但这样的情形不是很多。到了后出的明州本和赣州本中,省略之处更多,且很多地方并不明确交代有省略。奎章阁本遇到注释全部相同之处才省略,其省略原则如其《序跋》中所说,"二家注无详略,文意稍不同者,皆备录无遗;其间文意重叠相同者,辄省去,留一家"。而在明州本、赣州本中,只要注释大意相同即省略一家,有的地方交代省略,有的地方则不交代省略。这种省略体例不是宋代的合并本如秀州本、明州本、赣州本才有的,而是来源于《文选集注》的处理方法,只是后来有愈演愈烈之势。

第三,集注本中有很多"陆善经本某作某"的校语,可以证明陆善经本是独立成书,而不是依傍李善注而成书。

如果陆善经注仅为补李善注之不足,则陆善经注不能单独阅读,必将依傍李善注本而存在。若然,则集注本中不当有"陆善经本某作某"之类的校语。

陆善经注在《文选集注》残卷中的存量并不多,其注释中引典与释词、串释都有。我们可以根据《文选集注》残卷中仅存的陆善经注资料,大致总结一下陆善经注的特点。

陆善经注的第一个特点体现在引典方面,其引典可以弥补李善注之不足。因为早于陆善经注的李善注和《钞》都注重引典,所以《文选集注》中的陆善经注引典不多，只有其所引典不同于李善注之处才会留存。如前举《三都赋序》"盖诗有六义焉，其二曰赋"之注，李善注"子夏《诗序》文也"，而陆善经注"《周官》文也"。李善注征引的《毛诗序》传为子夏所作，而陆善经注征引的《周礼》，按照中国古代通常的看法，《周礼》是周公所作，自然《周礼》早于《毛诗序》，陆善经注点出了"六义"的原始出处，但李善结合左思文中有"六义"的说法，认为出于《毛诗序》，确实比较准确，因为《周礼》没有明确提出"六义"，而左思文中有"诗有六义"，所以李善注更切合左思原文出处。但陆善经注点出了"风赋比兴雅颂"的原始出处。因其征引典故不同，所以陆善经注此条被保留了下来。

又如集注本卷八《蜀都赋》下"刘渊林注"下，集注本中有李善注和陆善经注，李善注曰："臧荣绪《晋书》曰：《三都赋》成，张载为注《魏都》，刘逵为注《吴》《蜀》。自是之后，渐行于代。阮孝绪《七录》曰：刘逵，字渊林，济南人，晋侍中。"而陆善经注则曰："臧荣绪《晋书》云：刘逵注《吴》《蜀》，张载注《魏都》。綦毋邃序注本及《集》题云：张载注《蜀都赋》，刘逵注《吴》《魏》。今虽列其异同，且以臧为定。刘逵自尚书郎为阳翟令，与傅咸、陆机、杜育同时。"这条注释我们不可轻轻放过。首先，他说明陆善经注不是附着于李善注本，而是单独成书。因为，如果附着李善注，陆善经注就不必再征引和李善注完全相同的臧荣绪《晋书》云云。其次，陆善经注同引臧荣绪《晋书》，但内容明显少于李善注，很可能是其他字样同于李善注，所以有节略。最后，陆善经注还征引有"綦毋邃序注本及《集》题云：张载注《蜀都赋》，刘逵注《吴》《魏》。今虽列其异同，且以臧为定。刘逵自尚书郎为阳翟令，与傅咸、陆机、杜育同时"一段文字，这是李善注中所没有的，不但列出了为左思作注的不同记载,还点出了刘逵的一些仕宦经历,明显是多出李善注之处。换言之,此处陆善经注之所以未加节略,主要原因仍在于陆善经注有明显不同于李善注之处,不但提出了和李善注相同的刘逵注《吴都赋》《蜀都赋》、张载注《魏都赋》的说法,又提出前人说的张载注《蜀都赋》、刘逵注《吴都赋》《魏都赋》的说法,而且补充了刘逵的一些其他资料。这也正是陆善经注在《文选集注》中仍然有存在价值的地方。

又如《蜀都赋》"桑梓接连"下刘逵注、李善注皆未征引典籍,而陆善经则注曰:"《诗》云:惟桑与梓。"其实,从集注本中现存的陆善经注内容来看,它不仅弥补了李善注的不足,而且也弥补了《钞》和五臣注的不足。

陆善经注的第二个特点体现在释词和串释方面,陆善经注的释词不再像李善注那样原原本本标举其原始出处,而是和五臣注一样直接释词,间有串释大意。这在集注本陆善经注中随处可见。

如《蜀都赋》"凉风厉,白露凝"下,刘逵引《礼记·月令》"孟秋凉风至",李善注引《诗含神雾》"阳气终则白露凝",《钞》引《毛诗》"白露为霜"。陆善经注则曰:"《礼·月令》:孟秋白露降。凝,谓结为霜也。"这种最能体现陆善经注的特色——既注重释典,又直接解释词义。

从总体上看来,陆善经注中释典与释词并重,但因其成书最晚,在李善、《钞》和五臣注成书之后,所以在《文选集注》中难免被删略得太过,只有在李善注、《钞》和五臣注都没有注释到而陆善经注释到的情况下,才会被保留,所以其分量在集注本中不是很重,直观地表现为似乎是为弥补李善注之不足而设,实际情况应该并非如此:陆善经注当时应该已单独成书,鉴于其正文部分不同于李善注的地方很多,很难想象用不同的正文而能有共同的注释。

综合以上例证,我们相信陆善经注是单独成书的。陆善经注既有李善注征引典籍、解释典故的特色,又有五臣注串释大意、直接释词义的长处。然其之所以没有广泛流传的原因,我想可能有两点:其一是其征引典故仅有极少部分可以弥补李善注、《钞》不足之处,而有些地方又不如李善注准确。其二是它串释大意多数和《钞》、五臣注相同,反有少部分可以弥补他们的不足,而直接释词部分也是如此。在李善注和五臣注广泛传播的时候,他的注释特点恰恰也是他的致命缺陷,才导致陆善经注没有广泛流传,以致最后只有部分文字留存于《文选集注》之中。但仅就此吉光片羽也足以可见陆善经用力之勤、学问之博。

陆善经注是唐代《文选》注释的最后一部著作,可惜没有传世本流传,也未见诸任何目录著作,直到唐钞《文选集注》残卷的发现,我们才知其书存在,所以其影响力很有限,远远不能和李善注、五臣注的地位相提并论。但作为研究唐代"《文选》学"的重要文献,它对于我们今天认识当时的《文选》学盛况还是大有裨益的。

第六章　中晚唐时期的《文选》注

　　晚唐时期,"《文选》学"研究进入了新的发展阶段,出现了一部"选学"研究的集大成之作——《文选集注》。《文选集注》在我国未见诸任何公私目录记载,其流传情况也不得而知。直到1856年,日本学者涩江全善、森立之在《经籍访古志》卷六"总类"中首次著录《文选集注》零本三卷,该书才为世人所知。自此之后,日本学者、中国学者都对《文选集注》进行了大量的研究工作,成绩斐然。《文选集注》作为新发现的"《文选》学"重要史料文献,在"《文选》学"、文学史料学和语言学等领域都具有非常重要的价值。目前比较完备的《文选集注》辑佚本,当属上海古籍出版社出版的周勋初先生纂辑的《唐钞文选集注汇存》全三册,最便于学者使用。《文选集注》的发现使我们了解到,除了流传的李善注和五臣注之外,唐代的《文选》注本还有《文选钞》《文选音决》和陆善经注,它们也各有特色。

第一节　《文选集注》残卷的发现及流传

　　目前日本所发现的《文选集注》虽然只是残卷,但它却是当今

"选学"研究不可多得的一笔巨大宝藏,其学术成就代表着千年"选学"所曾有过的辉煌。《文选集注》残卷的发现及整理流传凝聚着董康、罗振玉、周勋初等几代学人的心血。周勋初先生在《唐钞文选集注汇存·前言》中对《文选集注》残卷的发现及流传始末交代颇详,笔者不避重复,照录如下:

> 涩江全善、森立之于日本孝明天皇安政三年(一八五六)撰《经籍访古志》,卷六"总类"中首次著录《文选集注》零本三卷,云是"旧钞卷子本,赐芦文库藏"。提要曰:
>
> > 见存第五十六、第百十五、第百十六,合三卷。每卷首题"文选卷几",下记"梁昭明太子撰"及"集注"二字,界长七寸三分,幅九分,每行十一字,注十三、四字。笔迹沉着,墨光如漆,纸带黄色,质极坚厚。披览之际,古香袭人,实系七百许年旧钞。注中引及李善及五臣、陆善经、《音决》《钞》诸书,注末往往有今案语,与温故堂藏旧钞本标记所引合。就今本考之,是书似分为百二十卷者。但《集注》不知出于何人,或疑皇国纪传儒流所编著者与?
>
> 文中提到的温故堂藏旧钞本《文选》零本一卷,《经籍访古志》上也已著录,内云"卷中朱墨点校颇密,标记旁注及背记所引,有陆善经、善本、五臣本、《音决》《钞》《集注》诸书及今案语。"可见《文选集注》一书,其时利用的人虽然不太多,但已引起人们注意。
>
> 涩江全善、森立之还介绍说此书曾藏金泽称名寺中。后来发现的有些《文选集注》卷子,上面盖有金泽文库的印章,可证目下看到的《文选集注》确为金泽文库旧物。但《经籍访古

志》中也提到,有人曾在称名寺败篓中发现此书零片二张,一为第九十四卷,一不知卷第,可见前时此书不太受到重视,已经有严重损毁。

光绪、宣统之际(一九〇八年前后),董康赴日访问,根据涩江全善、森立之书中提示,前往物色,尚得三十二卷。因语内藤虎次郎博士,反映到日本政府,遂得列为国宝。

罗振玉对保存传播此书作出了很大的贡献。他于清末东渡,发现此书后,珍如拱璧,决心保护此书,不让其湮废。他请人摹写,加上自己所藏的两卷,共得残本十六卷,乃以《唐写文选集注残本》为名,辑入《嘉草轩丛书》,于民国七年(一九一八)影印行世。其中自藏的第四十八、五十九二卷据原卷影印,其余均为摹写之本,而第百十六卷前半,更据日本某家藏本用小字誊写,距离原貌更远。

罗振玉于次年离开日本回国,将京都净土寺町的一所寓宅捐给京都文科大学,让出卖后把所得款项作为影印日本所藏中国古写卷子的费用,并托内藤虎次郎、狩野直喜两位博士办此事。二人后来编成了一套《京都帝国大学文学部影印旧钞本丛书》,《文选集注》列在第三集至第九集,工作始于昭和十年(一九三五),后于十七年(一九四二)完成。比起罗氏以前所印的十六卷,京都帝国大学的影印本在质量上有了很大的提高。因为后者都是依据原书影印的,而且开本宽大,保存原貌,前者则是据之临摹的,不但字划失真,而且遇到模糊之处,每迳行略去。因此京都大学影印本出版后,完全可以取代前此的罗振玉十六卷本。

今按此书字大一点五公分见方。正文每行十一字,或十

二、三字;注文小字双行,每行十四至十六字。除八、九二卷出
于另一人手外,其他各卷均似出于一人之手,书法秀润有致。
即以书艺而言,亦有观赏价值。①

　　由此可见,《文选集注》原来可能分为 120 卷,原是日本金泽文
库旧藏,在日本学者涩江全善、森立之《经籍访古志》著录以前,未
见任何公私书目提及,中外学者皆不知尚有此《文选》集注本传世。
清末时期,董康在赴日访问期间,按图索骥,共搜得零卷 32 卷,他
把这情况通过日本内藤虎次郎博士告知了日本政府,日本政府才
开始重视此书,将其列为国宝。后来罗振玉寓居日本期间,陆续得
到数卷,珍贵异常,请人摹写后和自己所藏两卷一起影印出版,因
其大部分是摹写影印,所以质量不高。罗振玉所得十六卷残卷《唐
写文选集注残本》的出版问世,使我国很多学者了解到《文选集注》
的存在,为《文选集注》的流传和"《文选》学"研究做出了杰出贡献。
罗振玉回国以后,继续委托日本友人搜罗《文选集注》零卷,并资助
费用,最后由日本京都帝国大学文学部以《影印旧钞本丛书》的名
义先后出版,分别是卷八、九、四十三、四十七、四十八、五十六、五
十九、六十一、六十二、六十三、六十六、六十八、七十一、七十三、七
十九、八十五、八十八、九十一、九十三、九十四、百二、百十三、百十
六,共二十三卷②。

　　由于罗振玉影印本质量不高,卷数又少,而中国学者又难以见

---

　　① 《唐钞文选集注汇存·前言》,第一册,第 2—3 页。
　　② 关于《文选集注》发现及流传的相关情况以及与之相关的文选资料,详见周勋
初所辑《唐钞文选集注汇存》及其前言、附录。傅刚《文选版本研究》一书亦有专节进行
研究,可以参看。

到日本影印本,所以中国学者对《文选集注》的研究不如日本学者掌握的材料丰富。有鉴于此,南京大学周勋初先生想方设法将《文选集注》目前所知道的残章零卷搜罗规整,辑佚整理公开出版,为中国学者提供了此"《文选》学"研究的珍贵文献资料。在周先生的不懈努力之下,该书于2000年7月由上海古籍出版社出版,书名为《唐钞文选集注汇存》,全三册,在日本影印本的基础上,该书又多出了一些卷页,其中有台湾汉学研究中心提供的第九十八卷,天津市艺术博物馆所藏周叔弢捐献的《文选集注》第四十八卷后半部分,北京图书馆提供的第七十三卷中两页,日本御茶之水图书馆提供的第六十一卷江文通《杂体诗》潘黄门(悼亡)中二十五行,使《唐钞文选集注汇存》成为迄今为止搜罗《文选集注》残卷最为丰富的本子。因为《文选集注》残卷大部分藏于日本,所以日本学者对于《文选集注》的研究远远领先于中国学者,而《唐钞文选集注汇存》的出版为中国学者研究《文选集注》提供了珍贵的文献资料,也为推动中国"《文选》学"研究提供了新的基础,堪称嘉惠学林之盛事。许逸民先生称赞该书的出版是"'《文选》学'史上的一座里程碑",确为至论。

该书初版仅印八百套,很快销售一空,但学界仍有很多学者急需而无处购买。周先生和出版社商量再印,同时又新搜罗到了三件残片和一件残卷。新印《唐钞文选集注汇存》卷首《再版增补说明》中有详细交代。至此,目前所知的《文选集注》残卷都编入了《唐钞文选集注汇存》之中。

《文选集注》因属残卷,现有的零篇残卷之中没有看到交代编者和抄写年代的相关内容,没有明确言及体例,也没有相关的序、跋或后记之类文字,所以关于该书的编者和抄写年代引起了学者们广泛而激烈的争论。

　　涩江全善、森立之《经籍访古志》中称，怀疑其为日本古代史官所编，成书时代大概在他们发现《文选集注》残卷的七百年前，相当于中国的南宋时期①。董康认为《文选集注》乃我国五代时写本②。罗振玉在影印该书的序中认为，这些写卷可能出自日本，也有可能是唐人所写③。罗氏虽未专门论及该书成书时代，然其影印该书既以"唐写"冠之，则自然同意该书写于唐代。邱棨钘先生撰文认为，该残卷中唐讳"渊""世""民"字十九缺笔，而中宗"哲""显"，玄宗"隆基"不避讳，书中俗字又多与唐人颜元孙《干禄字书》中俗字相符，可证此为唐人钞本④。目前《文选集注》为唐人钞本的结论得到了大部分学者的认同，但是日本所藏《文选集注》到底是从中国传入的原本还是日本学者誊录之本尚有争论，目前仍无一致的看法。无论日本学者还是中国学者，对《文选集注》的编者及编撰时代争论纷然，目前难有定论⑤。

　　无论《文选集注》的编者及编撰年代为何，但《文选集注》的排列顺序是先列李善注，次《钞》，次《音决》，次五臣注，次陆善经注，

　　①　[日]涩江全善、森立之：《经籍访古志》，上海：上海古籍出版社，2014年，第244页。
　　②　转引自邱棨钘：《〈文选集注〉所引〈文选钞〉研究》注1，收入《中外学者文选学论集》，第725—726页。
　　③　罗振玉：《唐写文选集注残本序》，见《唐钞文选集注汇存·附录》，第三册，第881页。
　　④　邱棨钘：《唐写本〈文选集注〉第九十八卷跋》，收入《中外学者文选学论集》，第827—848页。
　　⑤　关于《文选集注》编者及成书年代的具体争论情况非常复杂，笔者在这里不再涉及，详细情况可以参见刘志伟《〈文选集注〉成书众说平议》，《文学遗产》2012年第4期，第34—46页。

最后是编者按语。目前已经确知李善初注《文选》成书于唐高宗显庆三年(658)，五臣注则成书于唐玄宗开元六年(718)，陆善经注成书大约在天宝元年(742)至乾元元年(758)，所以学术界一般认为集注本中各家注释的排列是有一定次序的，即按照各家注释成书年代顺序进行排列。我们再结合《文选集注》中所列校语，其中从来不言及"李善本作某"来看，其正文所用应该就是李善本，而遇到其他各家正文不同处则分别以按语的形式出校，列出"某家作某"。

因为《文选集注》主要藏本在日本，有此得天独厚的条件下，日本学者对于《文选集注》的研究成果丰硕，其中李善注的研究更是比较深入。日本学者斯波六郎通过对《文选集注》残卷仔细研究后认为，"此本自李善注本身至类目、篇题、正文，最存李善本之旧。自此本问世，谓之庐山真面目乃明，亦非虚言"①，对集注本中的李善注给予了高度评价，对其文献价值加以肯定。森野繁夫在综合各种文献资料进行研究的基础上，总结归纳了集注本李善注和刻本李善注的五种不同现象：其一是刻本李注注释较多的情况；其二是集注本李注注释较多的情况；其三是对同一语句引证不同的情况；其四是对同一语句释义不同的情况；其五是或以释义代替引证，或以引证代替释义的情况。除此以外，还有刻本李善注中有集注本所引《钞》，或者陆善经注的内容这种情况。在此基础上，他得出这样的结论："唐末，从《文选集注》中抽出李注，并依据《钞》、陆善经注对其加以补充而再编成李注本。"②

---

① 详见斯波六郎：《对〈文选〉各种版本的研究》，收入《中外学者文选学论集》，第953页。

② 详见森野繁夫：《关于〈文选〉李善注》，收入《中外学者文选学论集》，第1000—1027页。

　　该结论实际上修正了前此日本学者斯波六郎关于尤刻本李善《文选注》是将六臣注中的李善注部分抽出而成的单本李善注本的研究结论，而且斯波六郎把李善注的流传作为单线来进行考察研究，实际上忽略了中国古代古籍流传中抄本众多、来源不一的事实，这样得出的结论可能不太符合钞本时代李善注的实际流传情况。

　　尤刻本李善注《文选》单行本是从六臣注本中单独抽出李善注的说法实际上始于编修《四库全书》的四库馆臣，他们在《四库全书总目》中首先提出了这种看法。四库馆臣的提法影响很大，清末的杨守敬亦持此观点。日本学者斯波六郎又列举出大量证据证明尤刻本李善注《文选》是从六臣注本中单独抽出李善注的结论。中国学者程毅中、白化文、张月云等已先后撰文指出，北宋国子监本是目前所知最早的李善注单刻本①，反驳了此前的尤刻本李善注《文选》是从六臣本中单独抽出李善注而成书的说法。日本学者冈村繁先生也赞同尤刻本李善注《文选》不是从六臣注抽出单行的观点，并通过比较《蜀都赋》《吴都赋》中集注本李善注与刻本李善注内容的详略，进而认为集注本李善注是经过李善生前亲自增补的注本，而刻本李善注和集注本李善注不是一个系统，提出了李善注有两种不同注本系统的说法②。冈村繁先生提出的李善注版本流传非单线流传的观点值得赞赏。中国学者傅刚先生则对不同系统

---

　　①　分别见程毅中、白化文：《略谈李善注〈文选〉的尤刻本》，《中外学者文选学论集》，第224—232页；张月云：《宋刊〈文选〉李善单注本考》，《中外学者文选学论集》，第764—813页。

　　②　详见冈村繁：《〈文选集注〉与宋明版本的李善注》，《中外学者文选学论集》，第978—999页。

说进行了肯定,并进而认为,"李善注的写本、抄本与刻本间的关系极为复杂,唐宋以来,士子竞以《文选》为学习的主要典籍,抄写甚多,讹误自然难免。又由于各抄写者情况不同,嫌李善注繁琐者,可能有所删减;而嫌李善注简略者,可能有所增添,因此,现行刻本的善注并不一定是李善原貌,而抄写本虽时代较早,但也仍然有可能是改变过了的善注"①。傅刚先生的看法比较公允,也符合中国古代典籍流传的事实。

综合考察集注本和刻本李善注互有详略又时有异同的情况,再结合当时抄本众多的现象,我们认为李善注的不同系统说确实比较合理,即李善注未必是从集注本中单独抽出李善注而成,而应该是不同的李善注本系统。这也可以从唐代李匡乂《资暇集》中得到验证,李匡乂已经谈到当时他所目睹的李善注本抄写不同的情况,至有初注、二注、三注至于绝笔本。李匡乂认为这些都是李善不同的注本未必准确,但他见到的不同抄本抄写来源和流传情况不一则毫无疑问。另外,目前发现的众多唐写本《文选》残卷也可以证明这种说法。此外,刻本李善注中有集注本中所引《钞》和陆善经注的内容,这个事实也说明了李善注经过多次修补的事实,有些可能是李善生前自己修补,诚如日本学者冈村繁所论,有些则可能是李善去世后在流传过程中抄写者或刊本的整理者所增加。

总而言之,这个问题比较复杂,不能简单地认为李善注一直只有一个版本系统,所有后世流传的李善注本都是由此本而来。但无论如何争论,集注本中李善注的独特文献价值应该予以充分肯定,其中有很多地方可以修订后世刻本李善注的错误,具有重要的

---

① 详见傅刚:《文选版本研究》,北京:北京大学出版社,2000 年,第 140—141 页。

校勘及研究价值。

第二节 《文选集注》的编撰特征

综观目前所见《文选集注》残卷的留存内容,我们可以知道,《文选集注》抄写错落之处很多,讹脱衍倒俯拾皆是,并不是经过精心校勘的本子,至少我们目前看到的残卷有非常明显的这种现象。下面我们大致总结一下《文选集注》的一些编撰特征。

第一,《文选集注》中所用各家注本不全是完本。

如《文选集注》卷六一江文通《杂体诗三十首》题目下按语有"今案:以后十三首《钞》脱"①,卷六三《离骚经》篇题又有"此篇至《招隐篇》,《钞》脱也。五家有目而无书"②的按语,虽然《钞》是否为完本不可确知,但五家注本今天仍有全本传世,足可证集注本编撰者所用五臣注本并非完帙。也就是说,集注本的编撰者在编撰《文选集注》时并非广搜众多版本,而是使用了其中有脱文的《钞》和五臣注本。

第二,《文选集注》中的按语有漏校各家正文异同之处,也可说明《文选集注》不是校勘精审之本。

如《文选集注》卷八左太冲《三都赋序》的"而论者莫不诋诃其研精,作者大底举为宪章"这句,正好有李善和《钞》《音决》与五臣之一的刘良及陆善经注,而正文不易索解,各家注之后又正好有按语,李善注又有多出今传本的串释性语句。为了便于说明其中的

---

① 《唐钞文选集注汇存》,第一册,第 675—676 页。

② 《唐钞文选集注汇存》,第一册,第 798 页。

复杂情况,兹全文引录各家注释如下:

> 李善曰:言论者以其研精坟籍,故莫不诋讦其谬,逮乎作者,大致仍举以为宪章也。《墨子》曰:虽有诋讦之人,无所依矣。《说文》曰:诋,呵也。《仓颉篇》曰:讦,相发扬恶也。《尚书序》曰:研精覃思。司马迁书曰:诗三百篇,大氐贤圣发愤之所为作也。《尔雅》曰:底,致也。《礼记》曰:宪章文武。
>
> 《钞》曰:莫,无也。《广雅》:诋,毁也。《说文》:讦,面相序罪也。言不改讦前文,是作文之大归趣也,遂皆举此文等为宪法也。
>
> 《音决》:论,力顿反。诋,丁礼反。讦,如字。或为许,居谒反者,非也。氏音旨。
>
> 刘良曰:讦,举也。大氐,犹大都也。言以其有研精之处,莫敢呵责举发之,大都仍举以为法则也。
>
> 陆善经曰:论者莫有诋毁攻讦其事,遂共许为研精,作者便取以为发式也。
>
> 今案:《钞》、陆善经本无“不”字。①

根据此段各家注释最后的按语来看,按语只说《钞》、陆善经本正文无“不”字,没有提到其他差异。

但是我们阅读各家注文就会发现,李善本正文应该如集注本所列为“莫不诋讦其研精”,其注释也可以和正文相应,但如此却难以理解文意:论者既然视其为精审,又为什么都攻击其谬误之处

---

① 《唐钞文选集注汇存》,第一册,第8—9页。

呢？明显是李善本此处正文有误。

根据注末按语可知，《钞》和陆善经本正文没有"不"字，注释的意思也大致相同，但仍有细微差别。《钞》注意谓论者没有人攻击其精审，作文者皆举为文章宪则。陆善经本正文亦无"不"，但其"讦"字却同《音决》一样作"许"字，陆善经注"论者莫有诋毁攻讦其事，遂共许为研精，作者便取以为发式也"亦可证。

《音决》"讦"则作"许"，并且《音决》明确说作"讦"是不对的，这和《钞》正好不同，也足可证两书所据正文不同，亦间接说明两书并非同一作者。其是否有"不"字则不明确。但揆之文意，似亦无"不"字。

我们再看五臣注文，"言以其有研精之处，莫敢呵责举发之，大都仍举以为法则也"，据此注文而言，五臣正文似乎应该也没有"不"字，"讦"字则同李善、《钞》，与《音决》、陆善经本作"许"字不同。

但是我们再看按语，就会发现《文选集注》的编撰者没有注意到这个明显的不同。杨明先生在《读〈文选集注〉札记二则》中对这一问题的结论是：当时人见到的这句可能有四种情况，李善本作"论者莫不诋讦其研精"，《钞》作"论者莫诋讦其研精"，陆善经本作"论者莫诋讦，许其研精"，《音决》作"论者莫诋，许其研精"[1]，但是集注本的编纂者只注意到了"不"字的差别，没有注意到"讦"和"许"的差别。除此之外，五臣本正文似乎也没有"不"字，但是《文选集注》的编撰者也没有注意到，只提到了《钞》和陆善经本无"不"字。关于此处的校勘，高步瀛《文选李注义疏》引姚鼐说也认为

---

① 详见杨明：《读〈文选集注〉札记二则》，收入《文选与文选学》，第688页。

"不"字当是衍文。结合文中意思,笔者觉得《钞》《音决》和陆善经本都可以解释得通。此一句的异同颇多,但是《文选集注》编撰者却没有发现,仅仅指出一处,可证其疏略。

又如其中卷六十八曹子建《七启》中"寒芳苓之巢龟"这句,《文选集注》中引《钞》曰:"搴,取也。"又引《音决》曰:"寒,如字。或作搴,居辇反。非。"又有按语曰:"今案:《钞》'苓'为'灵'。陆善经本'寒'为'宰'。"①集注本校语仅云"《钞》苓为灵。陆善经本寒为宰",没有注意到《钞》本正文"寒"亦为"搴",而且《音决》还明确判断作"搴"字是不对的。

《文选集注》中类似这样的例子还有很多,足可证明编纂者的校语、按语多有疏失,还有很多不尽完善之处。

第三,《文选集注》所用底本是《文选》李善注本,对李善本正文和注文一般照录无遗。这可以从《文选集注》残卷中的校语看出。《文选集注》的校语往往只交代《钞》《音决》及五臣、陆善经本的异同,不交代李善本异同。但是经过学者们研究发现,集注本中的李善注和今天的传本李善注也有很大差别,有些地方集注本李善注多出今传本的李善注,有些则是今传本李善注多出集注本的李善注。这种现象笔者在校勘奎章阁本六家注时也有发现,都写入了校勘记。这种《文选集注》中李善注与传世写本、刻本李善注的互有详略、异同现象存在,或许反映出了李善注在传抄阅读过程中不断修订的过程,有些可能是李善本人所为,还有很多可能是李善注流传过程中读者或传抄者、整理者所修订。同时也说明,《文选集注》中所用李善注本不一定是李匡乂所谓"绝笔之本",很有可能是

---

① 《唐钞文选集注汇存》,第二册,第102—104页。

李善初注本或经过修订过的别的本子,传世刻本多出集注本李善注的内容有些应该是李善本人所增加。但因为目前《文选》的唐写本多为残卷,《文选集注》亦为残卷,所以尚不能最后完全证实。

第四,集注本的编撰者并非是一味地照录各家注释,而是有所取舍,大体上求同存异,对于李善注基本上是原封不动照录,而对晚于李善注的《钞》、五臣注和陆善经注则采取了去其同、存其异的办法,即与其前边注家相同的注释部分省略,其不同部分则备录无遗,所以其中各家注释愈到后来愈简单。因为《钞》、陆善经注本无传本,从现存完整的五臣注本与《文选集注》中所引五臣注进行粗略比对即可发现,很多五臣注释和李善注释重复的地方都没有收录,只收录了五臣注释中对李善注和《钞》有所补益的注释,而陆善经注则更加简单,收录的陆善经注都是和李善交代的出处不同的典故,以及李善注、《钞》和五臣注没有进行解释的词语,还有一部分句意串释性注释,也是不同于前此李善、《钞》和五臣注释的内容。

《文选集注》残卷诚然有助于我们今天的校勘,也有助于我们搞清楚《文选》在流传过程中传抄本众多的复杂现象,但我们同时也不能忽略《文选集注》编撰者校勘不够精审和时有疏漏的问题,其中脱漏、重复的地方触目皆有,这是我们使用中需要特别注意的。

第三节　《文选集注》的价值

《文选集注》残卷的发现为“《文选》学”提供了新的材料,具有重要的文献价值。它不仅补充丰富了唐代“《文选》学”研究的文献资料,而且具有重要的校勘价值,可以校传本之误。因此,《文选集注》一经披露,立即引起学界关注,出版者有之,研究者有之。《唐钞文选集注汇存·附录》中有日本学者横山弘教授《文选集注研究论著目录(1856—2011.5)》,共收录截至 2011 年 5 月之前的中外学者论著 116 部(篇),内容涉及《文选集注》研究的方方面面。

《文选集注》之所以受到这么多的关注,就在于其独特的文献价值。周勋初先生在《唐钞文选集注汇存·前言》中将其价值约略概况为三个方面,即“《文选》学”、史料学和语言学等科研领域的价值。截至目前,对《文选集注》的价值进行研究单独撰文或撰著者亦有不少①。

下面我们结合《文选集注》在校勘方面的价值,也按照斯波六郎《文选诸本研究》中概括的“可纠正版本篇题、类目之误”“可纠正版本正文之误”“可正版本李注之误”三种情况,分别举例阐述之。

关于《文选集注》可纠正传本类目、篇题之误,斯波六郎举了《文选集注》中“策秀才文”比传本单名为“文”准确,及《三都赋序》不列为“一首”比传本准确两处。

除此之外,《文选集注》还有可纠正传世本《文选》类目之处。就是“难”体,而且关系到萧统《文选》文体分类问题,“移”和“难”是否单列为文体的问题。因为版本流传不一,前此学者争论颇多。

关于《文选》的文体分类,目前大致有三十七类说、三十八类说、三十九类说这三种说法。

三十七类说是明清学者的看法,其版本依据有六臣注本、六家注本以及尤刻本李善注《文选》。在这些版本中所列出的《文选》分类有:赋、诗、骚、七、诏、册、令、教、策文、表、上书、启、弹事、笺、奏

---

① 如日本学者斯波六郎《文选诸本研究》主要从其校勘价值出发进行论述,中国学者常思春教授《文选集注残卷于文选正文校勘价值例证》举二百余条可证传本错误之例,邹明军《古抄本文选集注残卷研究》则从文献价值着手对其价值进行论述。

记、书、檄、对问、设论、辞、序、颂、赞、符命、史论、史述赞、论、连珠、箴、铭、诔、哀、碑文、墓志、行状、吊文、祭文，共计三十七类，没有移、难二体。

三十八类说则加上"移"类。清人胡克家《文选考异》卷八"移书让太常博士"条下云："陈云：题前脱'移'字一行。"胡克家又曰："是也。各本皆脱。又卷首子目亦然。"按：陈即陈景云，著有《文选举正》六卷，惜其未刊。陈景云的《文选》校语，见引于余萧客《文选音义》、胡绍煐《文选笺证》、胡克家《文选考异》等书。依据陈景云之说，则《文选》分类中脱掉了"移"类的分目，卷四十三刘子骏《移书让太常博士》及孔德璋《北山移文》两篇属之。胡克家同意其说，并说目录中刘子骏《移书让太常博士》题目前亦脱去"移"字。也即"移"类是和"书""檄"等并列的文体分类，但是各本皆脱去"移"字。《文选》原有的三十七类再加上误脱的"移"类则共为三十八类。黄侃《文选平点》在《移书让太常博士》下说"题前当有一'移'字作目"，这和陈景云、胡克家说相同，也认为《文选》当有"移"类，共计有三十八类文体。骆鸿凯《〈文选〉学》承其师黄侃说，认为《文选》中的文体分为三十八类。

三十九类说是在三十八类说基础上再加上"难"体。此说为台湾成功大学游志诚先生据南宋陈八郎本五臣注《文选》单列"移""难"两体得来。中国社科院已故的曹道衡先生亦主此说，北京大学傅刚先生撰文从目录、版本学方面论证《文选》确为三十九类，所举即有《文选集注》中单列"难"体的证据。

在明清《文选》版本基本都分三十七种文体的基础上，至陈景云校言当脱"移"类，胡克家从其说，黄侃同其说，至骆鸿凯则云"《文选》次文之体，三十有八"，所列分类中有"移"类，然此无版本依据,故不同意其说者认为此说无据。陈景云、黄侃之所以说"移"类脱掉,与萧统《文选序》中所说的《文选》编辑体例有关。《文选序》曰:"凡次文体,各以汇聚。诗、赋体既不一,又以类分,类分之中,各(上野古钞本作"略",或更能解释《文选》中个别篇目次序前后矛盾问题)以时代相次。"这就是说《文选》编排体例是每一类文体中文章略以时代先后为顺序排列,但是南宋尤袤刻本以及各种六臣、六家本《文选》在卷四十三"书"类刘孝标《重答刘株陵沼书》下径接刘子骏《移书让太常博士》一文。刘孝标是南朝梁人,刘子骏是西汉末人,按照《文选》编排体例,刘子骏应该远列在刘孝标之前,但《文选》中却将其排在刘孝标之后,这说明了刘子骏《移书让太常博士》一文应该单独标为"移"类。李善注释《文选》时亦指出其中许多篇目次序失序问题,但如此明显将前后二人倒置之处却未见李善注有只言片语论及,可见李善所见本此处亦当有"移"类分目,只是后来脱掉"移"字,故出现此等失序问题,所以陈景云、黄侃等皆以为《文选》当有"移"类。

　　后来游志诚先生发现陈八郎五臣注本卷二十二"书"类后又单列"移"类,证实了陈、胡、黄、骆等人的猜测,为三十八类说提供了版本依据。同时陈八郎本卷二十二"檄"类三国魏人钟士季《檄蜀文》下又单列"难"类,西汉司马长卿《难蜀父老》一文属之。"难"体单列的问题前人都不曾提到过,但根据萧统《文选》编纂体例而言,绝不该出现将西汉司马长卿置于三国魏人钟士季之下这样明显的"失误",而李善注又没有指出这样明显的颠倒次序之处,故"难"体也应该和"移"一样单列。游氏根据这个发现将《文选》的分类定为三十九类。在陈八郎本五臣注为三十九类说提供版本依据的情况下,坚持三十七类的学者又以李匡乂《资暇录》所说五臣本浅陋不足据为由否定三十九类说。然当代学者曹道衡和傅刚两位先生已从校勘学的角度说明了五臣本在版本方面尤有胜于李善之处,笔者在校勘奎章阁本六家本《文选》过程中亦有类似发现。傅刚先生又从目录学和版本学两个角度证实《文选》分为三十九类:目录有宋晁公武《郡斋读书志》记载有"移""难"两体,南宋王应麟《玉海》引《中兴书目》列有"难"体;版本则有刊刻于明正德年间的五臣注《文选》单列"移""难",毛氏汲古阁《文选》单列"移""难",唐钞《集注文选》亦单列"难"体并有陆善经注,北京图书馆藏傅增湘先生甲寅年过录清末杨守敬从日本影写带回的二十一卷白文无注本亦在刘子骏《移书让太常博士》一文前单独列出"移"类。此种种迹象表明《文选》不论是李善注本抑或是五臣注本,分类当皆为三十九类,亦即萧统《文选》原本分为三十九类。

　　傅刚先生所说《文选集注》中单列"难"体即指《文选集注》卷八十八司马长卿《难蜀父老一首》前有"难"一体,但是抄写者却把"难"字作大字连抄于前篇钟士季《檄蜀文一首》末句"咸使知闻"之下,下并有小字注曰:"陆善经曰:难,诘问之。"①此证一经指出,实际上《文选》分类为三十九类应该确凿无疑。

　　笔者在此亦可为三十九类说提供一条新的证据。南宋唐士耻《灵岩集》卷三《梁文选序》谈到《文选》分类问题时云:

　　　　始于班孟坚《两都赋》,终于王僧达《祭颜光禄文》,凡三十有七种,而赋、诗之体不与焉。②

　　①　《唐钞文选集注汇存》,第二册,第684页。
　　②　(宋)唐士耻:《灵岩集》,《丛书集成续编》本,第16页。

他在这里明确说道:《文选》从班孟坚《两都赋》开始,以王僧达《祭颜光禄文》结束,不包括赋体和诗体尚有三十七种,也即算上赋、诗这两种则是三十九种文体。唐士耻,史书无传,然四库馆臣据《金华志》和《灵岩集》中所记文字推定其为浙江金华人,生活在南宋宁宗(1195—1224 在位)、理宗(1225—1264 在位)时期。根据唐士耻的记载可知,直到南宋时,人们看到的《文选》除了诗、赋外还分为三十七体,加上诗、赋就是三十九体了。

总之,无论从目录著录情况来考察,还是从版本学上考察,或者从前人的相关文献记载来考察,萧统《文选》都应当分为三十九种文体,如此分类既符合《文选序》中所说"以时代相次"的准则,又与当时真实的文体写作相照应,亦才真实反映了当时的文体分类之细致。综上所述,《文选》当分文体为赋、诗、骚、七、诏、册、令、教、策文、表、上书、启、弹事、笺、奏记、书、移、檄、难、对问、设论、辞、序、颂、赞、符命、史论、史述赞、论、连珠、箴、铭、诔、哀、碑文、墓志、行状、吊文、祭文三十九类。

以上是《文选集注》可证《文选》分类之处,由此可见其价值。

可证李善注篇题之误者,如《文选集注》卷六十二江文通《杂体诗三十首》之《孙廷尉杂述》,李善注本系统之北宋本、尤本及明州本、赣州本皆误"孙"作"张",而五臣本不误。今《文选集注》出,则李善篇题之误可知矣。此篇并有《钞》注曰:"孙绰字兴公,太原人也。杂,众也。述,序也。因古序事曰述。序事非一,故言杂。此诗在兴公本集,文通今拟之。"[1]下文并连篇累牍注出孙绰父祖及其事迹,言明此篇为江淹拟孙绰,故名为"孙廷尉杂述"。

---

① 《唐钞文选集注汇存》,第一册,第 759 页。

又如潘安仁《马汧督诔》之篇目,五臣系统的陈本、正德本如此,李善注本系统的北宋本、尤刻本、胡刻本亦如此,合并本系统的明州本、赣州本、奎章阁本亦如此。今查检《文选集注》卷一百一十三,题目赫然作"汧马督诔一首"①,是潘安仁此篇本作"汧马督诔",传写误倒为"马汧督诔",《文选》卷四十任彦升《奏弹曹景宗》善注三次征引皆作"潘安仁汧马督诔"亦可证。日藏上野古钞本亦同集注本,由此可证集注本篇题"汧马督诔"才是潘安仁该篇之正确名字。

关于《文选集注》可纠正传本正文或注释刊刻错误之处,斯波六郎已举例说明。兹再举数例,以明《文选集注》之价值。

如《文选集注》卷九左太冲《吴都赋》"隋侯于是鄙其夜光,宋王于是陋其结绿"②,"宋王",传世刻本多作"宋玉",李善系统的北宋本、尤本误作"宋玉",五臣系统的陈八郎本、正德本也误作"宋玉",合并本系统的明州本、赣州本亦误作"宋玉"。此处"宋王"与"隋侯"对举成文,作"宋玉"乃误本也。刘逵注"宋有结绿"亦可证文中所指乃宋国,与宋玉无涉。

如《文选集注》卷九左太冲《吴都赋》"公孙国之而破,诸葛家之而灭",刘逵注曰:"公孙述王此土而亡,诸葛亮相此国而败。"③北宋本、尤刻本及明州本、赣州本、奎章阁本"公孙述"上皆有"汉书"二字,意谓此段出《汉书》也。然公孙述事见《后汉书》,诸葛亮事见《三国志》,高步瀛校以为"汉书"二字衍文,《文选集注》中刘逵注正无"汉书"二字。

---

①　《唐钞文选集注汇存》,第三册,第 690 页。
②　《唐钞文选集注汇存》,第一册,第 165 页。
③　《唐钞文选集注汇存》,第一册,第 94 页。

又如同篇"建至德以创洪业,世无得而显称",刘逴注曰:"孔子曰:太伯其可谓至德也,三以天下让,人无得称焉。"①北宋本、尤刻本及明州本、赣州本、奎章阁本皆无"其可谓至德也"六字。此处所引"其可谓至德也"六字不可省略,正为注正文中"至德"而设,若无此六字则仅注出了"无得而显称",而对"至德"则失注。

再如《文选集注》卷五十九谢惠连《捣衣诗一首》"肃肃沙鸡羽",其下李善注曰:"《毛诗》曰:六月沙鸡振羽。崔豹《古今注》曰:沙鸡,一名促织,一名络纬。"②北宋本、尤本及明州本、善注本皆无"崔豹《古今注》曰沙鸡"八字,致使此处引崔豹《古今注》被当成李善自注。

同篇"盈箧自余手,幽缄俟君开"句,五臣吕延济注曰:"箧,亦箱也。盈,满也。自,犹出也。幽,密;缄,封也。俟,待术也。言衣之满箱,出于余手,今密封待君开。"③今陈八郎本、正德本及明州本皆无串释句意之"言衣之满箱,出于余手,今密封待君开"句,是传写脱落也。

再如《文选集注》卷五十九沈休文《和谢宣城一首》"晨趋朝建礼,晚沐卧郊园"句,李善注曰:"《汉官典职》曰:尚书郎,昼夜更直于建礼门内。"④北宋本、尤本及明州本、赣州本善注皆误"汉官典职"为"汉书典职",且五臣注本正德本正文"朝"误作"游"。按,《汉官典职》应该就是《隋书·经籍志》史部职官类著录的汉卫尉蔡质所撰《汉官典职仪式选用》,后世传本有误遂导致不可理解。

① 《唐钞文选集注汇存》,第一册,第 100 页。
② 《唐钞文选集注汇存》,第一册,第 495 页。
③ 《唐钞文选集注汇存》,第一册,第 488—499 页。
④ 《唐钞文选集注汇存》,第一册,第 606 页。

再如任彦升《宣德皇后令》题下李善注曰："萧子显《齐书》曰：文安王皇后，讳宝明，琅邪临沂人也。父晔之。齐世祖为文惠太子纳后。郁林即位，尊为皇太后，称宣德宫。梁王萧衍定京邑，迎后入宫称制，至禅位。梁王于荆州立南康王为帝，进梁王为相国，封十郡，为梁公，表让不受，诏断表，宣德皇后劝令受封也。"①此处提到宣德皇后最初嫁给文惠太子是"齐世祖"主持，尤刻本及明州本、赣州本皆如此。北宋本和奎章阁本作"宋世祖"。考《南齐书·文安王皇后传》则作"宋世，太祖"四字，意谓齐太祖萧道成在宋世为文惠太子纳后，查《文选集注》卷七一，此处虽然有残缺，"宋世太祖"四字赫然在目，正与《南齐书》所记吻合。

袁彦伯《三国名臣序赞》"故复撰序所怀，为之赞云"下，分别为《魏志》九人、《蜀志》四人、《吴志》七人作赞，今胡刻本李善注作：

> 《魏志》九人、《蜀志》四人、《吴志》七人，荀彧，字文若。诸葛亮，字孔明。周瑜，字公瑾。荀攸，字公达。庞统，字士元。张昭，字子布。袁涣，字曜卿。蒋琬，字公琰。鲁肃，字子敬。崔琰，字季珪。黄权，字公衡。诸葛瑾，字子瑜。徐邈，字景山。陆逊，字伯言。陈群，字长文。顾雍，字符叹。夏侯玄，字泰初。虞翻，字仲翔。王经，字承宗。陈泰，字玄伯。②

北宋本、尤刻本及明州本、赣州本、奎章阁本同此顺序。但此一节文字读起来却不甚顺当，且和下文的各人之赞顺序不同，历来读者

① 胡刻本《文选》，第 504 页上。
② 胡刻本《文选》，第 671 页下—672 页上。

知其误而不知其何以误。今查集注卷九十四《三国名臣序赞》,此一节分上、中、下三列,各依次横向从右向左编排,上列为:

> 《魏志》九人:荀彧,字文若;荀攸,字公达;袁涣,字曜卿;崔琰,字季珪;徐邈,字景山;陈群,字长文;夏侯玄,字泰初;王经,字承宗;陈泰,字玄伯。

中列为:

> 《蜀志》四人:诸葛亮,字孔明;庞统,字士元;蒋琬,字公琰;黄权,字公衡。

下列为:

> 《吴志》七人:周瑜,字公瑾;张昭,字子布;鲁肃,字子敬;诸葛瑾,字子瑜;陆逊,字伯言;顾雍,字符叹;虞翻,字仲翔。①

如此则此节文字顺畅且与下文赞之顺序相符合,应该是先读上列"《魏志》九人"及九人姓名字,再读中列"《蜀志》四人"及四人姓名字,最后读下列"《吴志》七人"及七人姓名字。北宋本整理时,校理者失察,误将该段文字从上向下读起,遂使《魏志》《蜀志》《吴志》三国人物错杂淆乱,其后各李善注本皆按此错误顺序排列,遂致此误。日藏上野古钞本亦与集注本写法相同。今按照集注本之次序

---

① 《唐钞文选集注汇存》,第三册,第289—292页。

调整,此段顺畅无误。

　　能说明《文选集注》之于传世本《文选》各家分类、标题篇目及正文、注文之校勘价值的例子尚有很多,不再一一列举。

　　下面我们再来看看《文选集注》之于探查传世刊本李善注及尤刻本李善注增注来源方面的价值,此问题的辨明兼有阐明《文选集注》成书年代及流传轨迹的作用。

　　李善注刻本系统今存最早之本为北宋国子监本,又有南宋尤袤刻本,后世传刻较多。我们今天将北宋本、尤刻本与《文选集注》残卷对校就会发现,最早的刊本李善注即北宋本即有取自《文选集注》中之《钞》、陆善经注者,其中有正文,也有注释。有些正文和注文地补入是从最早的李善刻本北宋本开始的。

　　正文掺入者如史孝山《出师颂》"五曜宵映,素灵夜叹"句,明州本、奎章阁本校语云:"善本有'皇运来授,万宝增焕'二句。"北宋本、尤刻本正有此二句。赣州本亦有此二句,但无校语。查《文选集注》卷九十三《出师颂》此句下亦有校语,云:"今案:陆善经本此下有'皇运来授,万宝增焕'二句。"①根据集注本校语可知,李善注本、《钞》、五臣注本皆无此二句,有此二句者是陆善经注本。但刊本李善注本中有此二句,很可能是北宋本的校理者参考集注本中陆善经本而增添,李善注原本应该无此二句:各李善注本中李善都无对此二句作注可证,日藏上野古抄本亦无此二句亦可证此说法。

　　注文掺入者如左太冲《吴都赋》"象耕鸟耘,此之自兴",今本李善注引《越绝书》曰:"舜死苍梧,象为之耕。禹葬会稽,鸟为之耘。"②北宋

---

① 《唐钞文选集注汇存》,第三册,第53页。
② 《唐钞文选集注汇存》,第一册,第172页。

本、尤刻本及明州本、赣州本、奎章阁本善注皆如此。查今本《越绝书》无此四句。集注本善注引《越绝书》作"禹始也爱人,到大越,教人鸟田。舜死仓梧,象为民田。"与今本《越绝书》略同。而集注本引《钞》有刊本中李善注引《越绝书》四句,但《钞》此四句上无"越绝书曰"四字。两相对比可以发现,刊本中李善注实际取自《钞》。

又如谢玄晖《和王著作八公山诗一首》"平生仰令图,于嗟命不淑"句,《文选集注》五十九李善注曰:"平生,朓自谓也。《左氏传》:汝叔齐曰:君子能知其过,必有令图。令图,天所赞也。薛君《韩诗章句》曰:吁嗟,叹辞也。《毛诗》曰:子之不淑。"①今传世刊本李善注此后又有一段:"杨泉《五湖赋》曰:底功定绩,盖寓令图。不淑,已见嵇康《幽愤诗》。"多出的一段北宋本、尤刻本及明州本、赣州本、奎章阁本李善注皆相同。但是我们比较刊本中多出的一段注释可以发现,仍然是为注释正文"令图""不淑"二词的典故出处,其实二词的注释在集注本李善注中已经具备,刊本重出的一段和前边李善注已经重复,况且李善注一般按照正文词语顺序注释,既然已经引薛君《韩诗章句》和《毛诗》注出了"于嗟""不淑",则此两句诗已经注完。但是刊本中又重新注解了一遍上句的"令图",并说"不淑已见嵇康《幽愤诗》",明显属于叠床架屋,重复多余。查《文选集注》本句诗下,《钞》注有"杨泉《五湖赋》曰:底功定绩,盖寓令图"一段文字,这明显是北宋本李善注校理者取《钞》入善注之处。

范蔚宗《后汉书皇后纪论》末句"其以恩私追尊,非当世所奉者,则随他事附出。亲属别事,各依列传。其余无所见,系之此《纪》,以缵西京《外戚》云尔",胡刻本李善注曰:"私恩,谓桓、顺外

---

① 《唐钞文选集注汇存》,第一册,第 592—593 页。

立即位，以私恩尊其母后，似此者则随他事附出，不同此篇。"①北宋本、尤刻本及明州本、赣州本、奎章阁本善注全同。查检《文选集注》卷九十八，此段文字后无李善注，而《钞》则有："私恩，桓、顺等外立，则以私恩尊其母为皇太后。如此者，则随他事附出，不同此篇也。若以后家亲属，则皆依本传。"②对比刊本中的李善注和集注本中《钞》可知，此段文字大同小异，很可能是北宋本校理者将《钞》写入善注，以求完备。

　　类似以上的例子在《文选集注》残卷中尚可以找出很多，此处不繁再举。这些迹象表明，北宋本的校理者可能看到过类似《文选集注》的本子，所以在校理过程中也参考了其中的正文及注释，甚至将有些正文和注释吸收入国子监刊李善注中。

　　北宋本的李善注，或者说类似北宋国子监刊本的李善注本，在南宋尤袤刊刻李善注本时也被参考过。

　　如江文通《杂体诗三十首》之《潘黄门述哀》，五臣系统的陈八郎本、正德本同，合并本系统的明州本、赣州本、奎章阁本亦同，集注本亦同，但尤刻本、胡刻本作"潘黄门悼亡"，胡克家《文选考异》校曰："作'述哀'是也。后《拟郭璞游仙诗注》云已见《拟潘黄门述哀诗》可证。此盖尤误改。"③《文选考异》认为江淹此处所拟应该是"述哀"，不是"悼亡"，这个观点是正确的。但是他认为是尤袤校改，则不对。因为北宋本也作"悼亡"，尤刻本和北宋本相同，而与集注本、明州本、赣州本不同。这说明尤刻本是参考过北宋本的，至少参考过北宋本的部分残卷，而不是尤袤自己校改。因为胡克

①　胡刻本《文选》，第696页下。
②　《唐钞文选集注汇存》，第三册，第572页。
③　胡刻本《文选》，第929页上。

家没有见到北宋本，所以才会有此错误判断。

　　尤袤刊刻李善注时除了参考北宋国子监本，也可能参考过类似《文选集注》的本子。尤刻本中的李善注有些地方表现出其刊刻时候参考了《文选集注》本类似的李善注。

　　如潘安仁《夏侯常侍诔》"弱冠厉翼"句，胡刻本李善注有"《礼记》曰：人生二十曰弱冠"①十字，同尤刻本。但北宋本及明州本、赣州本、奎章阁本李善注皆无此十字。胡克家谓尤误取增多。但是我们查检《文选集注》此处之注发现，李善注确实有此《礼记》内容，作"《礼记》曰：人生廿曰弱冠"②字。由此看来，尤刻本所增之注并非无因，乃是尤袤取集注本中李善注所增。

　　又如潘安仁《汧马督诔》"凶丑骇而疑惧，乃阙掘地而攻。子命穴浚壍，壶镭瓶瓴以侦之"，胡刻本善注曰："《墨子》曰：若城外穿地来攻者，宜于城内掘井以薄城，幕罂内井，使聪耳者伏罂而听，审知穴处，凿内迎之。"③与尤刻本同，唯尤刻本误"内井"为"内并"，并且尤刻本有明显的修添迹象，行款较密。北宋本及明州本、赣州本、奎章阁本则无"幕罂内井"四字。查检《文选集注》此句，可见其下李善注全同尤刻本、胡刻本，亦有此"幕罂内井"④四字。如此则尤刻本此四字之增添似乎也从集注本李善注而来。

　　再如潘安仁《汧马督诔》"潜氏歼焉"句，胡刻本李善注曰："潜氏，谓潜攻之氏也。"⑤与尤刻本同，惟尤刻本之修添迹象甚明显。

---

① 胡刻本《文选》，第 784 页下。
② 《唐钞文选集注汇存》，第三册，第 670 页。
③ 胡刻本《文选》，第 786 页上。
④ 《唐钞文选集注汇存》，第三册，第 704 页。
⑤ 胡刻本《文选》，第 786 页上。

北宋本、明州本、赣州本及奎章阁本善注则无"谓潜"二字,则知尤刻本乃修添为增此二字。查检《文选集注》此句下李善注,则正作"潜氏,谓潜攻之氏也"①,比北宋本善注多出"谓潜"二字。以此而论,则尤刻本修添"谓潜"二字可能是依据集注本李善注而添。

再如左太冲《蜀都赋》"戟食铁之兽,射噬毒之鹿。拍狚氓于蓲草,弹言鸟于森木"句下,尤刻本、胡刻本李善注中有刘逵注曰:"文立《蜀都赋》曰:虎豹之人。"北宋本此十字作一"文"字,以下九字则脱落。明州本、赣州本及奎章阁本仅作一"又"字,盖不明"文"之意而误。胡克家《文选考异》认为此为尤袤所误添。但是我们考察《文选集注》卷八《蜀都赋》此句下,发现刘逵注中有"文立《蜀都赋》曰:虎变之人"②十字。由此可知,尤刻本所添加此十字应该是有来历的,虽然未必一定是《文选集注》,但应该是李善注比较完备没有脱漏的本子。当然,也不能完全排除尤刻本所据以添加之处是来自集注本刘逵注。

颜延年《阳给事诔》"处父勤君,怨在登贤"句,胡刻本李善注曰:

> 《左氏传》曰:晋蒐于夷,舍二军,使狐射姑将中军,赵盾佐之。阳处父至自温,改蒐于董,易中军。阳子,成季之属也,故党于赵氏,且谓赵盾能,曰:使能,国之利也。贾季怨阳子之易其班。杜预曰:本中军帅,易以为左也。使续鞠居杀阳处父。《榖梁传》曰:晋将与狄战,使狐夜姑为中军将,盾佐之。阳处

---

①　《唐钞文选集注汇存》,第三册,第 705 页。
②　《唐钞文选集注汇存》,第一册,第 69 页。

> 父曰:不可! 古者君之使臣也,使仁者佐贤者,不使贤者佐仁
> 者。今盾贤,夜姑仁,其不可。襄公曰:诺! 公谓夜姑曰:吾使
> 汝佐盾矣。处父主境上之事,夜姑使人杀之。①

胡刻本李善注与尤刻本全同。对比尤刻本、胡刻本中的李善注可
以知道,善注引《左氏传》和《穀梁传》内容基本雷同,都是记载阳处
父进贤而遭害的典故,二者取一即可。北宋本及明州本、赣州本、
奎章阁本李善注正无"左氏传曰"云云一节,而仅有"穀梁传曰"云
云一节,也就是并不重复。我们再查检《文选集注》卷一百一十三,
此句下有李善注曰:

> 《左氏传》曰:晋蒐于夷,舍二军,使狐射姑将中军,赵盾佐
> 之。阳处父至自温,改蒐于董,易中军。阳子,成季之属也,故
> 党于赵氏,且谓赵盾能,曰:使能,国之利也。贾季使续鞫居杀
> 阳处父。②

集注本中的李善注仅征引《左氏传》,亦可以注明文中典故。比较
尤刻本和北宋本可以知道,是尤刻本增多了李善注,胡克家校谓尤
误取增多之注。我们再对比集注本可知,尤刻本增多之李善注和
集注本李善注基本全同,但多了胡刻本中笔者加点的十九字。而
此十九字中的"杜预曰"云云应该是注文,尤刻本则增入正文,致使
正文中断。由此言之,则尤刻本增多之处并非是尤袤随便所加,他

---

① 胡刻本《文选》,第 789 页下。
② 《唐钞文选集注汇存》,第三册,第 759 页。

可能是见到了集注本中的李善注,所以取入,并增添了杜预注,但如此一来李善注就显得繁复臃肿,不符合李善注原本的常规体例。当然,李善注有两种不同的征引,可能是李善自己修订时使用了不同的注释,而尤刻本则未明于此,而误将两书征引全部取用,致使二文并出,而不知其所叙为同一事。

以上是尤刻本李善注中类似参考《文选集注》中李善注的例子,同此尚有很多,兹不繁一一列举。

此外,尤刻本也有参考《文选集注》中《钞》和陆善经注的例子,试举两例如下。

如左太冲《吴都赋》"虞魏之昆,顾陆之裔",今本北宋本及明州本、赣州本、奎章阁本李善注作"虞魏顾陆吴之旧姓也",集注本李善注亦作此九字。然尤刻本则作"虞,虞文秀。魏,魏周。顾,顾荣。陆,陆逊。隆吴之旧贵也"十九字。比较集注本可知,《钞》注此曰:"虞文绣,魏周荣,顾雍,陆逊等也。"①应该是尤刻本加注所本,而尤刻本又误将"魏周荣"之"荣"属之"顾后",而将"顾雍"写为"顾荣",则是误会了。此可视为尤刻本添注来源自《钞》之明证。

又如潘安仁《夏侯常侍诔》正文"贤良方正徵,仍为太子舍人"句,尤刻本、胡刻本如此,北宋本及明州本、赣州本、奎章阁本皆无"仍"字。胡克家校谓尤本衍文。今查检《文选集注》卷一百一十三《夏侯常侍诔》此句下有校语云:"今案:《钞》、陆善经本'徵'下有'仍'字。"②根据集注本校语可知,有"仍"字者乃《钞》和陆善经本正文,李善、五臣本正文皆无"仍"字。但尤刻本正文却有"仍"字,

① 《唐钞文选集注汇存》,第一册,第189—190页。
② 《唐钞文选集注汇存》,第三册,第660页。

很可能是尤刻本在校勘时依照《钞》和陆善经本添加。

　　以上种种迹象表明,北宋本校理者可能参考过《文选集注》[1],因为北宋本中的李善注不仅有类似集注本李善注的地方,还有集注本中《钞》、陆善经注的内容。如果单单有李善注相似,我们可以说他们参考了类似于集注本李善注的本子,但现在看来,北宋本校理者见到过《文选集注》的可能性非常大,因为从目前《文选集注》残卷中找出的证据已经表明,北宋本李善注很多内容有取自《钞》者,有取自陆善经注者,还有些地方正文也不同于此前的李善本,而同于《钞》或陆善经本。

　　同样有例证也表明,《文选集注》中的各家注释,包括李善注、《钞》和陆善经注也被南宋尤袤利用过,尤袤也吸收和使用了《文选集注》的部分成果。以前有学者对尤袤刻本的李善注进行过研究,日本学者冈村繁经过校勘认为尤刻本盗用了五臣注[2]。张月云把尤刻本和唐永隆钞本、北宋国子监本残卷、广都本和赣州本对校发现,尤刻本有与各本皆不合处,有极明显取自赣州本者,有独与北宋监本合者,进而认为尤刻本参校了北宋国子监本,兼采各本[3]。王立群认为,尤袤手中有一个李善注本,而这个注本有大量的旁注附在善注之旁,尤袤在刊刻之时,把这些内容作为善注收入了新刊本,因此尤刻本是以李注本为名而杂糅众本的《文选》注本[4]。笔

---

　　① 　此说最早由俞绍初师在《新校订六家注文选·前言》中揭出。

　　② 　[日]冈村繁等:《宋代刊本李善注文选盗用了五臣注》,《长春师范学院学报》2000 年第 4 期。

　　③ 　张月云:《宋刊文选李善单注本考》,收入《中外学者文选学论集》。

　　④ 　王立群:《尤刻本文选增注研究——以吴都赋为例的一个考察》,《河南大学学报》2011 年第 5 期。

者在校勘奎章阁本过程中也发现了类似问题,并对尤刻本李善注与《文选集注》中李善注、《钞》和陆善经注仔细对勘,发现尤刻本李善注之添加并非无本之源。只是今天我们看到的资料有限,且《文选集注》残卷仅存五分之一,所以有些地方难以查证。但据现有的部分来看,不仅是尤刻本李善注有掺入其他注释的地方,即便是李善注最早的刻本北宋国子监刻本,也已经不纯粹是李善注,而有所增补,其增补部分便是取自《钞》和陆善经注。到了尤袤刻本,则又吸收有五臣注的内容,且有尤袤又从《钞》和陆善经注中拣取掺入的部分。总而言之,他们都是从为了给读者提供一个比较完备的李善注本出发。

综合以上例证,我们认为,《文选集注》应该是中国人所编,而且被北宋本校理者和南宋时期的尤袤利用过,可能他们见到的也不是全卷,所以不是特别重视,致使该书在国内未见著录,也不见流传。

第四节　《文选钞》与《文选音决》

《文选钞》和《文选音决》在中国的典籍中未见记载与流传,目前仅保存在《文选集注》中。日本藤原佐世作于宽平年间(889—897)的《日本国见在书目》著录有"文选钞六十九,公孙罗撰。文选钞卅",下又有"文选音决十,公孙罗撰"①。有的学者据此认为,集注本中《钞》和《音决》即公孙罗所撰。《旧唐书·公孙罗传》称公孙罗撰《文选音义》十卷,《旧唐书·经籍志》记载有"《文选》六十卷,公孙罗注",又有"《文选音》十卷,公孙罗撰",《新唐书·艺文志》亦

---

① ［日］藤原佐世:《日本国见在书目》,古逸丛书本,第45页。

载其《文选注》六十卷，《文选音义》十卷，然其书在宋代以后皆不见于目录书著录，很可能宋代时两书已经亡佚。有的学者认为《钞》即两《唐志》的六十卷本公孙罗《文选注》，《音决》即两《唐书》的十卷本《文选音》。《日本国见在书目》称《文选钞》六十九卷，所多九卷，或为后人附益，或"九"字误衍①。

对于《文选钞》和《文选音决》都是公孙罗所撰的观点，日本学者斯波六郎提出了三个疑点：一是两书所用正文文字多有不同；二是两书所载篇章不尽相合；三是《钞》所引有"罗云""察按"等语，可见《钞》之撰者除公孙罗外又有一人。鉴于有此三个疑点，所以斯波六郎不能认同《文选钞》和《文选音决》出自一人的说法，及《文选钞》即公孙罗所作之说②。斯波六郎提出的三个疑点中，第一个、第三个疑点最能说明问题。其中第二个疑点中，他引《文选集注》卷六一江文通《杂体诗三十首》篇按语"以后十三首钞脱"及卷六三《离骚经》一首篇题按语"此篇至《招隐篇》钞脱也"二处以证明《文选钞》与《文选音决》篇章不同，但也怀疑是《文选钞》偶然脱文或是原本脱之未录。这也证明了斯波六郎的审慎态度。从《文选集注》残卷内容本身来看，这两种可能确实都不能排除。因为《文选集注》卷六三《离骚经》篇题后亦有"五家有录无书"的按语，但是五臣注到今天仍有完本传世，所以编者当时所见五臣注应该不是全本，其所见《文选钞》很可能也不是全本，中间有脱落的地方。

《文选集注》残卷中保存的《文选钞》和《文选音决》的作者不是同一个人的说法也得到了邱棨鐊先生的认同。邱棨鐊先生通过对

① 见《文选导读·导言》，第64页。
② ［日］斯波六郎：《对〈文选〉各种版本的研究》，《中外学者文选学论集》，第849—961页。

书目中著有《文选音》的作者萧该、曹宪、许淹、李善、公孙罗五人进行考察，然后逐一排除萧该、曹宪、许淹、李善的可能，最后结论是认为《音决》的作者是公孙罗。邱棨鐦先生同时认为，既然《文选音决》为公孙罗所撰，则《文选钞》非公孙罗所撰，主要有两点证据：其一，《音决》除音之外，尚有注释，且其注释与《集注》之《钞》颇有意见互歧之处；其二，《钞》之中引有"罗云""《音决》"①。

　　邱棨鐦先生关于《文选钞》与《文选音决》二书不是一个作者的补充论证颇有道理，但是他认定《音决》作者为公孙罗的方法却不够圆通。因为在他的论证过程中，邱棨鐦先生利用了此前周祖谟的结论，即《音决》的作者不是许淹，而周祖谟论证敦煌残卷《文选音》作者为许淹的前提是《文选集注》中《音决》的作者是公孙罗，所以这样的论证有循环论证的疑点，互有假设，结论自然相合。

　　另外，邱棨鐦先生假设的是《音决》的作者在书目中有著录，即在目前有史籍记载的著有《文选音》的萧该、曹宪、许淹、李善、公孙罗五人之中，这个假设也过于大胆。因为我们今天掌握的文献资料还不够完备，可能一些对《文选》有研究专著或论述的人在历史文献中没有记录，但其书却可能流传存世，如陆善经；也可能有的人物虽然有记录，但却没有记载其相关著作传世，如魏模。如果我们用排除法将历史上有记录的相关"《文选》学"人物来对照进行排查，则很有可能漏掉缺乏史料记载的真正作者。

　　同时，邱先生论证了《文选钞》的撰作年代大致在公元657—690年前后，即公孙罗《文选音决》撰成之前，或大略与其同时，但

———————
　　①　邱棨鐦：《〈文选集注〉所引〈文选钞〉研究》，《中外学者文选学论集》，第708—727页。

是邱先生又提到《钞》引用过《音决》，这似乎有点自相矛盾。其实，所谓的《钞》引用有《音决》，主要是因为《钞》后紧接《音决》，这很可能是由于《文选集注》编撰或抄写的比较粗略，将《钞》的内容脱落，而将《音决》紧紧连接在《钞》之后引起的，并不能确切证明是《钞》引用了《音决》，只能说明《文选集注》比较粗疏。

　　到底《文选钞》和《文选音决》哪个是公孙罗所撰，抑或是作者都另有其人；《钞》是否就是我国史志目录中所说公孙罗六十卷《文选注》；《音决》是否就是公孙罗的十卷《文选音》：目前在学界还存在很大争议，至少在目前还难以形成定论。因为藤原佐世《日本国见在书目》在公孙罗《文选钞》六十九下又有《文选钞》三十卷，未著姓名，不知是否为公孙罗所撰《钞》之不同分卷本，还是另有撰者，故而《文选集注》中所引《钞》是否就是公孙罗所撰仍未有定论。以《音决》而论，今可知者仅有《日本国见在书目》著录公孙罗《文选音决》十卷，但集注本中《音决》是否即可断定为公孙罗所撰也有待进一步证实。目前文献阙如，俟后若有新的文献或可再考。

　　根据集注本中所引《钞》来看，主要是补充李善未注或略注的地方。这可能与集注本的编辑体例有关，即集注本是以李善正文为底本，注文中又先列李善注，再列其他各家注，如《钞》、五臣注、陆善经注，凡是重复的地方则不再列出，遇到可以弥补李善未注或略注之处，或与李善注有不同之处则详细罗列。否则我们很难解释为什么集注本中很少见到前后注释重复的地方。（前举陆善经注已说明此种情况，此不赘述）因为他们所注的都是《文选》，其文本虽然有个别字句的异文，但整体大致相同，不可能没有重复的注释。

　　以集注本中保存的可能经过删略的《钞》而言，其注释方法也具有引典和串释并重的特色，只是其所引典故有些略显繁复，没有像李善注那样，在引典时进行精心提炼，要言不烦，所以《钞》的注释就表现为有很多与理解正文可能无关的东西也被抄录无遗。下面聊举两例来说明这种情况。

如《文选集注》卷六十二江文通《杂体诗三十首》之《郭弘农游仙》下，集注本没有李善注，而《钞》有曰：

> 郭景纯好仙，方作《游仙诗》十七首，在集中。今文通拟之。璞字景纯，河东人。性简放，不治威仪，而敏明，朗有才思，善属文，专心学业，好古文奇字，妙于阴阳算历。有郭公者，璞从之受业。公以青囊中书九卷与之，由是遂洞天文卜筮之术，虽京房、管辂不能过也。璞门人赵载尝窃青囊书，未及读而为火所焚灭。王敦闻其有术，数引为参军。及敦起事，令璞筮之。璞曰："不能往。"敦大怒，遂斩之。往果不成。璞虽逆辨吉凶，不能自知其死。璞晋中兴初游越域，行逢一人，以袴褶赐之，此人未敢受而问其故，璞曰："后当知，不须问。"及后出市，此人果行刑焉。雷居士《豫章记》云："吴猛与璞以术数相善，同在王敦府，知敦将害璞，而问曰：'卿命尽几何？'答曰：'下官命尽中时。'又问猛之为寿几何，璞云：'不可量也。'既而害璞。又逢收猛。猛入壁中，忽然不见，仍于津渚附载远南。猛自执政，使余人乘舟，甚密闭轮户。舫主不解所以，久窃窥之，果见两龙夹舟而行山上曰：未舆而至宫停。故得免祸。"又云："上辽道西昔有石姥宫，有大蛇长十丈，行者吸皆之立而吞，前后不知所食多少，而白骨为山矣。辽道是七郡桂州行之要，不可以驰，猛乃率茅子而往，蛇闻猛至，逃于穴中，气

势嚣赫，独难可犯。猛乃恚鬼神相与制之，蛇出穴，头高数丈，猛乃于后以脚蹑之，茅子加斤斧焉。大蛇虽死，独有小蛇长数丈得逸去。今已能衔人度江，人犹惊畏之。俗云：此蛇蜀地之精，故特盛也。猛，豫章建宁人。干庆为豫章建宁令，死已二日，猛曰：'明府算历未应尽，似是误耳，今为炙之。'乃沐浴，衣裳复死于庆侧。经一宿果相与俱生。庆云见猛天曹中，论诉之。"庆即干宝之兄，宝因之作《搜神记》，故其序云："建武中所有感起，是用发愤焉。今论此者兴者，郑氏相须，故附见之。"①

《钞》之此段又出郭璞生平，并引雷居士《豫章记》云云，并与解题无涉，徒增繁难，令读者不知所云。且郭璞生平已见《文选》赋中郭景纯《海赋》题下，此处复赘，知其不知其要也。《钞》之注仅仅前边之"郭景纯好仙，方作《游仙诗》十七首，在集中。今文通拟之"注出了题目的"游仙"之来历，其后纯属多余。

《文选集注》之《钞》后边又有陆善经注曰："《晋书》云：璞卒后，赠弘农太守也。"②陆善经注虽然寥寥十余字，已经简明扼要地点出了题目"郭弘农"之来历，可谓简而得当。传世本的各本李善注则将此陆善经注作为李善注列于题下，应该是《文选》李善注刊本的校理者认为陆善经注比较贴切，故取入善注之中。

再如《文选集注》卷九十三陆士衡《汉高祖功臣颂》的"建信委辂，被褐献宝。指明周汉，铨时论道。移帝伊洛，定都酆镐"句，集注本中李善注曰：

---

①　《唐钞文选集注汇存》，第一册，第750—753页。

②　《唐钞文选集注汇存》，第一册，第753页。

《汉书》：娄敬脱轭辂见虞将军曰："臣愿见上，言便宜。"虞将军欲与鲜衣，敬曰："臣衣帛，衣帛见；衣褐，衣褐见。不敢易衣。"虞将军入言上，上召见。娄敬说上曰："陛下取天下与周异而都雒阳，不便，不如入关，据秦之固。"是日车驾西都长安。班固《汉书·娄敬述》：毚役夫，还京定都。《声类》曰：铨，所以称物也。

《钞》则曰：

《汉书》：娄敬，齐人。汉五年，戍陇西，过雒阳，高帝在焉。敬说曰："陛下都雒阳，岂欲与周室比隆哉？"上曰："然。"敬曰："陛下取天下与周异。周之先自后稷，尧封之邰，积德累善十余代。公刘避桀居豳。大王以戎狄故，去豳，杖马箠去居岐，国人争归之。及文王为西伯，断虞、芮之讼，始受命，吕望、伯夷自海滨而来归之。武王伐纣，不期而会孟津上八百诸侯，遂灭殷。成王即位，周公之属傅相焉，乃营成周都雒，以为此天下[中]，诸侯四方纳贡职，道里钧矣，有德则易以王，亡德则易以亡。凡居此者，欲令周务以德致人，不欲阻险，令后代骄奢以虐民也。及周之衰，分而为二，天下莫朝，周不能制。非德薄，形势弱也。今陛下起丰击沛，收卒三千，以之径往，卷蜀汉，定三秦，与项羽战荣阳，大战七十，小战四十，使天下民肝脑涂地，父子暴骸中野，不可胜数，哭泣之声不绝，伤夷者未起，而欲比隆成、康之时，臣窃以为不侔矣。且夫秦地据山带河，四塞以为固，卒然有急，百万之众可具。因秦之故，资甚美膏脂之地，此所谓天府。陛下入关而都之，山东虽乱，秦故地可全而有也。夫与人斗，不搤其亢，拊其背，未能全胜。今陛下入关而都，按秦之故，此亦搤天下之亢而拊其背矣。"高帝问群臣，群臣皆山东人，争言周王数百年，秦二世而亡，不如都周。上疑未能决。及留侯明言入关便，即日驾西都关中。于是上曰："本言都秦地者娄敬，娄者刘也。"赐姓刘氏，拜为郎中，号为奉春君。汉七年，韩王信反，高帝自往击。至晋阳，闻信与匈奴欲击汉，上大怒，使人使匈奴。使者十辈来，皆言匈奴易击。上使刘敬复往使匈奴，还报曰："匈奴不可击。"上怒，骂敬，系敬广武。遂往，至平城，匈奴果出奇兵围高帝白登，七日然后得解。高帝至广武，赦敬，曰："吾不用公之言，以困平城。"乃封敬二千户，封为关内侯，号建信侯。①

通过对比李善注和《钞》我们可以看出，同样是注解陆士衡《汉高祖功臣颂》中"建信委辂……定都酆镐"之句，李善注总共用了110个字，既说明了娄敬劝说汉高祖定都长安的事实，又交代了"定都"的出典和"铨"字的注释。其中"娄敬脱辂辂见虞将军曰"至"上召见"引用《汉书·娄敬传》的内容，而"娄敬说上曰"至"西都长安"则采用《汉书·高帝纪》的内容，注解非常精炼，可谓要言不烦，画龙点睛。而《钞》则用了600个字，几乎全部照搬了《汉书·娄敬传》，虽然"汉七年"以下一段注释出了"建信"的来历，确实可以弥补李善没有注释"建信"的不足，但《钞》用了近6倍于李善注的篇幅，却仅仅注释了一个典故。同时《钞》虽然引用了这么长的文字，但却漏掉了注释"委辂""被褐"两个关键的词汇。我们从《钞》不惜

几乎照搬《汉书·娄敬传》全文来注释"建信"的情况来看,"娄敬脱
辁辂见虞将军曰"至"上召见"一段在注释时是不应该被遗漏的。
《文选集注》中的《钞》之所以出现这种反常现象,很可能是集注本
的编撰者看到李善注释中已经有了这段话,所以在《钞》中就进行
了删略。因此,《文选集注》中所引《钞》的内容应该经过编撰者节
略的,所以直观地表现为对李善注的补充。若此说不谬,则《钞》的
注释篇幅本来更长。此点或许也可以解释之所以《钞》在后世没有
广泛流传的原因,就是因为过于繁复。

　　《钞》的注释除了利用李善所用的引经据典以解释文本事典、
语典出处的方法之外,同时又采用了李善很少使用的直接注释和
串讲大意的方法。

　　例如《文选集注》卷四十八陆士衡《赠冯文罴一首》"悲情临
川结,苦言随风吟"句,《钞》曰:"川有幽咽之水,风有激烈之声。"①
则直接串释句意。

　　又如《文选集注》卷九十三陆士衡《汉高祖功臣颂》"柔远镇迩,
寔敬攸考"句,《文选集注》中引《钞》曰:"寔,是也。言移高祖都酆
郜,即是娄敬之所成也。"②此句既有直接解释词义,又兼有串释
句意。

　　又如卷九十八干令升《晋纪总论》"牛马被野,余粮栖亩,行旅
草舍,外闾不闭"句,《钞》曰:"言牛马被野,犹武王伐纣,归马于华
山之阳,放牛于桃林之野。栖,止也。言宿止于亩陇之上,无盗贼
也。舍,息也。行旅之人遇草中即宿,无盗贼也。"③疏通文意与直

_____

①　《唐钞文选集注汇存》,第一册,第304页。
②　《唐钞文选集注汇存》,第三册,第168页。
③　《唐钞文选集注汇存》,第三册,第420页。

接解释词并有。

　　《钞》的这种直接注释以及串释大意的注释特点是其长处,后来又被五臣注所吸收采用,而且五臣注更加偏重于直接释意和串释文句。所以他的这方面特点后被五臣注取而代之。

　　因为《钞》也使用了引经据典解释事典、语典出处的注释方法,而其所引用的典籍有很多不见于李善注者,而且许多所引典籍到今天也早已亡佚,因此这些部分的辑佚价值丝毫不亚于李善注。可惜的是,《文选集注》残卷目前所见仅有二十四卷,且完整卷很少,多为残卷,所存卷不及原卷五分之一,否则《钞》的辑佚及研究价值会更高。

　　在《文选集注》中排在《钞》之后的就是《音决》。《音决》主要是注音,但也有部分地方因音辨义。《音决》的作者是采用了此前"《文选》学"注音的成果,然后再下判断,属于《文选》音注集大成的著作。

　　集注本《音决》引用的旧音有萧、曹、许、骞、李等,萧即萧该,曹即曹宪,许即许淹,也就是僧道淹,骞即骞上人,著有《楚辞音》,李即李善。其所引旧音的体例一般是在对同一个字注音不同时,兼引两家或几家旧音,有的地方有作者按断,有的则没有按断。《音决》中注音和集注本中李善注音很少重复,除非两家注音不同,这或许也可以说明《音决》的音注也被编者删略掉了和李善音注重复的部分。通过《音决》,我们可以了解唐代"《文选》学"音注著作之丰富,不但为我们提供了已经亡佚的许多家音注,如萧该、曹宪、许淹等音注,也为我们提供了研究唐代音韵的第一手材料。

　　在《文选集注》中排列在《音决》之后的是五臣注,有些地方还在五臣注之前有五臣音注。一般五臣音注出现的地方都是《音决》

没有注音的字,或者是五臣所注音与《音决》注音不同处,但是集注本中五臣音注的数量远远不能和后世刻本的五臣音注数量相提并论。这个现象说明了两个问题:一是集注本中的注音和注释一样是经过编撰者删略过的,所以一般没有重复注音现象;二是五臣音注确有多于《音决》及前代各家音注者。《音决》是专门注音的,但仍然有些字没有注音,而五臣注则有注音,这正是五臣进表所说的并具注音,方便读者阅读之处。同时也说明,五臣的音注有后出转多的特点。

将《文选集注》中的五臣注与后世刻本五臣注的注释内容进行比对就会发现,集注本中的五臣注内容不是完全内容的五臣注,而是经过节略的五臣注。两相对比可以知道,集注本中删略部分内容都是五臣注内容与李善注或者《钞》的注释重复部分,而保留下来的五臣注内容正是五臣不同于李善注或者《钞》的部分,这部分保留的内容正是五臣注独有或独特的地方。五臣注的注释特点和方法前面已经有所交代,兹不赘述。除了五臣注因为同于李善注或《钞》的注释内容而有所删节之外,根据集注本的按语"此篇至《招隐篇》,《钞》脱也。五家有目而无书"来看,《文选集注》编撰者所使用的五臣注本不是全本,而是有脱落的一个五臣注本,因此有些内容有目无书,所以此部分没有五臣注的内容。

在《文选集注》中五臣注后边排列的是陆善经注,关于陆善经注前文已作了介绍,兹不赘述。在陆善经注后边一般是编撰者所下按语,或交代各家正文异同,或交代所用各家注本的缺失情况。以其校语可知,其所用五臣注并非完卷,所用《钞》亦有脱文。

余　论

　　唐代"《文选》学"的繁荣与兴盛,促进了《文选》的传播,扩大了《文选》的影响。从一般读书人到皇帝都表现出对《文选》的重视和喜爱,《文选》的影响范围已不局限于唐王朝的中心统治区域,而是已扩大到了边疆地区,甚至已经越出国门,流传到周边汉文化影响所及的国家,如朝鲜、日本等邻国都对《文选》十分重视,都将《文选》看作是一种与儒家经史同样重要的文化典籍,曹宪的《文选音义》早在日本平安时期已流传到日本。

　　唐代是"《文选》学"兴起和繁荣的时期,是整个"《文选》学"的源头,所以唐代"《文选》学"为整个"《文选》学"的发展和繁荣奠定了基础,而宋代及以后的研究发展都属于唐代"《文选》学"的余绪和支流,仍然围绕着唐代"《文选》学"的两部代表性成果——李善注和五臣注展开。李善注和五臣注为《文选》的广泛传播和阅读架设了津梁,同时也为《文选》的普及和应用奠定了坚实的基础。唐代"《文选》学"的杰出成就为《文选》的普及和研究起到了不可低估的推动和引导作用,不但影响了有唐一代以骈文为主的文风,而且这种影响一直延续到宋代。

　　隋唐时期是"《文选》学"的发源阶段,萧该以其是家学而最先撰有研究《文选》的著作。曹宪开始广收门徒，教授《文选》，使"《文选》学"形成一种专门的学问。随后的李善更是将"《文选》学"发扬光大，奠定了"《文选》学"显学的地位，使其达到了和当时的"经学""三礼学""《汉书》学"并称的显赫地位。继李善注以后，《文选》注释比较有名的是五臣注。《文选》李善注、五臣注是唐代"《文选》学"繁荣的代表性成果，《文选》李善注及五臣注为后世的"《文选》学"奠定了文献基础，为研读《文选》架设了津梁，其后的读者大都以他们的注本作为读本，研究者也大都以他们的注释作为研究范本，以至于《文选》的白文本很少有人问津，逐渐退出了历史舞台。

　　李善注自从诞生以来，以其注释详赡、援引赅洽而广受赞誉，而五臣注则颇受非议。事实上，中唐以后直至北宋时期，《文选》五臣注一直比较流行，因其注解简便易读，故一般读者多用五臣注，这种情况也招致了一些李善注拥趸的批评。其中，晚唐人李匡乂《资暇集》中有关五臣注的批评对后世影响深远，贬五臣注者往往奉为圭臬。但五臣注确实有其独特的价值，在当时满足了社会需要，为《文选》的普及做出了自己的贡献。

　　隋唐时期出现了大量的"《文选》学"研究成果。其中有《文选》著述且今天所知有名有姓者达二十余人。音义类的著作有萧该的《文选音》、曹宪的《文选音义》、许淹的《文选音义》、公孙罗的《文选音》；注释类的著作则有李善的《文选注》，公孙罗的《文选钞》，吕延济、刘良、张铣、吕向、李周翰的《文选注》，陆善经的《文选注》；辨惑类的著作则有李善的《文选辨惑》、康国安的《驳文选异义》；续补类的著作则有孟利贞的《续文选》、卜长福的《续文选》、卜隐之的《拟文选》、徐坚的《文府》、裴潾的《大和通选》；著作人名目研究则有常宝鼎《文选著作人名目》等等；可谓著述丰富，包罗万象。这些研究成果虽然今天大部分都已经亡佚，但它们都对"《文选》学"的发展做出了各自的贡献。正是由于这些研究者的共同努力，使"《文选》学"研究在唐代形成了第一个历史高潮。这种《文选》研究的热潮对后世影响深远，一直延续至今。

隋唐时期，除了有许多直接以研究《文选》而得名者外，尚有很多虽不以"《文选》学"名家但却深得"选学"精髓者，如李白、杜甫、韩愈、白居易等。他们"熟精文选理"，对《文选》的研读已经进入了更高的层次，能够把《文选》的内容融会贯通，将其写作方法灵活运用在各自的创作中，从而成为有唐一代文坛上的佼佼者，在中国文学史上留下了闪光的足迹。从这个意义上说，李善、五臣等人的《文选》注释研究成果为《文选》的普及和研读提供了文本基础，从而使社会上更多的读书人受益。研究和注释不是"《文选》学"的最终目的，能够使更多人灵活运用和学习创作，在《文选》中汲取创作灵感和思路才是"《文选》学"的真谛。就李白、杜甫、韩愈、白居易而言，他们杰出的文学成就地取得也有很多得益于《文选》之处。

随着"《文选》学"的深入发展，晚唐时期出现了一种汇集多家注释的集注本《文选》——《文选集注》。集注本依照一定的取舍标准把李善注、《钞》《音决》、五臣注、陆善经注抄撮在一起，并有按语，是今天所见第一个合并各家注释的文本。但该书在中国本土未见流传，也未见诸任何公私书目记载，直到该书残卷在日本被发现。《文选集注》中所引的《钞》《音决》、陆善经注等在中土早已失传，其残卷的发现为研究唐代其他《文选》注释成果提供了珍贵资料。根据今天见到的《文选集注》残卷来看，该书的纂抄者所见诸本并非完本,所用底本为李善注本,遇到各家注释与李善注重复时则进行删略。《文选集注》虽然没有在国内流传的记录,但根据北宋本和尤刻本李善注的增注来看,他们可能都利用过《文选集注》,所以该书很可能是唐末人所编,在宋代仍有人少量传本或残卷传世。

　　五代时期,雕版印刷术开始广泛使用,后蜀毋昭裔刊刻了《文选》五臣注,以更好地满足读书人的需求,这是《文选》第一次以雕版印刷的形式呈现在读者面前。宋代雕版印刷术的广泛应用,为《文选》的广泛流传奠定了基础。由于宋初仍然承袭唐代以诗赋取士的科举形式,"《文选》学"的显学地位依然不可动摇。后来,由于欧阳修等人倡导了诗文革新运动,提倡古文创作,骈文的地位开始受到冲击,以骈文为主的《文选》开始受到冷落。特别是宋神宗时期,王安石又对科举取士制度进行改革,随着科举考试内容的改变,考试以经学为主,逐渐削弱了诗赋在考试中的地位,《文选》的科举教科书作用已经减弱,不再像唐代那样受人追捧。"《文选》学"也逐渐失去了显学地位,但并非完全退出了历史舞台,而是以另外的形式继续存在,目前可见的很多种宋代《文选》版本即为明证。

　　宋代的"《文选》学"不再像唐代那样以注释为主,而逐渐转向评论、寻篇摘句及考证为主,开拓了《文选》研究的新领域,其实仍然是为文学写作服务。与唐代不同,宋人对《文选》的研究主要表现在两方面:一是摘出《文选》中的用字和用韵以备写作使用,如苏易简的《文选菁英》《文选双字类要》、刘攽的《文选类林》、周明辨的《文选汇聚》《文选类聚》、王若的《选腴》、黄简的《文选韵粹》等就是这方面的研究成果。二是对《文选》中的有关内容进行评论、考订,这类研究成果往往比较零散，不以专著形式出现，如沈括的《梦溪笔谈》、姚宽的《西溪丛语》、洪迈的《容斋随笔》《续笔》、陆游的《老学庵笔记》、叶梦得的《石林燕语》等都有对《文选》的考证文字。宋代"《文选》学"继承唐代"《文选》学"鼎盛时期而来，下边又开启了明清评论考证等研究的风气。

主要参考文献

专著部分

1. (汉)班固撰,(唐)颜师古注.汉书[M].北京:中华书局,1962年6月第1版.

2. (晋)陈寿撰,(宋)裴松之注.三国志[M].北京:中华书局,1959年12月第1版.

3. (梁)萧子显撰.南齐书[M].北京:中华书局,1972年1月第1版.

4. (梁)萧统编,(唐)李善注.文选[M].北京:中华书局,1974年7月第1版.

5. (梁)萧统编,(唐)李善注.文选[M].北京:中华书局,1977年11月第1版.

6. (梁)萧统编,(唐)吕延济、刘良、张铣、吕向、李周翰、李善注.文选[M].首尔:正文社影印韩国汉城大学奎章阁藏活字本,1983年9月版.

7. (梁)萧统编,(唐)李善、吕延济、刘良、张铣、吕向、李周翰注.六臣注文选[M].北京:中华书局,1987年8月第1版.

8.（梁）萧统著,俞绍初校注.昭明太子集校注[M].郑州:中州古籍出版社,2001年7月第1版.

9.（齐）魏收撰.魏书[M].北京:中华书局1974年6月第1版.

10.（唐）欧阳询撰,汪绍楹校.艺文类聚[M].上海:世纪出版集团、上海古籍出版社,1999年5月新2版.

11.（唐）姚思廉撰.梁书[M].北京:中华书局,1973年5月第1版.

12.（唐）姚思廉撰.陈书[M].北京:中华书局,1972年3月第1版.

13.（唐）李百药撰.北齐书[M].北京:中华书局,1972年11月第1版.

14.（唐）房玄龄等撰.晋书[M].北京:中华书局,1974年11月第1版.

15.（唐）魏徵、令狐德棻撰.隋书[M].北京:中华书局,1973年8月第1版.

16.（唐）李延寿撰.南史[M].北京:中华书局,1975年6月第1版.

17.（唐）李延寿撰.北史[M].北京:中华书局,1974年10月第1版.

18.（唐）令狐德棻等撰.周书[M].北京:中华书局,1971年11月第1版.

19.（唐）徐坚撰.初学记[M].北京:中华书局,2004年2月第2版.

20.（唐）张鷟撰,赵守俨点校.朝野佥载[M].北京:中华书局,1979年10月第1版.

21.（唐）窦臮撰，窦蒙注.述书赋[M].文渊阁四库全书·子部·艺术类.第 812 册.

22.（唐）刘餗撰，程毅中点校.隋唐嘉话[M].北京：中华书局，1979 年 10 月第 1 版.

23.（唐）刘肃撰，许德楠、李鼎霞点校.大唐新语[M].北京：中华书局，1984 年 6 月第 1 版.

24.（唐）段成式撰.酉阳杂俎[M].文渊阁四库全书·子部·小说家类.第一〇四七册.

25.（唐）李匡乂撰.资暇集[M].文渊阁四库全书·子部·杂家类.第八五〇册.

26.［日］藤原佐世撰.日本国见在书目[M].古逸丛书本.

27.（五代）丘光庭撰.兼明书[M].文渊阁四库全书·子部·杂家类.第八五〇册.

28.（五代）王定保著.唐摭言[M].上海：古典文学出版社，1957 年 4 月第 1 版.

29.（后晋）刘昫等撰.旧唐书[M].北京：中华书局，1975 年 5 月第 1 版.

30.（宋）释赞宁撰，范祥雍点校.宋高僧传[M].北京：中华书局，1987 年 8 月第 1 版.

31.（宋）王溥撰.唐会要[M].上海：世纪出版集团、上海古籍出版社，2006 年 12 月新 1 版.

32.（宋）李昉等撰.太平御览[M].北京：中华书局，1960 年 2 月第 1 版.

33.（宋）李昉等撰.太平广记[M].北京：中华书局，1961 年 9 月新 1 版.

34.（宋）王钦若等撰.册府元龟［M］.北京：中华书局,1960 年 6 月第 1 版.

35.（宋）司马光撰.资治通鉴［M］.北京：中华书局,1956 年 6 月第 1 版.

36.（宋）宋敏求编.唐大诏令集［M］.北京：商务印书馆,1959 年 4 月第 1 版.

37.（宋）欧阳修、宋祁撰.新唐书［M］.北京：中华书局,1975 年 2 月第 1 版.

38.（宋）王谠撰,周勋初校证.唐语林校证［M］.北京：中华书局,2008 年 1 月第 2 版.

39.（宋）赵明诚撰.金石录［M］.文渊阁四库全书·史部·目录类.第六八一册.

40.（宋）陈思撰.宝刻丛编［M］.文渊阁四库全书·史部·目录类.第六八二册.

41.（宋）佚名撰.宝刻类编［M］.文渊阁四库全书·史部·目录类.第六八二册.

42.（宋）郑樵撰.通志［M］.文渊阁四库全书·史部·别史类.第三七二—三八一册.

43.（宋）晁公武撰,孙猛校证.郡斋读书志校证［M］.上海：世纪出版集团、上海古籍出版社,1990 年 10 月第 1 版.

44.（宋）洪迈撰.容斋随笔［M］.北京：中华书局,2007 年 9 月第 1 版.

45.（宋）陆游撰,李剑雄、刘德权点校.老学庵笔记［M］.北京：中华书局,1979 年 11 月第 1 版.

46.（宋）陈振孙著,徐小蛮、顾美华点校.直斋书录解题［M］.上海:上海古籍出版社,1987 年 11 月第 1 版.

47.(宋)唐士耻撰.灵岩集[M].丛书集成续编本.第 185 册.

48.(宋)王应麟辑.玉海[M].文渊阁四库全书·子部·类书类.第九四三—九四八册.

49.(清)何焯著,崔高维点校.义门读书记[M].北京:中华书局,1987 年 6 月第 1 版.

50.(清)汪师韩撰.文选理学权舆[M].续修四库全书·集部.第一五八一册.上海:上海古籍出版社,2002 年 1 月第 1 版.

51.(清)王鸣盛著.十七史商榷[M].北京:中国书店,1987 年 8 月第 1 版.

52.(清)王昶撰.金石萃编[M].续修四库全书·史部.金石类.第 886—891 册.上海:上海古籍出版社,2002 年 1 月第 1 版.

53.(清)赵翼著,王树民校证.廿二史札记校证[M].北京:中华书局,1982 年 1 月第 1 版.

54.(清)钱大昕著,方诗铭、周殿杰校点.廿二史考异[M].上海:世纪出版集团、上海古籍出版社,2004 年 4 月第 1 版.

55.(清)孙志祖撰.文选理学权舆补[M].续修四库全书·集部.第一五八一册.上海:上海古籍出版社,2002 年 1 月第 1 版.

56.(清)孙志祖撰.文选考异[M].续修四库全书·集部.第一五八一册.上海:上海古籍出版社,2002 年 1 月第 1 版.

57.(清)董诰等编.全唐文[M].北京:中华书局,1983 年 11 月第 1 版.

58.(清)永瑢等撰.四库全书总目[M].北京:中华书局,1965 年 6 月第 1 版.

59.(清)张云璈撰.选学胶言[M].清道光十一年(1831)张氏简

松草堂刻本.

60.（清）梁章钜撰.文选旁证［M］.续修四库全书·集部.第一五八一册.上海：上海古籍出版社,2002 年 1 月第 1 版.

61.（清）徐松辑.宋会要辑稿［M］.北京：中华书局,1957 年 11 月第 1 版.

62.（清）徐松撰,孟二冬补正.登科记考补正［M］.北京：北京燕山出版社,2003 年 7 月第 1 版.

63.（清）胡绍煐撰.文选笺证［M］.续修四库全书·集部.第一五八二册.上海：上海古籍出版社,2002 年 1 月第 1 版.

64.（清）胡绍煐撰,蒋立甫校点.文选笺证［M］.合肥：黄山书社,2007 年 3 月第 1 版.

65.（清）张之洞撰,范希曾补正.书目答问补正［M］.上海：上海古籍出版社,2001 年 7 月第 1 版.

66.（清）胡聘之撰.山右石刻丛编［M］.清光绪二十七年(1901)刻本.

67. 二十五史刊行委员会编.二十五史补编［M］.北京：中华书局,1955 年 2 月第 1 版.

68. 陈垣著.二十史朔闰表［M］.北京：中华书局,1962 年 7 月第 1 版.

69. 游国恩等主编.中国文学史［M］.北京：人民文学出版社,1963 年 7 月第 1 版.

70. 程千帆著.唐代进士行卷与文学［M］.上海：上海古籍出版社,1980 年 8 月第 1 版.

71. 王运熙、顾易生主编.中国文学批评史(上册)［M］.上海：上海古籍出版社,1981 年 7 月第 1 版.

72. 缪钺著.诗词散论[M].上海:上海古籍出版社,1982 年 11 月第 1 版.

73. 高步瀛著,曹道衡、沈玉成点校.文选李注义疏[M].北京:中华书局,1985 年 11 月第 1 版.

74. 赵福海、陈宏天、陈复兴等主编.昭明文选研究论文集[C].长春:吉林文史出版社,1988 年 6 月第 1 版.

75. [日]清水凯夫撰,韩基国译.六朝文学论文集[M].重庆:重庆出版社,1989 年 5 月第 1 版.

76. 李详撰,李稚甫编校.李审言文集(上、下册)[M].南京:江苏古籍出版社,1989 年 6 月第 3 版.

77. 骆鸿凯.文选学[M].北京:中华书局,1989 年 11 月第 1 版.

78. 赵福海主编.文选学论集[C].长春:时代文艺出版社,1992 年 6 月第 1 版.

79. 周绍良主编.唐代墓志汇编[M].上海:上海古籍出版社,1992 年 11 月第 1 版.

80. 吴宗国著.唐代科举制度研究[M].沈阳:辽宁大学出版社,1992 年 12 月第 1 版.

81. 钱基博著.中国文学史(全三册)[M].北京:中华书局,1993 年 4 月第 1 版.

82. 王利器撰.颜氏家训集解[M].北京:中华书局,1993 年 12 月第 1 版.

83. 游志诚著.昭明文选斠读上册[M].台北县板桥市:骆驼出版社,1995 年 7 月第 1 版.

84. 徐正英著.昭明文选斠读下册[M].台北县板桥市:骆驼出版社,1995 年 7 月第 1 版.

85. 屈守元著.文选导读[M].成都:巴蜀书社,1996年9月第2版.

86. 王运熙、杨明著.中国文学批评通史(魏晋南北朝卷)[M].上海:上海古籍出版社,1996年12月第1版.

87. 王运熙、杨明著.中国文学批评通史(隋唐五代卷)[M].上海:上海古籍出版社,1996年12月第1版.

88. 穆克宏著.魏晋南北朝文学史料述略[M].北京:中华书局,1997年1月第1版.

89. [日]斯波六郎编,李庆译.文选索引[M].上海:上海古籍出版社,1997年2月第1版.

90. 吴钢主编,吴敏霞副主编:全唐文补遗(第四辑)[C].西安:三秦出版社,1997年5月第1版.

91. 中国文选学研究会、郑州大学古籍整理研究所编.文选学新论[C].郑州:中州古籍出版社,1997年10月第1版.

92. 俞绍初、许逸民编.中外学者文选学论集[C].北京:中华书局,1998年8月第1版.

93. 俞绍初、许逸民编.中外学者文选学论著索引[M].北京:中华书局,1998年12月第1版.

94. 曹道衡著.南朝文学与北朝文学研究[M].南京:江苏古籍出版社,1999年9月第1版.

95. 徐公持编著.魏晋文学史[M].北京:人民文学出版社,1999年9月第1版.

96. 傅刚著.《昭明文选》研究[M].北京:中国社会科学出版社,2000年1月第1版.

97. 饶宗颐编.敦煌吐鲁番本文选[M].北京:中华书局,2000

年 5 月第 1 版.

98. 罗国威笺证.敦煌本《文选注》笺证[M].成都:巴蜀书社,2000 年 5 月第 1 版.

99. 周勋初辑.唐钞文选集注汇存[M].上海:上海古籍出版社,2000 年 7 月第 1 版.

100. 傅刚著.《文选》版本研究[M].北京:北京大学出版社,2000 年 9 月第 1 版.

101. 曹道衡、刘跃进著.南北朝文学编年史[M].北京:人民文学出版社,2000 年 11 月第 1 版.

102. 周绍良主编.全唐文新编[M].长春:吉林文史出版社,2000 年 12 月第 1 版.

103. 陈寅恪著.陈寅恪集.金明馆丛稿初编[M].北京:生活·读书·新知三联书店,2001 年 6 月第 1 版.

104. 陈寅恪著.陈寅恪集.金明馆丛稿二编[M].北京:生活·读书·新知三联书店,2001 年 7 月第 1 版.

105. 钱穆著.先秦诸子系年[M].北京:商务印书馆,2001 年 8 月第 1 版.

106. 孙钦善著.中国古文献学史简编[M].北京:高等教育出版社,2001 年 9 月第 1 版.

107. 陶敏、李一飞著.隋唐五代文学史料学[M].北京:中华书局,2001 年 11 月第 1 版.

108. 周绍良、赵超主编.唐代墓志汇编续集[M].上海:上海古籍出版社,2001 年 12 月第 1 版.

109. 曹道衡、傅刚著.萧统评传[M].南京:南京大学出版社,2001 年 12 月第 1 版.

110. 陈飞著.唐代试策考述[M].北京:中华书局,2002 年 4 月第 1 版.

111. [日]冈村繁著,陆晓光译.文选之研究(冈村繁全集第二卷)[M].上海:上海古籍出版社,2002 年 8 月第 1 版.

112. [日]岛田翰著.汉籍善本考[M].北京:北京图书馆出版社,2003 年 1 月第 1 版.

113. 袁行霈主编.中国文学史[M].北京:高等教育出版社,2003 年 2 月第 1 版.

114. 中国文选学研究会编.《文选》与"《文选》学"[C].北京:学苑出版社,2003 年 5 月第 1 版.

115. 曹道衡、沈玉成著.中古文学史料丛考[M].北京:中华书局,2003 年 7 月第 1 版.

116. 王立群著.现代《文选》学史[M].北京:中国社会科学出版社,2003 年 10 月第 1 版.

117. 章培恒、骆玉明主编.中国文学史[M].上海:复旦大学出版社,2004 年 9 月第 1 版.

118. 傅璇琮著.唐宋文史论丛及其他[M].郑州:大象出版社,2004 年 10 月第 1 版.

119. 余嘉锡.四库提要辨证[M].昆明:云南人民出版社,2004 年 11 月第 1 版.

120. 韩晖著.《文选》编辑及作品系年考证[M].北京:群言出版社,2005 年 1 月第 1 版.

121. 曹道衡、刘跃进著.先秦两汉文学史料学[M].北京:中华书局,2005 年 2 月版.

122. 傅刚著.汉魏六朝文学与文献论稿[M].北京:商务印书

馆,2005年2月第1版.

123. 王立群著.《文选》成书研究[M].北京:商务印书馆,2005年2月第1版.

124. 汪习波著.隋唐文选学研究[M].上海:世纪出版集团、上海古籍出版社,2005年4月第1版.

125. [日]遍照金刚撰,卢盛江校考.文镜秘府论汇校汇考[M].北京:中华书局,2006年4月第1版.

126. 黄侃著,黄延祖重辑.文选平点[M].北京:中华书局,2006年5月第1版.

127. 孙钦善著.中国古文献学[M].北京:北京大学出版社,2006年5月第1版.

128. 范志新著.文选版本论稿[M].南昌:江西人民出版社,2006年10月第1版.

129. 曹道衡、沈玉成编著.南北朝文学史[M].北京:中国社会科学出版社,2007年3月第2版.

130. 傅璇琮著.唐代科举与文学[M].西安:陕西人民出版社,2007年9月第1版.

131. 顾农著.文选论丛[M].扬州:广陵书社,2007年9月第1版.

132. 中国文选学研究会、河南科技学院中文系编.中国文选学[C].北京:学苑出版社,2007年9月第1版.

133. 王书才著.《昭明文选》研究发展史[M].北京:学习出版社,2008年2月第1版.

134. 周勋初著.唐代笔记小说叙录[M].南京:凤凰出版社,2008年3月第1版.

135. 穆克宏著.文选学研究[M].福州:鹭江出版社,2008 年 7 月第 1 版.

136. 陈延嘉著.《文选》李善注与五臣注比较研究[M].长春:吉林文史出版社,2009 年 7 月第 1 版.

137. 赵俊玲著.《昭明文选》评点研究[M].上海:上海古籍出版社,2013 年 1 月第 1 版.

138. (梁)萧统编,(唐)吕延济等注,俞绍初,刘群栋等点校.新校订六家注文选(第一册)[M].郑州:郑州大学出版社,2013 年 12 月第 1 版.

139. (梁)萧统编,(唐)吕延济等注,俞绍初,刘群栋等点校.新校订六家注文选(第二册)[M].郑州:郑州大学出版社,2013 年 12 月第 1 版.

140. (梁)萧统编,(唐)吕延济等注,俞绍初,刘群栋等点校.新校订六家注文选(第三册)[M].郑州:郑州大学出版社,2013 年 12 月第 1 版.

141. [日]涩江全善,森立之等撰,杜泽逊,班龙门点校.经籍访古志[M].上海:上海古籍出版社,2014 年 10 月第 1 版.

142. (梁)萧统编,(唐)吕延济等注,俞绍初,刘群栋等点校.新校订六家注文选(第四册)[M].郑州:郑州大学出版社,2015 年 7 月第 1 版.

143. (梁)萧统编,(唐)吕延济等注,俞绍初,刘群栋等点校.新校订六家注文选(第五册)[M].郑州:郑州大学出版社,2015 年 7 月第 1 版.

144. (梁)萧统编,(唐)吕延济等注,俞绍初,刘群栋等点校.新校订六家注文选(第六册)[M].郑州:郑州大学出版社,2015 年 7

月第 1 版.

论文部分

1. 殷孟伦.如何理解《文选》编选的标准[J].文史哲.1963，(1).第 75—82 页.

2. 王运熙.《文选》选录作品的范围和标准[J].复旦学报.1988，(6).第 14—20 页.

3. 曹道衡、沈玉成.南朝文学三题[J].文学评论.1990，(1).第 5—17 页.

4. 钟涛.从《文选》到《玉台新咏》——南朝后期文学的转变及其意义[J].青海社会科学.1990，(5).第 74—78 页.

5. 王运熙.论萧纲的文学思想[J].文学评论.1991，(2).第 65—73 页.

6. 屈守元."昭明太子十学士"和《文选》编辑的关系[J].四川师范大学学报.1991，(3).第 49—54 页.

7. 宋启发.唐代"《文选》学"综述[J].安徽教育学院学报.1991，(3).第 41—45 页.

8. 屈守元.产生《昭明文选》时代的文学氛围漫谈[J].文史杂志.1991，(3).第 11—13 页.

9. 屈守元.《昭明文选》产生的时代文学氛围漫谈(下)[J].文史杂志.1991，(4).第 37—39 页.

10. 顾农.与清水凯夫先生论《文选》编者问题[J].齐鲁学刊.1993，(1).第 39—45 页.

11. 穆克宏.萧统《文选》研究述略[J].郑州大学学报.1993，

(1).第 14—21 页.

12. 穆克宏.论《文选》的文学价值[J].福建师范大学学报.1993,(2).第 54—62 页.

13. 伏俊连.从敦煌唐写本残卷看李善《文选注》的体例[J].社科纵横.1993,(4).第 53—57 页.

14. 曹道衡.昭明太子和梁武帝的建储问题[J].郑州大学学报.1994,(1).第 47—53 页.

15. 刘跃进.关于《文选》的编者及其成书年代[J].古典文学知识.1994,(1).第 90—95 页.

16. 虞万里.《唐文选集注残本》中陆善经行事考略[J].文献.1994,(1).第 262—266 页.

17. [美]康达维.二十世纪的欧美"《文选》学"研究.郑州大学学报.1994,(1).第 54—57 页.

18. 跃进.从《洛神赋》李善注看尤刻《文选》的版本系统[J].文学遗产.1994,(3).第 90—97 页.

19. 曾良.论李善《文选》注的引文方法[J].九江师专学报.1994,(3、4 合).第 75—80 页.

20. 江庆柏.《文选》五臣注平议[J].郑州大学学报.1994,(4).第 34—39 页.

21. [日]清水凯夫撰,周文海译.《文选》编纂实况研究[J].郑州大学学报.1994,(4).第 40—47 页.

22. 顾农.《文选》的三重背景[J].天津师大学报.1994,(5).第 62—63 页.

23. 顾农.李善与文选学[J].齐鲁学刊.1994,(6).第 20—25 页.

24. 罗国威.左思《三都赋》綦毋邃注发覆——《文选》旧注新探之一[J].古籍整理研究学刊.1994,(6).第 6—9 页.

25. 陈延嘉.《文选》五臣注的纲领和实践——再论五臣注的重大贡献[J].长春师院学报.1995,(1).第 24—30 页.

26. 曹道衡.略论《文选》与"选学"[J].古典文学知识.1995,(1).第 3—10 页.

27. 穆克宏.萧统年谱[J].福建师范大学学报.1995,(4).第 45—52 页.

28. 曹道衡.南朝文风和《文选》[J].文学遗产.1995,(5).第 38—46 页.

29. 曹道衡.关于萧统和《文选》的几个问题[J].社会科学战线.1995,(5).第 206—214 页.

30. 穆克宏.萧统年谱(续)[J].福建师范大学学报.1996,(1).第 44—52 页.

31. 穆克宏.试论《文选》的编者问题——兼与清水凯夫教授商榷[J].福建学刊.1996,(1).第 74—77 页.

32. 穆克宏.《文选》文体分类再议[J].江海学刊.1996,(1).第 164—165 页.

33. 曹道衡.关于《文选》中六篇作品的写作年代[J].文学遗产.1996,(2).第 26—28 页.

34. 周勋初.《文选》所载《奏弹刘整》一文诸注本之分析[J].文学遗产.1996,(2).第 29—36 页.

35. 曹道衡.论《文选》的李善注和五臣注[J].江海学刊.1996,(2).第 144—151 页.

36. 曹道衡.关于《文选》的篇目次第及文体分类[J].齐鲁学刊.

1996，(3).第 18—21 页.

37. 顾农.评清水凯夫"新文选学"[J].齐鲁学刊.1996，(3).第22—27 页.

38. 穆克宏.《文选》对后世的影响[J].福建论坛.1996，(3).第76—80 页.

39. 刘奉文.《文选》李善注引书数量考辨[J].古籍整理研究学刊.1996，(4).第 45—47 页.

40. 傅刚.论《文选》"难体"[J].浙江学刊.1996，(6).第 86—89 页.

41. 傅刚.《文选》的编者及编纂年代考论[J].中国社会科学院研究生院学报.1997，(1).第 62—66 页.

42. 王立群.或然与必然——关于《文选》研究的断想[J].河南大学学报.1997，(6).第 17—19 页.

43. 俞绍初.《文选》成书过程拟测[J].文学遗产.1998，(1).第60—69 页.

44. 曹道衡.略评王煦的《文选李善注拾遗》及其笺识[J].江海学刊.1998，(1).第 149—150 页.

45. 罗国威.俄藏敦煌本 Φ242 号《文选注》的文献价值[J].古籍整理研究学刊.1998，(2).第 11—14 页.

46. 陈延嘉.《文选》五臣注的纲领和实践——兼与屈守元先生商榷[J].古籍整理研究学刊.1998，(2).第 1—10 页.

47. 王立群.从释词走向批评——《文选五臣注》研究评析[J].中州学刊.1998，(2).第 80—84 页.

48. 傅刚.《文选》三十九类说补证[J].文献.1998，(3).第270—273 页.

49. 穆克宏.《文选》与文学理论批评[J].文学遗产.1998，(4).第 25—35 页.

50. 屈守元.绍兴建阳陈八郎本《文选五臣注》跋[J].文学遗产.1998，(5).第 15—18 页.

51. 曹道衡.南北文风之融合和唐代《文选》学之兴盛[J].文学遗产.1999，(1).第 16—24 页.

52. 傅刚.论《文选》收录标准与齐梁作家作品评赏间的异同[J].殷都学刊.1999，(1).第 66—69 页.

53. 力之.关于《文选》的编者问题[J].文学评论.1999，(1).第 101—107.

54. 姜维公.唐代科举与《选》学的兴盛[J].长春师范学院学报.1999，(1).第 39—44 页.

55. 罗国威.李善生平事迹考辨[J].文献.1999，(3).第 44—53 页.

56. 王立群.论 20 世纪《文选》学家流派与《文选》学研究分期[J].中州学刊.1999，(3).第 118—123 页.

57. 王立群.骆鸿凯《文选学》与 20 世纪现代"选"学[J].河南大学学报.1999，(6).第 24—30 页.

58. 张连科.二十世纪《文选》研究述评[J].江西社会科学.1999，(12).第 56—61 页.

59. 曹道衡.《文选》对魏晋以来的文学传统的继承和发展[J].文学遗产.2000，(1).第 48—58 页.

60. 屈守元.《文选六臣注》跋[J].文学遗产.2000，(1).第 40—47 页.

61. 傅刚.《文选》的流传及影响[J].中国典籍与文化.2000，

(1).第 66—71 页.

62. 俞绍初.昭明太子萧统年谱[J].郑州大学学报.2000,（2）.第 66—78 页.

63. 许逸民.《文选》编撰年代新说[J].文学遗产.2000,（4）.第 33—42 页.

64. 傅刚.俄藏敦煌写本 Φ242 号《文选注》发覆[J].文学遗产.2000,（4）.第 43—54 页.

65. [日]冈村繁.宋代刊本《李善注文选》盗用了《五臣注》[J].长春师范学院学报。2000,（4）.第 28—34 页.

66. 秦跃宇.《诗苑英华》与《文章英华》——也论《文选》编者问题[J].山东师大学报.2000,（5）.第 27—31 页.

67. 虞万里.唐陆善经行历索隐[J].中华文史论丛.2000,（64）.第 171—184 页.

68. 马明霞.古代家刻本先驱毋昭裔刻书事略考[J].图书与情报.2001,（2）.第 27—28 页.

69. 王立群.周贞亮《文选学》与骆鸿凯《文选学》[J].文学遗产.2001,（3）.第 119—126 页.

70. 罗国威.古老诠释文本的再度诠释——评冈村繁《永青文库藏敦煌本〈文选注〉笺订》[J].辽宁大学学报.2001,（4）.第 78—80 页.

71. 徐正英.顾炎武与"《文选》学"——以《日知录》为例[J].郑州大学学报.2001,（5）.第 17—21 页.

72. 王小婷.李善与五臣注《文选》之比较[J].济南大学学报.2001,（6）.第 66—70 页.

73. 曹道衡.《文选》与西晋文学[J].古典文学知识.2002,（1）.

第 121—126 页.

74. 傅刚.20 世纪的"《文选》学"研究[J].光明日报.2002-2-6. B2 版.

75. 曹道衡.北朝黄河以南地区的学术与文化[J].福州大学学报.2002,（2）.第 5—8 页.

76. 力之.关于《文选序》与《文选》之价值取向的差异问题——兼论《文选》非仓卒而成及非出自异手[J].文学评论.2002,（2）.第 138—144 页.

77. 穆克宏.萧统研究三题[J].文学遗产.2002,（3）.第 12—22 页.

78. 穆克宏.20 世纪中国《文选》学研究的回顾与展望[J].福建师范大学学报.2002,（3）.第 64—70 页.

79. 傅璇琮.中国最早两位翰林学士考——吕向、尹愔传论[J].文献.2002,（4）.第 60—75 页.

80. 穆克宏.读《文选》随笔[J].江苏大学学报.2003,（1）.第 80—86 页.

81. 秦跃宇.刘孝绰与《文选》研究[J].重庆师院学报.2003,（1）.第 31—34 页.

82. 曹道衡.试论《文选》对作家顺序的编排[J].文学遗产.2003,（2）.第 9—14 页.

83. 李金坤.唐代科举考试与《文选》[J].人文杂志.2003,（2）.第 124—130 页.

84. 曹道衡.试论梁代学术文艺与《文选》[J].南京师范大学文学院学报.2003,（3）.第 6—15 页.

85. 穆克宏.读《文选》偶记[J].福建师范大学学报.2003,（3）.

第 74—78 页.

86. 王立群.《文选》成书考辨[J].文学遗产.2003，(3).第 17—27 页.

87. 王立群.《文选》成书研究中的逻辑误区[J].周口师范学院学报.2003，(3).第 31—34 页.

88. 范志新.俄藏敦煌写本 Φ242 号《文选注》与李善五臣陆善经诸家注的关系——兼论写本的成书年代[J].敦煌研究.2003，(4).第 68—73 页.

89. 景献力.关于《文选》一书成为科举教科书的时间问题[J].长春师范学院学报.2003，(4).第 60—63 页.

90. 王运熙.关于唐代骈文、古文的几个问题[J].南阳师范学院学报.2004，(1).第 71—75 页.

91. 傅刚.从《文选序》几种写、钞本推论其原貌[J].广西师范大学学报.2004，(1).第 55—59 页.

92. 力之.关于《文选》编目次第的"失序"问题——《文选》编次作家"失序"与"彼此失照"现象研究之一[J].中国社会科学院研究生院学报.2004，(1).第 90—95 页.

93. 力之.关于《文选》编目次第之"彼此失照"问题——《文选》编次作家"失序"与"彼此失照"现象研究之二[J].广西师范大学学报.2004，(1).第 61—65 页.

94. 高明峰.当前文选学研究的现状与问题[J].山东省青年管理干部学院学报.2004，(1).第 125—127 页.

95. 叶爱国.俄藏 Φ242 号敦煌写本《文选注》晚于李善注及五臣注之铁证[J].敦煌研究.2004，(2).第 90 页.

96. 万献初.《文字音韵训诂知见书目》增置"音义类"的学术意

义[J].出版科学.2004，(3).第 77—78 页.

97. 王立群.《文选》次文类作家编序研究[J].文学评论.2004，(3).第 147—155 页.

98. 王立群.《文选》成书时间研究[J].河南大学学报.2004，(3).第 94—98 页.

99. 王立群.《昭明文选》出现的理论意义[J].河南教育学院学报.2004，(3).第 52—55 页.

100. 曹道衡.略论南北朝学风的异同及其原因[J].河南大学学报.2004，(4).第 78—83 页.

101. 曹道衡.萧统的文学观和《文选》[J].文学遗产.2004，(4).第 23—33 页.

102. 王书才.曹宪生平及其《文选》学考述[J].郑州大学学报.2004，(4).第 124—126 页.

103. 高明峰.关于《文选》编纂过程的一点意见[J].阴山学刊.2004，(5).第 71—74 页.

104. 胡旭.梁武帝与《昭明文选》《玉台新咏》的编纂[J].古籍整理研究学刊.2004，(5).第 16—23 页.

105. 秦跃宇.何逊与《文选》研究[J].社会科学家.2004，(6).第 19—22 页.

106. 张海沙.唐人喜《文选》与宋人嗜《汉书》——论唐宋文人不同的读书趣向[A].唐代文学研究(第十一辑)——中国唐代文学学会第十二届年会暨国际学术研讨会论文集[C]，2004.

107. 力之.综论《文选》的编者问题(上)——从文献可信度层面上辨"与刘孝绰等撰"说不能成立[J].江汉大学学报.2005，(1).第 33—40 页.

108. 王书才.从《唐钞〈文选集注〉汇存》论陆善经《文选》注的特色与得失[J].殷都学刊.2005，(2).第61—64页.

109. 王书才.萧该生平及其《文选》研究考述[J].安康师专学报.2005，(2).第66—68页.

110. 力之.《文选》研究四题[J].黄冈师范学院学报.2005，(2).第38—42页.

111. 王鼎.李邕家族谱系及书法成就考辨[J].徐州师范大学学报.2005，(2).第134—136页.

112. 力之.关于《文选》的选文范围与标准问题[J].河南大学学报.2005，(3).第69—74页.

113. 王书才.论公孙罗《文选钞》的价值与阙失[J].中州学刊.2005，(3).第220—222页.

114. 卞仁海.论李善的训诂学[J].兰州学刊.2005，(4).第294—296页.

115. 常思春.《文选集注》所引《钞》的作者信息[J].四川师范大学学报.2005，(4).第107页.

116. 胡大雷.《文选》六臣注的文体论与《文心雕龙》异同[J].广西师范大学学报.2005，(4).第68—70页.

117. 范志新.唐写本《文选音》作者问题之我见——文选学著作考(一)[J].晋阳学刊.2005，(5).第127—128页.

118. 力之.综论《文选》的编者问题(中)——从情理层面上辨"刘孝绰等撰"说不能成立[J].江汉大学学报.2005，(6).第41—48页.

119. 周勋初.李白"三拟《文选》"说阐微[J].郑州大学学报.2006，(1).第101—107页.

120. 许逸民.论隋唐"《文选》学"兴起之原因[J].文学遗产.2006，(2).第29—35页.

121. 卞仁海.试论《文选》李善注的训诂成就与局限[J].贵州大学学报.2006，(2).第102—106页.

122. 李翔翥.李善注《文选》之方法谫论[J].华中师范大学研究生学报.2006，(4).第77—79页.

123. 孔祥军.中国古代文选学述略[J].南京理工大学学报.2006，(4).第9—13页.

124. 力之.朱彝尊"《文选》初成闻有千卷"说不能成立辨——兼论何融《文选》"非一人所能完成"说之未为得[J].黄冈师范学院学报.2006，(5).第21—26页.

125. 罗国威.敦煌石室《文选》李善注残卷考[J].西南民族大学学报.2007，(1).第104—111页.

126. 王立群.从左思《三都赋》刘逵注看北宋监本对唐抄本《文选》旧注的整理[J].河南大学学报.2007，(1).第115—122页.

127. 力之.《文选》非"尚未最后加工定稿之书"辨——《文选》所录作品的序文研究之二[J].东方丛刊.2007，(1).第208—224页.

128. 力之.关于《文选》的删、增、移与其文字之误等问题——兼论《文选》非仓促成书[J].钦州学院学报.2007，(2).第31—37页.

129. 胡大雷.《文选》与《文章流别集》异同[J].广西师范大学学报.2007，(2).第87—92页.

130. 任竞泽.论宋代"《文选》学"衰落之原因[J].中国文化研

究.2007 年夏之卷.79—92 页.

131. 陈延嘉.论《文选》李善注和五臣注——以《西都赋》为例[J].新乡师范高等专科学校学报.2007，(3).第 84—88 页.

132. 力之.关于《文选》所录诗文来源问题——兼论《文选》乃合首选与再选为一体之书[J].广西师范大学学报.2007，(4).第 12—17 页.

133. 许云和.俄藏敦煌写本 Φ242 号文选注残卷考辨[J].学术研究.2007，(11).第 116—122 页.

134. 刘会胜、李娅.李善、李邕籍贯及世系考辨[J].湖北职业技术学院学报.2008，(1).第 76—78 页.

135. 陈延嘉.《文选》李善注之"释义"问题[J].广西师范大学学报.2008，(2).第 27—33 页.

136. 力之.关于《文选》选文的下限问题——"天监十二年"说与"只取决于诗文的作年"说异议[J].江汉大学学报.2008，(2).第 47—51 页.

137. 力之.综论《文选》非仓促成书——兼与《艺文类聚》(前十卷)比较[J].内蒙古师范大学学报.2008，(2).第 84—90 页.

138. 傅璇琮、卢燕新.《续诗苑英华》考论[J].文学遗产.2008，(3).第 36—44 页.

139. 张国静.论唐代起居舍人与起居郎[A].唐史论丛(第十辑)[C].2008.第 120—130 页.

140. 傅刚.《文选集注》的发现、流传与整理[J].文学遗产.2011，(5).第 4—17 页.

141. 刘志伟.《文选集注》成书众说平议[J].文学遗产.2012，

(4).第 34—46 页.

142. 吴晓峰.文选学在隋唐兴盛的原因探析[J].语文学刊. 2013,(10).第 1—4 页.

143. 顾农.关于"文选学"[J].南京师范大学文学院学报.2015, (1).第 32—38 页.